JULIE LEUZE

Sturm über Rosefield Hall

Buch

Für Ruby Compton verspricht der Sommer 1913 großartig zu werden: Ihr Lieblingsbruder Edward, der die Besitzungen der Familie in einer afrikanischen Kolonie verwaltet, ist zu Besuch auf dem heimischen Herrensitz Rosefield Hall. Noch aufregender wird es für Ruby, als der attraktive Cyril Brown aus London auftaucht. Zusammen mit Mutter und Schwester wird er den Sommer auf dem nahen Tamary Court verbringen. Zwischen Ruby und Cyril funkt es sofort. Cyril ist witzig und charmant und sieht umwerfend aus. Das gefällt Lord und Lady Compton überhaupt nicht, denn Cyril ist nicht adelig und kommt nicht als Ehemann für Ruby in Frage. Ruby aber ist in Liebe entbrannt, und trotz der Ablehnung ihrer Eltern täte sie nichts lieber, als Cyrils Antrag anzunehmen – wenn es denn einen gäbe. Doch jedes Mal, wenn Ruby mit einem Antrag rechnet, macht Cyril im letzten Moment einen Rückzieher. Bald beschleicht die enttäuschte Ruby der Verdacht, dass Cyril nur mit ihr spielt. Schlimmer noch: Er scheint etwas Dunkles vor Ruby zu verbergen. Ruby ahnt nicht, dass ihre Liebesproblematik nicht das einzige Problem bleiben wird, das ihre Familie belastet.

Denn am Horizont ziehen dunkle Wolken auf ...

Informationen zu Julie Leuze
sowie zu lieferbaren Titeln der Autorin
finden Sie am Ende des Buches.

Julie Leuze
Sturm über Rosefield Hall

Roman

GOLDMANN

Dieses Buch ist auch als E-Book erhältlich.

Verlagsgruppe Random House FSC® N001967
Das FSC®-zertifizierte Papier *Pamo House* für dieses Buch
liefert Arctic Paper Mochenwangen GmbH.

1. Auflage
Originalausgabe Juni 2015
Copyright © 2015 by Wilhelm Goldmann Verlag,
München, in der Verlagsgruppe Random House GmbH
Gestaltung des Umschlags und der Umschlaginnenseiten:
UNO Werbeagentur München
Umschlagmotiv: FinePic®, München
Redaktion: Karin Ballauff
BH · Herstellung: Str.
Satz: omnisatz GmbH, Berlin
Druck und Bindung: GGP Media GmbH, Pößneck
Printed in Germany
ISBN: 978-3-442-48214-6
www.goldmann-verlag.de

Besuchen Sie den Goldmann Verlag im Netz:

*Für meine Mutter
in Liebe*

Sommer 1913

Er musste sie fortbringen.
Sonst würde sie sterben.
Noch nie hatte er sie zu etwas gezwungen, doch diesmal würde er es tun. Er würde sie an einen Ort bringen, wo es friedlich und idyllisch war, und vielleicht würden sie dort verblassen, die Ängste und die schlechten Träume, all die Erinnerungen, die sie nicht aus dem Kopf bekam und die es schon fast geschafft hatten, sie zu zerstören.
Er fühlte sich ohnmächtig angesichts ihrer Qual, ratlos und wütend, obgleich ihm nicht ganz klar war, wem seine Wut eigentlich galt. Trug nicht jeder von ihnen ein Stück der Schuld an dem, was ihr geschehen war – sogar er? Vor allem er. Denn das Übel wurzelte tief.
Grimmig presste er die Lippen zusammen. Die Vergangenheit konnte er nicht ändern, aber möglicherweise die Zukunft.
Devon, dachte er.
Devon wäre schön.

Ruby

*N*ur wenn sie auf Pearls Rücken über die spätsommerlichen Wiesen flog, konnte Ruby Compton vergessen, wer sie war und was ihr in nicht allzu ferner Zukunft bevorstand.

Auch heute hatte Ruby sich gleich nach dem Lunch ihre Stute satteln lassen, und nun galoppierte sie an dem Waldrand entlang, der die Grenze des Compton'schen Besitzes bildete. Einen Satz nach rechts auf die Obstbaumwiese, und Ruby hätte den Grund und Boden ihrer Familie verlassen.

Doch das war ihr streng untersagt worden. Wenn seine Tochter schon darauf bestehe, mutterseelenallein auszureiten, so der Baron, dann müsse sie zumindest auf dem Anwesen der Familie bleiben, groß genug sei es ja.

Pearl fiel in einen gemächlichen Trab, als Ruby links in den Waldweg einbog, der sie zurück nach Rosefield Hall führen würde. In einer Stunde war Teezeit, und sie tat besser daran, sich nicht zu verspäten. Denn obgleich ihre Mutter sich wenig für sie interessierte, bestand sie eisern darauf, dass Ruby sich dem festgelegten Tagesablauf ohne zu murren unterwarf.

Ruby konnte der Teezeit wenig abgewinnen, musste sie sich mithilfe von Florence doch extra umkleiden, nur um dann schweigend mit der Mutter vor Kirsch-Scones und Gurkensandwiches zu sitzen. Lord Compton ließ sich erst zum abendlichen Dinner blicken, und auch Basil, Rubys ältester Bruder, hatte erklärtermaßen Besseres zu tun, als sich mit Mutter und Schwester am Teetisch zu langweilen.

Immerhin würde die verhasste Mahlzeit heute kürzer ausfallen als üblich: Edward, ihr zweiter Bruder, würde mitsamt seiner Entourage noch vor dem Dinner auf Rosefield Hall eintreffen, und das war Lady Compton doch wichtiger als ihre Gurkensandwiches. Schon seit dem frühen Morgen scheuchte Rubys Mutter den Butler und die Hausdame herum, damit diese dem übrigen Personal Beine machten. Für Edwards Ankunft sollte alles perfekt sein, schließlich war er seit einer Ewigkeit nicht mehr zu Hause gewesen.

Ruby musste lächeln.

Edward war ihr Lieblingsbruder. Er war sieben Jahre älter als sie, doch er war sich nie zu schade dafür gewesen, seiner kleinen Schwester die Zeit zu vertreiben. Solange Ruby denken konnte, hatte er sich um sie gekümmert. Zuerst hatte er ihr vorgelesen, später mit einer Engelsgeduld das Bogenschießen beigebracht. Edward tröstete Ruby, wenn ihre Gouvernante mit ihr schimpfte, weil sie sich im Park Kleid und Schuhe beschmutzt hatte. Und wenn sie zur Strafe kein Abendessen bekam, schlich Edward sich hinunter in die Küche und stahl eine extragroße Portion für sie.

Als Ruby älter wurde, besorgte Edward ihr aus der Bibliothek ihres Vaters verbotene Bücher von Autoren wie Charles Dickens oder Oscar Wilde, die Ruby dann in ihrem Geheimversteck im Park – einem weit abgelegenen, maroden Pavillon, den außer ihr nie jemand freiwillig betrat – begierig las. Edward ritt stundenlang mit Ruby aus und zeigte ihr, wie man über Hindernisse sprang, die auf den ersten Blick unüberwindlich zu sein schienen. Wenn er am Ende seiner Ferien zurück nach Eton und später nach Oxford musste, so versprach er seiner Schwester stets, ihr regelmäßig zu schreiben.

Das innige Band zwischen ihnen zerriss erst, nachdem Edward nach Afrika geschickt worden war. Das lag inzwischen über zwei Jahre zurück.

Der Wald lichtete sich. Ruby zügelte ihre Stute und blickte nachdenklich auf Rosefield Hall hinunter: ein graues elisabethanisches Schlösschen in einer Talsenke zwischen steil aufragenden Hügeln. Warum nur hatte man Edward von hier verbannt? Denn etwas anderes als eine Verbannung war es nicht gewesen. Lord Compton hatte von einem Tag auf den anderen beschlossen, sein jüngerer Sohn solle die Erdnussplantagen der Familie in Gambia führen, und er hatte keinen Widerspruch geduldet, weder von Edward noch von der entsetzten Ruby.

Sein Sohn, hatte der Baron verkündet, sei nun dreiundzwanzig, und es sei höchste Zeit, dass er von seiner weibischen Weichherzigkeit kuriert werde. Auf der Plantage nach dem Rechten zu sehen und zu lernen, »das Regiment über eine Horde arbeitsscheuer Schwarzer zu führen«, so der Baron, eigne sich dafür ganz vorzüglich.

Edward hatte nicht kuriert werden wollen. Doch danach hatte sein Vater nicht gefragt.

Wochenlang war Ruby untröstlich gewesen. Mit ihren sechzehn Jahren war sie bei Edwards Abreise längst kein Kind mehr gewesen, doch den geliebten Bruder so weit fort zu wissen bescherte ihr Gefühle tiefster Verlassenheit. Monate verstrichen, und der Abstand zwischen Edwards Briefen wurde immer größer, ihr Inhalt immer oberflächlicher. Das machte es für Ruby, die Daheimgebliebene, noch schlimmer. Hatte ihr Bruder sie etwa vergessen? Oder erging es ihm schlecht in Gambia? Wollte er sie bloß nicht beunruhigen? Aus den Monaten wurde ein Jahr, aus dem einen Jahr wurden zwei. Eine lange, einsame Zeit ohne Antworten.

Doch heute war es so weit, heute würde Ruby ihren Bruder endlich wiedersehen! Aufregung, Vorfreude und ein Hauch von Furcht stiegen in ihr auf, als sie ihr Pferd wieder antrieb und rasch auf Rosefield Hall zuritt. Ob Edward noch so lustig und liebevoll war, wie sie ihn in Erinnerung hatte? Oder ob das raue Leben in den Kolonien ihn – gemäß den Wünschen des Barons – tatsächlich verändert hatte?

Ruby betete inbrünstig darum, dass der Plan ihres Vaters nicht aufgegangen war. Sie wollte ihren Bruder am liebsten ganz genau so wiederhaben, wie er sie vor über zwei Jahren verlassen hatte. Zugleich war Ruby bewusst, dass dieser Wunsch recht kindisch war. Sie war inzwischen achtzehn, und er fünfundzwanzig. War es da nicht völlig natürlich, dass sie beide sich verändert hatten, und möglicherweise nicht nur zum Guten? Sie atmete tief durch und wischte ihre Grübeleien beiseite. Schon bald würde sie wissen, ob sich die alte Vertrautheit zwischen Edward und ihr wiederherstellen ließ. Es hatte keinen Sinn, sich vorher schon Sorgen zu machen.

In gestrecktem Galopp ritt sie den Hügel hinab und zügelte Pearl erst, als sie die von Pappeln und Ebereschen gesäumte Auffahrt erreichte. In damenhaftem Schritt näherte sie sich den Stallungen, dabei steckte sie sich eine vorwitzige schwarze Strähne zurück unter den Hut. Wenn sie schon ganz allein ausritt, so musste sie zumindest in tadellosem Aufzug nach Hause kommen. Denn dass sie am liebsten wie ein Berserker durch die Wildnis preschte, erfuhren ihre Eltern besser nicht.

Sie übergab ihre Stute dem Stallknecht und betrat das Haus. Sie fragte sich gerade, ob sie die Köchin wohl bitten durfte, einmal etwas anderes zu backen als die ewigen Kirsch-Scones, da hörte sie ihn.

Abrupt blieb sie stehen. Ihr Herz machte einen Sprung. War das wirklich, jetzt schon, vor dem Tee, Edward?

Mit einem Freudenschrei riss sie die Tür zum Salon auf, stürzte auf ihren Bruder zu und fiel ihm um den Hals.

»Edward! Du bist es!«

Sowohl das Kopfschütteln ihres Vaters als auch das indignierte »Ruby, benimm dich gefälligst!« ihrer Mutter prallten an ihr ab. Ruby sah nur Edwards Lächeln, sein braun gebranntes Gesicht und seine blauen Augen, in denen kein Tadel stand und kein Befremden, sondern die reine Wiedersehensfreude – und sie war glücklich.

Der einzige Mensch, der sie wirklich liebte, war nach Rosefield Hall zurückgekehrt.

Nach dem Tee ging sie mit Edward im Park spazieren. Bald schon würde die Sonne hinter den steilen Hügeln verschwinden, aber noch fielen ihre milden Strahlen in den Park, vergoldeten den Rasen und stahlen sich durchs Geäst der Eichen und Libanonzedern.

»Wenn du mir deine neuesten Geheimnisse erzählen willst, musst du dich beeilen, Schwesterherz. Eine halbe Stunde, länger will Mutter mich nicht entbehren.« Edward grinste. »Ganz neue Töne, was? Früher habe ich sie kaum interessiert.«

»Tja, der verlorene Sohn.« Ruby blickte Edward von der Seite an. »Sie weiß nicht, ob du noch der bist, der du warst. Doch sie brennt darauf, es herauszufinden.«

»Mutter brennt niemals auf etwas«, sagte Edward trocken. »Sie ist das diszipllinierteste Wesen, das ich kenne. Gottlob kommst du nur im Aussehen nach ihr, Schwesterherz.«

Ruby biss sich auf die Unterlippe. Dann musste sie doch lachen und gab Edward einen Klaps auf den Arm. »So respektlos warst du früher aber nicht!«

Er grinste auf sie herab. »Zu irgendetwas muss diese Verbannung ja gut sein, oder? Wenn auch nur dazu, die englische Förmlichkeit abzulegen. Es weitet den Blick, wenn man eine Zeit lang keine Briten zu sehen bekommt.«

»Lebst du denn in Gambia nicht in Gesellschaft anderer Engländer?«, fragte Ruby neugierig.

Edward schüttelte den Kopf. »Ich verbringe meine Zeit fast ausschließlich mit den Schwarzen, die auf der Plantage arbeiten.«

»Wie bitte?« Ruby blieb stehen. »Du meinst ... du isst auch mit ihnen? Gehst mit ihnen jagen? Lädst sie in dein Haus ein? Das kann nicht dein Ernst sein!«

Edward zog eine Augenbraue hoch. »Und warum nicht?«

Weil du ein Weißer bist und damit ihr Herr.

Der Satz lag Ruby auf der Zunge, doch etwas in Edwards Blick hinderte sie daran, ihn auszusprechen.

Für einige Sekunden sahen sie einander stumm an, dann lachte Edward und zog Ruby am Arm weiter. »Wir wollten spazieren gehen, nicht spazieren stehen, oder? Komm, ich habe nur Spaß gemacht. Selbstverständlich unterhalte ich keine freundschaftlichen Beziehungen mit meinen Schwarzen. Aber mit Weißen eben auch kaum, weil unsere Besitzungen recht isoliert liegen. Wen will man zum Lunch einladen, wenn der arme Gast dafür einen Zweitageritt auf sich nehmen müsste?«

Ruby runzelte die Stirn. »Aber dann musst du furchtbar einsam dort sein!«

»Mach dir keine Sorgen um mich, Ruby. Es geht mir gut in Gambia.«

»Das hoffe ich von Herzen.« Verunsichert ging sie neben ihm her. »Ich weiß so gar nichts mehr von dir, Edward. Deine Briefe waren immer vollkommen nichtssagend. Wenn überhaupt mal einer kam.«

»Nun ja, ich habe viel zu tun. Eine Erdnussplantage unterhält sich nicht von selbst, und unser Verwalter ist kurz nach meiner Ankunft gestorben. Einen neuen konnte ich auf die Schnelle nicht finden. Also habe ich seine Arbeit selbst übernommen. Da bleibt wenig Zeit für anderes, und wenn es nur das Briefeschreiben ist.«

Edward, ein geborener Compton, hatte die Arbeit des Verwalters übernommen? Das wurde ja immer seltsamer!

»Es tut mir gut, eine Aufgabe zu haben«, fuhr Edward fort. »Ich weiß, es klingt verrückt, aber es macht mir Spaß zu arbeiten! Richtig zu arbeiten, meine ich. Nicht nur als Oberhaupt anwesend zu sein, sondern die Plantage am Laufen zu halten. Die Erträge zu verbessern. Neue Absatzmöglichkeiten für unsere Erdnüsse aufzutun.«

»Du hast recht, das klingt wirklich verrückt. Lass das bloß unsere Eltern nicht hören!« Um zu überspielen, wie verblüfft sie war, fügte Ruby neckend hinzu: »Sie werden dich verdächtigen, eine bürgerliche Krämerseele geworden zu sein, und dann werden sie sich aus Verzweiflung über deinen Ladengeruch vor das nächste Automobil werfen!«

»Und du?«, fragte Edward, ohne auf Rubys scherzenden Tonfall einzugehen. »Stört es dich, dass ich arbeite?«

Unbehaglich blickte sie ihm in die Augen. »Mich? Nun, ich ...«

Sie brach ab. Dass ein Compton sich jemals mit etwas anderem beschäftigt hatte, als die verschiedenen Besitzungen zu verwalten, zur Marine zu gehen oder vorteilhaft zu heiraten und ein Leben in aristokratischem Müßiggang zu führen, war schlichtweg noch nie vorgekommen. Handel zu treiben wie ein kleiner Kaufmann? Unmöglich!

Eigentlich.

Trotzdem hörte Ruby sich sagen: »Nein, Edward, es stört mich kein bisschen. Nicht, wenn es dich glücklich macht.« Im selben Moment wusste sie, dass das die Wahrheit war.

»Das ist meine Ruby, an die ich in Afrika so gerne denke!« Ihr Bruder lächelte dankbar.

Bevor Ruby ihn jedoch weiter ausfragen konnte, setzte er munter hinzu: »Aber jetzt genug von mir geredet. Wie sehen deine Zukunftspläne aus? Du hast doch deine erste Saison in

London hinter dir und bist nun bei Hofe eingeführt. Ich müsste mich sehr wundern, wenn du keinen Verehrer am Haken hättest, so hübsch, wie du geworden bist!«

Rubys Miene verdüsterte sich. »Es sind zwei, um genau zu sein.«

»Das klingt nicht gerade begeistert.«

Sie seufzte. »Wärst du begeistert, wenn du die Wahl zwischen Lord Grinthorpe und Lord Hangsworth hättest? Sei ehrlich!«

»Lord Grinthorpe – ist das der dürre Kerl mit den Fischaugen? Er muss schon an die fünfzig sein.«

»Dreiundfünfzig.«

»Uh.« Edward verzog das Gesicht. »Und der andere ... Lord Hangsworth, sagtest du? Den kenne ich auch, aus meiner Zeit in Oxford. Arroganter Zeitgenosse. Nun, immerhin ist er jung, und er sieht gut aus.«

»Beides trifft auch auf unseren Bruder Basil zu«, entgegnete Ruby. »Dennoch bemitleide ich seine Verlobte Matilda von Herzen.«

»Ich auch.«

»Eben.«

Sie hatten eine steinerne Bank erreicht und ließen sich darauf nieder. Beide blickten sie auf Rosefield Hall, dessen graue Mauern im Abendlicht rosa schimmerten. Fast fühlt es sich an wie früher, dachte Ruby.

»Gott sei Dank bist du wieder da«, sagte sie leise. »Du bist der Einzige, der mich versteht, Edward. Weißt du, manchmal denke ich, wir beide gehören gar nicht wirklich hierher ... zu unseren Eltern und zu Basil. Als würde irgendetwas nicht stimmen mit uns. Mit mir.«

Edward griff nach ihrer Hand und drückte sie.

»Zumindest mit dir, Ruby, stimmt alles«, sagte er warm. »Und wenn du weder Lord Grinthorpe noch Lord Hangsworth heiraten möchtest, dann lass es bleiben. Es war deine erste Saison in London. Du hast noch mehr als genug Zeit, um den Richtigen zu finden.«

Aber hatte sie die wirklich?

In Edwards Augen las sie, dass er davon überzeugt war. Schließlich war sie erst achtzehn und weder hässlich noch arm. Doch Lady Compton hatte ihr während der Saison deutlich zu verstehen gegeben, dass sie Ruby so rasch wie möglich verheiratet sehen wollte. Nicht auszudenken, wie die Mutter reagieren würde, wenn einer der beiden Lords um Rubys Hand anhielte und sie ihm einen Korb gäbe!

Ob auf Pearls Rücken oder an Edwards Seite: Lange würde sie es nicht mehr schaffen, ihrem Schicksal zu entfliehen.

Florence

Müde und hungrig nahm Florence ihren Platz am Dienstbotentisch ein. Als oberstes Hausmädchen saß sie stets zwischen Lady Comptons Kammerzofe und Mabel, einem der jüngeren Hausmädchen. Es war halb zehn, die Herrschaften oben hatten ihr Dinner beendet, und so war hier unten endlich Essenszeit.

Nachdem sie einige Gabeln Fleisch mit Erbsen zu sich genommen hatte, fühlte Florence sich besser. Ach, es ging doch nichts über ein nahrhaftes, gut zubereitetes Mahl! Florence fühlte Dankbarkeit in sich aufsteigen. Obgleich sie von frühmorgens bis spätabends auf den Beinen war, vergaß sie nie, welch großes Glück es war, etwas zu beißen und ein Dach über dem Kopf zu haben.

Keine Selbstverständlichkeit für eine wie sie.

Florence war erst dreizehn gewesen, als ihre Eltern kurz nacheinander gestorben waren. Sie hatte weder Geschwister noch nähere Verwandte, und so hatte sie eine schreckliche Woche lang nicht gewusst, wohin. Doch dann hatte Mrs Ponder, die Hausdame der Comptons, ihr angeboten, als Hausmädchen auf Rosefield Hall zu arbeiten. Das war nun elf Jahre her, und Florence war Mrs Ponder immer noch dankbar dafür. Denn wo wäre sie gelandet, wenn die Hausdame sich ihrer nicht erbarmt hätte? Florence mochte gar nicht daran denken.

Langsam entspannte sie sich von den Mühen des Tages, und während sie ihren Teller bis auf den letzten Bissen leer aß, ließ sie sich von dem fröhlichen Geplauder, das im Dienstbotenraum herrschte, einhüllen wie von einer warmen Decke. Dies hier war ihre Familie. Die ersten Jahre waren zwar hart gewesen, aber nun fühlte sie sich wohl und kam mit den anderen gut aus. Oh ja, sie hätte es wirklich schlechter treffen können.

»Ich verstehe einfach nicht, warum er laufen musste«, drang Mr Lyams missmutige Stimme in ihre Gedanken. »Er hätte doch vom Postamt aus anrufen können, um Bescheid zu geben, dass er mit einem früheren Zug ankommt! Dann hätte ich ihn abgeholt. Ich meine, wozu besitzt dieses Haus ein Telefon, wenn kein Mensch es benutzt und nie jemand hier anruft?«

Florence hob erschrocken den Kopf und blickte über den Tisch zu Mr Lyam hinüber. Jeder wusste, dass der Chauffeur sich als etwas Besseres fühlte, weil er das Autofahren beherrschte und Lord Compton seine Dienste sehr zum Verdruss des Kutschers öfter und öfter in Anspruch nahm. Doch dass Mr Lyam sich erdreistete, offen das Verhalten eines Compton zu kritisieren, war selbst für ihn mit seinem übersteigerten Selbstbewusstsein ein starkes Stück.

Mr Hurst, der als Butler unangefochten über die Dienerschaft herrschte, versetzte auch sogleich: »Es steht Ihnen wohl kaum zu, Master Compton vorzuschreiben, wie er sich verhalten soll, Lyam. Wenn er zu Fuß gehen möchte, so geht er zu Fuß. Punkt.«

»Aber es ist exzentrisch!«, murrte Mr Lyam.

»Exzentrisch zu sein ist Master Comptons gutes Recht«, sagte Mr Hurst würdevoll. »Und nun möchte ich kein Wort mehr über die Angelegenheit hören.«

Folgsame Stille herrschte am Tisch, während eines der Küchenmädchen das Dessert auftrug. Es gab Reispudding, und da die Köchin dieses Rezept besonders gut beherrschte, sah man bald wieder zufriedene Gesichter.

Im Stillen musste Florence jedoch zugeben, dass Mr Lyam nicht ganz unrecht hatte: Als adeliger Herr den langen Marsch vom Bahnhof nach Rosefield Hall auf Schusters Rappen zu absolvieren *war* exzentrisch. Master Compton hatte sein gesamtes Gepäck am Bahnhof gelassen – Mr Lyam hatte es vor dem Dinner dort abholen müssen – und hatte die Familie mit seiner frühen Ankunft völlig aus dem Konzept gebracht. Weder war Miss Compton von ihrem Reitausflug zurück gewesen, noch hatte die Dienerschaft vor dem Eingang Aufstellung beziehen können, wie es sich gehört hätte. Stattdessen war Master Compton einfach in den Salon spaziert.

Florence verkniff sich ein Lächeln. Der junge Herr hatte schon immer einen Hang zu unkonventionellem Verhalten gehabt. Vielleicht hatte sie Master Compton deshalb so gern gemocht, als er noch hier gelebt hatte, obgleich sie ihm natürlich selten begegnet war. Hausmädchen hatten in den Räumen, in denen die Herrschaften sich aufhielten, nichts zu suchen; geputzt wurde grundsätzlich, wenn die Lords und Ladys außer Sicht waren. Dennoch, von ferne war Master Compton ihr sympathisch gewesen.

Mr Lyam aß den letzten Löffel seines Puddings, dann lehnte er sich zurück.

»Dass er Neger mitgebracht hat«, sagte er und blickte Mr Hurst provozierend in die Augen, »das ist wohl auch sein gutes Recht, was?«

Florence zuckte zusammen, Mabel und Kate kicherten, und Mr Hurst fehlten die Worte, was bei ihm äußerst selten vorkam.

Rasch schaltete sich Mrs Ponder ein. »Selbstverständlich ist es das, Mr Lyam«, sagte die Hausdame scharf. »Menschen wie diese ... Afrikaner mögen uns fremd erscheinen, doch wenn Master Compton in Gambia keine weißen Bediensteten auftreiben konnte, so steht es ihm ohne Frage frei, auch schwarze Diener mitzubringen.«

»Neger auf Rosefield Hall!«, knurrte Mr Yorks, Lord Comptons Kammerdiener. »Gut finde ich das ja nicht! Er hätte sie im Busch lassen sollen, wo sie hingehören. An Dienern herrscht auf Rosefield Hall schließlich kein Mangel. Wir hätten ihm John zur Seite stellen können, oder Charles.«

»Wenn die Neger jetzt hierbleiben, sollen sie dann etwa auch mit uns essen?«, fragte Mr Lyam und verzog den Mund.

»Du lieber Himmel. Dann muss unsere gute Mrs Bloom von nun an wohl Heuschrecken braten!«, witzelte Mr Yorks.

Alle lachten, nur der Butler und die Hausdame blieben ernst, und auch Florence konnte an Mr Yorks' Bemerkung nichts komisch finden. Als der Kammerdiener ihr vergnügt zugrinste, brachte sie nur mit Mühe ein Lächeln zustande.

Sie konnte sich nur allzu gut daran erinnern, wie sie selbst sich anfangs auf Rosefield Hall gefühlt hatte: einsam, auf der untersten Stufe der Hierarchie, von allen umhergescheucht und oft genug das Ziel derber Späße. Mit der Zeit war es besser geworden, aber in den ersten Jahren hatte Florence oft heimlich geweint. Nein, das wünschte sie niemandem, mochte er nun weiß sein oder schwarz. Deshalb würde sie sich auch nicht daran beteiligen, wenn die Dienerschaft auf den Afrikanern herumhackte, selbst wenn diese gar nicht anwesend waren.

Mr Hurst fand endlich seine Stimme wieder und mit ihr seine gesamte machtvolle Autorität als Butler.

»Schluss jetzt!«, bellte er in die Runde. »Noch ein Wort von irgendjemandem, und alle gehen auf ihre Zimmer!«

Das saß. Die gemeinsame Zeit nach dem Abendessen, wenn Karten gespielt, auf dem Klavier musiziert oder gesungen wurde, war der Höhepunkt eines jeden Tages, und niemand war gewillt, darauf zu verzichten. Also vergaß man weiße Exzentrik und schwarze Essensvorlieben, widmete sich wieder dem alltäglichen Klatsch und genoss den kurzen, aber fröhlichen Feierabend.

Nur Florence war nachdenklicher als sonst.

Zwei Stunden später half sie Miss Compton, sich zum Schlafengehen bereit zu machen.

»Ist es nicht wunderbar, dass er wieder zu Hause ist?«, fragte ihre junge Herrin sie mit leuchtenden Augen. »Das Leben in Afrika scheint ihm gutzutun. Edward sieht hervorragend aus, findest du nicht auch?«

Florence, die hinter Miss Compton stand und ihr mit langen, sanften Strichen das Haar bürstete, musste lächeln. Glück und Aufregung zeichneten sich auf Miss Comptons Zügen ab, und Florence registrierte wieder einmal, wie hübsch ihre junge Herrin war. Alles, was bei der Mutter und dem ältesten Bruder kühl und einschüchternd wirkte – das glänzende schwarze Haar, die tiefgrünen Augen, die helle Haut –, erschien ihr bei Miss Compton anziehend und weich.

»Sie haben recht, Madam, Ihr Bruder ist wirklich sehr ansehnlich«, pflichtete Florence ihr bei.

Das war nicht gelogen: Master Compton war zwar ebenso semmelblond wie sein Vater, aber nicht feist und rotgesichtig wie dieser, sondern groß, schlank und braun gebrannt. Es war fast unmöglich, fand Florence, nicht von seinem Äußeren eingenommen zu sein. Früher einmal hatte sie sogar geglaubt, sich ein wenig in den Herrn verliebt zu haben. Doch da ihre Gefühlsverwirrung nicht nur absolut unangemessen gewesen war, sondern auch mit Master Comptons Abreise in die Kolonien ein jähes Ende gefunden hatte, war es Florence nicht schwergefallen, diese dumme Vernarrtheit zu vergessen. Herren wie Master Compton, das wusste sie nur allzu gut, waren nichts für eine wie sie.

Außerdem, dachte Florence und unterdrückte ein Seufzen, war da ja noch Mr Yorks. Dass Florence etwas zu rundlich war – das einzig Zarte an ihr waren ihre Hände –, ihr Gesicht nur durchschnittlich hübsch und ihr Haar von langweiliger mittelbrauner Farbe, schien den Kammerdiener nicht zu stören. Er machte ihr seit Wochen den Hof, und er wäre eine gute Partie, das wusste sie.

Plötzlich fühlte sie sich unbehaglich.

»Ich finde es sehr mutig von Edward, einen schwarzen Diener hierher mitzubringen«, erklärte Miss Compton, und Florence ließ den Gedanken an Mr Yorks bereitwillig fallen. »Und dazu noch dessen Ehefrau! Das ist wirklich ungewöhnlich. Aber Edward sagt, der Diener, Jacob heißt er, glaube ich, hätte seine Frau niemals alleine in Gambia zurückgelassen. Die Familienbande seien dort sehr stark, und der männliche Beschützerinstinkt auch.«

»Es ehrt Master Compton, dass er Jacob nicht einfach gezwungen hat, die Frau zurückzulassen«, erwiderte Florence.

Sofort biss sie sich auf die Zunge und schalt sich innerlich einen Dummkopf. Ungefragt seine Meinung kundzutun war für ein Mitglied der Dienerschaft ein schwerer Fauxpas. Schon lange war er ihr nicht mehr unterlaufen, und nun das, eine wertende Bemerkung über Miss Comptons Bruder! Wie ihre Herrin wohl reagieren würde?

Doch Miss Compton nickte nur lächelnd, und Florence atmete auf.

Trotzdem nahm sie sich vor, zukünftig noch vorsichtiger zu sein. Seit sie zu ihren normalen Pflichten, die aus Putzen, Kaminstellen-Reinigen und nochmals Putzen bestanden, die Aufgabe übernommen hatte, der jungen Lady beim An- und Auskleiden behilflich zu sein, hatte sich zwischen ihr und Miss Compton zwar fast so etwas wie eine Freundschaft entwickelt. Manchmal hatte Florence sogar das Gefühl, dass ihre Herrin genauso unfrei war wie sie selbst, mit dem einzigen Unterschied, dass Florence' Gefängnis aus der täglichen Tretmühle harter Hausarbeit bestand, während Miss Compton eher in einem goldenen Käfig umherflatterte.

Dennoch, niemals durfte Florence vergessen, dass sie keine Freundinnen waren, selbst wenn es ihr immer wieder so vorkam. Sie mochten einander sympathisch sein und miteinander plaudern, aber ihre Herrin lebte oben und sie selbst unten, und das würde sich niemals ändern. Besser also, Florence vergaß das nicht. Keinen Augenblick lang.

Sonst würde sie nämlich schneller auf der Straße sitzen, als sie Luft holen konnte.

Als Florence sich endlich auf ihrem Bett ausstrecken durfte, war es weit nach Mitternacht. Sie zog die Decke bis unter das Kinn. Todmüde blickte sie durch das kleine Dachfenster in den nächtlichen Augusthimmel und fragte sich, ob sie in ihrem Leben wohl ein Mal, nur ein einziges Mal, mehr als fünf Stunden Schlaf am Stück bekommen würde.

Wahrscheinlich nicht.

Bevor ihr die Augen zufielen, fragte sie sich noch, wo eigentlich die Schwarzen untergebracht waren, warum sie nicht mit der übrigen Dienerschaft gegessen hatten und ob sie ihren ersten Abend auf Rosefield Hall wohl freiwillig so isoliert verbracht hatten.

Doch Florence war zu erschöpft, um länger darüber nachzudenken. Morgen, nahm sie sich schon halb im Traum vor, morgen würde sie die Afrikaner aufsuchen und sie herzlich auf Rosefield Hall willkommen heißen.

Keine Sekunde später war sie eingeschlafen.

Ruby

»Ich sehe nicht ein, mein lieber Edward, weshalb diese Exoten eine solch unglaubliche Sonderbehandlung genießen sollen!«, bemerkte Lady Compton beim mittäglichen Lunch spitz.

Ruby warf ihrer Mutter einen resignierten Blick zu. Edward war noch keine vierundzwanzig Stunden daheim, und Lady Comptons Wiedersehensfreude hatte sich bereits beträchtlich abgekühlt.

»In den Zimmern der Dienstboten«, fuhr die Hausherrin verschnupft fort, »stehen genügend leere Betten herum. Du weißt, dass wir immer auf Besuch eingerichtet sind, und was gut genug für die Dienerschaft unserer adeligen Freunde ist, wird ja wohl tausendmal gut genug sein für zwei Neg…«

»Mutter«, unterbrach Edward sie ärgerlich. »Ich habe dir die Gründe für meine Entscheidung gestern Abend dargelegt, und heute früh habe ich sie wiederholt. Müssen wir das Thema wirklich ein drittes Mal diskutieren?«

»Das müssten wir nicht, wenn du dich an die hiesigen Gepflogenheiten halten würdest«, versetzte Lady Compton. »Noch nie, noch niemals habe ich gehört, dass ein Kammerdiener und eine … eine … was ist diese Virginia überhaupt?«

»Sie ist Jacobs Frau.«

»Natürlich ist sie seine Frau, du liebe Güte! Aber was tut sie?«

Edward zögerte. »Sie hat auf der Reise dafür gesorgt, dass wir saubere Wäsche haben. Als wir noch in Afrika waren, hat sie unterwegs auch gekocht, und zudem … ach, Mutter, lassen wir das doch. Jacob wollte Virginia nicht allein auf der Plantage zurücklassen. Reicht das nicht?«

»Nein!« Lady Compton spießte böse ein Stück Hasenbraten auf. »Wo kommen wir denn hin, wenn wir diese Leute derart verwöhnen? Und noch einmal: Dass ein Diener und seine Frau in einem Gästezimmer schlafen, in einem Raum, in dem wir sonst nur unsere Freunde unterbringen, das raubt mir noch den Verstand!«

»Denkst du denn gar nicht an unsere Dienerschaft, Edward?«, schaltete Lord Compton sich ein. »Was müssen sie alle denken, wenn Jacob und Virginia derart bevorzugt werden?« Er wandte sich an den Butler, der mit unbewegter Miene im Hintergrund bereitstand. »Hurst, klären Sie uns auf: Wird unten schon getuschelt?«

Der Butler räusperte sich. »Ein wenig, Mylord. Doch ich bemühe mich, es zu unterbinden.«

Daraufhin herrschte beredtes Schweigen am Tisch. Lord und Lady Compton warfen vorwurfsvolle Blicke in Edwards Richtung. Basil, der die ganze Diskussion stumm verfolgt hatte, lachte amüsiert in sich hinein.

Ruby biss die Zähne zusammen. Je länger sie alle beisammensaßen, desto unwohler fühlte sie sich. Draußen flimmerte die Augusthitze, und obwohl sie nur ein leichtes Tageskleid aus puderrosa Seide trug, war ihre Haut unter Korsett und Unterwäsche schweißnass. Doch es war nicht die Hitze, die Ruby zu schaffen machte, sondern die Tatsache, dass Edward sich schon wieder rechtfertigen musste, genau wie früher.

Ihr Bruder war nun kein unerfahrener Jüngling mehr. Er war ein Mann, der ganz allein – und sehr erfolgreich, wie es ihr schien – eine afrikanische Plantage leitete. Dennoch wurde er von ihren Eltern zusammengestaucht wie ein Schulbub, noch dazu vor dem Butler. Das war nicht nur unpassend, sondern entwürdigend.

Kühl beschied Edward der Familie: »Ich bestehe darauf, Jacob und Virginia in meiner Nähe zu haben. Nur so können sie mir ständig zur Verfügung stehen.« Mit einem Seitenblick auf Hurst fügte er hinzu: »Außerdem fürchte ich, dass es den Afrikanern nicht sonderlich gut ergehen würde, wenn sie mit den anderen Dienern zusammen wären. Neue und Außenseiter haben es in einer eingespielten Gemeinschaft immer schwer.«

Basil schüttelte den Kopf. »Herrje, Bruder, du hast dich wirklich kein bisschen verändert. Immer noch weich wie ein kleines Mädchen, genau wie damals, als du in Eton ständig verprügelt worden bist. Zu Recht übrigens.«

»Basil!«, mahnte Lady Compton. »Nenn deinen Bruder nicht so.«

»Warum denn nicht?«, fragte Basil unschuldig. »Was hast du gegen niedliche kleine Mädchen, Mutter?«

Lord Compton lachte, Lady Compton verkniff sich erfolglos ein Grinsen.

Und da reichte es Ruby.

Abrupt schob sie ihren Stuhl zurück und stand auf.

»Mir ist nicht wohl, ich brauche ein wenig frische Luft. Sicher ist die Hitze schuld.« Dramatisch fasste sie sich mit der Hand an die Stirn. »Edward, würdest du so lieb sein, mich nach draußen zu begleiten? Ich fürchte, ich habe einen starken Arm nötig, auf den ich mich stützen kann.«

Wenige Augenblicke später hatten Ruby und Edward das Esszimmer verlassen. Durch die großen, bodentiefen Fensterflügel waren sie auf die Terrasse getreten und strebten nun quer über den Rasen auf eine Schatten spendende Gruppe von Eichen zu. Dort war das Gras höher, es blühten Margeriten, und die Gefühllosigkeit ihrer Familie schien ein bisschen weiter entfernt.

»Danke, dass du mich gerettet hast.« Edward lächelte schief.

»Gern geschehen«, erwiderte Ruby grimmig. »Aber es war eine rein egoistische Entscheidung: Ich wäre geplatzt und somit gestorben, wenn ich den dreien noch weiter hätte zuhören müssen.«

»Geplatzt? Das sind die doch gar nicht wert.« Edward seufzte. »Was für eine Familie! Wenn man für eine Weile weg war, kommen sie einem noch schlimmer vor, als wenn man sie jeden Tag um sich hat.«

»Oh, ich habe sie jeden Tag um mich, und mir kommen sie sehr schlimm vor, das kannst du mir glauben!«

Sie lachten beide, doch es klang nicht fröhlich. Im Schatten der mächtigen Bäume setzten sie sich ins Gras. Edward nahm einen langen gelben Halm zwischen die Lippen, und Ruby pflückte gedankenverloren eine Margerite.

»Manchmal«, sagte Ruby schließlich, die Augen fest auf die Margerite geheftet, »frage ich mich, ob ich nicht schrecklich undankbar bin. Ich meine, ich bin die Tochter eines Barons und führe ein Leben, um das mich gewiss so manch einer beneidet. Aber *ich*, Edward«, Ruby schluckte hart, »ich beneide dich. Weil du eine Aufgabe hast, frei bist und in ein paar Wochen schon wieder fort von hier. Ich hingegen … Mein Leben besteht doch aus lauter Nichtigkeiten! Daraus, mich viermal am Tag umzuziehen, Basil zu ertragen, mich im Stillen über unsere Eltern zu ärgern und auf eine Hochzeit zu warten, deren einziger Vorteil es wäre, dass ich Rosefield Hall verlassen darf. Herrgott, meine Zukunft ist genauso langweilig wie meine Gegenwart!«

Edward schwieg.

Etwas gefasster fügte Ruby hinzu: »Da hast du es. Ich bin undankbar.«

Edward lehnte sich zurück und stützte sich auf seine Unterarme. Nachdenklich blinzelte er zu ihr hoch. »Sehnst du dich denn nicht danach zu heiraten?«

Ruby pflückte die nächste Margerite und zupfte an ihr herum. »Nicht, wenn ich einen der beiden Lords nehmen muss, die in London um mich geworben haben.«

»Aber grundsätzlich? Die Liebe ist doch etwas Schönes, Ruby.«

»Ist sie das?« Ruby blickte ihrem Bruder in die Augen. »Woher willst du das denn wissen? Du bist doch gar nicht verheiratet.«

Edward lächelte. »Nein. Doch ich stelle es mir schön vor.«

»Aber Liebe und Ehe gehen so selten zusammen!«, hielt sie stirnrunzelnd dagegen. »Schau dir Mama und Papa an: Sie führen zwei völlig getrennte Leben! Nun ja, abgesehen von den Mahlzeiten, da sitzen sie sich gegenüber. Und manchmal pflichtet er ihr bei irgendetwas bei, um sich ihre wohlwollende Gleichgültigkeit zu erhalten. Aber ansonsten? Sie gehen miteinander um, als seien sie Fremde.«

»Und das ist nicht das, was du dir wünschst?«

»Nein!«

»Dann erzähl mir, wovon du träumst.«

»Von gar nichts.« Ruby seufzte. »Da es sowieso nicht in meiner Macht liegt, meine Träume zu verwirklichen, verbiete ich sie mir lieber gleich ganz.«

»Das habe ich auch getan«, erwiderte er. Dann lachte er leise auf. »Aber weißt du, meinen Träumen war das egal. Sie haben mich einfach eingeholt.«

Voller Zuneigung sah Ruby ihn an. Dass Edward, obgleich er England nie hatte verlassen wollen, in Afrika so glücklich geworden war, lenkte sie von ihrer eigenen Unzufriedenheit ab und erfüllte sie mit warmer Freude.

»Warum erzählst du mir nicht davon, Edward? Ich bin so neugierig. Ich möchte alles über dein Leben in Afrika wissen! Ach ja, und ich möchte endlich Jacob und Virginia kennenlernen, da du doch so viel von ihnen zu halten scheinst.«

Edward warf ihr einen merkwürdigen Blick zu, und Ruby

schob verunsichert nach: »Oder findest du das unangemessen? Weil sie doch ... nun ja, bloß Diener sind.«

»Nein. Es ist nicht unangemessen«, sagte Edward ernst. »Ganz im Gegenteil, Schwesterherz.«

Als sie wenig später alle zusammen in Edwards Zimmer standen, war es dennoch ein wenig sonderbar.

Ruby musste sich nicht lange fragen, woran das lag: Herrschaft und Dienerschaft wurden einander nun mal nicht vorgestellt. Und dass die Diener dunkelbraune Haut hatten und fremdartige Gesichtszüge, machte die Sache noch außergewöhnlicher. Nie zuvor hatte Ruby Menschen gesehen, die von weiter her kamen als von der irischen Insel, und sie musste sich zwingen, Jacob und Virginia nicht unverhohlen anzustarren.

Unbeschwert wirkten die Eheleute, die kaum älter zu sein schienen als sie selbst, jedenfalls nicht. Obwohl sie in einem komfortablen Gästezimmer untergebracht waren und damit einen Luxus genossen, der englischem Personal grundsätzlich verwehrt blieb, sahen sie nicht glücklich aus, sondern angespannt und misstrauisch. Ob das an der ungewohnten Kleidung lag, die sie auf Rosefield Hall tragen mussten? Virginia jedenfalls schien sich in ihrem schwarzen Dienstbotenkleid mit der weißen Schürze äußerst unwohl zu fühlen. Sie zupfte verstohlen daran herum, und das Häubchen auf ihrem kompliziert geflochtenen Haar saß bereits schief. Auch Jacob wirkte nicht, als sei er das Tragen von Anzügen gewohnt. Stocksteif stand der junge Mann vor ihr, das gestärkte Hemd und der hohe Kragen schienen ihm die Luft zum Atmen zu nehmen. Vielleicht, überlegte Ruby, erlaubte der gutherzige Edward es seinem Kammerdiener ja, sich in Gambia anders zu kleiden, weniger formell, weniger britisch. Oder war es gar nicht die Kleidung, die den Afrikanern solches Unbehagen bereitete? Hatten sie am Ende Angst?

Vor ... ihr?

Entschlossen räusperte Ruby sich. Es wurde Zeit, dass sie etwas sagte, um das Eis zu brechen und den Eheleuten zu beweisen, dass sie ihnen wohlgesinnt war.

Also fragte sie freundlich, langsam und sehr deutlich: »Gefällt – es – euch – hier – bei – uns – in – Devon?«

»Die Landschaft ist wunderschön, Madam. So grün und friedlich«, antwortete Jacob in tadellosem Englisch.

Seine Frau ergänzte: »Die Temperaturen sind auch sehr angenehm, Madam. Es ist nicht so schwül wie bei uns. In Gambia herrscht ja gerade Regenzeit.« Ihre Worte waren gefärbt von einem leichten, charmanten Akzent.

»Oh ... ja«, stotterte Ruby. »Regenzeit. Natürlich.«

Edward neben ihr grinste, und Ruby schämte sich. Warum bloß hatte sie die Schwarzen angesprochen wie dumme kleine Kinder? Ihr Bruder lebte seit Jahren mit ihnen zusammen, und überhaupt waren die Engländer nicht erst seit gestern in Gambia. *Selbstverständlich* beherrschten Jacob und Virginia die Sprache ihrer Kolonialherren!

Die Afrikaner standen mit regungslosen Mienen vor ihr. Ruby hatte die beiden nicht demütigen wollen, mit ihrer Gedankenlosigkeit aber genau das getan. Verflixt.

Zerknirscht sagte sie: »Am besten fangen wir noch einmal von vorne an. Gut. Also, ähm ...«

Sie knetete betreten ihre Finger. Worüber unterhielt man sich mit schwarzen Bediensteten, um ihnen sein Wohlwollen zu demonstrieren? Was konnte sie sie fragen, ohne wieder in irgendein Fettnäpfchen zu tappen?

»Ihr, äh ... Vermisst ihr eure Heimat sehr? Nach allem, was ich von Edward gehört habe, muss Gambia ein wunderbares Land sein. Mangrovenwälder, Palmen, Affen, Flusspferde ... Ich kann mir vorstellen, dass England euch dagegen sehr fade vorkommen muss.«

War das unverfänglich genug gewesen?

Jacobs Mund verzog sich zu einem breiten Grinsen. »England ist vielleicht fade, Madam, aber dafür weniger gefährlich als Gambia. Hier gibt es keine Krokodile. Nur Füchse und Hasen, und die können einem nicht das Bein abbeißen. Ihr Land hat also nicht nur Nachteile.«

Ruby lachte erleichtert, und Jacob stimmte in ihr Lachen ein. Aus den Augenwinkeln sah Ruby, dass Edward sie zufrieden betrachtete.

Nur Virginias Ausdruck blieb abwartend und ernst.

Florence

Durch die Hintertür trat sie in den Hof, und für einen kurzen Moment schloss Florence in der Nachmittagssonne die Augen.

Es war Anfang September, die Hitze hatte deutlich nachgelassen und auf Rosefield Hall war wieder der Alltag eingekehrt. Lady Compton hatte sich mit den Schwarzen im Gästezimmer abgefunden, ohne dass es ihr den Verstand geraubt hätte. Lord Compton ging täglich mit seinem jüngeren Sohn fischen, Miss Compton ritt mit ihm aus, und Mister Compton geriet, ganz wie zu alten Zeiten, ständig mit ihm aneinander. Jacob und Virginia hielten sich weiterhin fern von der übrigen Dienerschaft, und so gab es zwar keinen Anlass für die Bediensteten, mit den Afrikanern zu streiten, dafür aber viel Nahrung für Gerüchte und Klatsch.

Florence seufzte. Sie mochte Mabel, Kate, Mrs Ponder und all die anderen gern, schließlich waren sie so etwas wie eine Familie für sie. Aber dass man sich auf Rosefield Hall, unten genauso wie oben, ständig das Maul zerriss über jeden, der auch nur eine Spur von dem abwich, was man hier gewohnt war, das gefiel Florence nicht.

Einerlei. Was zerbrach sie sich den Kopf über die anderen? Sie hatte ohnehin zu viel zu tun, als dass sie sich um deren Getratsche hätte kümmern können. Gerade erst war sie damit fertig geworden, Miss Comptons seidene Unterwäsche zu waschen, davor war sie ihr dabei behilflich gewesen, ihre Reitkleidung anzuziehen. Gleich würden Florence, Mabel und Kate in allen Räumen, die die Herrschaften am Vormittag benutzt hatten, aufräumen müssen. Sie würden Staub wischen, Kissen aufschütteln und Teppiche bürsten, Aschenbecher leeren und Feuer schüren, und dann begannen auch schon die Vorbereitungen für die Teezeit.

Florence atmete tief durch. Nur für eine oder zwei Minuten in der Sonne stehen, dachte sie. Nur ganz kurz einmal gar nichts tun. Ausruhen. Kraft schöpfen. Danach würde es wieder gehen.

Es ging ja immer irgendwie, bei ihnen allen.

Im Laufe der Jahre hatte Florence gelernt, sich in Windeseile zu erholen, und so fühlte sie sich, als sie nach einigen Atemzügen die Augen wieder öffnete, bereits besser. Sie straffte die Schultern und schickte sich an, zurück an die Arbeit zu gehen, doch als sie ins Dämmerlicht des Dienstbotenflurs treten wollte, fiel ihr Blick auf eine dunkle Gestalt, die unbeweglich und stumm auf der Bank an der Hauswand saß.

»Virginia«, sagte Florence erstaunt. »Was machst du denn hier?«

Florence hatte die Schwarzen vor einigen Tagen begrüßt und ihnen ihre Hilfe angeboten, ganz so, wie sie es sich in der ersten Nacht nach Master Comptons Ankunft vorgenommen hatte. Seitdem hatte sie allerdings keine Gelegenheit mehr bekommen, mit ihnen zu sprechen.

Doch nun ging sie kurz entschlossen zu Virginia hinüber und setzte sich neben sie.

»Hast du nichts zu tun?«, fragte sie die Schwarze.

»Nein.«

Florence runzelte die Stirn. »Wofür hat Master Compton dich denn mitgenommen, wenn er dir keine Arbeit gibt?«

Virginia hob das Kinn und sah ihr direkt in die Augen. Sie ist schön, schoss es Florence durch den Kopf, fremdartig zwar, aber unleugbar schön.

»Ich bin nicht Master Comptons Dienerin, sondern Jacobs

Ehefrau«, sagte Virginia fest. »Ohne mich hätte mein Mann Master Compton nicht nach England begleitet.«

So selbstbewusst, wie Virginia es vorbrachte, klang das Argument beinahe logisch. Dennoch fiel es Florence schwer zu glauben, dass Master Compton die junge Afrikanerin untätig herumsitzen und in einem feinen Zimmer schlafen ließ, bloß weil er so viel Wert auf die Anwesenheit ihres Mannes legte.

Nun, wie Master Compton mit seinen Dienern umging und welches deren Aufgaben waren, wenn sie welche hatten, das ging sie, Florence, nichts an. Die Afrikaner waren nur für ein paar Wochen hier, danach würden sie wieder nach Gambia verschwinden, und ob sie in der Zwischenzeit geputzt oder in der Sonne gesessen hatten, machte für Florence schließlich keinen Unterschied.

Sie lehnte sich mit dem Rücken an die angenehm warme Hauswand.

»Ich bin noch nie aus Devon herausgekommen, geschweige denn aus England, kannst du dir das vorstellen?«, sagte sie zu Virginia. »Ich würde zu gerne wissen, ob es in Afrika tatsächlich Löwen gibt.«

Aus Virginias Zügen wich die Spannung. Sie lehnte sich neben Florence zurück, blickte in den milchblauen Himmel und sagte: »Oh ja, Löwen gibt es bei uns. Allerdings werden es immer weniger, und auch die Giraffen und Elefanten verschwinden. Zu viele Trophäenhändler, verstehst du? Und zu viele Großwildjäger. Die englischen Herren lieben es zu jagen, selbst wenn sie gar keinen Hunger haben.«

»In den Wäldern um Rosefield Hall«, sagte Florence, »gibt es nur Füchse, Hasen und Fasane. Die Füchse und Hasen können niemals verschwinden, denn sie vermehren sich wie verrückt. Und die Fasane werden in Lintingham gezüchtet.«

Als sie Virginias fragenden Blick sah, fügte Florence erklärend hinzu: »Lintingham ist das Dorf, das Rosefield Hall am nächsten liegt. Dort gibt es ein Zuchtgehege für die Fasane des Barons. Im späten Frühjahr werden die Tiere ausgewildert, und Lord Compton und seine Jagdgäste können sie dann im Herbst schießen.«

»Man zieht die Fasane auf, um sie dann freizulassen und totzuschießen?«

»Genau.«

»Aber man könnte sie doch auch direkt aus dem Gehege holen und schlachten.« Virginia sah Florence verständnislos an. »Warum der Umweg?«

Florence hatte den Sinn der alljährlichen Auswilderung der Fasane nie in Frage gestellt, doch mit einem Mal kam der alte Brauch ihr absurd vor.

Sie zuckte mit den Schultern. »Du hast es doch selbst gesagt: Die englischen Herren lieben es nun einmal zu jagen.«

»Master Compton ist nicht so«, sagte Virginia mit einer Inbrunst, die Florence überraschte. »Er hat noch nie einen Löwen geschossen. Er kümmert sich lieber um die Erdnusspflanzen.«

»Du hast großes Glück, dass dein Mann gerade ihm dienen darf, Virginia.« Florence dachte an seinen älteren Bruder, den schönen, kalten Mister Compton, und fügte hinzu: »Nicht alle Mitglieder der Familie sind so, nun ... eben so wie er. Rücksichtsvoll. Und gütig.«

Etwas Wildes blitzte in Virginias Blick auf, und für den Bruchteil einer Sekunde erschien es Florence, als seien die Augen der jungen Frau nicht mehr braun, sondern schwarz wie die Nacht. Abrupt erhob sich Virginia. Sie richtete ihr Häubchen und strich sich die Schürze glatt, dann riss sie grob an den Ärmeln ihres Kleides, um sie sich weit über die Handgelenke zu ziehen.

»Auf Wiedersehen, Florence. Ich muss nachsehen, ob Master Compton etwas braucht.«

So plötzlich? Virginia war doch gar nicht Master Comptons

Dienerin, das hatte sie selbst gesagt. Erschrocken fragte Florence sich, was sie falsch gemacht hatte. Welches ihrer gut gemeinten Worte hatte die Schwarze wohl derart erzürnt?

Ohne Florence noch einmal anzusehen, lief Virginia über den Hof, schlüpfte durch das hölzerne Tor in den Gemüsegarten und verschwand.

Florence starrte ihr verwirrt nach.

Erst als auch sie aufstand, wurde ihr bewusst, dass sie mindestens zehn Minuten lang untätig in der Sonne gesessen hatten. Sie zuckte zusammen. Du lieber Himmel, vielleicht suchte man bereits nach ihr! Ob Mrs Ponder sie wegen ihrer Pflichtvergessenheit rügen würde? Mabel und Kate waren gewiss schon fleißig bei der Arbeit, während sie selbst hier draußen herumtrödelte!

Florence nahm die Beine in die Hand und rannte ins Haus.

Ruby

Ungewohnt langsam ritt Ruby durch den spätsommerlichen Wald. Die Sonne funkelte durch das verstaubte Grün der Blätter. Ihre Stute schnaubte abenteuerlustig, doch Ruby war nicht nach einem fröhlichen Galopp zumute. Was für ein Tag! Mit einer Verlobungsanzeige hatte er begonnen, und mit einem bösen Streit.

Die ganze Familie hatte nichts ahnend beim Frühstück gesessen, als Lord Compton plötzlich entrüstet die Zeitung hatte sinken lassen.

»Was ist?«, hatte Lady Compton gelangweilt gefragt. »Ist die Zeitung nicht ordentlich gebügelt?«

»Schlimmer. Viel schlimmer!« Lord Compton hatte finster die Augenbrauen zusammengezogen. »Er hat sich verlobt! Nicht zu fassen. Lord Hangsworth hat sich doch tatsächlich verlobt.«

Ein freudiger Schrecken hatte Ruby durchzuckt.

Einer weniger. Gott sei Dank!

Doch als die Blicke ihrer Eltern sich anklagend auf sie gerichtet hatten, hatte sie ihre Gefühle sorgfältig verborgen. Statt zu jubeln, hatte sie gesagt: »Was für ein Jammer. Wer ist denn die Glückliche, auf die seine Wahl gefallen ist?«

»Das tut doch nichts zur Sache!« Ihre sonst so kühle Mutter war rot geworden vor Zorn. »Du bist es jedenfalls nicht! Dabei habe ich dir hundertmal gesagt, du müsstest dich mehr um Lord Hangsworth bemühen. So ein schöner junger Mann, und so vermögend und ... ach, ist doch alles vergebene Liebesmüh mit dir!«

Ruby hatte ein reuevolles Gesicht aufgesetzt, den Blick gesenkt und sich ihren Teil gedacht. Bemühen hätte sie sich sollen, um diesen selbstherrlichen Gecken? Ganz sicher nicht! Im Gegenteil, sie war zutiefst erleichtert, dass der Kelch, diesen jungen Lord heiraten zu müssen, an ihr vorbeigegangen war.

Den ganzen Vormittag über war ihre Mutter böse auf sie gewesen, und Rubys Erleichterung hatte sich nur allzu rasch in ein schlechtes Gewissen verwandelt. Hätte sie Lord Hangsworth nicht doch umgarnen sollen? War es nicht ihre Pflicht, sich einen vermögenden Ehemann zu angeln, mochte er nun nett sein oder nicht?

Aber eine Ehe ohne Liebe ... Alles in Ruby sträubte sich dagegen. Niedergeschlagen schalt sie sich selbst eine romantische Gans.

Selbst beim Lunch hatte Lady Comptons Zorn angehalten: Sie hatte während des gesamten Essens kein einziges Wort mit Ruby gewechselt. Ihr Vater hatte sie ebenfalls mit Schweigen gestraft, und Basil war ihr noch überheblicher begegnet als sonst. Nur Edward hatte ganz normal mit ihr gesprochen und ihr ab und zu aufmunternd zugezwinkert.

Auf ihren Ausritt hatte Edward seine Schwester nach dem Lunch allerdings nicht begleiten können, denn er musste sich mit Basil im Tennisspiel versuchen. Erst letztes Frühjahr hatte Lord Compton nahe dem Haus einen Rasenplatz anlegen lassen, und Basil beherrschte den modischen Sport bereits sehr gut. Ruby verzog spöttisch den Mund. Wahrscheinlich hatte Basil seinen jüngeren Bruder lediglich zu einem Match überredet, um ihm wieder einmal seine Überlegenheit beweisen zu können.

Dabei war es eigentlich Edward, der Basil überlegen war, fand Ruby. Denn Edward tat wenigstens etwas. Er leitete eine riesige Plantage. Basil hingegen war zwar der zukünftige Erbe von Rosefield Hall, aber schließlich war es nicht sein Verdienst, zu einem früheren Zeitpunkt geboren worden zu sein.

War eigentlich, dachte Ruby aufsässig, überhaupt irgendetwas Basils Verdienst? Ihr Bruder verbrachte seine Tage damit, zu jagen, zu fischen und Tennis zu spielen. Politik interessierte ihn nicht, die Verwaltung des Anwesens auch nicht. Das Einzige, was seine Leidenschaft wecken konnte, war die Eugenik: die genetische Verbesserung der menschlichen Rasse. Ruby runzelte die Stirn, als sie an all die glühenden Reden dachte, die sie bereits über sich hatte ergehen lassen müssen. Sie empfand die Thesen der Eugeniker, die ihr Bruder so gerne zum Besten gab, als menschenverachtend.

Basil kannte solche Skrupel nicht. Er war schon seit Jahren von der Notwendigkeit vollkommener Erbgesundheit überzeugt, und als im Sommer 1912 der erste internationale Eugenik-Kongress in London stattgefunden hatte, hatte er geradezu euphorisch daran teilgenommen. Ruby schauderte bei der Erinnerung an seine Rückkehr: Wochenlang hatte Basil über nichts anderes gesprochen als über die Ausmerzung degenerierter Individuen, die Schädlichkeit sozialstaatlicher Hilfen und die drohende Schwächung der englischen Volksgesundheit durch das Proletariat. Selbst Lady Compton hatte sich schließlich demonstrativ abgewandt, wenn Basil zu einem seiner endlosen Vorträge angesetzt hatte.

Auch seine Verlobte hatte Basil sich nach eugenischen Gesichtspunkten erwählt: Er hatte Matilda Worthery, die Tochter eines Baronets aus der Nachbarschaft, nach eigenem Bekunden nicht etwa um ihre Hand gebeten, weil er in sie verliebt war. Sondern weil er sie für die perfekte Mutter seiner zukünftigen Kinder hielt, war sie doch adelig und von unerschütterlicher Gesundheit, dazu honigblond, blauäugig und gerade so intelligent, wie Basil es dem weiblichen Geschlecht zugestand. Natürlich war Matilda auch finanziell eine gute Partie, doch das hatte nicht den Ausschlag für Basils Wahl gegeben. Er wollte erbgesunde, aristokratische Kinder zeugen, um damit seinem Vaterland einen selbstlosen Dienst zu erweisen. Anlässlich seiner Verlobung hatte er das offen zugegeben; und Matilda, erinnerte Ruby sich angewidert, war auch noch stolz darauf gewesen, dass sie es war, die Basil sich als Zuchtstute auserkoren hatte.

Wahrscheinlich passten die beiden ganz gut zusammen.

Ob Lord Grinthorpe ebenfalls eugenischen Ideen anhing?

Tief in Gedanken versunken ritt Ruby durch den Wald. Kaum merkte sie, dass sie die Grenzen des Compton'schen Anwesens längst verlassen hatte. Was wusste sie eigentlich über den Mann, der ihr als Verehrer und potenzieller Gatte noch verblieben war? Sie kannte sein Alter und seinen gesellschaftlichen Stand, hatte mit ihm über Nichtigkeiten geplaudert und sich ein oberflächliches Bild von ihm gemacht, über sein Äußeres, seine Intelligenz, seine Vermögensverhältnisse. Doch jetzt fragte Ruby sich mehr denn je, ob das wirklich ausreichte, um den unauflöslichen Bund der Ehe einzugehen. Was, wenn sich herausstellen würde, dass der betagte Lord ein ebenso kaltherziger Mensch war wie Basil?

Panik stieg in Ruby auf.

Sie krallte die Hände um die Zügel. Es half nichts, irgendjemanden würde sie heiraten *müssen*, und ob ihr Gatte ein angenehmer oder grässlicher Zeitgenosse war, würde sie höchstwahrscheinlich erst nach der Hochzeit erfahren. Keine schöne Aussicht, aber das Schicksal einer jeden Frau.

Von jäher Verzweiflung ergriffen, beugte Ruby sich über den Pferdehals.

»Na los, meine Schöne«, raunte sie Pearl zu. »Reiten wir dem Schicksal noch einmal davon. Auf, zeig mir, was du kannst!«

Und als hätte sie ihre Reiterin verstanden, machte Pearl einen mächtigen Satz und stürmte los.

Ruby galoppierte aus dem Wald hinaus und über eine Weide, preschte zwischen schwer mit Früchten behangenen Obstbäumen hindurch und setzte über eine niedrige Hecke. Jetzt erst erkannte sie, dass sie sich bereits auf Gemeindegrund befand, doch der wilde Ritt ließ einen trotzigen Übermut in ihr aufsteigen, und statt umzukehren, drückte sie Pearl die Hacken in die Seiten. Sie stürmte wieder in den Wald, der sich hier an einen steilen Hügel schmiegte. Links und rechts jagten, braunen Schemen gleich, Baumstämme an ihr vorbei. Ein überhängender Zweig schlug ihr ins Gesicht, und Ruby zuckte vor Schmerz zusammen. Sie dachte kurz, dass sie gewiss einen hässlichen Striemen auf der Wange zurückbehalten würde, als auch Pearl harte Zweige auf Nüstern und Ohren peitschten. Die Stute bremste abrupt ab und bäumte sich mit erschrockenem Wiehern auf.

Ruby wurde aus dem Sattel geschleudert.

Dumpf schlug sie auf dem Waldboden auf, und noch ehe sie begriff, was geschehen war, schwanden ihr die Sinne.

Als sie wieder zu sich kam, lag sie auf dem Rücken.

Hoch über ihr zwitscherte ein Vogel.

Die Blätter an den Bäumen schienen zu kreisen.

Mühsam setzte Ruby sich auf. In ihrem Kopf hämmerte es, und in ihrem Rock klaffte ein langer Riss. Von Pearl war weit und breit nichts zu sehen.

Verdammt! Wie sollte sie ohne ihre Stute nach Hause kommen? Sie wusste ja nicht einmal, wo sie war. Irgendwo außerhalb des Compton'schen Anwesens, aber wo genau? Ruby stöhnte. Auf Pearls Rücken neue Wege zu erkunden hatte sie sich immer spannend vorgestellt, doch zu Fuß und mit schmerzendem Schädel verlor eine solche Aufgabe deutlich ihren Reiz.

»Pearl!«, rief Ruby, obwohl sie wusste, dass es sinnlos war. Ihre Stute war schließlich kein Hund, der auf Zuruf hechelnd angerannt kam. »Pearl. Hierher, du treuloses Tier!«

Sie rappelte sich auf und machte probeweise ein paar Schritte. Immerhin schien sie sich nichts gebrochen zu haben. Nun, dann würde sie eben laufen statt reiten, dachte sie mit verbissenem Optimismus. Früher oder später würde sie schon nach Hause finden. Möglicherweise würde sie auch ein Gehöft erreichen, wo man ihr helfen konnte. Oder sie landete in Lintingham, wo sie von der Post aus zu Hause anrufen konnte. Unwillkürlich blickte Ruby an sich herab. Sie würde mit zerrissenem Rock, aufgelöstem Haar und einer Schramme an der Wange das Postamt betreten müssen. Wie peinlich!

Sie schritt den stillen Waldweg entlang, obgleich sie keine Ahnung hatte, wohin er sie führen mochte. Wie lange sie wohl ohnmächtig auf dem Waldboden gelegen hatte? Waren nur ein paar Minuten vergangen oder eine Stunde? Wartete die Familie am Ende bereits mit dem Tee auf sie? Ruby schluckte. Wenn dem so war, würde sie mächtigen Ärger bekommen, sobald sie es nach Hause geschafft hätte. Vielleicht würde man es ihr sogar verbieten, zukünftig allein auszureiten.

Und alles nur, weil sie unbedingt ihrer Zukunft hatte davonstürmen wollen. Ruby ärgerte sich über sich selbst. Die Folgen ihrer wilden Jagd waren nicht Freiheit und Vergessen gewesen, sondern ein Unfall und zerrissene Kleider. Tja, das hatte sie nun davon.

»Pearl!«, schrie sie ins dichte Grün, wenn auch nur, um ihrer Frustration Luft zu machen. »Du bekommst eine Karotte, sobald wir daheim sind, aber jetzt komm her. Pearl, lass mich nicht im Stich! Du bekommst eine schöne, große, saftige Karotte, versprochen! Komm, Pearl! Karotte! Karotte!«

Hinter ihr ertönte Hufgetrappel.

Ruby fuhr herum. Hatte ihre Stute sich wirklich von ihr herlocken lassen?

»Pearl?«, rief sie ein letztes Mal hoffnungsvoll.

»Kann sein, dass sie so heißt«, antwortete eine dunkle Stimme. »Sie wollte mir ihren Namen leider nicht verraten.«

Ein junger Mann, den sie nicht kannte, kam auf Ruby zugeritten, und er führte ihre Stute mit sich. Ruby fiel ein Stein vom Herzen.

Direkt vor ihr brachte der Fremde sein Pferd zum Stehen und saß ab, Pearls Zügel fest in der Hand.

»Da haben Sie also tatsächlich meine Pearl gefunden«, sagte Ruby und schenkte dem Fremden ein Lächeln. »Ich bin Ihnen sehr zu Dank verpflichtet, Sir. Mussten Sie lange suchen, ehe Sie mich gefunden haben?«

»Keine fünf Minuten.« Mit einer kleinen Verbeugung überreichte er ihr Pearls Zügel. »Ihre Lockrufe durch den Wald waren nicht zu überhören.«

Ruby schoss das Blut in die Wangen. Richtig, sie hatte ziemlich albern herumgeschrien.

»Ja, äh, das mit den Karotten«, stotterte sie. »Wissen Sie, manchmal funktioniert es, warum auch immer.«

Der junge Mann zog die Brauen hoch. Ruby kam nicht umhin zu bemerken, dass er gut aussah: volles kupferbraunes Haar, klare Gesichtszüge, ein kantiges Kinn. Ein paar Sommersprossen tummelten sich auf seiner Nase und den Wangen, was ihn seltsamerweise noch attraktiver machte. Sein Alter schätzte Ruby auf Mitte zwanzig.

»Manchmal funktioniert es?«, fragte er, und seine braunen Augen blitzten. »Wirft Ihre Stute Sie denn häufiger ab?«

»Selbstverständlich nicht!« Herrje, dieser Fremde brachte sie ganz durcheinander.

»Das beruhigt mich. Sie Tag für Tag auf der Suche nach Ihrer Stute durch den Wald irren zu lassen, würde ich nämlich nicht übers Herz bringen. Ich müsste meine Zeit wohl damit verbringen, Patrouille zu reiten.«

Wider Willen musste Ruby lachen. »Dann sehen Sie sich also als Retter hilfloser Frauen?«

Der Fremde zögerte kurz. Dann stimmte er in ihr Lachen ein.
»Wenn sie sich denn retten lassen wollen, sehr gerne.«

»Das klingt ja fast, als gäbe es Frauen, die männliche Hilfe ablehnen würden.«

»Nun, wir leben im zwanzigsten Jahrhundert. Die Zeiten sind schlecht geworden für strahlende Helden. Jedenfalls meiner Erfahrung nach.«

Nun war Rubys Neugierde endgültig erwacht. Sie musterte den Fremden. Zu ihren Bauern oder den Dorfbewohnern gehörte er, seiner vornehmen Kleidung nach zu urteilen, nicht. Ein Lord konnte er aber auch nicht sein, sonst hätte Ruby von seiner Ankunft gehört. War er vielleicht ein Bürger? Auf der Durchreise?

»Sie sehen ein wenig derangiert aus, wenn ich mir diese Bemerkung erlauben darf«, sagte er in ihre Gedanken hinein. Sein Blick glitt über Rubys Gestalt und blieb an dem Riss in ihrem Rock hängen. »Ich würde Ihnen gerne irgendwie helfen. Nadel und Faden oder auch nur eine Bürste habe ich leider nicht bei mir, aber ich könnte Sie zumindest nach Hause begleiten. Möglicherweise haben Sie einen Schock. Dann wäre es nicht ratsam für Sie, den Heimweg ganz alleine anzutreten.«

»Oh, ich denke, bis nach Hause schaffe ich es schon«, sagte Ruby so würdevoll, wie es ihr in ihrem versehrten Zustand möglich war. »Wie Sie gerade selbst bemerkt haben: Wir Frauen können uns ganz gut alleine helfen.«

»Außer wenn es darum geht, flüchtige Pferde einzufangen«, bemerkte der Fremde.

Ruby musste grinsen. »Stimmt, für diese heldenhafte Tat bekommen Sie ja noch Ihre Belohnung.«

»Ach?«

»Selbstverständlich. Sie bekommen eine schöne, saftige Karotte! Schließlich waren Sie es, der Pearl zu mir zurückgebracht hat. Also steht auch Ihnen statt meinem Pferd die Karotte zu.«

Einen Augenblick lang sah der junge Mann sie verdutzt an. Dann schüttelte er den Kopf und lachte.

»Zu liebenswürdig. Aber könnte ich stattdessen einen Apfel haben? Möhren gehören nicht gerade zu meinen Leibspeisen, vor allem nicht in rohem Zustand.«

»Ich frage den Stallknecht. Vielleicht haben Sie ja Glück, und er kann einen Apfel entbehren.« Ruby schlang Pearls Zügel um einen Ast. »Dafür müssen Sie mir jetzt aber beim Aufsitzen helfen. Es ist leider kein großer Stein in der Nähe, den ich als Aufstiegshilfe benutzen könnte.«

Der Fremde band sein Pferd ebenfalls an, dann trat er an Rubys Seite.

»Mit dem größten Vergnügen, Miss …?«

Ruby wandte den Kopf und sah ihn an.

Jeder in der näheren und weiteren Umgegend kannte sie.

Doch dieser Mann hier kannte sie nicht.

Bisher war der Fremde weder unterwürfig gewesen wie ein kleiner Bürger noch selbstbewusst-taxierend wie die Herren ihrer eigenen Gesellschaftsschicht. Dass eine Unterhaltung mit einem Mann so nett und natürlich sein konnte, hätte Ruby nie gedacht. Doch sie ahnte, dass die ungezwungene Weise, in der dieser Fremde sie behandelte, untrennbar mit ihrer Anonymität zusammenhing.

Ihre Gedanken flogen zurück nach London. In den vergangenen Monaten war es stets nur darum gegangen, eine passende Ehe für Ruby anzubahnen. Ob auf rauschenden Bällen, auf Pferderennen oder bei Dinner-Einladungen: Die Herren, denen man sie vorgestellt hatte, hatten Ruby angesehen, als stünde sie zum Verkauf. Ruby hatte gelächelt und Unsinn geredet, ganz so, wie man es von ihr erwartet hatte. Doch sie hatte jede einzelne dieser Begegnungen, während derer sie beurteilt worden war wie ein Stück Vieh, als anstrengend und demütigend empfunden.

Nun aber, in diesem stillen Wald, sprach sie zum ersten Mal mit einem Mann, der keine Ahnung hatte, wer sie war. Hier und jetzt war sie keine Lady, die unter die Haube gebracht werden musste, und der Fremde war weder ein Lord noch ihr Untergebener.

Wie wunderbar!

Immer noch standen sie zusammen an Pearls Seite, und Ruby wusste, dass der Fremde, der sie unverwandt ansah, auf ihren Namen wartete. Sie räusperte sich.

»Green«, sagte sie. »Nennen Sie mich Miss Green. Und Sie sind …?«

Er lächelte in sich hinein, antwortete aber nicht. Stattdessen half er Ruby auf ihr Pferd. Erst als sie sicher im Sattel saß, blickte er zu ihr hoch.

»So ein Zufall«, sagte er mit unergründlicher Miene. »Sie heißen Green, wie die Farbe Ihrer Augen. Und mein Name ist Brown, Cyril Brown.«

Er löste Pearls Zügel und reichte sie ihr. »Werde ich Sie wiedersehen, Miss Green?«

Ruby blinzelte. Alles an diesem Mann brachte sie durcheinander. Hieß er wirklich Mr Brown, nach der Farbe *seiner* Augen, oder hatte er sich über sie lustig gemacht? Doch selbst wenn … Der Gedanke, ihn als Miss Green wiederzusehen, hatte etwas höchst Verführerisches an sich. Ihr Herz klopfte schneller.

Um ihre Nervosität zu überspielen, sagte sie schnippisch: »Fragen Sie mich nach einem Wiedersehen, weil Sie ein weiteres Mal den strahlenden Helden spielen wollen, Mr Brown? Dann muss ich Sie enttäuschen, ich falle nämlich nur in absoluten Ausnahmefällen vom Pferd.«

»Ich möchte Sie ja gar nicht retten. Ich bestehe lediglich auf meiner Belohnung. Sie hatten mir einen Apfel versprochen, schon vergessen?«

Trotz ihrer Verwirrung musste Ruby grinsen. »Stimmt, Ihren Apfel. Den sollen Sie natürlich bekommen.«

»Morgen?«

Ruby trieb Pearl an und trabte los. Was tat sie da eigentlich? Sie würde sich doch ganz sicher nicht mit einem Mann verabreden, den sie gar nicht kannte! Noch dazu im Wald.

»Morgen, hier, um dieselbe Zeit«, rief sie Mr Brown über die Schulter hinweg zu.

Augenblicklich bekam sie Angst vor ihrer eigenen Courage. Dank des flotten Trabs ihrer Stute war sie schon recht weit von Mr Brown entfernt. Ob er ihre Worte überhaupt noch gehört hatte? Hoffentlich nicht! Hoffentlich hatten Vogelgezwitscher und Blätterrauschen das unmögliche, geradezu skandalöse Angebot übertönt, das sie ihm da gerade gema…

»Ich werde hier sein!«, rief Mr Brown zurück.

Sie stöhnte unterdrückt. Er hatte sie gehört. Und Ruby wusste, dass sie wider jede Vernunft ebenfalls da sein würde – als Miss Green.

Ich kann nur hoffen, dass Gott mich nicht für meinen Wahnsinn straft. Und dass ich unseren Treffpunkt überhaupt wiederfinde.

Sie galoppierte von ihm fort, so schnell die dicht stehenden Bäume es zuließen.

Am Tag darauf konnte Ruby beim Lunch kaum still sitzen. Sie musste sich zwingen, nicht wie ein kleines Kind auf ihrem Stuhl hin und her zu rutschen, und war sich sicher, dass jeder am Tisch ihr ansehen musste, dass sie etwas höchst Verbotenes vorhatte.

Nun gut, Miss Worthery vielleicht nicht. Basils hübsche Verlobte zeichnete sich kaum durch Scharfsinn oder Menschenkenntnis aus, und ihr heutiger Besuch auf Rosefield Hall hatte Ruby bereits an die Grenzen ihrer Geduld gebracht.

»Ich mache außerordentlich gerne die Runde unter den Armen«, sagte Miss Worthery gerade und führte zierlich einen Löffel Apfelkompott zum Mund. »Für gewöhnlich gehen Mutter und ich zusammen in ihre Häuschen, aber wenn Mutter keine Zeit hat, kommt es schon einmal vor, dass ich meiner Pflicht auch alleine nachkomme.«

»Das ehrt Sie, meine Liebe«, lächelte Lord Compton.

»Aber nein«, wehrte Miss Worthery bescheiden ab. »Es ist doch selbstverständlich, dass wir diesen notleidenden Kreaturen unsere Unterstützung zukommen lassen. Erst gestern habe ich einer jungen Frau, die ihren Mann verloren hat, minutenlang Trost zugesprochen, und Mama hat einem an Husten leidenden Bauern Eukalyptusöl verabreicht.« Matilda lächelte in die Runde.

»Glaubst du nicht, es wäre besser, die Armen sich selbst zu überlassen?«, fragte Basil.

Das süße Lächeln erstarb.

Mit roten Wangen stotterte Miss Worthery: »Ich ... ich kenne es nicht anders, Basil. Wir ... wir haben schon immer die Runde unter den Armen gemacht. Das gehört doch dazu, nicht wahr? Man macht das halt so. Schon immer.«

»Kein Grund, diese Unsitte bis in alle Ewigkeit fortzuführen!«, beschied Basil ihr, milderte seine Worte jedoch ab, indem er den Mund zu einem Lächeln verzog. »Wenn wir die Schwachen durchfüttern, tun wir England nichts Gutes, liebste Matilda. Wie sagt Alexander Tille so schön? Auch die sorgsamste Zuchtwahl der Besten vermag nichts, wenn sie nicht verbunden ist mit einer erbarmungslosen Ausscheidung der Schlechtesten.«

Miss Worthery blickte ihn bewundernd an. »Das kannst du auswendig dahersagen, einfach so?«

Basil zuckte mit den Schultern. »Ist doch nichts dabei. Jedenfalls, mein liebes Kind, findet Tille, dass die Schlechtesten, die Niedrigen, die viel zu Vielen geopfert werden müssen, und ich sage: Recht hat er!«

Miss Worthery seufzte entzückt, und Ruby verdrehte genervt die Augen. Ihr Bruder war selbst erst siebenundzwanzig, warum nannte er Miss Worthery »mein liebes Kind«? Und warum musste er immer solch gnadenlose Reden schwingen, selbst beim Lunch?

»Basil, hör auf damit«, mischte sie sich ein. »Ich möchte das nicht hören.«

»Ich auch nicht«, pflichtete Edward ihr bei, »und ich muss sagen, Bruder, deine Worte schockieren mich. Du sprichst hier immerhin von Menschen!«

»Ich schockiere dich?«, wiederholte Basil süffisant. »In welcher Welt lebst du eigentlich, Edward? Sogar Churchill, der Erste Lord der Admiralität, ist von der Eugenik angetan. Ich befinde mich also in bester Gesellschaft.«

»Winston Churchill«, schaltete Lord Compton sich grollend ein, »ist zu den Liberalen übergelaufen und somit niemand, über den ich bei Tisch sprechen möchte.«

»Er mag ein Liberaler sein, aber er ist ebenso Marineminister«, sagte Basil bestimmt. »Das ist ein würdevolles, männliches Amt. Außerdem hält der gute Churchill in gewissen Fällen Zwangssterilisationen für geboten, und das, ich sage es frei heraus, macht ihn mir sympathisch.«

»Du hegst Sympathien für einen Liberalen?« Miss Worthery biss sich erschrocken auf die Unterlippe.

Basil tätschelte ihr beruhigend die Hand. »Natürlich stimme ich in allen anderen Angelegenheiten nicht mit ihm überein. Er ist, obgleich Marineminister, ein recht verrückter Radikaler, so viel steht fest.«

»Er ist ein Armenfreund und Sozialrevolutionär«, sagte Edward scharf. »Das ist es, was ihn *mir* sympathisch macht, und ich hoffe inständig, sein Gefasel von Zwangssterilisationen ist einer vorübergehenden Geistesverwirrung geschuldet.«

»Edward!«, rief Lady Compton, die dem Gespräch bisher

schweigend gefolgt war, schrill. »Das klingt ja gerade so, als seist du selbst ein Liberaler geworden!«

»Ein Liberaler oder, schlimmer, ein Sozialist.« Basils Stimme troff vor Verachtung. »Herrgott, Bruder! Du magst ihn, weil er ein Armenfreund ist? Wenn selbst du, ein Mann von altem englischem Adel, so verquer denkst, dann brauchen wir uns wahrlich nicht zu wundern, dass die Engländer als Volk verweichlichen. Hat der Burenkrieg dich denn gar nichts gelehrt?«

»Ich habe nicht an ihm teilgenommen, da wir beide damals noch Schuljungen waren«, entgegnete Edward frostig. »Erstens dürfte dir das bekannt sein, und zweitens sehe ich nicht, was ein Krieg in Südafrika mit der hiesigen Fürsorge für unsere Armen zu tun haben soll.«

»Das liegt doch auf der Hand! Was sagt es denn über unsere Armee aus, wenn ein paar dumme burische Bauern ihr so lange standhalten können? Spricht das etwa für die Männer unseres Landes? Antworte mir, Edward!«

Über den Tisch hinweg starrten die Brüder sich an. Miss Worthery fixierte angestrengt ihre leere Kompottschüssel. Lady Compton seufzte resigniert.

»Du kämpfst auf verlorenem Posten, Edward«, sagte Ruby. »Basil ist unbelehrbar, wenn es um sein eugenisches Steckenpferd geht.«

»Ich glaube kaum, Kind, dass du etwas Sinnvolles zu einem Gespräch über Kriege, Wissenschaft und Politik beitragen kannst«, versetzte Lord Compton unwirsch. »Du bist eine Frau. Lass deine Brüder ihre Diskussionen also bitte alleine führen, ja?«

Ruby presste zornig die Lippen zusammen.

Mit plötzlicher Inbrunst wünschte sie sich in den Wald, dorthin, wo der geheimnisvolle Fremde auf sie wartete. Im Wald war sie Miss Green, und Miss Green würde sich niemals den Mund verbieten lassen.

Mit einer zackigen Handbewegung schob Basil sein Kompottschälchen von sich. »Der Burenkrieg hat gezeigt, dass wir dringend unsere englische Kraft wiederfinden müssen, unsere Virilität, unsere Macht. Wo kommen wir denn hin, wenn wir das schwache Gesindel der niederen Klassen durchfüttern, damit uns am Ende die barbarischen, unzivilisierten Völker unterwerfen? Nimm zum Beispiel die Schwarzen: Die haben zwar nicht viel im Kopf. Aber sie haben sich ihre brutale, ursprüngliche Vitalität erhalten und werden uns nur allzu bald unterjochen, wenn wir nicht ...«

»Halt den Mund!«, fuhr Edward ihn an. Der Löffel in seiner Hand zitterte.

Für eine Sekunde sah Basil erschrocken aus.

Dann grinste er breit. »Oh, verzeih mir, Bruder. Ich vergaß, dass du nicht nur auf dem Tennisplatz ein Weichei bist, sondern auch als Herr deiner schwarzen Diener. Dein gutes Herz verkraftet es nicht, wenn man schlecht über ihre Rasse spricht, hm?« Er wandte suchend den Kopf. »Wo stecken sie denn eigentlich, die alten Faulpelze? Viel zu arbeiten gibst du ihnen ja nicht gerade. Hast du keine Angst, dass sie auf dumme Gedanken kommen, so vollkommen unbeschäftigt?«

Edward war blass geworden. Miss Worthery blickte mit großen Augen zwischen den Brüdern hin und her.

»Wie ich mit meinen Dienern umgehe«, stieß Edward hervor, »geht dich einen feuchten Kehricht an, Basil.«

»Und wie ich über deine dummen Neger spreche«, gab Basil mit schmalen Augen zurück, »geht dich einen feuchten Kehricht an, Edward.«

Die Luft vibrierte vor Spannung.

Hilflos und wütend blickte Ruby zu ihrem Vater. Warum sprach er nicht endlich ein Machtwort? Ihr, Ruby, befahl er zu schweigen, doch er selbst sah tatenlos zu, wie seine Söhne sich in

Rage redeten. Bereits jetzt machten sie sich ja alle zum Gespött der Dienerschaft! John und Charles, die mit unbewegten Mienen im Hintergrund standen, würden gewiss nicht für sich behalten, was sie hier oben zu hören bekamen. Und Miss Worthery ... Rubys Blick flog zu der honigblonden Schönheit, die betreten in ihre Kompottschüssel starrte. Was dachte sie? Dachte sie überhaupt irgendetwas? Wie konnte dieses Mädchen glücklich und zufrieden damit sein, einen Mann wie Basil zu ehelichen, nachdem sie Zeugin solcher Aussagen geworden war?

Schließlich war es nicht Rubys Vater, sondern ihre Mutter, die das Wort ergriff. »Miss Worthery hätte sicher großen Spaß daran, wenn du sie ins Tennisspiel einführen würdest«, sagte Lady Compton zu Basil und legte ihre Serviette weg. Hochmütig blickte sie in die Runde. »Ich denke, wir können die Tafel aufheben.«

Basil setzte zu einer Erwiderung an, doch in Anbetracht von Lady Comptons eiserner Miene überlegte er es sich offenbar anders. Er nickte knapp, erhob sich und bot Miss Worthery seinen Arm. Erleichtert lächelte seine Verlobte ihn an, und sie verließen das Esszimmer.

Ruby blickte ihnen nach. Sie verstand Miss Worthery weniger denn je: Was Basil gesagt, wie schlecht er sich benommen hatte, schien sie nicht im Geringsten zu stören! Dass Basil schön und der zukünftige Lord Compton war, reichte ihr offensichtlich vollkommen aus.

Kopfschüttelnd stand Ruby auf und trat zu Edward. Er sah bleich und zornig aus, und nicht zum ersten Mal dachte Ruby, wie jammerschade es war, dass nicht er der ältere der beiden Söhne war und somit der Erbe von Rosefield Hall. Wie würde es unter Basils Herrschaft einmal hier zugehen? Ruby konnte nur hoffen, dass sie bis dahin weit fort und verheiratet wäre. Wenn auch besser nicht mit Lord Grinthorpe.

»Lass uns fischen gehen«, sagte ihr Vater und schlug Edward

jovial auf die Schulter. Er lächelte, als sei nichts geschehen. »Oder hattest du andere Pläne für den Nachmittag, mein Sohn?«

Edward verschränkte die Arme vor der Brust. »Ich wollte Ruby gerade fragen, ob sie mit mir ausreiten möchte.«

Mit Edward ausreiten, jetzt? Aber das ging nicht!

»Ach, geh du ruhig mit Vater fischen«, versicherte sie ihrem Bruder eilig. »Unseren Ausritt können wir doch auf morgen verschieben. Heute ist mir sowieso mehr nach Alleinsein zumute.«

Erstaunt und ein wenig verletzt sah Edward sie an.

Ruby schenkte ihm ein entschuldigendes Lächeln, und ihr Gewissen zwickte sie heftig. Doch sie nahm ihre Worte nicht zurück. Heute wollte sie unbedingt ohne Edward in den Wald. Später, nach dem Tee, würde sie mit ihrem Bruder spazieren gehen. Aber jetzt …

Sie kam zu einer beunruhigenden Erkenntnis: So gerne sie mit Edward zusammen war, so ungern wollte sie den Fremden mit ihm teilen.

Was auch immer das bedeuten mochte.

Florence

»Der Lunch war mal wieder äußerst unterhaltsam«, feixte John, als er an Florence und Mabel vorbeilief, um die letzte silberne Schüssel in die Küche zu tragen.

»Erzähl doch«, rief Mabel dem obersten Diener neugierig hinterher. »Worüber haben sie denn diesmal gestritten?«

Sie lehnten an der graubraun gestrichenen Wand neben dem Klingelbrett, das sich über die gesamte Flurlänge zwischen Hoftür und Weinkeller erstreckte. Im Moment standen die Klingeln, von denen jede zu einem bestimmten Zimmer gehörte, ausnahmsweise einmal still. Keiner der Herrschaften schien einen Wunsch zu haben, und so konnte das Personal sich ein paar Minuten Pause gönnen.

John kam mit leeren Händen aus der Küche zurück, blieb vor Mabel stehen und lächelte auf sie hinab. »Ich erzähle dir alles, aber lass uns in den Hof gehen. Dort redet sich's ungestörter.«

Leiser fügte er hinzu: »Und es küsst sich auch besser, wenn keine Zuschauer in der Nähe sind.«

Mabel kicherte.

Florence wandte sich stirnrunzelnd ab. John war zwar ein hübscher junger Kerl, aber sie verstand trotzdem nicht, wie Mabel so unvorsichtig sein konnte. Sie nahm sich vor, dem Mädchen in einer ruhigen Stunde eindringlich ins Gewissen zu reden. Mabel war erst sechzehn, und obgleich sie mit ihrer üppigen Figur, den blonden Locken und den vollen Lippen verführerisch aussah wie eine Frau, verhielt sie sich doch allzu oft eher wie ein unbedachtes

Kind. Florence war acht Jahre älter und fühlte sich ein wenig wie Mabels große Schwester. Und war es als solche nicht ihre Pflicht, die Jüngere vor dem eigenen Übermut zu beschützen? Vor allem, wenn Mabels gesamte Existenz davon abhing. Oder zumindest ihre Zukunft auf Rosefield Hall. Denn jeder, der hier eine Stelle antrat, bekam es eingeschärft – die jungen Männer vom Butler, die Mädchen von der Hausdame: Liebesbeziehungen zwischen Dienern und Hausmädchen waren streng verboten, und Ausnahmen wurden nicht geduldet. Mr Hurst und Mrs Ponder wachten mit Argusaugen über die Moral der Bediensteten, und sie scheuten auch nicht davor zurück, unangemeldet in Schlafzimmern aufzutauchen, Schränke zu durchsuchen und unter Betten zu lugen, wenn sie Regelverstöße vermuteten.

Florence erinnerte sich gut daran, wie sie selbst Mrs Ponders Belehrungen über sich hatte ergehen lassen müssen, als die Hausdame sie nach Rosefield Hall geholt hatte.

»Wenn du dich nach Liebe sehnst, so musst du heiraten«, hatte die Hausdame erklärt, und die damals Dreizehnjährige hatte mit brennenden Wangen auf den Boden gestarrt. »Das aber bedeutet, dass du deine Stelle hier verlierst, denn als verheiratete Frau wird von dir erwartet, dass du deinen eigenen Haushalt führst.«

Mrs Ponder hatte Florence' Kinn mit dem Zeigefinger angehoben und ihr ernst in die Augen geblickt. »Das, liebes Kind, ist die günstige Variante. Wenn du allerdings Pech hast, dumm bist und den leeren Versprechungen der Männer glaubst, dann kann es dir passieren, dass du am Ende mit einem Kind und einem ruinierten Ruf dastehst, aber ohne Gatten. In diesem Falle wird dir nichts übrig bleiben, als ins Armenhaus zu gehen oder … auf die Straße. Hast du das begriffen, Florence?«

Die Straße. Was meint sie mit der Straße?

Das unangenehme Gespräch lag Jahre zurück, und mittlerweile wusste Florence, was die Hausdame mit der Straße gemeint hatte. Unwillkürlich schauderte sie. Tag für Tag den verschiedensten Männern zu Diensten sein zu müssen, nur um zu überleben und sein Kind ernähren zu können ... entsetzlich! Florence konnte sich nicht vorstellen, wie eine Frau ein solches Los ertragen konnte.

Sie konnte sich ja nicht einmal vorstellen, einem Mann zu Diensten zu sein, den sie *mochte*.

Florence lehnte sich wieder gegen die Wand, schloss die Augen und dachte an Mr Yorks. Der Kammerdiener machte ihr seit geraumer Zeit den Hof, auf anständige, unaufdringliche Weise; nicht einmal Mr Hurst hatte an seinem Verhalten etwas auszusetzen. Mr Yorks war nur wenig älter als Florence, er hatte ein angenehmes Gesicht und war gut gebaut. Mit seinem Gehalt als Kammerdiener würde er sie ernähren können, wenn sie nach der Hochzeit aufhören müsste zu arbeiten. Alles passte, nichts stand einer Verbindung mit ihm entgegen, und Florence wusste, dass sie dumm war, ihn nicht endlich ein wenig zu ermutigen.

Doch ihre Stelle aufgeben, um mit Mr Yorks nicht nur den Tisch zu teilen, sondern auch das Bett ... Sie schluckte. Nicht daran denken. Noch hatte er sich ihr nicht erklärt, noch stand keine Entscheidung an.

»Wie gerne hätte ich da oben Mäuschen gespielt!«, hörte sie die gackernde Stimme des Hausmädchens Kate. »Es ist doch zu lustig, wenn die feinen Herrschaften sich gegenseitig an die Gurgel gehen.«

Rasch öffnete Florence die Augen. Kate huschte mit Charles, dem zweiten Diener, an ihr vorbei, doch keiner von beiden beachtete sie. Stattdessen verzogen Kate und Charles sich zu den anderen in den Hof. Also war die Zeit der unbeobachteten Küsse für John und Mabel vorbei.

Nun, auch das Tratschen würde ihnen Spaß machen, dachte Florence müde. Es war schließlich immer dasselbe: Kaum waren Hausdame und Butler nicht in der Nähe, wurde genüsslich über die Familie des Barons hergezogen. Ein besonders beliebtes Spiel bestand darin, zerrissene Briefe aus den Papierkörben der Herrschaften zu holen und sie wieder zusammenzusetzen. Was wurde über die Geheimnisse der Lords und Ladys gelacht! Auch schwarze Listen wurden geführt, und jeder, der draufstand, wurde von den Angestellten verflucht. An erster Stelle fand sich dabei stets der Name »Basil Compton«.

Doch obgleich auch Florence Mister Compton nicht mochte, beteiligte sie sich selten an den Verwünschungen und der Schnüffelei. Sie verdankte den Comptons Lohn, Brot und ein Dach überm Kopf, und deshalb wäre sie sich schäbig vorgekommen, sich über ihre Arbeitgeber das Maul zu zerreißen. Statt sich also zu den anderen in den Hof zu gesellen, machte Florence sich auf den Weg in die Küche.

Als sie die Tür öffnete, schlugen ihr Dampf und Hitze entgegen, denn die Kohleöfen in Mrs Blooms Reich wurden ununterbrochen befeuert. Gerade kümmerten sich Köchin und Mägde um die Essensreste und das schmutzige Geschirr, das sich in Bergen neben dem Spülbecken türmte.

»Ich brauche einen Apfel, Mrs Bloom«, bat Florence. »Einen schönen, saftigen, ohne faule Stellen. Er ist für Miss Compton.«

Die Köchin stemmte die vom Spülwasser nassen, geröteten Hände in die Hüften. »Ach, ist die junge Lady beim Lunch nicht satt geworden? Mein Essen hat ihr wohl nicht geschmeckt?«

»Doch, doch, ich bin sicher, das hat es«, sagte Florence schnell. Wenn es an ihre Ehre als Köchin ging, war mit Mrs Bloom nicht zu spaßen. »Aber Miss Compton möchte ausreiten und braucht einen Apfel als Wegzehrung.«

»Als Wegzehrung?« Mrs Bloom kniff misstrauisch die Augen zusammen. »Ganz neue Sitten, was? Bist du sicher, dass der schöne, saftige Apfel nicht doch für dich selbst ist, Florence?«

Nun stemmte auch Florence die Hände in die Hüften. Sie fand es zwar ebenfalls merkwürdig, dass Miss Compton ausgerechnet einen Apfel mitnehmen wollte. Gab es für Picknicks nicht Kuchen? Gurkensandwiches? Oder Flapjacks, die beliebten Haferflockenschnitten? Doch wie Mr Hurst vor nicht allzu langer Zeit dem Chauffeur beschieden hatte: Es war das gute Recht der Herrschaften, exzentrisch zu sein. Und sie, Florence, würde sich nicht der Lüge verdächtigen lassen.

»Schon gut, schon gut«, murrte Mrs Bloom. Sie zog einen Schlüssel aus der Schürzentasche und reichte ihn Florence. »Hier, geh in die Speisekammer und such ihr den Apfel selbst aus. Oder besser, bring Miss Compton gleich zwei Äpfel. Vielleicht ist der Hunger beim Ausreiten größer als gedacht.«

»Danke«, sagte Florence würdevoll. Mit hoch erhobenem Haupt machte sie sich auf den Weg zur Speisekammer. Ob der Apfel für sie selbst sei, also wirklich!

Als sie die Speisekammer betrat und die Früchte sorgfältig nach zwei besonders schönen Exemplaren durchsuchte, dachte sie daran, wie Miss Compton am Vortag ausgesehen hatte: Völlig derangiert war die junge Dame von ihrem Nachmittagsritt zurückgekehrt, und Florence hatte alle Mühe gehabt, den Schaden in der kurzen Zeit bis zum Tee zu beheben.

Der zerrissene Rock des Reitgewandes war dabei nicht das Problem gewesen, denn Miss Compton hatte den Rock mit der ihr eigenen Großzügigkeit umstandslos Florence geschenkt. Florence hatte den kostbaren Stoff bereits genäht; sie würde den Rock beim nächsten Kirchgang tragen.

Für die Schramme auf Miss Comptons Wange hingegen hatten sie sich eine Ausrede einfallen lassen müssen, und die aufgelöste Frisur in ein paar Minuten wieder makellos hochzustecken hatte Florence ihre ganze Kunstfertigkeit abverlangt. Doch heute Morgen, als Miss Compton sie um den Gefallen mit dem

Apfel gebeten hatte, war die junge Herrin fröhlich und unbeschwert gewesen, und daraus schloss Florence, dass ihr Abenteuer von den Eltern unbemerkt geblieben war.

Welcher Art dieses Abenteuer wohl gewesen war?

Und wofür sie den Apfel wohl in Wirklichkeit brauchte?

Florence gestand sich ein, dass sie sich wünschte, von Miss Compton ins Vertrauen gezogen zu werden. Warum auch nicht? Schon so manches Mal hatte Miss Compton ihr ein kleines Geheimnis oder einen verbotenen Gedanken anvertraut. Zum Beispiel, dass sie die schöne Verlobte ihres ältesten Bruders für ein Wesen ohne nennenswerten Verstand hielt. Oder dass sie vermutete, Edward Compton verbinde mit seinem schwarzen Diener Jacob so etwas wie eine Freundschaft, auch wenn dieser Gedanke auf den ersten Blick kurios anmutete. Oder dass sie sich manchmal wünschte, freiheraus reden zu dürfen, über alle Themen der Welt. Sogar über Politik, genauso wie es die Männer taten.

Wenn Miss Compton solche Dinge zu ihr sagte, fühlte Florence stets warme Zuneigung in sich aufsteigen. In diesen Momenten gestand sie sich ein, dass sie ihre Herrin nicht nur schätzte. Nein, sie liebte Miss Compton wie eine gute, wie eine sehr gute Freundin.

Natürlich empfand Miss Compton nicht dasselbe für Florence, und Florence war peinlich darauf bedacht, sich niemals, unter gar keinen Umständen, eine Respektlosigkeit zu erlauben. Doch des Glücks, das sie verspürte, wenn Miss Compton das Band zwischen ihnen durch kleine Vertraulichkeiten stärkte, konnte sie sich nicht erwehren.

Florence wählte zwei rotwangige, perfekt gerundete Äpfel aus. Dann schloss sie die Tür der Speisekammer sorgfältig wieder ab und machte sich auf den Weg nach oben.

Ruby

So eine verrückte Idee! Wie hatte sie nur glauben können, dass sie sich wiederfinden würden? Irgendwo in diesem endlosen Wald, an einem Treffpunkt, der sich in nichts, aber auch gar nichts von seiner Umgebung unterschied?

Ruby fluchte vor sich hin, allerdings leise, denn das Erlebnis mit der Karotte hatte sie vorsichtig gemacht. Sie trieb Pearl mal in die eine, mal in die andere Richtung. Das muntere Vogelgezwitscher, das die grüne Stille um sie herum durchbrach, schien sie zu verhöhnen.

Ruby würde ihren Fremden nicht wiedersehen, das war ihr nun klar. Nach einer halben Stunde fruchtlosen Suchens konnte man zu keinem anderen Ergebnis kommen. Aber einfach aufgeben wollte sie auch nicht. Himmel, es konnte doch nicht so schwer sein, zwischen all diesen Bäumen einen Mann und sein Pferd zu finden!

Plötzlich kam ihr der ebenso einleuchtende wie erniedrigende Gedanke, dass Mr Brown vielleicht nur deshalb verschwunden blieb, weil er gar nicht erst gekommen war. Sie, Ruby Compton, sollte versetzt worden sein? Unmöglich! Die Tochter von Lord Compton wurde nicht versetzt.

Aber sie war ja nicht die Tochter von Lord Compton, fiel ihr ein, nicht in den Augen des Fremden. Sie war Miss Green, und die konnte man unbesorgt im Wald stehen lassen, denn es drohten ja keinerlei gesellschaftliche Konsequenzen. Heiße Enttäuschung stieg in Ruby auf. Schäbig war ein solches Verhalten, äußerst schäbig. Wenn dieser Mr Brown ihr jemals wieder unter die Augen käme, dann würde sie ihm aber die Meinung geigen! Ohne zu zögern, würde sie sagen ...

»Mr Brown! Gott sei Dank, da sind Sie ja!«

Ruby strahlte übers ganze Gesicht, als sie den jungen Fremden mit überkreuzten Beinen an einer Eiche lehnen sah. Er war gekommen, und sie hatte ihn gefunden. Merkwürdig, wie leicht ihr Herz plötzlich wurde.

Mr Brown sah ihr lächelnd entgegen. Seinen Hut hatte er auf einem umgestürzten Baumstamm abgelegt, sein Pferd lief frei herum und suchte den Waldboden nach vereinzelten Grasbüscheln ab.

»Ich dachte schon, Sie hätten mich versetzt«, rutschte es Ruby heraus.

»Dasselbe dachte ich von Ihnen, Miss Green. Sie sind spät dran.« Er kam auf sie zu, fasste Pearl am Zügel und sah zu Ruby hoch. »Aber was tut's? Ich freue mich sehr, dass Sie gekommen sind.«

Verlegen griff Ruby in ihr Täschchen. »Ich schulde Ihnen doch noch Ihre Belohnung.«

Sie reichte Mr Brown einen der beiden Äpfel, die Florence der Köchin abgeschwatzt hatte. Doch als er danach greifen wollte, kam ihm ein weiches Maul mit großen gelben Zähnen zuvor.

»He, du gieriges Tier!«, beschwerte er sich, während sein Pferd zufrieden kaute.

Ruby lachte, und er schob das Pferd grinsend ein Stück von sich fort.

»Florence kann anscheinend hellsehen.« Ruby holte den zweiten Apfel heraus. »Sie scheint geahnt zu haben, dass ein Apfel nicht reicht.«

»Eine fürsorgliche Frau, diese Florence. Und Sie, Miss Green, sind sehr großzügig. Der zweite Apfel war doch bestimmt für

Sie gedacht, oder?« Mr Brown deutete eine kleine Verbeugung an. »Dafür rette ich Sie glatt ein weiteres Mal, falls es nötig sein sollte.«

»Tatsächlich? Nun, ich werde Sie daran erinnern.« Ruby zog eine Braue hoch. »Doch um gerettet werden zu können, muss man sich erst einmal in Gefahr begeben, Mr Brown, und im Moment erscheint es mir hier doch sehr friedlich.«

»Friedlich vielleicht. Aber wir könnten über die Felder sprengen, bis uns Hören und Sehen vergeht. Was meinen Sie, wäre Ihnen das fürs Erste gefährlich genug?«

Ruby lächelte freudig. Ein wilder Galopp war ganz nach ihrem Geschmack. »Mit dem größten Vergnügen!«

»Dennoch, Miss Green, Gefahr hin, Rettung her: Sie müssen mir versprechen, nicht wieder vom Pferd zu fallen. Ich würde es mir nicht verzeihen, wenn Sie sich in meiner Gegenwart ein Bein brechen würden.«

»Oh, das passiert mir nur alle Jubeljahre einmal. Für die nächsten Jahre wäre ich also in Sicherheit.«

Mr Brown lachte. »Gut, dann los.« Er schwang sich auf sein Pferd. »Wann müssen Sie wieder zu Hause sein?«

»Zur Teezeit natürlich. Warum?«

»Weil ich gerne ein Ziel habe und mir überlege, wie weit es entfernt sein darf. Hm, ich kenne mich noch nicht so gut in der Gegend aus, aber was halten Sie von … lassen Sie mich überlegen. Wie wäre es mit der alten Mühle?«

»Eine sehr gute Idee! Dort ist es so … idyllisch.«

Idyllisch und vor allem einsam. Nirgends war das Risiko, auf bekannte Gesichter zu treffen, so gering wie dort.

Der perfekte Ort also für eine Frau, dachte Ruby mit einem angenehmen Kribbeln im Bauch, die noch ein kleines Weilchen als Miss Green durchgehen wollte.

Die alte Mühle lag an einem Nebenarm des Flusses Exe, in einem engen Tal, in das sich selten jemand verirrte. Schon lange war die Mühle nicht mehr in Betrieb. Die Weberfamilie, die sie einst betrieben hatte, war fortgezogen, und so hatten sich Gras, Efeu und Wildrosen das Terrain zurückerobert. Ruby ritt manchmal hier vorbei, doch verweilt hatte sie noch nie. Heute aber saß sie ab, und während Pearl zum Wasser trabte und trank, schaute Ruby sich um. Die Mühle und die sie umgebende Natur waren tatsächlich auf eigentümliche Art idyllisch. Nichts an diesem Teil des Flussufers musste noch eine Aufgabe erfüllen, nicht das alte Gemäuer, nicht das wilde Wasser, nicht der überwucherte Nutzgarten; alles war einfach nur da, ungezähmt und gerade deshalb wunderschön.

Aufatmend ließ Ruby sich am Ufer nieder. Wie immer saß sie sehr gerade, ihr Korsett ließ nichts anderes zu. Doch heute schoss ihr der ketzerische Gedanke durch den Kopf, dass ihre steife Haltung so gar nicht zu diesem verwunschenen Platz passen wollte. Sie fragte sich, ob jemals die Zeit kommen würde, da Frauenkörper nicht mehr von unzähligen Stäben und Bändern gestützt werden mussten. Viele Bürgerinnen und Arbeiterfrauen, das wusste sie aus Modejournalen, gingen bereits ohne Korsett aus dem Haus. Sollte das einer Dame wie ihr nicht auch erlaubt sein? Ihr Körper war doch gewiss nicht schwächer als der einer Bürgerin, nur weil er adelig war. Sie dachte an Basil. Seiner Meinung nach war der englische Adel sowohl geistig als auch körperlich die Krone der Schöpfung. Eine Krone, deren weiblicher Teil sich nicht ohne Korsett aufrecht halten konnte? Ruby verzog spöttisch das Gesicht.

»Gefällt Ihnen unser Ausflugsziel nicht?« Mr Brown hatte sich neben sie ins Gras gesetzt und musterte sie aufmerksam.

Ruby zögerte. Doch was konnte es schon schaden, ehrlich zu sein? Sie war Miss Green. Sie konnte sagen, was immer sie wollte.

»Es ist wunderschön hier, Mr Brown. Ich habe nur gerade an meinen ältesten Bruder gedacht. Wir vertreten nicht immer dieselbe Meinung. Sagen Sie, sind Sie ein Befürworter der Eugenik?«

Nun war es Mr Brown, der das Gesicht verzog. »Um Himmels willen, nein! Sie etwa?«

Ruby schüttelte den Kopf. »Ich nicht, aber er. Mein Bruder würde Tag und Nacht über den Abschaum der Gesellschaft und die Vorteile einer erbgesunden Heirat dozieren, wenn unsere Eltern ihn ließen. Tja, daran musste ich denken, und deshalb habe ich das Gesicht verzogen. Entschuldigen Sie bitte meine Gedankensprünge.«

»Da gibt es nichts zu entschuldigen.« Mr Brown sah sie mit aufrichtigem Mitgefühl an. »Es muss sehr ermüdend für Sie sein, ständig mit einem fanatischen Verfechter der Eugenik zu diskutieren.«

Bitter sagte Ruby: »Ich diskutiere nicht, Mr Brown. Meine Eltern wünschen es nicht, denn ich bin eine Frau.«

»Eine Frau des zwanzigsten Jahrhunderts, Miss Green. Selbst wenn Sie einer sehr konservativen Familie entstammen, sollten Ihre Eltern es Ihnen doch erlauben, Ihre Meinung kundzutun.«

»Oh, das darf ich. Solange meine Meinung der ihren entspricht, ist alles gut. Nur selbst denken sollte ich nicht.«

Wenn sie geglaubt hatte, dass Mr Brown über ihren Sarkasmus lachen würde, so hatte sie sich getäuscht. Ernst sagte er: »Sie machen mir nicht den Eindruck, als hielten Sie gerne den Mund.«

»Wer tut das schon? Dennoch ist es angemessen, denn niemand mag sich mit einem vorlauten Frauenzimmer unterhalten.« Sie überlegte kurz. »Obwohl, das stimmt nicht ganz. Mein anderer Bruder ist nicht so. Mit ihm kann ich frei reden.«

»Dann sollten Sie sich an diesen Bruder halten statt an den Rest Ihrer Familie.« Mr Brown lächelte. »Oder Sie halten sich an mich, Miss Green.«

Ruby blickte in seine warmen braunen Augen und fragte sich überrascht, wie er das meinte.

Flirtete er etwa mit ihr?

Und wenn ja, was sollte sie jetzt antworten?

Ruby war in der Kunst des charmanten Geplänkels nicht sehr bewandert, hatte sie bisher doch nie das Bedürfnis verspürt, einen Mann zu beeindrucken. Das hatte sie nun davon! Denn ihr fiel als Antwort nichts ein als ein mattes »An Sie?«.

Mr Brown strich sich eine rotbraune Strähne zurück, und Ruby fragte sich, ob sein Haar wohl weich war oder sich störrisch zwischen ihren Fingern anfühlen würde. Rasch faltete sie die Hände im Schoß und senkte die Lider.

»Das wäre das Einfachste«, sagte Mr Brown leichthin. »Ich bin vorlaute Frauen jedenfalls gewohnt. Um ehrlich zu sein, kenne ich überhaupt nur vorlaute Frauen. Keine einzige Dame meines Bekanntenkreises ist brav und zurückhaltend.«

Ruby hob den Blick. »Aber Ihre Mutter werden Sie doch gewiss nicht als vorlaut bezeichnen.«

Er zog einen Mundwinkel nach oben. »Meine Mutter ist mittlerweile die Vorlauteste von allen. Sie würde mit ihrer Meinung nicht mal hinterm Berg halten, wenn es sie die Zunge kosten würde. Meine Schwester ist sanfter, aber auch sie …« Plötzlich stockte er und wandte den Kopf ab. Sein Blick heftete sich auf die grünblauen Wellen des Flusses. »Auch sie lässt sich nichts verbieten.«

»Sie haben eine Schwester? Ist sie ebenfalls hier … zu Besuch?«

Er atmete tief durch, dann antwortete er: »Ja. Sie ist noch ledig, und ich wollte sie nicht allein in London lassen, als ich beschlossen habe, eine Zeit lang auf dem Lande auszuspannen.«

»Auszuspannen?«, wiederholte Ruby verständnislos. Was meinte er damit? Das Leben verlief doch stets ähnlich, Tag für Tag, winters wie sommers, egal, wo man sich befand.

»Meine Geschäfte haben mich in den letzten Jahren sehr in Anspruch genommen«, erklärte Mr Brown geduldig, »und ich brauchte ... eine Pause. Das verstehen Sie doch bestimmt.«

»Aber ja!«, sagte Ruby mit Nachdruck.

Von der Welt überarbeiteter Geschäftsleute verstand sie zwar in Wirklichkeit überhaupt nichts – anders als Edward, der sich zu einem richtigen Farmer und Kaufmann entwickelt hatte –, doch Mr Brown schien sie für eine Bürgerliche zu halten, für die »Pausen« und Zeiten des »Ausspannens« normal waren, und Ruby wollte ihn gerne in diesem Glauben lassen.

»Wie lange werden Sie denn auf dem Lande bleiben, Mr Brown?«

»So lange, wie es nötig ist«, antwortete er kryptisch.

Ruby zog fragend die Brauen hoch.

»Nun, ich werde zwischendurch immer mal für ein paar Tage nach London fahren«, erklärte er widerstrebend, »da ich meine Geschäfte natürlich beaufsichtigen muss. Aber meine Schwester wird hierbleiben, und wenn es ein Jahr dauert, dann dauert es eben ein Jahr.«

Was dauerte ein Jahr? Mittlerweile platzte Ruby vor Neugierde.

»Wo wohnen Sie denn während Ihres Aufenthalts?«, wollte sie wissen.

Er lehnte sich gegen die verwitterten Steine der Mühlenmauer. »Und Sie, Miss Green? Wo wohnen Sie?«

Irrte sie sich, oder hatte er ihren falschen Namen absichtlich so betont? Unbehaglich zupfte sie an einem Grashalm herum. »Nun, ich wohne in der Nähe.«

»Sie wollen es mir nicht sagen.« Er fixierte sie. »Und Sie heißen auch nicht Miss Green. Habe ich recht?«

Der Themenwechsel erwischte sie kalt, und fast hätte sie genickt. Doch in letzter Sekunde überlegte Ruby es sich anders. Sie würde ihm ihren Namen nicht verraten – und trotzdem würde sie ehrlich sein.

»Vielleicht haben Sie recht, ja.« Provozierend sah sie Mr Brown direkt in die Augen. »Aber möglicherweise habe ich gute Gründe, meine Identität zu verschleiern. Möglicherweise gefällt es mir, mit Ihnen Zeit zu verbringen, ohne jedes meiner Worte auf die Goldwaage legen zu müssen. Möglicherweise gefällt es mir, mich als Miss Green mit einem Mann zu unterhalten, der vorlaute Frauen gewohnt ist und der deshalb nicht beim ersten ehrlichen Wort die Flucht ergreift. Wenn ich also nicht Miss Green hieße, wäre das wirklich so schlimm, Mr Brown?«

Rubys Herz strafte ihre forsche Rede Lügen, indem es schmerzhaft gegen ihre Rippen pochte. Sie hatte keine Erfahrung damit, derart offen mit einem Mann zu sprechen, und so fühlte sie sich wie damals, vor vielen Jahren, als sie zum ersten Mal auf einem Pferderücken gesessen hatte – wackelig und unsicher.

»Nun gut, Miss Unbekannt«, sagte Mr Brown gedehnt. »Spielen wir das Spiel weiter. Irgendwann werden wir uns im wirklichen Leben begegnen, dessen bin ich gewiss. Aber bis es so weit ist …«

»… sind wir einfach die, die wir gerne wären«, vervollständigte Ruby seinen Satz.

Sie blickten sich in die Augen, tief und unanständig lang, und plötzlich mussten sie beide grinsen.

»Ihnen ist hoffentlich klar, dass auch mein Name erfunden ist«, sagte Mr Brown und grinste noch breiter.

»Vollkommen klar«, erwiderte Ruby. »Und jetzt habe ich Hunger, Mr Brown. Teilen wir uns Ihre Belohnung?«

Alice

Täler und Hügel, Wälder und Wiesen, so weit das Auge reichte. Und alles, alles hier war sanft und grün. War Grün nicht die Farbe der Hoffnung? Fast war es zum Lachen.

Alice schritt so beherzt aus, wie es ihr die Schwere in Körper und Seele erlaubte, und schließlich erreichte sie den Hügelkamm. Von hier aus hatte sie freie Sicht auf das Tal, war dem blauen Himmel ein Stückchen näher und konnte ein wenig freier atmen.

Sie ließ sich ins Gras fallen, stützte die Unterarme auf die angewinkelten Knie und legte den Kopf darauf. Ohne Korsett war diese krumme Position ohne Weiteres möglich, und ein Korsett trug Alice, ebenso wie ihre Mutter, schon lange nicht mehr. Warum sollte sie sich mit absurd geschnürter Taille und verschobenen Organen quälen? Alice wusste, was Korsetts mit Frauenkörpern anstellten, nicht umsonst hatte sie drei Jahre lang Medizin studiert. Das Wissen aus dieser Zeit war immer noch in ihrem Kopf.

Zusammen mit den Erinnerungen.

Den Erinnerungen, die der Grund dafür waren, dass ihr Bruder sie hierher verschleppt hatte, in diese lächerliche Illusion aus Weiden, Schafen, Kühen und Apfelbäumen. Hier könne sie genesen, hatte Cyril ihr versichert, doch sie hatte die Unsicherheit und Hilflosigkeit in seiner Stimme herausgehört.

Nun, vielleicht hatte er trotzdem recht gehabt, sie aufs Land zu verfrachten, vielleicht war es besser so. Sie ertrug die Nähe der Mutter nicht mehr, und außerdem lebten in London zu viele Menschen. Irgendjemanden gab es immer, der die Erinnerung zurückbrachte, und wenn Alice auf der Straße ein hartes Gesicht sah, eine mitleidlose Stimme hörte, den Geruch von Gummi einatmete, dann konnte es passieren, dass die Angst übermächtig in ihr aufwallte. Dann keuchte sie und wimmerte, ihr wurde schwarz vor Augen, und manchmal brauchte sie Tage, um sich im abgedunkelten Zimmer, allein und geschützt, von der Attacke zu erholen.

Die Welt war kein sicherer Ort mehr für sie.

Seit weit über einem Jahr ging das schon so, seit den Tagen, an denen sie mit dem Tode gerungen hatte. Obwohl Alice danach ihr Studium abgebrochen hatte, um zu Hause bleiben zu können, obwohl Cyril sich nach Kräften bemüht hatte, ihr zu neuem Lebensmut zu verhelfen, obwohl sie sich von allem, was ihr bis dahin etwas bedeutet hatte, fernhielt, hatte keine dieser Maßnahmen geholfen. Die Monate waren vergangen, und ihr Körper hatte sich erholt. Ihre Seele nicht.

Müde sah Alice über das Tal. Ob Cyril irgendwo dort unten war, im Wald oder am Fluss?

Seit sie hier wohnten, ritt er täglich aus, und heute hatte er es ganz besonders eilig gehabt, von Tamary Court fortzukommen. Sie gönnte ihm die Ablenkung. Cyril war ein guter Bruder, und Alice liebte ihn von Herzen.

Ich wünschte nur, ich könnte diese Liebe auch wieder fühlen.

Doch zu fühlen war gefährlich. Wenn sie es erst einmal zuließ, Liebe zu empfinden, so würde auch die Enttäuschung nicht lange auf sich warten lassen. Und konnte es etwas Mörderischeres geben als die Enttäuschung über eine Mutter, die ihre einzige Tochter mit Freuden geopfert hätte und die das noch nicht einmal leugnete?

Sie fing an zu zittern, und wie eine böse alte Bekannte stürmte die Angst heran. Alice verbarg das Gesicht in den Händen und wiegte sich langsam vor und zurück, vor und zurück, vor und zurück. Es würde vorbeigehen, beschwor sie sich murmelnd, und auch wenn es jetzt, in diesem Moment, die Hölle war, auch wenn das Gefühl zu ersticken sie wieder genauso zu vernichten drohte wie damals auf dem schmalen Bett, so wusste Alice in einem versteckten Winkel ihres Geistes doch, dass sie es überleben würde.

Obwohl sie sich manchmal ernsthaft fragte, wozu.

Florence

»Er ist vollkommen anders als alle Männer, denen ich bisher begegnet bin.« Miss Comptons grüne Augen leuchteten wie die einer Katze bei Nacht.

Sie saßen im Automobil, und Miss Compton nutzte die Fahrt zum Dörfchen Lintingham, um Florence in etwas einzuweihen, das diese niemals von ihr erwartet hätte: Ihre Herrin traf sich im Wald mit einem fremden Mann.

Regelmäßig.

Schon seit drei Wochen.

Ohne Anstandsdame!

Florence musste zugeben, dass sie schockiert war. Vor allem aber konnte sie sich lebhaft vorstellen, wie Lord und Lady Compton reagieren würden, wenn sie davon erführen: *not amused.*

Florence räusperte sich nervös. Es stand ihr nicht zu, ihrer jungen Herrin ins Gewissen zu reden, doch ermutigen wollte sie sie auch nicht. Was also sollte sie auf Miss Comptons Enthüllung erwidern? Wenn sie ihr lediglich eine höfliche, unverbindliche Antwort gab, so fasste die Herrin dies womöglich als Zuspruch auf.

»Sie ... Sie mögen ihn?«, fragte sie vorsichtig.

Miss Compton nickte. »Er ist nicht so arrogant und aufgeblasen wie die Lords, die ich in London kennengelernt habe. Und er schaut mich nicht an, als sei ich ein Pferd und er selbst unschlüssig, ob er mich kaufen solle oder nicht.« Nachdenklich legte sie den Kopf schief. »Andererseits katzbuckelt er aber auch nicht. Er ist einfach ganz ... natürlich, verstehst du? Mit ihm kann ich laut lachen, ohne mich im nächsten Moment dafür zu schämen, und ich kann über jedes Thema mit ihm sprechen, nach dem mir der Sinn steht. Sogar über Politik!«

»Nein!« Florence blieb der Mund offen stehen.

Miss Compton beugte sich vertraulich zu ihr herüber und senkte die Stimme, obwohl Mr Lyam, der sie fuhr, sie über das Motorengeknatter hinweg unmöglich hören konnte. »Mr Brown ist ... war ... ein Liberaler. Ist das nicht aufregend?«

Grundgütiger, das wurde ja immer schlimmer. »Er ist ein Liberaler oder er war ein Liberaler?«

Miss Compton lehnte sich wieder zurück. Sie grinste. »Er war es. Dann jedoch hat ihn irgendetwas enttäuscht, und nun schwankt er zwischen den Parteien und will keiner so recht seine Gunst schenken.«

»Und das stört Sie nicht, Madam?«, fragte Florence schwach.

»Dass er der Partei zugeneigt war, die wir Comptons traditionell verabscheuen?« Ihre Herrin lachte. »Kein bisschen. Eher schon stört mich, dass er mir nicht verraten will, warum die Liberalen ihn so enttäuscht haben. Er weicht stets aus und speist mich mit Allgemeinplätzen ab, wenn ich ihn danach frage.«

»Vielleicht ging es ja um etwas, das nicht für Frauenohren bestimmt ist.« Florence dachte an das, was Mrs Ponder *die Straße* nannte. Gewiss gab es auch in Bereichen wie diesem die Notwendigkeit für politische Debatten und Gesetze. Das zum Beispiel wäre etwas, worüber der fremde Herr mit Miss Compton ganz gewiss nicht würde sprechen wollen. Und wenn doch, dachte Florence mit vorsorglicher Entrüstung, dann wäre er kein Gentleman.

Der Gedanke an *die Straße* brachte Florence auf Mabel, der dieses Schicksal bald drohen würde, wenn sie so weitermachte wie bisher. Florence runzelte die Stirn, als ihr das Gespräch einfiel, das sie vor wenigen Tagen mit dem Mädchen geführt hatte. Sie hatte Mabel, genau wie sie es sich vorgenommen hatte, vor unbedachten Handlungen mit dem hübschen John gewarnt. Doch Mabel in ihrem jugendlichen Leichtsinn hatte nur gelacht.

»Ich weiß schon, was ich tue«, hatte sie schnippisch gesagt. »Und ich will ganz bestimmt nicht als Hausmädchen alt werden! Ich erwarte mehr vom Leben, als mir Tag für Tag die Hände wund zu scheuern, Florence. Schau doch nur dich selbst an. Du bist jetzt vierundzwanzig und immer noch nicht verheiratet. Nein, so wie du möchte ich ganz bestimmt nicht enden!«

Mabels Worte waren wie ein Schlag ins Gesicht gewesen, und Florence hatte sich verteidigen wollen, indem sie Mr Yorks ins Spiel brachte. Stand ihr nicht eine gute, ehrbare Zukunft bevor? Doch im letzten Moment schluckte sie die Erwähnung des Kammerdieners herunter. Denn wenn sie aussprach, dass er ihr den Hof machte, dann war es offiziell und sie würde in absehbarer Zeit Farbe bekennen müssen. Aus unerfindlichen Gründen war ihr alles lieber als das.

Also hatte sie lediglich gesagt: »Pass auf dich auf, Mabel. Mehr will ich doch gar nicht.«

Doch Mabel hatte bloß die Augen verdreht und sich abgewandt.

»So ein düsterer Blick! Hast du etwa keine Lust auf deine Besorgungen in Lintingham?«, drang Miss Comptons neckende Stimme in ihre Gedanken. »Dann lass dir gesagt sein, dass ich düster dreinschauen müsste, denn ich bin es, die der fürchterlichen Miss Worthery einen Höflichkeitsbesuch abstatten muss. Du darfst Nähzeug einkaufen, und das erscheint mir hundertmal unterhaltsamer. Sag, wollen wir nicht tauschen?«

Florence' Stirn glättete sich. Sie lachte verhalten. »Damit wäre Miss Worthery gewiss nicht einverstanden. Nein, Madam, diese Pflicht obliegt leider Ihnen.«

Miss Compton stimmte in ihr Lachen ein, dann griff sie nach Florence' Hand. »Ach, könnte ich doch nur ein Mal mit Miss Worthery so offen reden wie mit dir. Würden wir beide zusammen Tee trinken, Florence, so würden wir uns keine Sekunde langweilen. Da bin ich sicher.«

Ihre Blicke trafen sich, und einen Wimpernschlag lang kam es Florence so vor, als sei der Graben, der sie trennte, gar nicht so tief, nicht unüberwindbar.

Doch dann ließ Miss Compton ihre Hand los, Florence blinzelte, und alles hatte wieder seine Ordnung: Sie selbst würde Nähzeug kaufen gehen, und Miss Compton würde sich von Mr Lyam weiterfahren lassen, zum Landsitz des Baronets Worthery. Ihre Wege verliefen getrennt, im Großen wie im Kleinen. Florence stand auf der einen Seite und Miss Compton auf der anderen, so, wie Gott es nun einmal eingerichtet hatte.

Sie blickte in Miss Comptons hübsches, unschuldiges Gesicht, und plötzlich wünschte Florence sich nichts sehnlicher, als kein Hausmädchen mehr zu sein. Ach, wenn sie doch nur Miss Comptons Freundin sein könnte! Dann hätte Florence' Fürsorglichkeit endlich ein Ziel – ein lohnendes Ziel. Sie würde Miss Compton, ihre geliebte Gefährtin, vor allem Übel dieser Welt bewahren, vor Fremden im Wald, vor arroganten Lords, vor der Einsamkeit und Langeweile ihres allzu behüteten Daseins, vor allem und jedem.

Für jemanden wichtig sein, wirklich wichtig. Wie schön wäre das.

Die Vergeblichkeit ihres Wunsches schnürte Florence die Kehle zu. Sie zwang sich, die zärtlichen Gefühle durch Loyalität zu ersetzen, und ehe sie sichs versah, sagte sie mit belegter Stimme: »Sollten Sie jemals Hilfe brauchen, Madam, dann zögern Sie nicht, sich an mich zu wenden. Ich würde alles für Sie tun. Und ich würde Ihr Vertrauen niemals missbrauchen.«

Miss Compton blickte sie erstaunt an, und Florence wusste, sie war zu weit gegangen. Ihre Wangen begannen zu brennen.

Schweigen breitete sich zwischen ihnen aus. Das Knattern und Röhren des Automobils dröhnte überlaut in Florence' Ohren, während sie auf die Zurechtweisung wartete, die so unweigerlich kommen musste wie das Amen in der Kirche. Beklommen knetete sie ihre Hände.

Doch da sagte Miss Compton: »Danke, Florence. Vielleicht komme ich ja eines Tages auf dein Angebot zurück.« Sie lächelte. »Es tut jedenfalls gut zu wissen, dass ich in dir eine wahre Freundin gefunden habe.«

Florence seufzte vor Erleichterung auf.

»Das haben Sie, Madam«, sagte sie aufrichtig, und diesmal war das Schweigen, das zwischen ihnen entstand, warm und tröstlich.

Ruby

Der September neigte sich seinem Ende zu. Ruby und Mr Brown saßen am Flussufer bei der alten Mühle, beobachteten die gelben Blätter, die auf den schaumigen Wellen trieben, warfen Steinchen ins Wasser und unterhielten sich.

»Mit der Freundschaft hat es doch eine seltsame Bewandtnis«, meinte Ruby. »In letzter Zeit denke ich immer öfter, dass sie sich an keinerlei Regeln halten will.«

Da der Boden bereits empfindlich abgekühlt war, hatte Mr Brown es sich angewöhnt, zu ihren Treffen eine Decke aus schottischer Wolle mitzubringen. Ruby fand es prickelnd und ein wenig unanständig, mit ihm zusammen auf dieser Decke zu sitzen, denn stets liefen sie Gefahr, dass ihre Körper sich berührten, sobald einer von ihnen sich bewegte, und das geschah oft. Beide gaben dann vor, es nicht bemerkt zu haben, doch zumindest Ruby durchfuhr bei jeder Berührung das, was man wohl einen Stromschlag nannte.

Konnte Strom, fragte sie sich verwundert, denn auch zwischen zwei Menschen fließen?

Rosefield Hall war vor einigen Jahren elektrifiziert worden. Überall hingen nun Glühbirnen, und schon häufig war es zu kleinen Unfällen gekommen. Ihre Mutter wünschte sich inbrünstig die Zeiten von Kerze, Öllampe und Gaslicht zurück, doch ihr Vater war der Meinung, man dürfe sich dem Fortschritt nicht verweigern.

Da, schon wieder ein Stromschlag! Mr Brown hatte seine

Hand allzu nah neben Rubys Fingern aufgestützt. Er machte keine Anstalten, sie wieder fortzunehmen, und auch Ruby verspürte nicht das Bedürfnis nach mehr Abstand. So ließ sie ihre kribbelnden Finger, wo sie waren.

»Warum sollte Freundschaft«, nahm Mr Brown den Faden ihres Gesprächs auf, »sich denn an Regeln halten, Miss Green? Gefühle kennen keine Regeln, und Freundschaft ist ein Gefühl.«

Sein Haar war an einem trüben Tag wie diesem eher schokoladenbraun denn kupferfarben, und Ruby konnte sich nicht entscheiden, welche Variante ihr besser gefiel. Sie fragte sich, ob seine Sommersprossen sich wohl ebenfalls an den Herbst anpassen und womöglich verschwinden würden, was sie schade gefunden hätte, denn sie mochte die zarten Hautmale, und erst an Mr Browns fragendem Blick merkte sie, dass er auf eine Antwort von ihr wartete.

Oje, worüber sprachen sie noch gleich? Ruby biss sich ertappt auf die Unterlippe. Ach ja, über Freundschaft.

»Alles im Leben ist geregelt«, sagte sie. »Und unsere Gefühle bilden da keine Ausnahme, oder? Ich meine, was hat es denn für einen Sinn, Freundschaft zu empfinden für … sagen wir, für eine Angestellte? Das Ganze wäre völlig vergeblich. Die Grenze, die zwischen den Klassen verläuft, wird doch niemals verschwinden.«

»Glauben Sie das wirklich?«

»Natürlich. Sie nicht?«

»Nein. Freundschaft können alle Menschen füreinander empfinden, Herr und Diener, Lady und Fabrikarbeiterin, Mann und Frau.«

Ruby schüttelte skeptisch den Kopf. »Das klingt wie ein hübsches Märchen, Mr Brown, aber es ist gewiss nicht die Realität. Oder können Sie mir eine einzige Lady aus Ihrem Londoner Bekanntenkreis nennen, die mit einer Fabrikarbeiterin befreundet wäre?«

»Nicht eine, sondern mindestens dreißig.«
Dreißig?
Ruby nahm einen weiteren Stein und warf ihn in den Fluss. »Dann haben Sie entweder einen extrem großen weiblichen Bekanntenkreis, Mr Brown, oder einen extrem sonderbaren.«
Er lachte. »Beides trifft zu, fürchte ich.«
»Oh.«
»Aber machen Sie sich keine Sorgen, es ist nicht so, wie Sie denken.«
»Sie wissen doch gar nicht, wie ich denke!«, antwortete Ruby spitz. »Und überhaupt, weshalb sollte ich mir Sorgen machen?«
Mr Brown grinste, und Ruby ärgerte sich. Hielt er sie etwa für eifersüchtig auf seine merkwürdigen weiblichen Bekanntschaften? Eifersüchtig, sie? So ein Unsinn.
Ob er mit einer dieser Frauen wohl ebenso viel Zeit verbrachte wie mit ihr?, schoss es ihr durch den Kopf. Schließlich verließ er Devon ab und zu für ein paar Tage und widmete sich in London seinen Geschäften.
Wer dann wohl mit ihm auf dieser Wolldecke saß?
War es für Mr Brown vielleicht gar nichts Besonderes mehr, wenn seine Hände die einer Dame berührten?
Unwillkürlich sah sie ihn an. Er erwiderte ihren forschenden Blick gelassen. Ein schlechtes Gewissen schien er zumindest nicht zu haben.
Ruby entdeckte goldene Sprenkel im Braun seiner Iris. Auch seine Wimpern waren schön, schwarz, lang und dicht, und als Ruby den Blick ein wenig nach unten gleiten ließ, fiel ihr auf, dass seine Lippen auf ganz besonders ansprechende Weise geschwungen …
»Lassen wir das mit den Sorgen, reden wir lieber wieder über die Freundschaft«, unterbrach Mr Brown ihre Beobachtungen. »Wie steht es mit Ihnen, Miss Green? Wenn Sie keine unpassen-

den Gefühle für irgendjemanden hegen würden, so wären Sie trotz Ihrer strengen Grundsätze wohl kaum zu dem Schluss gekommen, dass Freundschaft sich nicht an Regeln hält.«

Gut, dachte Ruby, zurück zur Konversation.

»Sie haben recht«, gab sie zu. »Der Mensch, dem ich neben meinem Bruder am meisten vertraue, ist – halten Sie sich fest! – eines unserer Hausmädchen. Ist das nicht verrückt?«

Mr Brown lächelte nur.

»Und mein Bruder ...« Sie runzelte die Stirn. »Ich habe ihn letztens dabei ertappt, wie er mit seinem schwarzen Diener und dessen Frau spazieren gegangen ist, in einem versteckten Teil des Parks. Stellen Sie sich das vor! Die drei sind völlig entspannt zusammen herumgeschlendert, haben gelacht und sich angeregt unterhalten.«

»Und das finden Sie schlimm?«, fragte Mr Brown.

»Aber das ist es ja gerade!«, rief Ruby aus. »Ich sollte es schlimm finden. Doch ich tue es nicht! Ich verstehe meinen Bruder, denn mir geht es mit meinem Hausmädchen ja genauso. Und nun sagen Sie mir, ist das nicht der Anfang vom Ende? Mein Vater jedenfalls würde es so sehen. Er würde sagen, wo die von Gott gesetzten Grenzen nicht gewahrt werden, da bricht alles zusammen, die gesamte Ordnung unseres Landes. Er würde sagen, jeder Stand, jedes Geschlecht hat seinen Platz.«

»Dann wird Ihr Vater wohl umdenken müssen. Niemand kann sich auf Dauer all den Veränderungen entziehen, die unser Jahrhundert mit sich bringt.« Mr Brown betrachtete Ruby aufmerksam. »Langsam würde es mich wirklich interessieren, wer Sie sind, Miss Green, Sie und Ihre altmodischen Eltern und Ihre so unterschiedlichen Brüder.«

Himmel, sie hätte nicht so viel über ihre Familie reden dürfen!

Spontan legte Ruby ihm den Zeigefinger auf den Mund. »Pssst. Bitte versuchen Sie nicht, es herauszufinden. Fragen Sie niemanden nach mir. Lassen Sie uns das Spiel einfach weiterspielen, solange es möglich ist, ja? Ich bin als Miss Green so viel glücklicher!«

Er schloss sanft seine Hand um ihren Finger, und für einen Moment glaubte Ruby, er wolle einen Kuss daraufdrücken. Ihr blieb fast das Herz stehen.

Doch dann ließ er die Hand sinken und gab ihren Finger frei, und Ruby atmete auf, erleichtert und enttäuscht zugleich.

In einem, dachte sie blinzelnd, hatte Mr Brown jedenfalls recht: Gefühle kannten keine Regeln.

Und das galt nicht nur für die Freundschaft.

»Lass uns mit Virginia und Jacob einen Ausflug machen!«, schlug Ruby ihrem Bruder am späten Abend vor. Sie hatten sich nach dem Dinner gemeinsam vom Rest der Familie verabschiedet und standen nun vor Rubys Zimmer. »Die beiden sind zum ersten Mal in England, wollen wir ihnen nicht ein wenig die Umgebung zeigen? Wir könnten nach Exeter fahren. Oder ans Meer.«

Edward sah sie verblüfft an.

»Ich weiß, mein Vorschlag kommt überraschend.« Ruby lächelte verschmitzt. »Aber ich habe dich ertappt, Edward. Du magst deine Diener mehr, als du vor Papa, Mama und Basil zugeben willst. Also können wir beide das Versteckspiel auch sein lassen und mit deinen schwarzen Freunden einen Ausflug machen.«

Edward wurde bleich wie ein Leintuch. »Ertappt? Was meinst du damit?«

»Dass ich euch im Park gesehen habe. Nun zieh nicht so ein Gesicht, Bruderherz. Ich verurteile dich doch gar nicht. Es ist nichts Schlimmes dabei, wenn man Menschen eines anderen Standes herzlich gernhat.«

Sagt Mr Brown, und er hat recht damit.

»Gernhaben«, stotterte Edward. »Natürlich. Tatsächlich ist

da … nichts Schlimmes dran. Finde ich auch.« Fahrig strich er sich durch das blonde Haar.

Ruby stutzte. Was war denn mit ihrem Bruder los? Was hatte sie gesagt, das ihn so aus der Fassung gebracht hatte?

»Ausflug«, sagte Edward nervös. »Ein Ausflug. In Ordnung. Lass uns das aber vor den Eltern und Basil geheim halten, ja?«

»Warum denn? Wir können doch vorgeben, wir wollten einkaufen gehen und Jacob und Virginia sollten die Schachteln und Pakete tragen.«

Edward schien widersprechen zu wollen, doch dann stieß er aus: »Ist gut. Fahren wir morgen nach Exeter, kaufen wir als Alibi lauter Dinge ein, die wir nicht brauchen, und zeigen wir Virginia und Jacob unsere Heimat.«

Er atmete tief durch und strich sich noch einmal durchs Haar. »Vielleicht ist das gar keine so schlechte Idee. Gute Nacht, Ruby.«

»Ja, dann … Gute Nacht.«

Mit zusammengezogenen Augenbrauen blickte sie ihm nach. Sie fand Edwards Reaktion auf ihren gut gemeinten Vorschlag überaus seltsam. Ihr Bruder wusste doch, dass er ihr vertrauen konnte! Oder verbarg er etwa mehr vor ihr als bloß die Tatsache, dass er seine Diener nicht als solche behandelte?

Viel erzählt hatte er ihr von Gambia bisher nicht, dachte Ruby. Plötzlich war sie von nagendem Misstrauen erfüllt. Die grandiose Landschaft, die exotische Tierwelt, die Pflege seiner Erdnusspflanzen: Darüber hatte Edward sich ausgelassen, wenn Ruby ihn mit neugierigen Fragen gelöchert hatte. Aber was wusste sie wirklich über sein Leben dort? Welche Regeln galten auf seiner Plantage, wie ging er mit seinen Schwarzen um?

Was für ein Mensch war Edward, wenn er in Gambia der Herr war?

Zum ersten Mal seit seiner Ankunft fragte Ruby sich, ob sie ihren Lieblingsbruder eigentlich noch kannte.

Florence

War dies vielleicht ein schöner Traum? Florence kniff sich heimlich in die Hand.

Nein, kein Zweifel, sie war wach.

Dicht gedrängt saßen sie im Automobil, die Compton-Geschwister, das schwarze Ehepaar und sie selbst. Florence hatte den Platz neben ihrer Herrin zugewiesen bekommen und war ihr körperlich so nah, dass sie den Duft des Rosmarinwassers riechen konnte, mit dem sie am Abend zuvor Miss Comptons Haar gespült hatte. Ihre Herrin hatte sie spontan gefragt, ob sie nicht an dem geplanten Ausflug nach Exeter teilnehmen wolle, und nach anfänglichem Zögern hatte Florence eingewilligt. Die Arbeit, die dann auf Rosefield Hall liegen blieb, würde sie zwar nachholen müssen. Doch durfte sie ihrer Herrin einen Wunsch abschlagen?

Selbst wenn sie es gedurft hätte, sie wollte es nicht.

Rosefield Hall lag rund zwanzig Meilen von Exeter entfernt, aber da Mr Lyam in halsbrecherischem Tempo über die Landstraße brauste, benötigte die kleine Gesellschaft kaum länger als eine Stunde, um ihr Ziel zu erreichen. An der High Street befahl Master Compton dem Chauffeur, den Wagen anzuhalten, und sie stiegen alle zusammen aus.

»Sie könnten wirklich etwas langsamer fahren, Lyam«, sagte Master Compton tadelnd. »Nicht jeder ist das Reisen in einem Automobil gewohnt.«

Er wies auf Jacob und Virginia, die recht benommen wirkten.

»Sehr wohl, Sir«, sagte Mr Lyam steif, doch Florence wusste, dass ihm die Befindlichkeit der Schwarzen herzlich egal war. Wahrscheinlich würde er auf dem Heimweg besonders ruppig fahren und sich beim Abendessen dann lang und breit darüber beschweren, dass er nun schon Afrikaner durch die Gegend kutschieren musste.

Als sein Blick sie traf, wandte sie den Kopf ab.

»Parken Sie jetzt den Wagen«, befahl Master Compton unwirsch, »und holen Sie uns in genau sechs Stunden wieder hier ab. In der Zwischenzeit können Sie tun, was Ihnen beliebt.«

Das ließ Mr Lyam sich nicht zweimal sagen. Florence atmete auf, als sie das cremefarbene Automobil um die Ecke verschwinden sah.

»Den wären wir los«, sagte Miss Compton fröhlich. »Und da wir nun unter uns sind, möchte ich euch einen Vorschlag unterbreiten: Wollen wir den Tag nicht einfach so verbringen, als seien wir nicht Herrschaft und Diener, sondern eine Gruppe guter Bekannter? Wir besichtigen die Kathedrale, gehen etwas essen, besuchen das Royal Albert Memorial Museum und kaufen natürlich für uns alle ein, Leckereien und Bücher und schöne Stoffe für neue Kleider. Was meint ihr, würde euch das gefallen?«

Florence starrte sie an wie vom Donner gerührt. Wieder zwickte sie sich in die Hand. Nein, sie träumte immer noch nicht.

Jacob neben ihr grinste breit. »Sie sind ein feiner Mensch, Miss Compton«, sagte er anerkennend, »genau wie Master Compton Sie beschrieben hat. Ich würde Ihr Angebot gerne annehmen, wenn Sie wirklich sicher sind, dass Sie sich nicht schämen, auf diese Weise mit uns gesehen zu werden.«

»Ich bin mir sicher«, sagte Miss Compton feierlich.

»Außerdem kennt uns hier ja keiner«, setzte Master Compton pragmatisch hinzu.

Virginia warf ihrem Herrn einen schwer zu deutenden Blick

zu, dann sagte sie mit würdevoll erhobenem Kinn: »Danke, Madam.«

Nun traute sich auch Florence zu nicken. »Gute Bekannte«, wiederholte sie leise Miss Comptons Worte. »Das klingt sehr schön, Madam.«

»Oh, ich habe mich wohl falsch ausgedrückt«, sagte Miss Compton und hakte sie unter. »Wir beide sind mehr als gute Bekannte, Florence. Heute sind wir Freundinnen.«

Sie drückte Florence' Arm. »Und morgen hoffentlich auch noch.«

Die folgenden Stunden waren für Florence ebenso bizarr wie beglückend.

Florence schlenderte an Miss Comptons Arm durch die Straßen und Gassen der Stadt, und obgleich zu Anfang noch eine gewisse Befangenheit zwischen ihnen herrschte, sorgten Jacobs Frohnatur und die heitere Gelassenheit der Compton-Geschwister doch bald dafür, dass sich auch Florence und Virginia entspannten.

Neugierig nahm Florence ihre Umgebung in sich auf. Sie war noch nie über Lintingham hinausgekommen, und alles in Exeter erschien ihr gigantisch: die Häuser, die sich zwei- oder sogar dreigeschossig dem blauen Herbsthimmel entgegenreckten, die altehrwürdige Guildhall, die als Zunft- und Rathaus fungierte, die vielen Menschen, die durch die breiten Einkaufsstraßen flanierten. Bäckerjungen mit weißer Schürze schleppten ausladende Brotkörbe, Köchinnen hasteten mit frischem Gemüse an ihnen vorbei, Zeitungsschlagzeilen wurden lauthals herausposaunt, und in den von langen Markisen beschatteten Geschäften ließen vornehme Ladys sich Spitzenbänder zeigen. Gegen Mittag schwirrte Florence der Kopf von all der Betriebsamkeit, und sie war froh, als Miss Compton vorschlug, in ein Restaurant zu gehen.

»Wir speisen ja normalerweise nicht in solchen Lokalitäten, aber da wir ja schließlich etwas essen müssen und in Exeter keine Bekannten haben, die uns zum Lunch einladen könnten, ist unser Verhalten wohl verzeihlich.«

Mit diesen Worten zog sie Florence in ein gemütliches kleines Restaurant, und Master Compton, Jacob und Virginia folgten ihnen auf dem Fuß.

Sofort kam ein Ober auf sie zugeeilt und maß die Gruppe mit geübtem Blick.

»Ein Tisch für zwei, die Herrschaften?«, fragte er, respektvoll an Master Compton gewandt.

»Wir sind fünf, wie Sie sehen«, versetzte Master Compton kühl.

»Fünf? Ich ... Selbstverständlich. Fünf.« Der Ober räusperte sich. »Wenn Sie mir bitte folgen wollen, Sir, Madam. Und ... die anderen natürlich auch.«

Das Weltbild des Obers war kräftig ins Wanken geraten, das sah Florence ihm an, und es hätte sie amüsiert, wenn sie ihn nicht so gut verstanden hätte.

Während des Essens, das vorzüglich war – wann bekam Florence schon einmal Suppe aufgetischt, Fisch in Aspik, Braten und Crème Caramel? –, zogen die Bilder des Tages an ihr vorbei. Sie vermischten sich mit dem Geschmack der edlen Speisen in ihrem Mund, dem Duft Miss Comptons an ihrer Seite, dem Prickeln im Nacken, wenn sie den verwunderten Blick des Obers spürte. All das fühlte sich herrlich an, aber ungewohnt, so ungewohnt! Oh ja, sie verstand den Ober. Es war ganz entschieden ein verrückter Ausflug.

Am Nachmittag gingen sie, wie versprochen, einkaufen, und Miss Compton gab das Geld mit vollen Händen aus. Für sich selbst erstand sie lediglich eine Schachtel Konfekt, doch für Florence kaufte sie einen mit Seidenblumen geschmückten Hut und einen Roman (»Zum Träumen«), und auch die Schwarzen wurden von Miss Compton beschenkt (»Als Erinnerung an uns, wenn ihr wieder in Gambia seid«). Zum Schluss waren sie alle, die Comptons eingeschlossen, mit Paketen beladen, und als die vereinbarten sechs Stunden vorüber waren und Mr Lyam sie mit dem Wagen in der High Street erwartete, war Florence beinahe froh, dass es vorüber war. Vielleicht gab es ja auch für Glück ein Maß, das nicht überschritten werden durfte?

Florence war still, als der Chauffeur sie nach Hause fuhr. Sie beschränkte sich aufs Zuhören, denn zu mehr war sie nicht mehr in der Lage. Umso erstaunlicher fand sie es, dass Jacob und Virginia die ungewohnte Rolle als Freunde der Herrschaften mit spielerischer Leichtigkeit meisterten. Sie scherzten mit Master Compton, fragten Miss Compton hemmungslos über England aus, und besonders die scheue Virginia wirkte gelöster, als Florence es je für möglich gehalten hätte. Bis der Wagen die Auffahrt von Rosefield Hall entlangknatterte und Miss Compton sich vorbeugte, um nach Virginias Arm zu greifen.

»Oje, was hast du denn da für eine fürchterliche Narbe am Handgelenk?«, fragte sie mitfühlend.

Virginia zog ihren Arm mit einem solch heftigen Ruck zurück, dass Miss Compton einen erschrockenen Laut ausstieß.

Eine Erinnerung schoss durch Florence' Kopf, Virginia und sie selbst im Hof, das Gespräch über nette und weniger nette englische Herren, Virginias jähe Verschlossenheit, und als sie nun in die Augen der Schwarzen blickte, erkannte sie den gleichen, tief verletzten Ausdruck darin wie damals.

»Lass das sein, Ruby!«, fuhr Master Compton seine Schwester an. »Niemand zeigt gerne seine Narben oder spricht über alte Verwundungen. Wenn Virginia das Bedürfnis danach hätte, so würde sie sich an ihren Gatten wenden, nicht an dich.«

Virginia sah Master Compton an und schluckte hart.

Jacob legte seiner Frau die Hand auf den Arm.

»Entschuldigung«, sagte Miss Compton verwirrt.

»Schon gut.« Master Compton klang bereits wieder versöhnlicher.

Doch nun lachte niemand mehr, und niemand sprach. Die Stimmung war schlagartig düster und gedrückt.

Florence lehnte sich zurück und sah Rosefield Hall, auf das sie mit zwanzig Meilen pro Stunde zurasten, immer näher kommen. Virginia, ihr Ehemann Jacob und Master Compton verbargen etwas vor ihnen, das war offensichtlich.

Auch sie selbst hütete nun ein Geheimnis. Mit dem heutigen Tage war sie zu etwas anderem geworden – zu einer Freundin, zu einer ganz neuen Frau, zu einer, die mit Miss Compton zu Mittag gegessen und an ihrem Arm spazieren gegangen war.

War das nun gut oder schlecht? Florence wusste es nicht.

Sie musste dringend nachdenken, und Florence beschloss, dass sie das am besten beim Arbeiten konnte. Deshalb würde sie sich nach dem Abendessen nicht zu den anderen setzen, um heißen Kakao zu trinken und John oder Charles beim Klavierspielen zuzuhören. Nein, sie würde sich mit Näharbeiten in ihre Kammer zurückziehen.

Immer mehr wurde ihr bewusst, dass ihr geordnetes Leben aus den Fugen geriet, nur langsam, aber doch jeden Tag ein bisschen mehr, und bang fragte sie sich, ob sie diese Entwicklung würde aufhalten können, um zu ihrem alten, arbeitsamen, unsichtbaren Selbst zurückzufinden.

Obgleich es heute großartig gewesen war, sichtbar zu sein.

Alice

»Darf ich dich begleiten, soll ich oder muss ich es?«, fragte Alice ihren Bruder.

Sie saßen im klaren, hellen Oktoberlicht auf dem Rand des Springbrunnens, der das Herzstück des Gartens um Tamary Court bildete. Gemessen an den ausgedehnten Parkanlagen, die sich um die Anwesen mancher Adelsschlösser erstreckten, war dieser Garten bescheiden. Doch für Alice' Geschmack reichte er vollkommen aus. Es gab Hecken aus Weißdorn, zwischen denen sie sich verstecken konnte, wenn die Bilder übermächtig wurden und sie einen Schutz brauchte. Es gab den Springbrunnen, an dem sie sitzen konnte, um den Wassertropfen zuzuschauen und die Zeit vorüberziehen zu lassen. Es gab den Gemüsegarten, wo alles seine beruhigende Ordnung hatte. Und es gab den Blumengarten, in dem Alice sogar schon einmal einen Hauch von Glück verspürt hatte, ausgelöst durch Farben und Duft und die unbändige Wuchskraft der leuchtenden Herbstblumen, eine Kraft, die das Leben selbst war. Eine Kraft, die Alice verloren hatte, als sie röchelnd um Sauerstoff gekämpft hatte.

Vielleicht, wehte es durch ihren Sinn, war sie ja tatsächlich gestorben, damals, und das alles – Tamary Court, der Garten, die funkelnden Wassertropfen, ihr Bruder – war lediglich eine Einbildung. Aber wenn sie tot war, wer war es dann, der sich einbildete, dass sie noch lebte? Eine interessante Frage, objektiv betrachtet.

»Du musst gar nichts, das weißt du doch. Aber ich würde mich freuen, wenn du mit mir kommen würdest«, drang Cyrils Stimme in ihren davondriftenden Geist.

Alice brauchte einen Moment, um sich zu erinnern, worüber sie gerade gesprochen hatten. Nach wie vor fiel es ihr unendlich schwer, sich zu konzentrieren. Rosefield Hall, rief sie sich in Erinnerung. Edward Compton, Sohn des hier ansässigen Barons. Plantage in Gambia. Höchstwahrscheinlich ganz hervorragende Ware für *Bentfield's*, ihr Kaufhaus in London. Erdnüsse, Erdnussöl, Erdnussseife. Einladung zum Dinner. Frauen plaudern, Männer machen Geschäfte.

Alice riss sich zusammen. Cyril tat alles für sie, was in seiner Macht stand, er versauerte hier auf dem Lande, er vernachlässigte das Kaufhaus, er hielt ihre Mutter von ihr fern. Und obgleich es bisher nichts geholfen hatte, wollte sie doch versuchen, ihm seine Fürsorge und Liebe zu vergelten, wenn auch nur, indem sie ihn zu diesem möglichen neuen Geschäftspartner begleitete.

Und indem sie aufhörte, ständig über den Tod nachzudenken. Cyril mochte das nicht, es bereitete ihm Sorgen, das wusste Alice.

»Ich komme gerne mit«, sagte sie und hoffte, dass es aufrichtig klang.

Er lächelte erleichtert. »Es wird dir guttun, Alice. Ich bin sicher, die Comptons sind anders als unsere Londoner Bekannten. Du wirst nicht mit ihnen diskutieren müssen, und sie werden dich zu nichts drängen. Die Zeit steht ziemlich still hier auf dem Lande, weißt du?«

»Findest du das denn gut?«, fragte Alice, und ein Hauch des alten Kampfgeistes schimmerte durch ihre Schwermut. Sieh mal an, dachte sie verwundert, es ist doch noch nicht alles tot in mir.

»Natürlich finde ich es nicht gut. Aber es ist hilfreich, wenn man vermeiden möchte, dass gewisse Themen angeschnitten werden.«

Gewisse Themen.

»Du sprichst das Wort nicht einmal mehr aus.«

»Nicht, solange du nicht vollständig wiederhergestellt bist und deinen Frieden damit gemacht hast«, erwiderte Cyril bestimmt.

Leise fragte Alice: »Und wenn das niemals der Fall sein wird?«

Ihr Bruder hob die Hand und strich ihr über die Wange. »Nicht verzagen«, sagte er zärtlich. »Es wird dir wieder gut gehen. Du musst nur fest genug daran glauben.«

Und mit einem Mal hätte Alice am liebsten geweint. Sie, eine Frau von dreiundzwanzig, die für ihre Überzeugungen gekämpft hatte und die so grausam dafür bestraft worden war, wünschte sich nichts sehnlicher, als sich in die Arme ihres großen Bruders zu schmiegen und den Tränen freien Lauf zu lassen. Oh, ihre Mutter hatte schon recht, dachte Alice bitter. Sie war zu einem erbärmlichen Häuflein Elend geworden. Wann würde Cyril das merken und sich von ihr abwenden?

Das durfte nicht passieren.

Sie nahm ihre ganze Kraft zusammen, schluckte die schändlichen Tränen hinunter und lächelte. »Natürlich glaube ich daran, dass ich es vergessen ... überwinden ... dass es verblassen wird. Doch nun lass uns über etwas anderes reden. Was meinst du, ist mein weißes Kleid mit der violetten Schärpe für den Besuch bei einem Baron vornehm genug?«

Cyril erhob sich vom Rand des Springbrunnens und bot ihr den Arm. »Und wenn nicht? Der snobistische Spott des Landadels kann uns völlig gleichgültig sein.«

An Cyrils Seite ging Alice langsam zurück zum Haus. Die Schatten der Hecken waren scharf und schwarz, die Oktobersonne grell.

»Spott zu ertragen sind wir ja gewohnt, nicht wahr? *Ich* bin es gewohnt«, sagte sie.

»Ich würde dich davor bewahren, wenn ich es könnte.«

»Ich habe mir den Spott selbst eingehandelt«, erwiderte Alice ruhig. »Ich hätte mit achtzehn heiraten und Kinder in die Welt setzen können, so, wie Vater es immer für mich geplant hatte. Dann wäre ich jetzt eine geachtete Frau, und du müsstest dich nicht mit mir herumschlagen.«

»Ach, Alice, das ist Blödsinn, und das weißt du auch.«

Wusste sie das? Vielleicht waren ja nicht die Spötter auf dem Holzweg, sondern sie. Vielleicht musste sie sich einfach nur anpassen: ihre Überzeugungen verraten, ihre Natur unterdrücken und das Leben führen, das ihr verstorbener Vater für sie vorgesehen hatte.

Aber dann würde ihre Mutter sie hassen, und sie selbst ... sie selbst sich wahrscheinlich auch.

So viel Hass, dachte Alice mutlos, so viel Verachtung, so viel Strafe. Egal, wofür man sich entschied.

Und wieder einmal schlich die Angst heran.

Alice klammerte sich an den Arm ihres Bruders, atmete die Angst fort, konzentrierte sich auf ihre Schritte über den Kiesweg. Ein Schritt, noch ein Schritt, noch ein Schritt. Schön weitergehen, noch ein Schritt, ganz gleich, in welche Richtung.

Irgendwohin würde ihr Weg sie schon führen.

Auch wenn er in dichtem Nebel lag.

Ruby

Die heftige Zurechtweisung, die ihre Frage nach der Narbe an Virginias Handgelenk ihr eingebracht hatte, ging Ruby nicht mehr aus dem Kopf. Sie wagte es jedoch nicht, ihren Bruder darauf anzusprechen, und musste sich bedrückt eingestehen, dass Edward ihr schon wieder ein Stück fremder geworden war. Ruby hätte gerne mit Mr Brown darüber geredet, doch auch das ging nicht, da sie ihm damit deutliche Hinweise auf ihre Familie gegeben hätte. Ohnehin würde sie Mr Brown ja erst in drei Tagen wiedersehen.

Schade, dachte sie sehnsüchtig.

Dummerweise war sie selbst es gewesen, die auf einigen Tagen Pause zwischen ihren Treffen bestanden hatte, und zwar auch dann, wenn Mr Brown sich nicht in London aufhielt, um in seinem Geschäft nach dem Rechten zu sehen. Denn Ruby wollte nicht allzu interessiert wirken, obwohl sie brennend interessiert war, an dieser Erkenntnis ging kein Weg vorbei.

Ob Mr Brown wohl in der gleichen Weise an sie dachte wie sie an ihn?

Ruby sah aus dem Fenster ihres Zimmers, ihre Finger spielten mit dem Saum der schweren dunkelroten Gardine. Draußen zauste der Herbstwind die Büsche und trieb goldene Blätter vor sich her. Ein unwirkliches Licht lag über dem Park, Sonnenschein schob sich durch gewitterdunkle Wolken. Bald würde es regnen.

Aber was kümmerte sie das Wetter? Im Wald wartete heute

niemand auf sie. Auch mit Edward konnte sie nicht ausreiten, denn der war in Lintingham unterwegs. Sie würde also faul im Haus bleiben und ... Was würde sie mit sich anfangen?

Ruby fiel nichts ein, und das wunderte sie. Womit hatte sie sich eigentlich beschäftigt, bevor Edward zu Besuch gekommen war und sie Mr Brown kennengelernt hatte? War ihr Leben wirklich so ereignislos gewesen, wie es ihr gerade erschien, ein einziger, nie enden wollender Reigen aus Kleiderwechseln, Mahlzeiten mit der Familie und kleinen Fluchten in die Natur?

Unruhig wandte sie sich vom Fenster ab und ging zu einem der weich gepolsterten Sessel, die um den zierlichen Mahagonitisch in der Mitte des Zimmers gruppiert waren. Ruby benutzte diesen Tisch nie, und auch die duftenden Kekse, die in einer Silberschale darauf standen, rührte sie kaum an. Zum ersten Mal fragte sie sich, was eigentlich abends mit dem Gebäck geschah. Wurde es weggeworfen? Durfte die Dienerschaft davon essen? Ob Florence jemals von diesen Keksen, die Tag für Tag völlig umsonst gebacken wurden, gekostet hatte?

Sie ließ sich in den Sessel fallen und schloss die Augen. Ach, es war eine Schande: Sie, Ruby, hatte nicht nur Gebäck, sondern auch Zeit und alles andere im Überfluss, während Florence sich für ihr nacktes Überleben schief und krumm arbeiten musste. Auf wie viele Stunden belief sich die tägliche Arbeitszeit der auf Rosefield Hall beschäftigten Mädchen? Peinlich berührt musste Ruby sich eingestehen, dass sie nicht einmal das wusste. Die Dienerschaft hatte eben präsent zu sein, Tag und Nacht, so war es immer gewesen und so würde es immer sein. Niemand aus der Familie Compton verschwendete einen Gedanken an das Privatleben oder das Wohlbefinden des Personals.

Ruby öffnete die Augen, starrte an die Decke und schämte sich. So wie sie verhielt sich eine selbstsüchtige Herrin, nicht aber eine Freundin. Und sie wollte doch Florence' Freundin sein!

Ob sie es Mr Brown zu verdanken hatte, dass sie ihre gewohnte Lebensweise mit einem Mal so kritisch sah? Er verdrehte ihr den Kopf, bei jedem Treffen mehr, und das nicht nur durch seinen Charme oder durch die Spannung, die zwischen ihnen pulsierte. Es war der fremde Blickwinkel auf die Welt, der Ruby so an ihm anzog. Wenn sie mit Mr Brown zusammen war, schien sie die Dinge durch seine Augen zu sehen – und das war zwar beunruhigend, aber auch faszinierend.

Mr Brown. Vielleicht war ja er es, der heute Abend zum Dinner erwartet wurde. Edward hatte nämlich Gäste angekündigt, einen Mr Bentfield mit Begleitung. Nun, falls er es wirklich war, so konnte Ruby nur hoffen, dass die »Begleitung« sich nicht als seine Gattin entpuppte. Doch eigentlich war sie sich ziemlich sicher, dass Mr Bentfield mit ihrem Fremden im Wald nicht das Geringste zu tun hatte. Schließlich kannte Mr Brown Damen, die mit Fabrikarbeiterinnen befreundet waren, und somit musste er, vermutete Ruby, zur Boheme gehören.

Mr Bentfield hingegen war, so Edward, ein Mitglied des Londoner Geldadels. Und obgleich Lord und Lady Compton über das, was sie »bürgerliche Emporkömmlinge« nannten, gerne die Nase rümpften, war Ruby sich sicher, dass in den Kreisen jener Emporkömmlinge ein ähnlicher Dünkel vorherrschte wie in ihren eigenen. Dünkelhaft jedoch war Mr Brown kein bisschen.

Nun, möglicherweise würde der Abend trotzdem ganz unterhaltsam werden. Einen Kaufhausbesitzer kennenzulernen stellte Ruby sich spannend vor, denn während der Saison war sie des Öfteren in den großen Londoner Kaufhäusern gewesen, und sie hatte jedes Mal von Neuem gestaunt wie ein Kind.

Zwar hatte sie niemals etwas erstanden, da ihre Mutter sowohl die vorgefertigten Waren als auch das vorwiegend bürgerliche Publikum höchst ordinär fand. Doch Ruby hatte sich stundenlang treiben lassen, und es war ihr vorgekommen, als befände sie sich in einer anderen Welt, in einer Welt, in der absolut alles verfügbar war – und alles unter demselben Dach.

Jede Ware, nach der Ruby spaßeshalber Ausschau gehalten hatte, hatte sie auch gefunden: üppig geschmückte Hüte und fabrikgenähte Kleider. Sackartige Mäntel, die extra fürs Autofahren entworfen worden waren. Praktische Kostüme (mit Hosen!) für Bergsteigerinnen. Modische Abendkleider mit Nixenschleppen. Grobe Stiefeletten und zarte Spangenschuhe, aber auch Mahagonistühle und Bücherregale, Duftwässer und Seifen, Pomade, Unterwäsche, Kolonialwaren aller Art ... Es schien nichts zu geben, was es hier nicht gab. Ruby ließ sich von den Liftboys von Etage zu Etage fahren, wanderte durch alle Abteilungen, ließ sich blenden von unzähligen Glühbirnen, bewunderte die falsche Pracht von Gemälden und Bronzefiguren, Säulen und goldenen Ornamenten. Bei alldem wusste sie, dass Frauen wie sie eigentlich nicht gemeint waren; die Verlockungen dieser glitzernden Welt galten Menschen mit beschränkten Mitteln. Was in Rubys Kreisen altehrwürdig und echt war, das konnte man hier als neue und günstige Nachbildung erstehen.

»Man will uns imitieren, das ist lächerlich«, hatte Lady Compton verächtlich geurteilt, nachdem sie Ruby zum ersten und einzigen Mal in ein Kaufhaus begleitet hatte. Danach hatte Ruby sich ihrem Vergnügen lieber heimlich hingegeben.

Und nun würde sie also den Besitzer eines solchen Konsumtempels kennenlernen. Das war zwar nicht ganz so verlockend, wie mit Mr Brown bei der alten Mühle zu sitzen. Aber zumindest würde sie ihm bei ihrem Wiedersehen etwas Interessantes zu erzählen haben.

Mit neuer Energie erhob Ruby sich aus ihrem Sessel und zog an der Klingelstrippe, um nach Florence zu rufen. Zwar war es bis zum Abend noch lange hin, aber sie konnte ja schon einmal planen, welches Gewand sie tragen würde und welche Schmuckstücke dazu passten. Bei der Gelegenheit würde sie Florence auch gleich erlauben, sich nach Lust und Laune an ihren Keksen zu bedienen, wann immer sie Lust darauf hatte.

Immerhin das.

Am Abend war Ruby die Erste, die sich im Salon einfand, um auf den aufregenden Besuch zu warten. Kurz danach betrat Edward den Raum, ihm folgte ihr Vater.

»Warum du ihn gleich zum Dinner einladen musstest«, brummte Lord Compton, »ist mir ein Rätsel, Edward.«

»Fast alles, was ich tue, ist dir ein Rätsel, Vater.« Edward zuckte im Gehen mit den Schultern. »Tu mir einfach den Gefallen und demütige ihn nicht. Ich möchte mit Mr Bentfield ins Geschäft kommen, und das kann ich nicht, wenn er schon in den ersten fünf Minuten von Mutter, Basil und dir hinausgeekelt wird.«

Er setzte sich neben Ruby auf eines der Sofas, ihr Vater nahm ihnen gegenüber in einem Sessel Platz.

»Ins Geschäft kommen«, wiederholte Lord Compton geringschätzig, ohne Ruby zu beachten. »Musst du das alles wirklich selbst in die Hand nehmen?«

»Wer sonst sollte es tun, wenn nicht ich?«, gab Edward zurück.

»Nun, wir haben Männer dafür, wie du weißt.« Lord Compton lachte. »Ich verkaufe die Milch unserer Kühe schließlich auch nicht persönlich.«

»Die Erdnussplantage ist jetzt mein Lebensinhalt, Vater«, sagte Edward. »Ich möchte sie erhalten und mit Weitblick führen, und dazu gehört es nun einmal, neue Absatzmöglichkeiten auszuloten.«

»Bevor du nach Gambia gegangen bist, lief die Plantage doch auch! Wir hatten diesen Verwalter, wie hieß er noch gleich, irgendetwas mit M ...«

»Miller«, sagte Edward. »Aber Miller ist kurz nach meiner Ankunft verunglückt, und da er die Plantage geführt hat wie ein Sklaventreiber, habe ich auf das Experiment, einen neuen Verwalter einzustellen, lieber verzichtet.«

»Sklaventreiber, Sklaventreiber!« Lord Compton winkte ab. »Miller hat ganz passable Gewinne eingefahren, und vor allem hat er die britische Fahne hochgehalten. Darum geht es doch nur, mein Sohn. Um nichts anderes.«

Scharf sagte Edward: »Du hast mich nach Gambia verbannt und mir die Leitung der Plantage übertragen, obwohl ich nicht darum gebeten hatte. Ich habe mich gefügt. Nun gestehe mir bitte auch zu, dass ich meine Aufgabe dort so gut wie möglich erfülle. Auf meine Art.«

»Natürlich, natürlich.« Lord Compton lächelte begütigend. »Ich möchte doch nur, dass du dich nicht am Ende in einen Erbsenzähler verwandelst, der nur noch aufs Geld schielt. Das ist so vulgär.«

»Ich achte auf die Arbeitsbedingungen der Männer und Frauen, für die ich die Verantwortung trage. Ich möchte, dass die Plantage genug für uns alle abwirft, so dass jeder sein Auskommen hat. Ich will die Menschen, die ununterbrochen hart für mich arbeiten, nicht entlassen müssen, weil ich ihre Löhne nicht mehr bezahlen kann, und ich möchte sie auch nicht wie Hunde halten. Deshalb darf ich mich nicht zurücklehnen, sondern muss die Ernte möglichst gewinnbringend verkaufen, und dazu gehört es eben auch, dass ich Kontakte knüpfe und Chancen ergreife und …«

»Genug jetzt, da kommt deine Mutter!«, unterbrach Lord Compton seinen Sohn zischend. »Sie ist noch weniger begeistert als ich, dass du diese Bentfields eingeladen hast, also verärgere sie nicht auch noch mit deinen krämerischen Parolen.«

Er sah seiner Frau entgegen, die in einem Traum aus grüner Seide auf sie zukam, und sagte höflich: »Du siehst bezaubernd aus, meine Liebe.«

Lady Compton ließ sich mit geradem Rücken auf einem Stuhl nieder und wandte sich, ohne auf das Kompliment ihres Mannes einzugehen, sogleich an Edward.

»Ich hoffe, deine Gäste wissen, was sich gehört, und sind pünktlich«, sagte sie streng.

»Ich habe keine Bauern eingeladen, Mutter«, versetzte Edward ärgerlich, »sondern den Besitzer eines der größten Kaufhäuser Londons sowie seine Schwester.«

Lady Compton hob eine Augenbraue und schwieg.

In diesem Moment betrat Basil den Salon. In der Hand hielt er ein Glas.

»Was tust du denn da, Basil?«, fragte Lord Compton und blickte entgeistert auf das Getränk seines Sohnes.

»Ich trinke etwas, wie du siehst«, antwortete Basil. »In London ist es Mode, vor dem Dinner einen Cocktail zu sich zu nehmen, und ich dachte, ich passe mich in dieser Hinsicht ein wenig an.«

»Solange ich der Herr dieses Hauses bin«, sagte Lord Compton finster, »passen wir uns solchen Sitten ganz bestimmt nicht an, mein Lieber!«

Basil grinste und führte ungerührt das Glas zum Mund.

Der Abend, dachte Ruby resigniert, versprach wieder einmal kein Spaß zu werden.

Wenige Minuten später öffnete sich die Tür, und der Butler kündigte mit sonorer Stimme die Geschwister Bentfield an. Erwartungsvoll blickte Ruby auf.

Und herein trat *er*.

Schlagartig klopfte Ruby das Herz bis zum Hals, ihre Wangen begannen zu glühen. Verdammt, bestimmt wurde sie vor lauter Schreck gerade rot wie eine Tomate!

Mr Brown – nein, Mr Bentfield – hatte sich besser im Griff als Ruby. Als ihre Blicke sich trafen, blinzelte er kurz, zeigte ansonsten jedoch keine Reaktion. Mit seinem weißen Chemisett, der ebenso weißen Fliege und dem schwarzen Frack war er tadellos gekleidet und strahlte eine Selbstsicherheit aus, die selbst Rubys Eltern zu beeindrucken schien. Seine Schwester hingegen war hübsch und grazil, eine englische Rose mit blasser Haut, rotblonden Locken und zarter Figur. Förmlich stellte Edward die Bentfields seinen Eltern vor, danach war Basil an der Reihe.

Und dann, endlich, stand Mr Bentfield Ruby gegenüber.

»Miss Compton«, sagte er mit einem leichten Lächeln. »Ich bin überaus erfreut, Ihre Bekanntschaft zu machen.«

Edward trat einige Schritte zurück, um sich mit charmanter Höflichkeit Miss Bentfield zu widmen. Und Ruby wusste, dies war ihre Chance, vielleicht die einzige des ganzen Abends, einigermaßen offen mit Mr Bentfield zu sprechen. Doch ihr Mund war mit einem Mal so ausgetrocknet, dass sie sich bloß räuspern konnte.

»Ich hoffe, Sie haben sich nicht erkältet?« Die goldenen Sprenkel in Mr Bentfields braunen Augen funkelten. »Vielleicht bei einem herbstlichen Ausritt durch Park und Wälder?«

Seine neckenden Worte lösten Rubys Anspannung, und endlich fand sie auch ihre Stimme wieder.

»Keine Sorge«, entgegnete sie leise. »Wenn ich ausreite, sorgt meine Begleitung stets dafür, dass für die Rast eine Wolldecke vorhanden ist. Sich zu erkälten ist auf diese Weise praktisch ausgeschlossen.«

»Eine solch umsichtige Begleitung sollten Sie sich warmhalten, Miss Compton.«

Ihr Herz geriet ins Stolpern. »Das werde ich, Mr Bentfield.«

Ihre Blicke umschlangen sich.

Obgleich sie sich nirgendwo berührten, kribbelte Rubys Haut. Ganz eindeutig, zwischen ihr und Mr Brown, der nun Mr Bentfield war, knisterte es fast hörbar. Konnten starke Gefühle diese prickelnden Schwingungen erzeugen? Waren die Schwingungen schuld daran, dass Ruby kaum denken konnte, dass ihr schwindelig wurde und dass ihre Handflächen sich feucht anfühlten? Ob diese Art Knistern gefährlich war?

Vielleicht, versuchte Ruby sich zu beruhigen, war sie ja einfach nur durcheinander. Mr Brown hatte sich von ihrem geheimnisvollen Unbekannten in einen Mann verwandelt, der ihr im Salon von Rosefield Hall gegenüberstand und unter den Augen ihrer Eltern mit ihr Konversation betrieb. Ruby wusste nicht recht, wie sie das finden sollte. Würde ihr Verhältnis zueinander sich verändern, jetzt, da sie wussten, wen der jeweils andere im wahren Leben darstellte?

»Nur für den Fall«, sagte Mr Bentfield sehr leise, »dass wir heute Abend keine Gelegenheit mehr erhalten werden, ohne Lauscher miteinander zu sprechen: Bleibt es bei unserem Treffen in drei Tagen, wo Sie doch nun die Tochter eines Barons sind und ich bloß ein unbedeutender Kaufmann aus London?«

»Als unbedeutend«, wisperte sie zurück, »kann man den Besitzer von *Bentfield's* wohl kaum bezeichnen. Außerdem ist es Miss Green vollkommen gleichgültig, ob Mr Brown halb London besitzt oder in einem kleinen Laden Bananen feilbietet.«

»Und wie steht es mit Miss Compton? Ist es ihr auch gleichgültig?«

»Absolut«, sagte sie fest.

Seine Augen leuchteten auf. »Mit dieser Aussage retten Sie mir den Abend, Miss Compton.«

»Warten Sie's ab, Mr Bentfield, und loben Sie den Abend nicht zu früh. Sie kennen meine Familie nicht.«

»Oh, als Miss Green haben Sie mir bereits so viel von Ihrer Familie erzählt, dass ich mich als ausreichend gewarnt betrachte.« Er grinste. »Übrigens werde ich bald nicht nur Bananen feilbieten, sondern auch Erdnüsse, jedenfalls wenn es nach Ihrem

Bruder geht. Wir haben uns in Lintingham kennengelernt, und er hat mir die Erzeugnisse seiner afrikanischen Plantage sehr ans Herz gelegt.«

»Dann hoffe ich, dass Sie beide miteinander ins Geschäft kommen. Edward hätte es verdient.« Ruby blickte zu Miss Bentfield hinüber. »In der Zwischenzeit werde ich mich um Ihre Schwester kümmern. Sie sieht sehr nett aus.«

Mr Bentfield warf einen Blick über seine Schulter. »Das ist sie, Miss Compton. Nur ist Alice im Moment leider etwas ... nervös. Bitte sehen Sie es ihr nach.«

»Weshalb ist sie denn nervös?«

»Das macht das Leben in London«, sagte er vage. »Es kann einen überfordern, wenn man ein empfindsames Gemüt hat, so wie meine Schwester.«

»Und so wie Sie.«

»Ich?«, wiederholte er erstaunt. »Nein, eigentlich ist es nur Alice, die sich entkräftet zeigt.«

»Aber Sie sagten doch anfangs, Sie hätten sich aufs Land zurückgezogen, weil Sie eine Pause bräuchten, Mr Bro... Bentfield.«

»Ach so. Richtig, das sagte ich. Nun, wahrscheinlich habe ich mich in den letzten Wochen so gut erholt, dass ich meine Überforderung bereits vergessen habe.«

Vergessen? Ruby blickte ihn skeptisch an. Doch gerade als sie Mr Bentfield darauf hinweisen wollte, dass Miss Green keine Frau war, die sich für dumm verkaufen ließ, trat Edward zu ihnen.

»Leider kann ich es dir nicht erlauben, Ruby, meinen Gast ganz alleine in Beschlag zu nehmen«, sagte er lächelnd. »Bentfield, kommen Sie? Das Dinner wartet.«

Ein letztes Mal verhakte sich Rubys Blick mit dem von Mr Bentfield.

Gut, dann muss ich eben noch ein Weilchen warten. Aber irgendwann sagen Sie mir die Wahrheit, Mr Brown ...

Florence

Florence saß auf dem einzigen Stuhl in ihrer Kammer, knabberte an den Keksen, die Miss Compton ihr überlassen hatte, und träumte.

Als vor drei Tagen die Bentfields zum Dinner gekommen waren, hatte sie einen kurzen, heimlichen Blick auf die Gäste werfen können. Sie hatte sofort erkannt, dass der junge Herr Miss Comptons geheimnisvoller Fremder sein musste. Zum einen entsprach sein Äußeres genau der Beschreibung Mr Browns, und zum anderen bedachte Miss Compton den Herrn mit eindeutig verliebten Blicken.

Er war ja auch attraktiv, das ließ sich nicht leugnen. Dennoch war es nicht er, dessen Anblick Florence den Atem verschlagen hatte.

Sondern seine Schwester.

Miss Bentfield wirkte auf Florence wie eine Erscheinung, ätherisch und flüchtig, als genüge ein Lufthauch, um sie fortzuwehen in die kalte Oktobernacht. Ihre Augen waren von einem rauchigen Blau, ihre Haut milchig und sommersprossig, ihr rotblondes Haar in weichen Locken aufgesteckt. Entrückt hatte Florence sie betrachtet und sich danach gesehnt, ihren heimlichen Beobachtungsposten verlassen und die junge Frau berühren zu dürfen, um sich zu vergewissern, dass sie kein wunderschönes Gespenst war, sondern ein Mensch aus Fleisch und Blut.

Ohne sich dessen bewusst zu sein, griff Florence nach dem nächsten Keks. Sie konnte ihre Faszination nicht recht einordnen. Vielleicht rührte sie daher, dass sie selbst, Florence, so drall und gewöhnlich war? Wünschte sie sich vielleicht, ebenso durchscheinend und überirdisch auszusehen wie Miss Bentfield?

Nein, das war es nicht.

Nicht nur.

Florence beschloss, sich fürs Bett fertig zu machen und zu schlafen, denn eine Ahnung schlich sich in ihren Sinn und beunruhigte sie mehr, als sie sich eingestehen wollte. Um ihr Herz und ihren Geist zu disziplinieren, dachte sie an Mr Yorks, der ihr erst gestern ein Sträußchen Herbstblumen überreicht hatte. So eine romantische Gabe! Und so eindeutig.

Doch als Florence wenig später in den Schlaf hinüberdämmerte, waren es nicht Mr Yorks' Blumen, die sie begleiteten.

Sondern ein durchscheinendes Mädchen mit rauchblauen Augen.

Ruby

»Wie lange führen Sie das Kaufhaus denn schon alleine, Cyril?«

»Seit dem Tod meines Vaters. Das war vor fünf Jahren. Seitdem gibt es nur noch Mutter, Alice und mich.«

Sie ritten in gemächlichem Schritt durch das von Herbstnebel erfüllte Mühlental. Da sie nicht mehr Mr Brown und Miss Green sein konnten, aber ebenso wenig der Kaufmann Mr Bentfield und die adelige Miss Compton sein wollten, wenn sie beisammen waren, sprachen sie sich nun kurzerhand mit Vornamen an. Das lief zwar allen gesellschaftlichen Gepflogenheiten zuwider, aber taten ihre Treffen das nicht sowieso? Auf einen Regelbruch mehr oder weniger, fand Ruby, kam es da auch nicht mehr an.

Sie liebte es, mit den Lippen das Wort *Cyril* zu bilden. Es fühlte sich zärtlich an und vertraut, und jedes Mal, wenn er sie im Gegenzug *Ruby* nannte, machte ihr Herz einen kleinen Hüpfer.

»Wird Ihre Mutter Sie denn auch einmal hier besuchen kommen?«, fragte sie ihn.

»Ich hoffe nicht.«

Ruby blickte ihn überrascht an, und er fügte schnell hinzu: »Aber jetzt steigen Sie ab, wir sind da. Raten Sie mal, was ich uns als Picknick eingepackt habe!«

Er deutete auf die ledernen Packtaschen, die er hinter seinen Sattel geschnallt hatte.

Ruby ließ sich von Pearls Rücken gleiten. »Äpfel?«

»Falsch. Zweimal dürfen Sie noch raten.«

»Käse?«

»Wieder falsch. Etwas mehr Fantasie, wenn ich bitten darf.«

»Hm, dann ... vielleicht Kaninchenpastete?«

»Und wieder falsch! Sie haben verloren«, rief er triumphierend. »Zur Strafe müssen Sie alles aufessen, egal ob es Ihnen schmeckt oder nicht.«

Ruby lachte. »Diese Strafe nehme ich gerne an.«

Sie band Pearl an einen Baum neben der Mühle, und während Cyril sich an den Packtaschen zu schaffen machte, um zwei hübsch verpackte Schachteln herauszuholen, trat sie ans Ufer. Dunst stieg vom Wasser des Flusses auf, alles war feucht und kalt. Dennoch kam es ihr so vor, als gäbe es auf der ganzen Welt keinen schöneren Ort als dieses verwunschene, nasse Stückchen Natur, das zu ihrem und Cyrils Zufluchtsort geworden war.

Cyril kam zu ihr, blieb dicht hinter ihr stehen und flüsterte ihr ins Ohr: »Ich verrate es Ihnen, Ruby. Es ist französische Patisserie.«

Wenn er die Schachtel nicht in seinen Händen trüge, würde seine Brust meinen Rücken berühren.

»Und woher haben Sie etwas so Exotisches?«, flüsterte sie atemlos zurück. Trotz des Nebels war ihr plötzlich heiß, und die elektrischen Schwingungen pulsierten wie wild.

»Ich habe sie aus London liefern lassen.« Sie spürte seinen warmen Atem in ihrem Haar. »Ich dachte, Sie würden sie vielleicht mögen.«

»Weil Miss Compton Luxus gewohnt ist?«, fragte Ruby mit nervösem Spott.

»Nein«, raunte Cyril. »Weil Miss Green offen für alles Neue ist und keine Vorurteile kennt. Weil sie somit ganz anders ist als ihre Familie. Und wissen Sie was? Dafür bewundere ich Miss Green zutiefst.«

Ruby wandte sich um und blickte zu Cyril hoch. Sie war ihm

jetzt so nah, dass sie seine Sommersprossen hätte zählen können oder seine dichten schwarzen Wimpern.

Wann nur hatte sie angefangen, derart intensiv für ihn zu empfinden?

Cyril blickte auf ihren Mund. Er neigte seinen Kopf, und Ruby schloss die Augen. Es war keine bewusste Entscheidung, eher ein Wissen, das tief aus ihrem Inneren kam, das Wissen, dass ein Kuss von Cyril genau das war, wonach ihr Herz und ihre Seele verlangten.

Sie spürte seinen Atem an ihrem Mund.

Wärme.

Fast eine Berührung.

Und dann ... nichts.

Stattdessen merkte sie, dass sein Gesicht sich wieder von ihrem entfernte. Verwirrt öffnete sie die Augen.

Cyril hatte sie nicht geküsst. Sie war dazu bereit gewesen, doch er hatte es nicht getan. Heiße Scham stieg in Ruby auf. Er hatte sie zurückgewiesen, er wollte sie nicht.

Weil sie letztendlich doch nur eine blasierte Miss Compton war?

Mit belegter Stimme sagte sie: »Basil und meine Eltern haben Sie verschreckt, nicht wahr? Das ist es, das stößt Sie ab. Und ich kann es Ihnen nicht einmal verdenken.«

Cyril schluckte hart. Dann trat er einen Schritt zurück, als könne er für nichts garantieren, wenn er zu dicht bei ihr stand.

»Es tut mir leid, Ruby«, sagte er heiser. »Es tut mir leid. Ich hätte Ihnen nicht so nahe kommen dürfen.«

»Aber warum denn nicht?« Unglücklich suchte sie seinen Blick. »Cyril, ich bin nicht wie meine Eltern. Das haben Sie vor wenigen Minuten selbst gesagt!«

»*Ihre* Familie ist nicht das Problem. Sondern meine.«

»Bitte«, sagte Ruby leise. »Bitte sagen Sie mir, warum Sie mit einem Mal so ernst sind und warum Sie … mich nicht … geküsst haben.«

Cyril rang mit sich, war hin- und hergerissen, das sah sie ihm an. Er stand nur einen Schritt von ihr entfernt, doch Ruby kam es wie eine Meile vor.

»Es gibt da etwas, das Sie nicht wissen«, sagte er schließlich zögernd. »Alice und Mutter, sie haben … sie sind … nun, sie brauchen mich, Ruby. Mein Haus, meinen Schutz. Beide haben sie zu viel mitgemacht, als dass ich sie jetzt aus egoistischen Motiven heraus sich selbst überlassen dürfte und eine eigene Familie … Ach herrje, was erzähle ich Ihnen denn da?«

Abrupt trat er einen weiteren Schritt zurück. »Verzeihen Sie mir.«

Er wandte sich ab und stellte die Patisserie-Schachteln auf einen umgestürzten Baumstamm. Während er die Schleifen um die Schachteln löste und die Deckel abnahm, sagte er gepresst: »Wir beide, Ruby, führen sehr unterschiedliche Leben, wenn wir Mister Bentfield und Miss Compton sind. Ich selbst kann und darf kein anderes Leben führen. Doch ich habe auch kein Recht dazu, Ihnen meine Art von Leben zuzumuten.«

Ruby trat zu ihm und setzte sich auf den Baumstamm. Cyril reichte ihr einen der winzigen bunten Kuchen. Fast bittend hielt er ihn Ruby hin.

Sie zögerte, doch dann nahm sie den Kuchen an. Er war mit rosa Zuckerguss, Marzipanblüten und kleinen, schimmernden Perlen verziert.

»Anders als dieses kleine Kunstwerk hier«, sagte Ruby bedächtig, »bin ich nicht aus Zucker, weder als Ruby noch als Miss Green oder als Miss Compton. Ich hoffe sehr, dass Sie sich mir anvertrauen werden, sobald Sie das begriffen haben. Denn ob ich Ihre Art von Leben führen möchte oder nicht, Cyril, das entscheide ich am besten selbst.«

Er sah sie an, traurig und entschlossen. »Dass Sie nicht aus Zucker sind, war mir von der ersten Minute an klar. Aber selbst Eisen kann bis zur Unkenntlichkeit verbogen werden, wenn das Feuer nur grausam genug ist, Ruby. Und das möchte ich Ihnen ersparen.«

»Aber ich ...«

»Um jeden Preis«, unterbrach er sie fest.

Noch Stunden später grübelte Ruby darüber nach, was Cyril ihr so unbedingt ersparen wollte. Ratlos ging sie in ihr Zimmer, um sich umzukleiden. Cyril hatte sich geweigert, auch nur ein einziges weiteres Wort zu dem Thema zu sagen, und sie hatten sich in gedämpfter Stimmung voneinander getrennt. Was, fragte Ruby sich nun, konnte wohl dermaßen schlimm sein, dass es Cyril daran hinderte, sich eine Frau zu nehmen?

Da erkannte sie am Ende des Ganges Virginia, die verstohlen in Edwards Zimmer huschte.

Ruby runzelte die Stirn, jäh aus ihren Gedanken gerissen. Ihr fiel auf, dass sie nach wie vor nicht wusste, worin Virginias Aufgaben bestanden. Verrichtete sie die Arbeiten eines Hausmädchens, machte sie Edwards Bett, schüttelte sie seine Kleidung aus? Aber warum hatte sie sich dann gerade so ängstlich umgeschaut, bevor sie sein Zimmer betreten hatte?

Geheimnisse überall, dachte Ruby verärgert, und niemand schien gewillt zu sein, sie einzuweihen. Edward verbarg etwas vor ihr, Cyril zog sich vor ihr zurück, weil er sie vor einer Gefahr beschützen wollte, die er sich weigerte zu benennen. Sogar Florence hatte in den letzten Tagen geistig abwesend gewirkt, auf Rubys Nachfrage hin jedoch nur etwas von einer leichten Müdigkeit gemurmelt.

Herrje, glaubten denn alle, sie sei ein solch zartes Pflänzchen, dass sie die Wahrheit nicht ertrug?

Sie betrat ihr Zimmer, zog sich die Handschuhe aus und warf sie wütend auf den Tisch. Selbstverständlich ertrug sie die Wahrheit, wie auch immer diese aussehen mochte! Was erwarteten die anderen denn von ihr? Sollte Ruby auf ewig in ihrem Elfenbeinturm bleiben und die Augen vor der wirklichen Welt verschließen, nur weil sie die Tochter eines Barons war?

Ruby reckte das Kinn. Sie würde sich nicht mehr einsperren lassen, nicht einmal geistig, von niemandem! Ab sofort würde sie denen, die sie liebte, beweisen, dass sie ihr Vertrauen verdiente!

Und wo sie schon bei guten Vorsätzen war: Von nun ab würde sie sich strikt weigern, hübsche Hohlköpfchen wie Miss Worthery als passende Bekanntschaften anzusehen, denen sie pflichtschuldigst ihre Aufwartung zu machen hatte. Stattdessen würde sie ihre Zeit nur noch mit Frauen verbringen, die ihr wirklich gefielen.

Als ersten Schritt in diese Richtung beschloss Ruby spontan, schon am nächsten Tag Miss Bentfield zu besuchen. Ihren Eltern würde es zwar nicht gefallen, dass sie mit einer Kaufmannstochter Tee trank, doch das war Ruby gleichgültig. Miss Bentfield hatte beim Dinner auf Rosefield Hall einen nervösen, aber auch sehr netten und tiefsinnigen Eindruck auf Ruby gemacht, und Ruby war sich sicher, dass es lohnenswert sein würde, die junge Dame besser kennenzulernen.

Außerdem war Miss Bentfield eben auch Cyrils Schwester. Vielleicht würde es Ruby ja gelingen, mit ihrer Hilfe Cyrils ominöses Geheimnis zu lüften.

Sie lächelte, als ihr eine weitere Idee kam: Sie würde morgen nicht allein zu Miss Bentfield gehen, sondern jemanden mitnehmen und diesem Jemand damit unmissverständlich ihre Freundschaft demonstrieren.

»Sind Sie sicher, Madam?«, wisperte Florence angespannt. »Dass Miss Bentfield es nicht doch als ungehörig empfinden wird, wenn ich, ein einfaches Hausmädchen, einfach so mit Ihnen ...«

»Florence, das haben wir doch alles schon dreimal durchgekaut!«, sagte Ruby leise, während sie dem Butler der Bentfields durch die langgezogene Eingangshalle von Tamary Court folgten. »Ich habe dich in meiner Nachricht an Miss Bentfield angekündigt und nehme dich als meine Freundin mit, nicht als mein Hausmädchen. Außerdem hat Mr Bentfield mir erzählt, dass er massenweise Ladys kennt, die mit Fabrikarbeiterinnen befreundet sind. Etwas Schlechteres bist du ja wohl auch nicht!«

»Nein?« Florence sah aus, als hielte sie sich höchstens für einen Mehlwurm.

Ruby drückte beruhigend ihren Arm. »Keine Sorge, es wird ein wunderbarer Nachmittag werden. Und jetzt komm.«

Gemeinsam durchquerten sie einen altmodisch eingerichteten Salon – da die Bentfields nur zur Miete hier wohnten, machten sie sich um das Mobiliar offensichtlich kaum Gedanken – und traten schließlich durch große Flügeltüren auf eine sonnenbeschienene Terrasse.

Geblendet kniff Ruby die Augen zusammen. Miss Bentfield schwebte im Gegenlicht auf sie zu. Sie trug wieder ein weißes Kleid, und die Sonne ließ das rotblonde Haar um ihr schmales Gesicht erstrahlen wie einen Heiligenschein.

»Wie schön, dass Sie mich besuchen kommen, Miss Compton!«, sagte sie leise, aber freundlich, bevor sie sich ebenso liebenswürdig an Florence wandte. »Miss Compton hat mir geschrieben, dass ich heute auch Ihre Bekanntschaft machen werde. Seien Sie herzlich willkommen, Miss ... wie lautet denn eigentlich Ihr Nachname?«

»Florence, ich bin ... Florence«, stotterte diese. »Sagen Sie nur du und Florence zu mir, Madam.«

Ruby warf einen erstaunten Blick auf ihr herumhaspelndes

Mädchen. Florence war rot geworden und starrte Miss Bentfield an, als sei diese ein Engel.

»Gerne. Dann nennst du mich aber auch Alice«, erwiderte ihre Gastgeberin lächelnd.

»Ich … Sie … du?«

»Aber ja. Nennen wir uns doch alle bei den Vornamen. Natürlich nur, wenn Miss Compton nichts dagegen hat, dass wir die guten Sitten gleich in den ersten drei Minuten mit Füßen treten.«

»Nicht das Geringste.« Ruby grinste. »Florence, Alice und Ruby – das klingt ganz wunderbar.«

Alice' Lächeln vertiefte sich, Florence hingegen sah aus, als träfe sie gleich der Schlag. Merkwürdig.

Ihre Gastgeberin führte sie zu einem Tisch mit einem blütenweißen Spitzentischtuch, auf dem Tee und Gebäck angerichtet waren. Obwohl der Oktoberwind die Hecken im Park kräftig zerzauste, war es hier auf der geschützten Terrasse windstill und warm. Ruby und Alice setzten sich.

Florence blieb stehen.

»Haben Sie einen Wunsch, Miss … hast du einen Wunsch, Ruby?« Sie knetete ihre Hände.

»Nur den, dass du dich setzt«, sagte Ruby. »Du weißt doch, dass du nicht zum Bedienen mitgekommen bist.«

Florence setzte sich auf die äußerste Kante eines Stuhls. Angestrengt betrachtete sie das Tischtuch.

»Florence?«, fragte Ruby sanft. »Was ist denn los?«

»Nichts ist los, Madam, es ist … nur so …« Flehend blickte sie auf. »Ach, Madam, ich kann das nicht. Ich kann einfach nicht aus meiner Haut heraus! Ich möchte … deine Freundin sein, deine ergebene Freundin für immer, doch wir stehen nicht auf derselben Stufe, und wenn ich dich Ruby nennen soll und mit dir Tee trinken und Miss Bentfield besuchen und sie mit Alice ansprechen, dann … ja, wo ist denn dann mein Platz?«

Florence brach ab und senkte den Kopf, offensichtlich tief beschämt über ihren Ausbruch. Sehr leise fügte sie hinzu: »Ich mache Besuche wie eine Dame, doch danach kehre ich zurück zu den anderen Dienstboten und werde ausgefragt und verspottet. Weil ich meinen Stand vergessen habe und mich für etwas halte, was ich nicht bin.«

Ruby blickte ihr Mädchen betroffen an. Sie hatte gedacht, sie täte Florence mit ihrer Freundschaft etwas Gutes. Nun jedoch sah es ganz so aus, als sei das Gegenteil der Fall: Ihr Ansinnen bereitete Florence Kummer und Sorgen.

Das hatte Ruby nicht gewollt.

Doch noch ehe sie sich entschuldigen konnte, sagte Alice mit unerwartet fester Stimme: »Ich kenne dich erst seit ein paar Minuten, Florence. Aber ich kann dir versichern: Was du bist, das wird nicht von deiner Stellung in der Gesellschaft bestimmt, nicht von deinem Beruf, ja nicht einmal von deinem Geschlecht. Nichts, aber auch gar nichts sollte dir verwehrt bleiben, nur weil du zufällig als Hausmädchen auf Rosefield Hall arbeitest. Du wurdest nicht als Hausmädchen geboren, sondern als freier Mensch mit einer Würde, die dir niemand nehmen kann. Wo dein Stand ist, was du darfst oder was du nicht darfst, das solltest du selbst bestimmen und niemand sonst. Wenn du also mit uns Tee trinken möchtest, so trinke mit uns Tee. Wenn du es aber nicht willst, so lehne ab, ohne Angst vor den Konsequenzen zu haben. Du bist ein freier Mensch, Florence. Oder solltest es zumindest sein.«

Florence starrte Alice vollkommen überrascht an.

Auch Ruby war sprachlos. Die zarte, nervenschwache Alice schwang derart gleichmacherische Reden, noch vor dem ersten Schluck Tee?

Mit großen Augen fragte Florence: »Bist du etwa Sozialistin, Alice?«

»Nein«, sagte diese in einem Ton, als wundere sie sich über sich selbst.

Und urplötzlich fiel Alice' Enthusiasmus in sich zusammen. Sie biss sich auf die Unterlippe, und als sie nach der Teekanne griff, um ihnen einzuschenken, sah Ruby ihre Hand vor Schwäche zittern.

»Bitte, lass mich das übernehmen«, sagte Florence rasch und griff nach der Kanne.

»Danke.« Alice faltete ihre bebenden Hände im Schoß.

»Nein«, sagte Florence inbrünstig, »nicht du hast mir zu danken. Ich danke dir!«

Alice hob den Blick. Zögernd lächelten die beiden Frauen sich über die Teekanne hinweg an.

Ruby lehnte sich zurück und betrachtete sie nachdenklich. Was ihr selbst nicht gelungen war, das hatte Cyrils Schwester im Handumdrehen geschafft: Ihre Worte hatten Florence genau das Maß an Selbstsicherheit verliehen, das diese brauchte, um das Zusammensein mit Ruby und Alice genießen zu können. Zudem hatte Alice sich nicht gescheut, nicht nur vor einem Hausmädchen, sondern auch vor der Tochter eines Barons umstürzlerische Gedanken auszusprechen. Das war bemerkenswert.

In Cyrils Schwester, dessen war sich Ruby nun sicher, steckte weit mehr, als ihr zerbrechliches Äußeres vermuten ließ.

Alice

»Sie ist hübsch«, sagte Alice versonnen.

»Miss Compton? Oh ja, da stimme ich dir zu. Sie hat ganz ungewöhnlich schöne grüne Augen, finde ich, und dazu das pechschwarze Haar, und diese ...«

»Ich meinte Florence«, unterbrach Alice ihren Bruder. »Das Hausmädchen. Gut, sie ist keine klassische Schönheit. Aber sie sieht so ... liebenswert aus. Ja, liebenswert, das ist das richtige Wort.«

Die Geschwister saßen zusammen im Salon. Beide hatten es sich in den tiefen Sesseln vor dem Kamin gemütlich gemacht und genossen die Wärme und das behagliche Prasseln des offenen Feuers.

Cyril war aus dem Dorf zurückgekehrt, kurz nachdem Alice' Besuch sich verabschiedet hatte, und nun erstattete sie ihm freiwillig und ausführlich Bericht. Zwar hatte auch er Neuigkeiten angekündigt, doch die mussten warten. Denn zum ersten Mal seit vielen Monaten brannte Alice darauf, etwas zu erzählen, und sie wollte sich das Gefühl von Lebendigkeit, das durch diesen Drang hervorgerufen wurde, so lange wie möglich erhalten.

Cyril zog fragend die Brauen hoch. »Miss Compton hat ihr Hausmädchen mitgebracht? Zum Tee?«

»Ja, aber nicht als Bedienstete, sondern als Freundin. Ruby ist nicht so konventionell, wie du vielleicht denkst, Cyril. Du kennst sie nur von dem Abend auf Rosefield Hall, aber ich habe sie heute ohne ihre Eltern und diesen schrecklichen Bruder erlebt, und da war sie völlig anders. Sie mag ihr Mädchen von Herzen gern, weißt du? Sie hat Florence kein einziges Mal herumkommandiert oder von oben herab behandelt.« Alice grinste. »Und sie ist auch nicht vor Schreck tot umgefallen, als ich die Meinung vertreten habe, dass ein Hausmädchen ebenso viel wert sei wie eine Lady.«

»Natürlich ist sie das nicht!«, sagte Cyril im Brustton der Überzeugung.

Verdutzt fragte Alice: »Hättest du das denn von der Tochter eines Barons nicht erwartet?«

Statt zu antworten, wandte Cyril seufzend den Kopf ab und blickte in die Flammen.

Alice wartete.

Schließlich hob ihr Bruder die Hände. »Nun denn, keine Geheimnisse unter Geschwistern.«

Er schaute ihr in die Augen. »Alice, ich kenne Ruby ebenso gut wie du. Wahrscheinlich sogar besser. Sie ist es, die mich seit Wochen zu stundenlangen Ausritten verlockt, und sie ist es, die mir den Aufenthalt hier überhaupt erträglich macht.«

»Was?«

Er warf ihr einen schuldbewussten Blick zu. »Ihre Familie weiß nichts davon, dass wir uns treffen. Dir hätte ich es natürlich erzählen können, aber ich dachte … nun ja …« Er räusperte sich.

»Dass es mir gleichgültig sei«, beendete Alice leise seinen Satz. »Dass mich seit damals sowieso nichts mehr interessiert.«

Mit einem knappen Nicken gab er es zu.

Alice war verletzt. Ihr Bruder hielt sie also für eine Frau, die aufgegeben hatte, eine, zu der man mit keiner Nachricht mehr durchdrang, weshalb man es gar nicht erst zu versuchen brauchte.

Und lieber Himmel, er hatte ja recht!

Sie senkte den Blick auf ihre Hände, die prompt wieder anfingen zu zittern. Ihre Hochstimmung schwand, stattdessen fühlte sie sich wie am Nachmittag, nachdem sie Florence Mut zugesprochen hatte: Einem kurzen Feuer, das die Seele erwärmt, folgen graue Asche und Erschöpfung.

Und doch, dachte Alice und ballte die zitternden Hände zu Fäusten. Und doch!

Auch wenn das Aufflackern ihrer Lebensgeister weder vorhin noch jetzt lang angehalten hatte, es war ein Aufflackern gewesen. Ein Anfang. Sie spürte wieder etwas, sie empfand das Bedürfnis nach Freundschaft, sie fühlte sich solidarisch mit der verunsicherten Florence, sie konnte sich lange genug konzentrieren, um Cyril an einem Stück von ihrem Nachmittag zu erzählen. Und sie hatte seit Stunden keinen Angstanfall mehr gehabt. Das alles hätte sie bei ihrer Abreise aus London nie zu hoffen gewagt.

Die aschegraue Erschöpfung ließ nach, und Alice horchte in sich hinein, ob stattdessen wieder die Panik heranstürmen würde. Aber da war nichts – nichts als ein ruhiges, neutrales Abwarten, ein Waffenstillstand zwischen Lebendigkeit und Resignation.

Alice holte tief Luft. Dann zwang sie sich, das Pendel in Richtung Leben anzustoßen.

»Es interessiert mich durchaus, Cyril. Ich mag Ruby, ich möchte sie als Freundin gewinnen. Und ich würde sehr gerne wissen, wie du zu ihr stehst.«

Mit einem unergründlichen Ausdruck in den braunen Augen sah ihr Bruder sie an. »Es spielt keine Rolle, wie ich zu ihr stehe. Ich könnte ihr kein sicheres Heim bieten, und deshalb sind unsere Treffen im Wald ... Sie sind nicht von Bedeutung.«

»Warum kann ich das nicht glauben, wenn ich dich so anschaue?«

»Glaub es, oder glaub es nicht. Es ist ein Spiel, Alice«, sagte Cyril schroff. »Nichts weiter.«

»Dafür, dass es ein Spiel ist, blickst du aber ziemlich finster drein«, beharrte sie. »Cyril, ich kenne dich doch! Wenn du in

London mit einer Frau geflirtet hast, warst du fröhlich und guter Dinge, und nach drei Tagen hast du dich von ihr abgewandt und sie vergessen.« Weicher fügte sie hinzu: »Diesmal ist es anders, nicht wahr?«

Ihr Bruder presste die Lippen zusammen. Schließlich sagte er rau: »Ich hätte es nicht so weit kommen lassen dürfen. Es hat als Spiel begonnen, und es hätte ein Spiel bleiben müssen. Dass es nun keines mehr ist ... ach, Alice, wenn du sie nur richtig kennen würdest. Es ist völlig unmöglich, sich nicht in sie ...«

»... zu verlieben«, ergänzte Alice.

Da er nicht widersprach, sagte sie: »Du bist ein Mann, Cyril. Du kannst tun und lassen, was dir gefällt. Heirate Ruby, wenn du sie liebst.«

»Nein. Damit würde ich sie in Gefahr bringen.«

Alice musterte ihn, und plötzlich wünschte sie nichts sehnlicher, als dass Cyril glücklich würde. Zumindest er.

»Du brauchst niemandem von uns deine Tür zu öffnen, wenn du das nicht willst, Cyril. Wende dich von unserem Kampf ab, und wenn es denn gar nicht anders geht, sag Mutter, dass sie ausziehen muss. Dann ist die Gefahr für dich und deine zukünftige Frau gebannt.«

Cyril beugte sich in seinem Sessel vor.

»Wenn es an meiner Tür klopft, Alice«, sagte er eindringlich, »dann *werde* ich sie öffnen. Ich bin genauso wenig mit den Zuständen einverstanden wie ihr. Es gibt Frauen, die Schlimmeres ertragen mussten, als selbst du dir vorstellen kannst, auch wenn dir das unmöglich erscheinen mag. Aber ich, Alice«, plötzlich standen Scham und Verzweiflung in seinem Blick, »ich weiß es! Und ich habe einen Schwur geleistet. Deshalb werde ich erst aufhören, euch zu unterstützen, wenn ihr euer Ziel erreicht habt.«

Alice starrte ihn an. Ein Schaudern lief über ihren Rücken. »Was weißt du? Was verschweigst du mir, Cyril?«

»Nichts, was du jemals erfahren möchtest«, beschied er ihr knapp.

Alice sah ihn noch eine Weile forschend an. Dann ließ sie die Schultern fallen.

»Also opferst du der Sache dein privates Glück? Das ist nicht recht«, sagte sie bitter. »Man sollte meinen, es würde ausreichen, dass ich an unserem Kampf zerbrochen bin.«

Cyril stand auf und trat ans Feuer. Müde strich er sich mit der Hand über die Augen. Es wirkte fast so, als würde er mit einem inneren Dämon kämpfen. Mit einer Schuld, von der er ihr nie etwas erzählt hatte. Seltsam. Sie hatte immer gedacht, er würde ihr vertrauen.

Minutenlang war nur das Knacken der brennenden Scheite zu hören.

Dann sagte Cyril übergangslos: »Mutter hat vorhin telegrafiert. Sie will uns besuchen.«

Unwillkürlich krampfte Alice ihre Finger um die Lehnen des Sessels. »Aber du hattest ihr befohlen, in London zu bleiben.«

»Mutter lässt sich nichts befehlen, wie du weißt. Ich hatte sie darum gebeten, aber offensichtlich hat sie nicht vor, sich von einem Besuch bei uns abhalten zu lassen. Sie schreibt, sie wolle sich unbedingt davon überzeugen, dass es dir gut geht.«

»Seit wann interessiert es unsere Mutter, wie es mir geht?«

Er zögerte. »Vielleicht tut es ihr leid.«

Alice lachte freudlos auf. »Nicht ihr. Mutter tut niemals etwas leid. Sie ist doch immer im Recht, nicht wahr?«

Cyril wandte sich um, hockte sich vor Alice hin und nahm ihre Hand.

»Mutter hat ihre Gründe zu kämpfen, genau wie wir alle. Aber ich werde dafür sorgen, dass sie dich nicht zu etwas überredet, was dich erneut in Gefahr bringt. Das verspreche ich dir, Alice. Ich bin so unendlich froh, dass es dir besser geht!«

Voller Zuneigung sah Alice ihren Bruder an. Sie drückte seine Hand, um ihm ihre Dankbarkeit zu zeigen, und fragte sich zum wiederholten Male, wie ihre Mutter es mit diesem wundervollen Sohn vor Augen fertigbrachte, sämtliche Vertreter des männlichen Geschlechts in Bausch und Bogen zu verurteilen.

Außen hui, innen pfui, Alice. Das sind die Männer.

Wie oft hatte sie ihre Mutter diesen Spruch ausspucken hören? Dabei war ihr Gatte doch ein guter Mann gewesen.

Ach, ihr lieber Vater! Wehmütig schweiften Alice' Gedanken in ihre Kindheit zurück. Wenn Mr Bentfield nicht mit dem Aufbau des Kaufhauses beschäftigt gewesen war, sondern daheim bei Frau und Kindern geweilt hatte, war er stets freundlich zu ihnen gewesen. Als Alice und Cyril noch klein gewesen waren, hatte er sie auf seinen Knien reiten lassen, Cyril öfter, Alice etwas seltener, und später hatte er sie auf Kutschfahrten durch die Straßen der Stadt mitgenommen. Alice hatte nie begriffen, wie ihre Mutter derart verbittert hatte werden können und warum sie den Kampf, den sie nach Mr Bentfields Tod aufgenommen hatte, noch zorniger führte als all ihre Mitstreiterinnen.

Auch Alice fand es wichtig zu kämpfen. Gründe dafür gab es schließlich genug. Aber zornig war sie nicht, und hassen wollte sie auch nicht, hatte es nie gewollt. Im Gegenteil, sie sehnte sich nach Liebe, nach Zärtlichkeit und Geborgenheit.

Der Gedanke ließ sie aufschrecken. Liebe?

Liebe.

Alice sah ins Feuer, mit sich ringend wie vorher ihr Bruder. Was mochte es sein, das diesen heftigen Wunsch in ihr ausgelöst hatte? Weshalb erschien die Liebe ihr urplötzlich als das einzige Mittel, das ihre verwundete Seele würde heilen können?

Die orangefarbenen Flammen tanzten im Kamin, und vor ihrem inneren Auge tauchte das Gesicht einer jungen Frau auf.

Ruby

Schlaflos wälzte sie sich in ihrem Bett hin und her. Es war weit nach Mitternacht, doch Rubys Gedanken wollten einfach nicht zur Ruhe kommen. Sie flogen mal hierhin, mal dorthin, und am Ende landeten sie immer wieder auf Tamary Court.

Ruby war sich sicher, dass Alice keineswegs an simpler Überreizung litt, wie sie es nach ihrem Schwächeanfall beim Tee behauptet hatte. Neurasthenie war zwar eine Krankheit, die neuerdings jeden Zweiten zu befallen schien, doch gerade deshalb war sie auch bestens dazu geeignet, als Ausrede benutzt zu werden.

Angestrengt durchforstete Ruby ihr Gehirn danach, was sie über die Neurasthenie wusste. Depressionszustände, tiefe Erschöpfung, Herzrasen und Schwindel – das waren die Symptome, mit denen die Krankheit sich bemerkbar machte. Als Ursache vermutete man ein zerrüttetes Nervenkostüm.

Der Rest war Spekulation.

Basil zum Beispiel hatte sich des Öfteren darüber ausgelassen, dass die Krankheit in seinen Augen ein Beweis für die Schwächlichkeit der niederen Klassen sei. Wurden nicht vor allem Fabrik- und Bergwerksarbeiter neurasthenisch, kleine Telefonistinnen und abgebrannte Künstler?

Lady Compton hingegen war der Meinung, der technische Fortschritt sei an allem schuld. Auf Rosefield Hall, wo das zwanzigste Jahrhundert bisher nur in sehr gemäßigter Form Einzug gehalten habe, sei schließlich noch nie jemand auf die Idee gekommen, sich eine Nervenschwäche zuzulegen. Man müsse folglich bloß die moderne Welt von sich fernhalten, dann sei man zuverlässig vor der Neurasthenie geschützt.

Das wiederum wollte Lord Compton nicht hinnehmen. Er liebte sein Automobil und das elektrische Licht, und er hatte monatelang wacker mit seiner Frau um die Installierung eines Telefons gekämpft. Nicht die Technologie sei es, so der Lord, die zu zerrütteten Nerven führe, sondern die Kopfarbeit. Die bevorzugten Opfer der Krankheit seien Intellektuelle, Büroangestellte und diejenigen Frauen, die sich zu viele Gedanken machten. Wer harte körperliche Arbeit verrichte, in der Landwirtschaft etwa oder im Haushalt, der brauche sich vor der Neurasthenie ebenso wenig zu fürchten wie die Mitglieder des Adels. Denn deren Nerven seien selbstverständlich von Natur aus stark.

Wenn sie an diesem Punkt angelangt waren, stimmte Basil seinem Vater für gewöhnlich zu, und die Diskussion endete halbwegs versöhnlich. Nur Ruby ärgerte sich jedes Mal, dass alle sich darüber einig waren, nachdenkliche, intelligente Frauen müssten unweigerlich krank werden. Hatte der weibliche Teil der Menschheit seinen Kopf denn nur erhalten, um hübsche Hüte zu tragen? Ganz sicher nicht!

Ruby setzte sich auf und schüttelte ihr Kissen zurecht. Herrgott, sie sollte nicht grübeln, sondern schlafen! Sich über ihre Familie aufzuregen war sinnlos, Basil und ihre Eltern würden sich niemals ändern. Und was die Neurasthenie anging, nun, deren Symptome trafen tatsächlich auf Alice zu. Cyrils Schwester hatte ihnen ihren Zustand jedenfalls genau so geschildert. Gab es also möglicherweise gar kein Geheimnis um die zarte junge Frau? War Alice schlicht und einfach am Lärm der Großstadt erkrankt und brauchte nichts als kalte Bäder, Spaziergänge an der frischen Luft und ab und zu eine kleine Dosis blutbildenden Arsens?

Es hatte keinen Zweck. Sie würde es nicht herausfinden, jedenfalls nicht in dieser Nacht. Seufzend kletterte Ruby aus dem

Bett, zog sich ihre Bettjacke über und schlüpfte in die Satinpantoffeln. Sie würde in den nächsten Stunden weder Schlaf finden noch die Wahrheit über die Bentfields herausbekommen, doch sie hatte auch nicht vor, bis zum Morgen wach zu liegen und sich den Kopf zu zerbrechen. Nein, da würde sie lieber in die Küche hinunterschleichen und sich eine heiße Milch mit Honig zubereiten. Für die Erfüllung derartiger Wünsche war zwar eigentlich Florence zuständig, doch seit Ruby sie als ihre Freundin ansah, hatte sie Hemmungen, zu nachtschlafender Zeit nach dem Mädchen zu klingeln. Eine heiße Milch mit Honig würde sie ja wohl noch selbst hinbekommen.

Im Dunkeln verließ Ruby ihr Zimmer, huschte durch den Gang und dann hinunter in die Halle. Feuchte Kälte kroch unter ihre dünnen Nachtgewänder und ließ sie frösteln, doch sie stahl sich weiter durch das stille Haus, bis sie die Tür erreichte, die sie seit ihrer Kinderzeit nicht mehr geöffnet hatte. Sie hielt sich am Geländer fest, stieg die steile Treppe zum Dienstbotenbereich hinunter und fragte sich bei jeder Stufe, ob ein warmes Bett nicht vielleicht doch ein angenehmerer Platz war als eine düstere Treppe.

Plötzlich hörte sie ein Stöhnen.

Wie angewurzelt blieb sie stehen.

Wer um Himmels willen war das? Um diese Uhrzeit lag doch jeder, vom Lord bis zum Küchenmädchen, im Bett. Rubys erster Impuls war, sich umzudrehen und schnurstracks zurück in ihr Zimmer zu laufen.

Doch die Neugier siegte.

Mit angehaltenem Atem schlich sie in die Richtung, aus der das Stöhnen kam.

Ruby schlug sich die Hand vor den Mund und starrte mit weit aufgerissenen Augen in das Aufenthaltszimmer der Dienerschaft. Durch die halb geöffnete Tür waren im schwachen

Kerzenlicht ein Mann und ein blondes Mädchen zu sehen, doch nicht im Gespräch, sondern ... Entsetzt wandte Ruby sich ab und schloss die Augen.

Doch es war zu spät. Sie hatte die beiden gesehen, und obgleich sie selbst unerfahren war, hatte sie instinktiv begriffen, was das Paar dort tat: Das Mädchen hatte sich mit geschürztem Rock über den langen Tisch gebeugt, der Mann seine Hose heruntergelassen, und rhythmisch stieß er die Hüften vor und zurück. Dabei stöhnte er, doch es klang nicht schmerzlich, sondern lustvoll, und auch das Mädchen schien die Sache zu genießen, denn aus ihrem Mund kamen ganz ähnliche Laute. Für ihre Umgebung waren die beiden blind, sie bemerkten Ruby nicht. Was sie da trieben, beanspruchte offenbar ihre volle Aufmerksamkeit.

Ruby drehte sich um und floh. So leise, wie es ihr in diesem aufgewühlten Zustand möglich war, hastete sie zurück in ihr sicheres Zimmer, und erst als sie wieder im Bett lag und sich die Decke bis über die Nasenspitze zog, verlor sich langsam die Scham über das, was sie da unfreiwillig zu sehen bekommen hatte.

Stattdessen fragte sie sich, ob sie nicht vielleicht eine Halluzination gehabt hatte. Denn der Mann, der dort unten seiner Lust mit Mabel, dem hübschesten all ihrer Hausmädchen, gefrönt hatte, war niemand anderer gewesen als ihr Bruder Basil!

Basil, der Menschen wie Mabel aufgrund ihrer Herkunft doch zutiefst verachtete.

Basil, der mit Miss Worthery verlobt war.

Ruby war vollkommen durcheinander. Sie sehnte sich nach jemandem, dem sie sich anvertrauen konnte, einem, der ihr sagen würde, was sie jetzt tun sollte. Durfte sie sich aus einer solch unappetitlichen Sache heraushalten und einfach schweigen? Waren womöglich alle Männer so? War das, was Basil tat, überhaupt nichts Besonderes? Vielleicht war es ja ganz normal, dass die Herren des Hauses, ob gebunden oder nicht, sich mit ihren weiblichen Bediensteten vergnügten?

Ihr wurde übel. Wenn Cyril nun auch …

Heftig schlug sie ihre Bettdecke fort und sprang auf. Edward! Sie musste zu Edward. Er war ein Mann, also würde er wissen, ob Basils Verhalten die Regel war oder nicht. Außerdem war er der Einzige, dem sie sich in einer solch peinlichen Angelegenheit anzuvertrauen wagte.

Und so schlüpfte Ruby erneut in ihre Pantoffeln und verließ das Zimmer.

Als sie vor Edwards Tür stand, hob sie die Hand, um zu klopfen, doch im letzten Moment hielt sie inne. Wenn sie mit ihrem Klopfen nun noch jemand anderen weckte, womöglich ihren Vater, der nur wenige Zimmer weiter entfernt schlief? Wie sollte sie ihm erklären, was sie mitten in der Nacht hier zu suchen hatte? Nein, es war sicherer, sich ohne anzuklopfen ins Zimmer ihres Bruders zu schleichen und ihn zu wecken.

Sie drückte die Klinke nieder und schob sich auf Zehenspitzen durch die Tür. Rasch trat sie an Edwards Bett, rüttelte ihn an der Schulter und prallte zurück, als habe sie sich verbrannt.

»Ruby?« Verschlafen setzte Edward sich auf.

»Du … du …« Ihr stockte das Blut in den Adern vor Bestürzung. »Wie … wie kannst du nur, Edward?«

Und sie hatte gedacht, er sei anders als Basil! Bittere Enttäuschung machte sich in ihr breit.

»Ruby, was redest du da? Und was machst du in meinem Zimmer?«

»Was macht *sie* in deinem Zimmer?« Ruby deutete mit dem Zeigefinger auf sein Bett.

Hinter Edward setzte sich langsam Virginia auf.

»Jacob ist nicht nur dein Diener, er … er ist dein Freund!«

Fassungslos schüttelte Ruby den Kopf. »Wie kannst du ihn so hintergehen? Wie kannst du seine Ehefrau zwingen, mit dir … mit dir …«

»Ruby!« Edward stieg aus dem Bett und hob beschwörend die Hände. »Hör mir zu.«

Doch Ruby wich vor ihm zurück. »Was willst du mir denn erzählen? Dass sie das freiwillig tut? Im Zimmer nebenan schläft ihr Ehemann! Weiß er es, Edward? Weiß er es und wagt es nicht, sich gegen deine vermessenen Ansprüche zu wehren?« Sie kämpfte verzweifelt gegen die aufsteigenden Tränen an. »Was musst du für ein grausamer Herr sein, dass dein Diener sich so etwas gefallen lässt!«

Mit einem Satz stand Edward vor ihr und griff nach ihren Händen. Ruby schlug sie fort.

»Fass mich nicht an! Ich erkenne dich nicht wieder. Du brichst deinem Freund und Diener das Herz, du zwingst seine Frau, dir zu Willen zu sein, du …«

»Verflucht noch mal!« Edward stemmte die Hände in die Hüften. »Wirst du mir jetzt endlich zuhören? Ich zwinge niemanden, und ich breche auch niemandem das Herz, denn Virginia und Jacob …«

»… sind verheiratet, egal was du zu deiner Entschuldigung vorzubringen gedenkst!«

»… sind Geschwister, zum Teufel!«

Ruby starrte ihn an wie vom Donner gerührt.

»So, jetzt bist du wenigstens still.« Grimmig starrte Edward zurück.

Virginia erhob sich aus dem Bett und trat im Nachthemd an Edwards Seite. Stolz und ernst sah sie Ruby an. Edward legte den Arm um sie.

»Virginia ist nicht Jacobs Frau«, sagte er heiser. »Sondern meine.«

Florence

Ihre junge Herrin war schweigsam und zugleich ungewöhnlich nervös, als Florence ihr am Morgen das schwarze Haar bürstete und es zu einem eleganten Knoten aufsteckte. Unablässig spielten Miss Comptons, nein, verbesserte Florence sich in Gedanken, Rubys Finger mit den Parfumfläschchen, Kämmen und Döschen, die auf dem Spiegeltisch vor ihr aufgereiht waren.

Schließlich kam es, wie es kommen musste. Die größte der Dosen fiel hinunter, zerbrach in unzählige Scherben und hüllte das ganze Zimmer in eine rosafarbene Puderwolke. Hustend hockte sich Florence hin, um die Scherben aufzusammeln. Dabei stieß sie mit Ruby zusammen, die sich ebenfalls gebückt hatte.

Noch bevor Florence sich entschuldigen konnte, stammelte Ruby: »Was bin ich doch für ein Tollpatsch ... lass nur, ich mache das ... die schöne Dose ... alles ist voller Puder, herrje, ich bin so furchtbar ungeschickt ... es tut mir leid ...« Sie erhob sich, schlug die Hände vors Gesicht und brach in Tränen aus.

Erschrocken erhob Florence sich ebenfalls. So außer sich hatte sie ihre Herrin noch nie gesehen, und sie bezweifelte, dass die zerbrochene Puderdose der wahre Grund dafür war. Florence zögerte nur kurz. Dann nahm sie Ruby in die Arme.

Ruby legte ihre Hände um Florence' Taille, ihre Wange auf Florence' Schulter und atmete zitternd durch. Während sie sich langsam beruhigte, hielt Florence sie fest. Und dabei geschah etwas Eigentümliches: Sie, die sonst so wenig auf ihr eigenes Befinden achtete, schien mit einem Mal jede Faser ihres Körpers auf köstliche Weise zu spüren. Sie streichelte Rubys Rücken, sog den Duft ihres Haares ein, und unwillkürlich dachte sie an Alice. Wie mochte deren Haar riechen? Wie mochte es sich anfühlen, über Alice' Rücken zu streichen? Über leichten Stoff. Über zarte milchweiße Haut.

Panik stieg in Florence auf, als ihr bewusst wurde, was sie sich da gerade vorstellte. Rasch ließ sie die Arme sinken und löste sich von Ruby, woraufhin diese verlegen schniefte: »Entschuldige bitte. Ich habe die Fassung verloren.«

Mit brennenden Wangen starrte Florence zu Boden. Dass Ruby die Fassung verloren hatte, war nichts im Vergleich zu dem, was in ihr selbst vorgegangen war, nichts gegen diese perverse Sehnsucht, einen Frauenkörper zu liebkosen.

Wie eine Feuerwalze überrollte Florence die Scham.

Im verzweifelten Bemühen, sich von ihren tobenden Gefühlen abzulenken, sagte sie: »Madam ... Ruby, wenn du ein offenes Ohr brauchst, wenn dir etwas auf dem Herzen liegt, und das tut es, sonst wärst du nicht so nervös, dann erzähle es mir. Was es auch sei, ich werde es für mich behalten.«

... und werde damit für meine abartigen Träume büßen. Wenn deine Erzählung mich für Stunden von meinen Aufgaben abhält, so werde ich trotzdem zuhören. Ich werde die Arbeit nachholen und dann eben noch später zu Bett gehen. Denn Strafe muss sein.

»Bist du sicher, dass du das hören willst?«, fragte Ruby mit einem schiefen Lächeln.

Florence nickte, und da griff Ruby nach ihrer Hand und zog sie zu den weichen weinroten Sesseln.

Leise fing sie an zu erzählen.

»Edward und Virginia haben mir nur das Nötigste enthüllt. Immerhin war es Nacht, und ich war ziemlich erschüttert, da wollten sie mir wahrscheinlich nicht zu viel zumuten. Aber jetzt ärgere ich mich darüber, dass ich nicht gelassener reagiert habe.

Hätte ich mich zusammengerissen, wären nicht so viele Fragen offengeblieben.«

Edward und Virginia? Florence saß mit gefalteten Händen neben ihrer Herrin und lauschte, und bald fragte sie sich, ob sie möglicherweise bloß träumte. Doch als sie sich verstohlen in den Unterarm kniff, tat es weh, also mussten Rubys unglaubliche Enthüllungen wohl wahr sein.

Master Compton und Virginia, ein weißer Herr und eine schwarze Plantagenarbeiterin, waren verheiratet. Das war der wahre Grund dafür, dass Virginia mit nach England gekommen war: Das junge Ehepaar wollte nicht für Monate voneinander getrennt sein. Da Master Compton seine Ehe geheim halten, Virginias Anwesenheit vor seinen Eltern jedoch irgendwie rechtfertigen musste, hatte er kurzerhand auch ihren Bruder Jacob mitgenommen und ihn als Virginias Gatten ausgegeben. In Wahrheit war Jacob nicht nur unverheiratet, sondern auch weit davon entfernt, sich jemals als Master Comptons Kammerdiener betätigt zu haben. Seine Aufgabe in Gambia war die des Verwalters.

»Aber warum ist dein Bruder nicht einfach ehrlich?«, fragte Florence verständnislos. »Warum diese Scharade?«

»Weil unser Vater ihn, ohne auch nur eine Minute lang zu zögern, verstoßen würde, wenn die Wahrheit ans Licht käme. Ein Compton, verheiratet mit einer Afrikanerin!« Ruby schüttelte den Kopf. »Vater würde Edward die Leitung der Plantage entziehen und ihn auf den Mond verbannen.«

»Und dann ...«

»Dann wären sie alle mittellos, Edward, Virginia und Jacob, denn niemand von ihnen hätte mehr Arbeit oder auch nur einen Platz zum Schlafen. Und nicht nur das: Sämtliche Angestellten auf der Plantage müssten sich mit einem neuen Herrn und einem neuen Verwalter abfinden, mit Männern, die mein Vater aussuchen würde. Das alles will Edward unbedingt verhindern.«

»Warum?«

»Weil die Erfahrungen, die unsere Schwarzen in der Vergangenheit mit den Engländern gemacht haben, wohl keine guten waren.« Ruby seufzte tief. »Ach, Florence. Langsam, aber sicher verliere ich jeden Stolz darauf, eine Compton zu sein. Der Verwalter, der bei Edwards Ankunft auf der Plantage das Sagen hatte und auf den mein Vater doch so große Stücke hielt ... nun, er mochte Afrikaner nicht sonderlich gern, um es mal vorsichtig auszudrücken. Edward tat es jedenfalls nicht leid, als Mr Miller tödlich verunglückte, im Gegenteil, er war sogar erleichtert. Dann hat er Jacob zum Verwalter ernannt und seitdem, sagt Edward, seien alle auf der Plantage glücklich und zufrieden.«

Florence schwirrte der Kopf. Hatte sie bisher gedacht, schon ihre Freundschaft zu Ruby sei ein unerhörtes Wagnis, so war sie nun eines Besseren belehrt worden: Master Compton mit seiner afrikanischen Frau und seinem Diener, der in Wirklichkeit sein Schwager war und als Verwalter fungierte, war eindeutig noch verwegener.

Sie suchte nach Worten, die Ruby beruhigen konnten, doch ihr fiel nichts ein. Ja, sie war sich nicht einmal sicher, ob Trost überhaupt vonnöten war. War es denn so schlimm, dass Master Compton menschenwürdige Zustände auf der Plantage geschaffen hatte? Und dass er eine Frau gewählt hatte, die er liebte, statt nach Stand und Vermögen zu heiraten?

»Du bist gewiss schockiert«, sagte Ruby leise. »Ich bin ja auch durcheinander. Aber weißt du, eigentlich bin ich sogar froh darüber, dass Edward mit Virginia sein Glück gefunden hat. Ich meine, kann wahre Liebe etwas Falsches sein, etwas Verdammenswertes? Ich hoffe nur, ich werde Virginia ein bisschen besser kennenlernen können, bevor sie alle wieder abreisen. Immerhin gehört sie jetzt zur Familie, auch wenn niemand hier davon weiß.«

Florence musste lächeln. »Du bist eine erstaunliche junge Dame, Ruby, weißt du das eigentlich?«

Ruby lächelte kläglich zurück. »Nun, dann wirst du es mir wohl verzeihen, wenn ich dir noch etwas beichte. Erstaunliche junge Damen haben nämlich immer mehrere Geständnisse in petto.«

»Nur zu«, forderte Florence sie auf, wenngleich sie sich fragte, was um Himmels willen jetzt noch kommen konnte.

»Es geht um Basil«, sagte Ruby und senkte die Augen. »Er und Mabel ... Ich habe sie heute Nacht gesehen. Zusammen. Wenn du verstehst, was ich meine.«

Ein eisiger Schrecken durchfuhr Florence. »John«, sagte sie spontan. »Du meinst Mabel und John.«

Erstaunt hob Ruby den Blick. »Aber nein, wie kommst du denn auf John? Mein Bruder Basil war es, der ... Oh nein!« Sie schlug sich die Hand vor den Mund. »Tut Mabel es mit John etwa auch?«

Hastig schüttelte Florence den Kopf. Was hatte sie da bloß angerichtet?

»Nein, nein, nein, ich hätte gar nichts sagen sollen, sie hat in den letzten Wochen lediglich ein wenig mit ihm geflirtet, aber ... Bitte, Ruby, du darfst Mabel nicht entlassen! Nicht wegen mir, ich wollte doch nicht ...«

»Beruhige dich. Natürlich wird Mabel nicht entlassen. Aber etwas unternehmen sollten wir schon.« Ruby runzelte die Stirn. »Ich weiß zwar nicht viel über ... na ja, über das. Aber es können Babys dabei herauskommen, Florence, und wenn Mabel erst einmal schwanger ist, dann können wir nichts mehr für sie tun. Mrs Ponder wird sie umgehend entlassen; es ist ihre Pflicht.«

Florence dachte an *die Straße.*

»Aber Mabel ist noch so jung!«, brach es aus ihr heraus. »Sie ist erst sechzehn. Sie wirft ihr Leben weg und merkt es nicht einmal!« Hilflos hob sie die Hände. »Ich habe bereits versucht, mit ihr zu sprechen, aber sie will nicht auf mich hören. Sie sagt immer nur, sie wolle auf gar keinen Fall ein solch trostloses Leben führen wie ...« Unvermittelt brach Florence ab.

»Wie?«, hakte Ruby nach.

»Wie ich«, sagte Florence leise. »Sie möchte sich nicht krumm arbeiten, bis sie alt und grau ist, sie möchte leben. Nur, dass sie den falschen Weg dafür wählt, wenn sie sich wahllos den Männern hingibt.«

Betroffen fragte Ruby: »Ist dein Leben denn so trostlos?«

»Natürlich nicht«, beeilte Florence sich zu versichern. »Mabel denkt das, aber ... nein. Nein.«

Ruby stand auf und ging zum Fenster. Für eine Weile starrte sie schweigend hinaus.

Dann wandte sie sich um und sagte mit fester Stimme: »Ich werde Papa bitten, zwei oder drei weitere Mädchen einzustellen. Dann hast du mehr freie Zeit, für dich selbst und für unsere Freundschaft, und auch Mabel kann das Leben mehr genießen, auf eine ungefährlichere Art. Gott, ich habe nie darüber nachgedacht, wie es für euch alle dort unten sein muss. Aber mit dieser Ignoranz ist jetzt Schluss! Gleich nachher beim Lunch spreche ich mit meinem Vater. Es muss sich doch etwas an euren Arbeitsbedingungen verändern lassen!«

Sie sah so kämpferisch drein, dass Florence lachen musste. Weich sagte sie: »Ruby, du bist erst achtzehn und eine Frau. Bei allem Respekt, ich glaube nicht, dass du es schaffen kannst, die Verhältnisse auf Rosefield Hall umzukrempeln. Wenn du später einmal verheiratet bist und einen Gatten hast, der dich ernst nimmt, dann vielleicht. Aber hier?«

Noch während die Worte über ihre Lippen kamen, wunderte Florence sich darüber, wie offen sie nun mit ihrer Herrin sprach und dass sie keinerlei Angst mehr hatte, Ruby könne sie deswegen schelten. Wie es aussah, waren sie tatsächlich Freundinnen geworden.

Ruby ballte die Fäuste. »Dann werde ich mir meinen zukünftigen Mann aber sehr sorgfältig auswählen. Auf ewig die machtlose Zuschauerin zu bleiben würde mir nämlich gar nicht gefallen.«

»Das ist das Los der Frauen.«

»Nicht mehr. Wir leben im zwanzigsten Jahrhundert!«, beharrte Ruby. Ihre Stimme klang allerdings etwas unsicher. »Doch zurück zu Mabel. Meinst du denn, wir können irgendetwas für sie tun?«

Florence wiegte den Kopf. »Noch einmal mit ihr zu sprechen wird wenig nützen. Aber wie wäre es, wenn du dir deinen Bruder vornimmst?«

»Versuchen kann ich es«, sagte Ruby zögernd. »Vielleicht versteckt sich ja irgendwo in seiner Seele so etwas wie ein Gewissen, an das ich appellieren kann.«

Sie sah aus, als glaube sie selbst nicht an ihre Worte, und auch Florence zweifelte daran, dass ihre Herrin mit ihrer Mission erfolgreich sein würde. Über den Tisch hinweg blickten sie sich an. Was sie in dieser Sache tun konnten, war schrecklich wenig.

Doch wenig war besser als nichts.

»Nun denn«, sagte Florence, hievte sich aus dem weichen Sessel und ging zurück zu Rubys Spiegeltisch. »Jetzt kümmere ich mich aber endlich um den Puder auf deinem Teppich.«

»Ich helfe dir«, sagte Ruby sofort. »Es kommt mir komisch vor, dass du das alleine machen sollst, wo doch ich die Dose hinuntergeworfen habe.«

»Untersteh dich.« Florence grinste. »Wenn herauskommt, dass ich dich die Hausarbeit machen lasse, wird es nämlich nicht Mabel sein, die von Mrs Ponder an die Luft gesetzt wird.«

Ruby

Das Gespräch mit Basil ging gründlich daneben.

»Du hast uns also gesehen, hm? Weil du nicht schlafen konntest«, wiederholte ihr Bruder langsam, als sie ihm mit durchgedrücktem Rücken in der Bibliothek gegenübersaß.

Ruby nickte knapp.

Basil verzog den Mund zu einem Grinsen, das seine perfekten Zähne entblößte. »Und? Hat es dir gefallen?«

Verständnislos starrte Ruby ihn an. Erst als sein Grinsen immer breiter wurde, begann sie zu ahnen, was er meinte.

»Pfui Teufel, Basil«, sagte sie angeekelt. »Wieso sollte es mir gefallen, dich und Mabel ... pfui Teufel!«

»Na, tu mal nicht so. Träumen nicht alle jungen Mädchen davon, endlich dahinterzukommen, wie sich die Sache mit den Bienchen und den Blümchen wirklich verhält?« Basil lachte, wurde jedoch gleich wieder ernst und sagte barsch: »Schwester, es geht dich nichts an, was ich nachts tue und mit wem. Es ist meine Sache, verstanden? Bleib in deinem Bett liegen und bete ein bisschen, wenn du das nächste Mal an Schlaflosigkeit leidest. Das ist besser für uns alle.«

»Aber Mabel ist erst sechzehn! Was, wenn sie ... nun ja, wenn sie ... Ich meine, denkst du denn nie an die Folgen?«

»Die hätte Mabel sich selbst zuzuschreiben«, versetzte Basil ungerührt. »Ich zwinge sie ja zu nichts, das habe ich gar nicht nötig. Was sie mir gibt, gibt sie mir höchst freiwillig.«

»Aber wir tragen Verantwortung für unsere Angestellten! Wir

können uns ihrer doch nicht auf diese Weise ... bedienen und dann sagen, sie hätten es freiwillig getan!«

»Warum nicht?«

Sprachlos starrte Ruby ihren Bruder an. Es war zwecklos, an Basils Gewissen zu appellieren: Er besaß keines. Gut. Wenn das so war, dachte sie mit aufwallender Wut, dann musste sie ihm eben drohen.

»Ich werde es Vater sagen, wenn du Mabel nicht ab sofort in Ruhe lässt.«

Basil schüttelte nachsichtig den Kopf. »Ruby, Ruby. Hast du noch nicht mitbekommen, dass ich kein Schuljunge mehr bin, dem man die Hosen strammziehen kann? Ich bin der Erbe von Rosefield Hall. Vater wird sich hüten, sich mit mir zu überwerfen, denn wenn er mich enterben würde, ginge alles an Edward, und ruck, zuck würde der auf unserem Anwesen eine Diktatur der niederen Klassen etablieren. Das riskiert Vater niemals. Schon gar nicht wegen eines dreckigen kleinen Hausmädchens.«

Ruby brauchte einige Sekunden, bis sie ihm antworten konnte. »Dir liegt überhaupt nichts an ihr, nicht wahr?«

»Natürlich nicht.« Basil schien aufrichtig erstaunt über Rubys Frage. »Mir liegt an Matilda Worthery, das weißt du doch. Sie und ich werden uns verbinden, um die englische Rasse zu veredeln, und darauf, Schwester, freue ich mich aufrichtig. Wir werden Kinder von solch einer genetischen Stärke und Reinheit zeugen, dass unser Volk ...«

Müde wandte Ruby sich ab und verließ ohne ein weiteres Wort die Bibliothek. Es war aussichtslos.

Nun konnte sie nur hoffen, dass Mabel auf wundersame Weise von einer Schwangerschaft verschont blieb und damit mehr Glück haben würde als Verstand.

Schon bald gesellte sich zu der Sorge um Mabel ein weiteres Übel. Lord Compton hatte für vier Tage zur herbstlichen Fasanenjagd geladen, und zu seinen Gästen gehörte neben den Wortherys und einigen entfernteren Bekannten auch der ältliche Lord Grinthorpe, der Ruby in London den Hof gemacht hatte. Mit Unmengen an Gepäck war der Lord angereist, und sein Verhalten Ruby gegenüber ließ sie befürchten, dass er nie wieder abreisen wollte.

Von Anfang an klebte er an ihr wie eine Klette, und während ihre Eltern sich darüber hocherfreut zeigten, fühlte Ruby sich regelrecht belästigt. Nun, da sie Cyril kannte, empfand sie den Lord als unerträglich, noch selbstgefälliger und oberflächlicher, als er ihr in London vorgekommen war. Gottlob nahm er an allen Jagden teil, so dass Ruby zumindest zu diesen Zeiten von seiner Gesellschaft verschont blieb. Sobald sie jedoch aufeinandertrafen – mittags wurde von den Damen erwartet, dass sie den Lunch zusammen mit den Jägern in einer zugigen Hütte einnahmen, abends versammelten sich alle zum festlichen Dinner auf Rosefield Hall –, nahm Lord Grinthorpe sie in Beschlag. Natürlich wusste Ruby, dass sie nicht genervt, sondern glücklich hätte sein sollen: Der Lord mit dem schütteren Haar war unleugbar eine gute Partie. Doch ihr Herz begann nicht zu flattern, wenn er sich ihr näherte, und ihre Handflächen wurden nicht feucht.

So reagierte ihr Körper nur bei *ihm*.

Bei Cyril, der sie nicht hatte küssen wollen.

Ihr Umgang miteinander war seit jenem Tag im Wald, da er sie zurückgewiesen hatte, vorsichtig und ein wenig verkrampft. Ruby wartete im Stillen bei jeder Begegnung darauf, dass er sich endlich ein Herz fassen und ihr anvertrauen würde, wovor er sie so unbedingt bewahren wollte. Cyril hingegen schien fest dazu entschlossen, in Ruby nichts weiter als eine gute Freundin zu sehen. Dennoch fing sie immer wieder einen traurigen Blick von ihm auf, und die Anziehung, die sie aufeinander ausübten, war mit Händen zu greifen. Doch Cyril hatte keinen einzigen Versuch mehr gemacht, sich ihr zu nähern, und wenn sie zusammen ausritten, hielt er ihre Beziehung auf einer strikt platonischen Ebene.

Auch heute weigerte er sich, auch nur im Ansatz mit Ruby zu flirten. Edward hatte darauf bestanden, seinen neuen Geschäftspartner Bentfield ebenfalls zur Jagd zu bitten, und Cyril war gekommen, aber offensichtlich nicht Ruby zuliebe.

Sie weilten mit den anderen Jägern sowie deren Frauen und Töchtern in einer mit Tannenzapfen, silbernen Kerzenleuchtern und roten Äpfeln dekorierten Jagdhütte, wo sie den mittäglichen Lunch einnahmen. Ruby hatte man zu ihrem Leidwesen neben Lord Grinthorpe platziert, Cyril saß ihr gegenüber und unterhielt sich mit Edward.

Sie fing Cyrils Blick auf und schenkte ihm ein unsicheres Lächeln. Seine Anwesenheit war das Einzige, was ihr das Wochenende einigermaßen erträglich machte, doch er schien kaum zu bemerken, ob Ruby in seiner Nähe war oder nicht. Mit kühler Höflichkeit erwiderte er ihr Lächeln, um sich sogleich wieder Edward zuzuwenden.

Seine Distanziertheit versetzte ihr einen Stich. Dass sie einmal beinahe Cyrils Lippen geschmeckt hätte, konnte sie in diesem Moment kaum mehr glauben.

»Es geht doch nichts über eine anständige Fasanenjagd«, drang Lord Grinthorpes schnarrende Stimme in ihre Gedanken. »Wobei ich, wenn ich es recht bedenke, fast noch lieber Füchse erlege. Was meinen Sie, liebe Miss Compton, ist die Fasanen- oder die Fuchsjagd glorreicher?«

Ruby atmete tief durch. Dann zwang sie sich zu einem Lächeln. »Da es mir als Frau lediglich gestattet ist, an Fuchsjagden teilzunehmen, wage ich mir über die Fasanenjagd kein Urteil zu erlauben, Lord Grinthorpe.«

Ihre steife Antwort schien dem Lord zu gefallen, denn er nickte zufrieden und begann, ihr in sämtlichen Details von einem seiner Jagderlebnisse zu erzählen. Ruby ertappte sich dabei, dass sie sich fortwünschte, weit fort, zumindest aber an den Platz neben Cyril.

»… scheucht der Treiber die Vögel doch tatsächlich in die völlig falsche Richtung«, sagte Lord Grinthorpe. »Auf, auf, Junge, hier sind die Gewehre!, schreie ich, woraufhin er dumm aus der Wäsche guckt, dann aber gehorcht und …«

Ruby lächelte, nickte und hörte nicht weiter zu. Lord Grinthorpe wollte sowieso keine Kommentare von ihr, ihm genügte es, wenn Ruby ihn reden ließ.

Ihre Gedanken schweiften zu Florence. Erst heute Morgen hatte diese ihr erzählt, dass sie doch noch einmal mit Mabel gesprochen hatte. Aber Mabel hatte stur geleugnet, dass sie in der fraglichen Nacht etwas anderes getan hätte, als keusch in ihrem Bett zu liegen und zu schlafen. Mister Compton kenne sie praktisch gar nicht, jedenfalls nicht intim, und überhaupt gehe das niemanden etwas an. Nach dieser unwirschen Reaktion waren Ruby und Florence gleichermaßen ratlos gewesen: Wie es schien, war Mabel fest entschlossen, sich den fragwürdigen Spaß nicht verderben zu lassen. Ruby und Florence blieb nichts anderes übrig, als das junge Mädchen in ihr Unglück rennen zu lassen.

»… fällt auch dieser Vogel nach meinem sauberen Schuss vom Himmel wie ein Stein, und alle rufen begeistert … Miss Compton? Hören Sie mir eigentlich zu?«

Ruby zuckte schuldbewusst zusammen. »Selbstverständlich, Lord Grinthorpe. Ihre Erlebnisse sind sehr spannend.«

»Na, das will ich meinen!« Der Lord grinste, wobei erschreckend viel Zahnfleisch sowie zwei Reihen großer, schiefer Zähne zum Vorschein kamen. »Wo war ich stehen geblieben? Richtig, bei meinem zwanzigsten Fasan. Also, all meine Freunde brechen in Bewunderung aus, und ich sage bescheiden ...«

Und diesen Mann sollte sie heiraten? Ein Leben lang Heldengeschichten ertragen und an seiner Seite vor Langeweile verdorren?

Dagegen erschien ihr ein Ende als alte Jungfer fast schon reizvoll.

Am Nachmittag frönten die Herren wieder ihrer Jagdlust, und Ruby weilte mit den anderen Damen im Salon, wo sie sich mehr oder weniger erfolgreich die Zeit vertrieben. Einige der Gäste schrieben Briefe, andere plauderten miteinander oder sahen gelangweilt aus dem Fenster.

Das Dinner am Abend verlief ebenso schleppend wie der Tag. Ruby bekam keine Gelegenheit, auch nur für einen Moment mit Cyril zu sprechen, und mehr denn je sehnte sie sich danach, wieder mit ihm allein zu sein, an seiner Seite durch den goldbraunen Wald zu reiten oder auf seiner Wolldecke am Ufer des Flusses bei der Mühle zu sitzen. Stattdessen musste sie Lord Grinthorpe zuhören, der ihr in allen blutigen Details erzählte, wie er in Schottland einer Hundertschaft unterschiedlichster Tiere den Garaus gemacht hatte.

Als Cyril und die Wortherys sich schließlich verabschiedet und die übrigen Herrschaften sich in die Gästezimmer zurückgezogen hatten, war Rubys Stimmung am Tiefpunkt. Den prahlerischen Lord konnte sie kaum mehr ertragen, das Problem mit Mabel war noch immer ungelöst, Edward wich ihr seit Tagen aus und ließ sie mit ihren Fragen über ihn und Virginia allein. Ruby befürchtete, dass seine skandalöse Ehe nicht das Einzige war, was er der Familie verschwieg. Irgendetwas musste es noch geben, das er lieber geheim hielt. Fast wirkte er schuldig. In der Tat, in seinen Augen hatte in jener Nacht, als er ihr widerwillig Auskunft gegeben hatte, ein Ausdruck von Schuld gestanden.

Entmutigt und traurig schickte sie sich an, die breite Treppe hinaufzugehen, um endlich in ihr Zimmer zu kommen, als sie die Stimme ihres Vaters hörte, die sie zurückrief.

Widerwillig drehte sie sich um. »Ja, Papa? Was gibt es denn?«

»Komm bitte noch einen Moment zu mir, Ruby. Ich habe dir etwas zu sagen, und das möchte ich unter vier Augen tun.«

Das klang nicht gut.

Stirnrunzelnd folgte Ruby ihrem Vater in den Salon, wo die Diener John und Charles bereits angefangen hatten, nach dem Ansturm der Gäste für Ordnung zu sorgen. Als sie Lord Compton erblickten, zogen sie sich unter erschrockenen Entschuldigungen zurück.

»Setz dich, Kind.« Ihr Vater deutete auf eines der Sofas und ließ sich selbst in seinen Sessel am Kamin fallen.

Ruby schwante Böses. »Papa, wenn Lord Grinthorpe dich gefragt haben sollte, ob ich …«

»Hat er nicht«, schnitt der Vater ihr das Wort ab. »Dennoch ist er der Grund, weshalb ich mit dir sprechen möchte. Er und Mr Bentfield.«

Rubys Herz stolperte. »Mr Bentfield?«

Missmutig verzog der Lord sein rotes Gesicht. »Ich sehe dir an, dass du an einem Antrag von ihm nichts auszusetzen hättest. Aber du kannst dir die Freude sparen, Ruby. Er hat mich weder um deine Hand gebeten, noch würde ich sie ihm gewähren.«

Ruby schlug die Augen nieder. Ihr Vater sollte nicht sehen, wie sehr seine Worte sie trafen.

»Lord Grinthorpe ist der Mann, den du zu ermutigen hast, Ruby. Er hat bereits in London um dich geworben, und sein Verhalten hier lässt deine Mutter und mich die günstigsten Schlüsse ziehen. Mit dir allerdings«, der Lord machte eine bedeutungsvolle Pause, »sind wir gar nicht zufrieden.«

»Ich möchte ihn nicht heiraten, Papa.«

»Kommt es denn darauf an, was du möchtest?«

Ruby hob den Kopf und sah ihrem Vater offen ins Gesicht. »Ich hoffe doch.«

Lord Compton beugte sich vor. »Du musst innerhalb des Adels heiraten, darüber gibt es keine Diskussion. Ich habe dich beobachtet, Kind. Du wirfst diesem Mr Bentfield derart verzückte Blicke zu, dass wir es Lord Grinthorpe gar nicht hoch genug anrechnen können, dass er nicht schon längst das Handtuch geworfen hat. Diese Schwärmerei muss aufhören, und zwar sofort! Du kannst es dir nicht leisten, einen Lord zu vergraulen. Schon gar nicht zugunsten eines Verkäufers!«

Rubys erste Reaktion war ein Gefühl von Demütigung. Doch dann wallte heiße Empörung in ihr auf.

»Was ist an Mr Bentfield schlechter als an dem alten, dürren Lord, Papa? Zugegeben, Mr Bentfield ist nicht von altem Adel. Aber er gehört den besten Londoner Kreisen an.«

»Das genügt mir für meine einzige Tochter nicht.«

»Mir genügt es aber!«, rief Ruby wütend aus. »Sei doch nicht so furchtbar altmodisch. Ehen zwischen Adel und Bürgertum sind doch längst keine Seltenheit mehr!«

»Unsinn!«

»Das ist kein Unsinn! Denk nur an all die reichen Amerikanerinnen, die sich hier nach einem adeligen Ehemann umsehen. Das gilt als völlig normal. Was zum Beispiel ist mit der Duchess of Marlborough? Sie war nichts als eine bürgerliche Miss Vanderbilt, bevor sie den Duke geheiratet hat.«

»Ja, und man sieht, was dabei herausgekommen ist«, gab ihr Vater bissig zurück. »Die beiden leben bekanntermaßen seit sieben Jahren getrennt.«

Ruby machte eine wegwerfende Handbewegung. »Das tut doch nichts zur Sache! Was ich meine, ist einzig und allein, dass es einem Earl oder Viscount ja auch nicht angekreidet wird, wenn er eine Finanzspritze nötig hat und deshalb eine Ehe mit einer Bürgerlichen eingeht.«

»Finanzspri…? Ruby!« Auf der Stirn des Lords bildeten sich kleine Schweißtröpfchen. »Ich möchte doch sehr bitten, dass du dich etwas gewählter ausdrückst!«

Ruby biss die Zähne zusammen.

»Und was dein Argument mit der finanziellen Unterstützung angeht«, sagte ihr Vater mit finsterem Gesichtsausdruck, »so sehe ich nicht, was das mit uns zu tun haben könnte. Die Familie Compton stand von jeher gut da, und daran hat sich nichts geändert. Mr Bentfield kann seinen Kaufmannsreichtum also gerne behalten.«

Verflucht noch mal, als ob es mir um sein Geld ginge! Willst du mich nicht verstehen, Papa, oder kannst du es nicht?

»Wenn ich Mr Bentfield aber mag? Wenn ich ihn von ganzem Herzen li… schätze? Würdest du meinem Glück dann wirklich im Wege stehen wollen?«

»Glück!«, schnaubte Lord Compton. »Das Glück kommt schon von selbst, wenn man die passende Ehe eingeht. Und passend ist es, Lord Grinthorpe zu ehelichen.« Plötzlich schien ihm ein unliebsamer Gedanke zu kommen, und er kniff misstrauisch die Augen zusammen. »Oder hat dieser Bentfield dich etwa schon gefragt?«

Rubys Zorn fiel in sich zusammen. Vielleicht kämpfte sie mit ihrem Vater ja um eine Liebe, die auf Sand gebaut war, weil sie nur auf ihrer Seite bestand, nicht aber auf Cyrils. Vielleicht machte sie sich mit ihrem Beharren auf einer Ehe mit ihm vollkommen lächerlich. Ermutigt hatte Cyril sie seit ihrem Beinah-Kuss schließlich nicht.

»Nein«, sagte sie tonlos. »Er hat mich nicht gefragt.«

»Gott sei's gedankt!« Ihr Vater atmete auf. »Und jetzt werde ich schlafen gehen, mein Kind. Du weißt nun, wie du dich zu verhalten hast. Lord Grinthorpe ermutigst du, und diesen Bentfield schlägst du dir aus dem Kopf. Keine schmachtenden Blicke mehr, kein strahlendes Lächeln in seine Richtung, kein allzu freundliches Wort! Haben wir uns verstanden?«

Aus reiner Gewohnheit lag ein gehorsames »Ja« auf Rubys Zunge. Doch unvermittelt stand Cyril vor ihrem inneren Auge. Seine Sommersprossen, die sie so gerne berühren wollte. Seine Hand neben ihrer. Sein Atem in ihrem Haar, das Knistern zwischen ihnen.

»Ruby! Haben wir uns verstanden?«, wiederholte ihr Vater scharf.

Langsam schüttelte sie den Kopf.

»Es tut mir leid, Papa. Aber ich fürchte, wir müssen uns noch sehr oft über dieses Thema unterhalten, bevor wir beide uns verstanden haben.«

Florence

»Möchtest du am Sonntag mit mir nach Lintingham wandern, Florence?« Mr Yorks schenkte ihr ein gewinnendes Lächeln. »Wir könnten im Pub zu Mittag essen.«

Sie standen zusammen im Hof, wo sie sich ein paar ruhige Minuten im milchigen Novembersonnenschein gönnten.

Florence senkte den Blick. »Ich weiß noch nicht, Mr Yorks. Möglicherweise benötigt Miss Compton meine Hilfe, dann kann ich nicht.«

Der Kammerdiener runzelte die Stirn. »Aber du hast am Sonntag frei. Erst zum Tee am Nachmittag musst du wieder hier sein.«

»Ja, ich … dennoch …«

Florence brach ab. Sie verstand selbst nicht, warum sie so gar keine Lust verspürte, mit dem Kammerdiener auszugehen. Alice Bentfields blaue Augen fielen ihr ein. Florence schluckte.

»Es ist schon möglich, dass Miss Compton auch am Sonntag etwas von mir möchte«, sagte sie zu Mr Yorks, ohne ihn anzusehen. »Sie verlangt in letzter Zeit häufiger nach meinen Diensten als früher.«

Das war zumindest nur eine halbe Lüge, obgleich Florence zugeben musste, dass »Dienste« kaum der richtige Ausdruck war für die freundschaftlichen Spaziergänge und Ausfahrten, zu denen Ruby sie seit Neuestem mitzunehmen pflegte.

Gedehnt entgegnete Mr Yorks: »Das ist mir allerdings aufgefallen.«

Er musterte sie nachdenklich, und Florence wand sich unter

seinem Blick. Ob er ahnte, dass sie und Ruby nun Freundinnen waren und Florence' angebliche Arbeit darin bestand, zu plaudern, zu lachen und das Leben zu genießen? Wenn das herauskäme, wenn alle erfahren würden, dass sie sich einen lauen Lenz machte, während Mr Yorks und alle anderen sich ununterbrochen hetzten und abmühten, um ihre vielen Aufgaben erledigen zu können ... Die gesamte Dienerschaft würde sie dafür hassen, und vielleicht sogar mit Recht.

Stumm sah sie zu Boden.

Der Kammerdiener stieß sich von der Wand ab, an der er gelehnt hatte, und rückte seine Krawatte gerade.

»Wie auch immer«, sagte er leichthin. »Bring mir nachher einen vollen Nachttopf, ich muss die Jagdkleidung seiner Lordschaft reinigen. Du glaubst gar nicht, wie verschmutzt die Rockschöße wieder sind!«

»Doch, das glaube ich unbesehen.« Florence war so froh über den Themenwechsel, dass sie den Kopf hob und sogar lächelte. »Nach solchen Jagdwochenenden könnte man Tag und Nacht bloß waschen, nicht wahr?«

»Oh ja. Vor allem, wenn Ross und Reiter nicht nur schwitzen, sondern der Reiter auch gerne mal abgeworfen wird. Vorzugsweise in einen schlammigen Graben.« Mr Yorks grinste. »Was gäbe ich darum, einen besseren Reiter zum Herrn zu haben. Das würde es mir ersparen, meine Hände in Urin tunken zu müssen, nur um die Flecken aus dem verdammten Jackett zu bekommen. Aber Urin hilft nun mal am besten. Danach alles kräftig mit klarem Wasser ausbürsten, und schon ...«

Florence hob lachend die Hände. »Oh bitte, ersparen Sie mir die Einzelheiten. Miss Compton reitet gottlob gut genug, dass ich noch nie auf dieses, nun ja, Wundermittel zurückgreifen musste.«

»Dafür solltest du unseren Schöpfer preisen«, sagte Mr Yorks mit komischer Verzweiflung, und Florence lachte noch mehr. In Momenten wie diesen mochte sie den Kammerdiener richtig gern. War sie nicht schrecklich töricht, fuhr es ihr durch den Kopf, eine Verabredung mit einem Mann wie ihm in den Wind zu schlagen?

Mr Yorks schien ihren Stimmungswechsel ebenso zu spüren, denn er hob die Hand und legte sie an ihre Wange.

Schlagartig versteifte Florence sich.

»Was den Sonntag angeht, bitte, überleg es dir noch mal«, sagte er.

Sie schwieg, und alle Fröhlichkeit war verpufft.

»Ich werde warten, Florence.« Er ließ seine Hand wieder sinken. »Aber nicht ewig. Das solltest du bei deiner Entscheidung bedenken.«

Ruby

Sie hatte das Jagdwochenende überstanden und war endlich wieder mit Cyril allein.

Wäre er nur ein wenig zugänglicher und das Wetter nicht gar so kalt und feucht gewesen, dann hätten sie wieder zusammen auf seiner Decke sitzen können, statt stumm nebeneinanderher durch den Nebel zu reiten. Warum sagte Cyril nichts? Warum brütete er über Gedanken, an denen er sie ums Verrecken nicht teilhaben lassen wollte?

Schließlich hielt Ruby es nicht mehr aus.

»Was ist denn mit Ihnen los?«, platzte sie heraus. »Habe ich etwas falsch gemacht?«

Cyril sah sie an, als habe sie ihn aus einem Traum gerissen. »Wie bitte?«

»Sie sind so anders. Sie lachen nicht mehr, Sie scherzen nicht, Sie reden nicht einmal mit mir! Sie verhalten sich wie … ein Fremder!«

»Ich bin ein Fremder, oder nicht?«

»Nein. Wir kennen uns doch, Cyril. Wir haben schon so viele Ausritte zusammen unternommen. Ich habe die Bekanntschaft Ihrer Schwester gemacht. Und Sie waren zum Jagen auf Rosefield Hall.« Plötzlich dämmerte es ihr. »Deshalb sind Sie so verändert, stimmt's?«

»Ich verstehe nicht, was Sie meinen«, entgegnete er abweisend.

»Sie haben mich an Lord Grinthorpes Seite gesehen, das ganze verfluchte Wochenende lang.«

»Verflucht?« Cyril musste lachen, und als er ihr den Kopf zuwandte, erkannte sie zu ihrer Erleichterung die vertraute Wärme in seinen Augen. »Das klingt nicht, als hätten Sie das Wochenende goutiert. Oder den Lord.«

»Habe ich auch nicht. Aber was bleibt einem anderes übrig, als gute Miene zum bösen Spiel zu machen und zumindest höflich zu sein?« Ruby zuckte mit den Schultern. »Jedenfalls ist Lord Grinthorpe wieder fort, und ich habe ihn bereits vergessen. Und das sollten Sie auch tun!«

»So schnell vergessen Sie die Menschen?«

»Nicht die, die mir wichtig sind.«

Ihre Blicke verhakten sich ineinander.

»Ihr Bruder hat mir während des Wochenendes mehrmals zu verstehen gegeben, dass ich nicht zu Ihren Kreisen gehöre«, sagte Cyril.

»Ich nehme an, Sie sprechen von Basil.«

Er nickte. »Ein sehr standesbewusster junger Herr, Ihr Bruder Basil. Er zeigte sich hochzufrieden damit, dass ein prahlerischer alter Mann seine jüngere Schwester umwirbt. Blaues Blut gehöre zu blauem Blut, das sei die eherne Regel der Comptons, sagte er zu mir.«

Ruby schoss die Röte ins Gesicht. »Sie wissen doch, dass er völlig verrückt ist mit seiner Erbgesundheit. Ich hatte Ihnen davon erzählt. Basil ist fest davon überzeugt, dass der englische Adel die Krone der Schöpfung ist und nicht verschmutzt werden darf durch bürgerliches Blut. Aber das ist hanebüchener Unsinn, Cyril. Ich denke nicht so!«

»Das weiß ich. Aber darauf kommt es leider nicht an.«

»Was?« Jäh zügelte Ruby ihre Stute. »Stoßen Sie jetzt etwa ins gleiche Horn wie meine Familie? Gestehen auch Sie einer Frau nicht zu, dass sie ein Wörtchen mitzureden hat, wenn es um ihr Lebensglück geht? Das enttäuscht mich, Cyril.«

Er antwortete nicht. Stattdessen zügelte auch er sein Pferd, sprang auf den feuchten Waldboden und reichte Ruby die Hand.

»Sitzen Sie ab«, befahl er.

Überrumpelt ließ Ruby sich aus dem Sattel gleiten.

Und fand sich gleich darauf in Cyrils Armen wieder.

Sein Atem strich heiß über ihr Ohr.

Leise und wütend fragte er: »Was würden Sie tun, wenn Sie liebten, Ruby? Würden Sie den Menschen, an den Sie Ihr Herz verloren haben, aus der Sicherheit seiner Familie fortreißen, um ihn der Ungewissheit und der Gefahr auszusetzen? Würden Sie es zulassen, dass er in einen Kampf gezogen wird, den er nie kämpfen wollte, dass er leiden muss für eine Sache, von der er nicht das Geringste versteht? Wäre das wirklich Liebe?«

Ruby schlang die Arme um Cyrils Rücken und schloss die Augen. Sie hörte nicht auf das, was er sagte, sondern drückte sich an ihn, atmete ihn, sog ihn in sich auf.

Wenn es so bleiben könnte. Wenn es nur immer so bleiben könnte!

Doch schon löste er sich von ihr, schob sie entschlossen von sich fort und setzte sie der Einsamkeit und Kälte aus. Ruby leckte sich über die Lippen. Sie waren trocken und verlangten nach den seinen. Zum Teufel mit ihrer Familie, zum Teufel mit Cyrils Bedenken!

Heiser sagte sie: »Wenn der Mensch, den ich liebe, von der Sache, für die ich kämpfe, nichts verstehen würde, dann würde ich dafür sorgen, dass sich das ändert. Ich würde es ihm erklären, Cyril. Ich würde ihm alles sagen und alles zeigen, was er wissen und sehen muss. Und dann würde ich ihn bestimmen lassen, ob er an meiner Seite sein möchte oder nicht.«

»Darin unterscheiden wir uns dann wohl«, stieß Cyril hervor. »Ich möchte Sie nicht unglücklich machen, Ruby. Nicht einmal dann, wenn Sie sich sehenden Auges dazu entschließen. Denn ich liebe Sie.«

Er liebt mich. Er liebt mich, und dennoch weist er mich zurück.

»Aber damit sprechen Sie mir meine Mündigkeit ab.« Entzücken und Schmerz zugleich drohten sie zu zerreißen.

Nicht weinen, jetzt nur nicht weinen!

Sie musste auf der Ebene logischer Argumentation bleiben, auch wenn sie sich am liebsten zurück in seine Arme geworfen hätte. »Ebenso wie mein Vater und Basil wollen Sie über das, was mich letztendlich glücklich machen wird, besser Bescheid wissen als ich selbst.«

Gequält wandte er sich ab und fuhr sich durch seine Haare, bis sie in kupferfarbenen Wirbeln vom Kopf abstanden.

»Cyril?«, fragte sie, und es klang fast flehend.

Einen Moment lang zögerte er.

Dann verschloss sich seine Miene. »Ich muss Sie bitten, meine Haltung zu akzeptieren. Lassen Sie uns zurückreiten, es ist schon spät. Meine Mutter wird bald eintreffen, und ich muss sie vom Bahnhof abholen.«

Ohne Rubys Antwort abzuwarten, half er ihr in den Sattel, stieg dann selbst auf und trieb grob sein Pferd an. Es machte einen empörten Satz und galoppierte los.

Pearl schnaubte nervös und wollte hinterherpreschen, doch Ruby hielt sie mit straffen Zügeln zurück. Ihre Augen füllten sich mit Tränen, und nun wehrte sie sich nicht mehr dagegen.

»Cyril Bentfield mag mir mit seiner verfluchten Sturheit das Herz brechen«, flüsterte sie. »Aber er wird mir nicht dabei zusehen, wie ich seinetwegen weine!«

Sie wendete ihre Stute und ritt in die entgegengesetzte Richtung davon. Irgendwie würde sie schon heimkommen, selbst wenn sie einen riesigen Umweg machen musste.

Auf diese Weise konnte sie wenigstens ihren Tränen freien Lauf lassen.

Alice

Die allgemeine Stimmung war schlechter, seit vor wenigen Tagen ihre Mutter angekommen war. Cyril war ungewöhnlich reizbar, Alice selbst abwehrend und angespannt, Gwendolen wie immer: voller Energie, Tatendrang und Hass.

In der sonntäglichen Stille spazierte Alice die Lintinghamer Hauptstraße entlang. Ab und zu blieb sie stehen und betrachtete die bescheidenen Auslagen der Schaufenster. Es interessierte sie nicht, was die kleinen Läden feilboten, doch sie wollte ihren Gang durchs Dorf noch nicht so bald beenden. Dann nämlich müsste sie nach Tamary Court zurückkehren, und dazu verspürte sie nicht die geringste Lust.

Um von ihrer Mutter fortzukommen, hatte sie am Morgen sogar in Erwägung gezogen, in die Kirche zu gehen, wusste sie doch, dass Gwendolen niemals einen Fuß in ein Gotteshaus setzte. Doch die Vorstellung, sich vor der Gemeinde womöglich für ihren und den Atheismus ihrer Familie rechtfertigen zu müssen – schließlich hatte man, seit sie hier lebten, weder Alice noch Cyril je im Gottesdienst gesehen –, hatte sie davon abgehalten.

Da spazierte sie doch lieber stundenlang sinn- und zwecklos durch das ausgestorbene Dorf.

»Miss Bentfield? Alice?«, hörte sie eine unsichere Stimme hinter sich.

Ihr Herz machte einen Sprung. Ganz ausgestorben war das Dorf wohl doch nicht. Und die Stimme hinter ihr gehörte ausgerechnet …

»Florence!« Alice drehte sich um und lächelte. »Was machst du denn hier, so ganz allein?«

Florence knetete ihre Finger. »Ich war mit Mr Yorks, unserem Kammerdiener, zum Mittagessen im Pub. Aber ich hatte keine Lust, danach sofort wieder nach Hause zu gehen.«

»Und warum nicht?«

»Nun, ich hatte das Gefühl, ich …« Florence biss sich auf die Unterlippe. Dann hob sie den Kopf und sah Alice direkt in die Augen. »Ich war verwirrt. Ich konnte das Mittagessen mit Mr Yorks nicht recht genießen und wollte noch ein wenig für mich sein, um den Grund für mein Unbehagen herauszufinden.«

»Oje. Und nun halte ich dich davon ab!«

»Aber nein. Ich bin es ja, die dich angesprochen hat.«

Verlegen lächelnd standen sie voreinander.

Alice ließ ihren Blick über Florence' Gestalt gleiten, über den schwarzen Mantel, der den wohlgerundeten Körper bedeckte, über den schlichten Hut, die freundlichen Augen, die vollen rosafarbenen Lippen, und in ihr stiegen Empfindungen auf, die sie kannte – und die doch ganz anders waren als alles zuvor.

»Wollen wir ein Stück zusammen gehen?« Sie konnte den Blick nicht von Florence' Lippen abwenden.

Florence lächelte schüchtern. »Das wäre schön.«

Also wanderten sie langsam die Dorfstraße entlang, hin und zurück, einmal, zweimal, dreimal. Und dabei redeten sie. Zuerst war ihr Gespräch stockend und unbeholfen, bald jedoch wurde es offener und immer gelöster. Als Florence Alice gestand, dass sie sich einfach nichts aus Mr Yorks mache, sosehr sie sich auch darum bemühe, berührte ihr Arm den der anderen. Daraufhin setzten sie ihren Spaziergang untergehakt fort, wie zwei gute Freundinnen, die einander schon lange kennen.

Das Leben war schön an diesem kalten, stillen Sonntag. Alice registrierte es mit leiser Verwunderung.

Beim Abschied fragte sie: »Möchtest du nicht wieder einmal mit Ruby zum Tee kommen?« Florence allein zu sich einzuladen erschien ihr denn doch zu verwegen.

Florence' Augen leuchteten auf. »Sehr gerne! Ich frage Ruby gleich heute Abend, wann sie Zeit hätte.«

»Schön. Meine Mutter ist zwar zu Besuch auf Tamary Court, aber da ich nicht weiß, wie lange sie bleibt, verschieben wir unser Treffen lieber nicht auf die Zeit nach ihrer Abreise.« Alice lächelte gequält. »Sonst wird es noch Frühling, bis wir uns wiedersehen.«

Florence legte den Kopf schief. »Du bist nicht glücklich, dass deine Mutter da ist?«

Alice wollte nicht lügen, doch sie wusste auch, dass die Wahrheit vorerst nicht in Frage kam.

Also sagte sie: »Nein, bin ich nicht. Aber das ist eine Geschichte, die sich eher für einen langen Winterabend am Kamin eignet als für die Dorfstraße, Florence.«

»Dann hoffe ich, dass wir beide einmal einen solchen Abend miteinander verbringen werden.« Kaum hatte Florence geendet, wurden ihre Wangen flammend rot. Rasch sah sie zu Boden.

»Das werden wir.« Alice' Knie waren weich, doch diesmal rührte ihre Schwäche weder von ihrer Angst noch von bösen Erinnerungen her.

Gab es das tatsächlich, fragte sie sich, konnte es das geben ... Liebe auf den ersten Blick?

»Das werden wir, Florence«, wiederholte sie leise, und dabei dachte sie: *Ja. Das gibt es.*

Ruby

So also fühlte man sich, wenn man Liebeskummer hatte. Düster blickte Ruby aus ihrem Fenster hinunter auf den nebelverhangenen Park.

Sie hatte beschlossen, sich nicht mehr mit Cyril zu treffen. Er liebte sie, und Ruby – da machte sie sich nichts vor – liebte ihn auch. Schon längst. Trotz seines Eigensinns und seines übersteigerten Bedürfnisses, sie von sämtlichen Gefahren fernzuhalten; vielleicht auch gerade deswegen. Doch eine oberflächliche Bekanntschaft wollte, konnte sie für ihn nicht sein, und wenn er nicht mehr zuließ als das, so mussten sie eben aufeinander verzichten.

Bei diesem Gedanken wurde ihr das Herz schwer. In ihrem Entschluss jedoch wankte sie nicht: Cyril hatte sie zweimal zurückgewiesen, und sie war keinesfalls dazu bereit, sich einen dritten Korb von ihm zu holen.

Ruhelos wandte sie sich vom Fenster ab. Jetzt, da ihr Verstand entschieden hatte, Cyril aus ihrem Leben zu verbannen, sollte ihr Herz doch endlich nachziehen, oder nicht? Warum fühlte es sich dann immer noch an wie ein Bleiklumpen? Ruby fing an, sich für ihren sentimentalen Jammer zu hassen.

Vielleicht würde ihr ein strammer Spaziergang in der Kälte bessertun als diese ständige, elende Untätigkeit.

In einem Anfall von Rebellion griff sie nach ihrem Mantel, ließ ihr Haar jedoch unbedeckt. Pah, wer sollte sie schon schelten, weil sie keinen Hut trug? Ihre Eltern? Die waren sowieso schon verärgert, weil sie sich geweigert hatte, Lord Grinthorpe zu ermutigen. So war er abgereist, ohne ihr einen Antrag gemacht zu haben, was in den Augen ihrer Eltern einer Katastrophe gleichkam. Insofern machte ein Spaziergang ohne Hut den Kohl auch nicht mehr fett.

Auf dem Weg durch die Halle traf sie auf Virginia.

Die Schwarze grüßte sie höflich, dann wollte sie sich wie gewöhnlich davonmachen. Doch diesmal hielt Ruby sie zurück.

»Warte bitte. Wir haben uns noch gar nicht unterhalten nach, nun, nach eurem Geständnis.«

Misstrauisch sah die Schwarze sie an.

»Ach, Virginia.« Ruby hob die Hände. »Ich will dich doch nur besser kennenlernen! Schließlich sind wir Schwägerinnen, oder nicht? Komm, lass uns zusammen spazieren gehen. Möchtest du?«

Virginia zögerte. Doch dann gab sie sich einen Ruck und nickte.

»Edward ist sowieso gerade in Exeter«, sagte sie, »und vor dem Abend wird er nicht zurückkehren.«

»Was tut er denn dort?«, wollte Ruby wissen.

»Er bemüht sich, noch zwei, drei große Läden für unsere Erdnüsse zu begeistern. Und Jacob liest bereits das dreizehnte Buch aus eurer Bibliothek. Ich muss schon sagen, in Afrika ist es nicht so langweilig wie hier.«

Sie schauten sich an und brachen in Lachen aus.

»Am Anfang hatte ich Angst vor ihm«, erzählte Virginia, als sie fröstelnd durch den Nebel stapften. »Ich dachte, Edward sei wie alle Engländer, die ich bis dahin kennengelernt hatte, überheblich, selbstgerecht und brutal.«

So sah Virginia also die Engländer? Ruby war betroffen, sagte jedoch nichts. Endlich hatte Virginia ihren Argwohn abgelegt, und Ruby wollte es keinesfalls riskieren, ihr Vertrauen mit einer falschen Bemerkung gleich wieder zunichtezumachen.

»Meine Angst hat ein paar Wochen angedauert«, fuhr Virginia nachdenklich fort. »Aber dann habe ich immer öfter mitbekommen, dass Edward sich mit dem Verwalter stritt. Mr Miller hatte bis zu Edwards Ankunft über uns geherrscht wie ein König, weißt du? Aber er war kein guter König. Ganz und gar nicht.«

»Warum mussten sie denn streiten? Edward ist doch der Herr. Er hätte Mr Miller einfach zwingen können, euch besser zu behandeln.«

»Mr Miller wollte sich aber nichts vorschreiben lassen. Edward war zwar der Chef, doch Mr Miller hatte viel mehr Erfahrung. Das jedenfalls hat er Edward stets vorgehalten, wenn der etwas verändern wollte. Edward habe keine Ahnung, wie man mit uns umgehen müsse. Wenn man uns mit Samthandschuhen anfasse statt mit der Peitsche, gehe die Plantage den Bach herunter, noch bevor Edwards erstes Jahr in Afrika vorüber sei.«

Spontan griff Ruby nach Virginias Hand.

»Mit der Peitsche? Aber ihr seid doch keine Sklaven! Wir Briten haben uns vor mehr als hundert Jahren vom Sklavenhandel abgewandt. Woher nahm dieser Miller sich das Recht, euch so zu behandeln?«

Virginia presste die Kiefer aufeinander, ließ ihre Hand jedoch in Rubys.

»Die Plantage liegt einsam. Wer hätte uns schützen sollen? Natürlich hätten wir gehen können, und manche von uns taten das auch. Aber Jacob und ich ... Wir kannten doch nichts anderes als das Leben dort! Wir sind schon auf der Plantage geboren worden.«

»Und eure Eltern?«, fragte Ruby beklommen. »Hätten sie nicht mit euch fortgehen können?«

»Meine Eltern.« Virginia lächelte schmerzlich. »Die waren

ebenso abhängig von deiner Familie wie alle anderen. Sie waren die Nachkommen befreiter Sklaven, weißt du? Aber obwohl sie sich genau wie meine Großeltern stets bemühten, sich an euch Weiße anzupassen, obwohl sie euren Glauben annahmen und uns Kindern christliche Namen gaben, konnten sie doch ihre Hautfarbe nicht ändern. Sie wurden nicht mehr Sklaven genannt, aber das machte sie noch lange nicht frei. Mutter und Vater haben auf eurem Besitz geheiratet, haben dort Jacob und mich bekommen und sind dort gestorben. Wir waren ein Teil von euch Comptons, ob uns das nun gefiel oder nicht.«

Mit belegter Stimme fragte Ruby: »Deine Eltern sind beide schon tot?«

Die Schwarze nickte. »Seit sechs Jahren. Sie sind kurz nacheinander gestorben, als ich vierzehn war und Jacob sechzehn. Sie hatten eine Krankheit, die oft auf der Plantage vorgekommen ist, sehr oft. Edward sagt, die Krankheit heißt Cholera und kommt von dem schmutzigen Wasser, das wir immer trinken mussten. Ich glaube, er hat recht, denn seit Edward bei uns ist und wir einen Brunnen haben, ist niemand mehr daran erkrankt.«

»Es gab davor keinen einzigen Brunnen auf der Plantage?«

»Doch«, sagte Virginia bitter. »Aber der war nur für Mr Miller und seine Gäste. Wir durften ihn nicht benutzen. Mr Miller sagte, sein schönes Wasser solle nicht von Negerhänden verunreinigt werden.«

Ruby verschlug es die Sprache. Ob ihr Vater das ahnte? Lord Compton mochte altmodisch und ein wenig selbstherrlich sein, aber grausam war er nicht.

In Afrika wirst du endlich lernen, auch einmal Härte zu zeigen, Edward. Dann erst wirst du ein Mann sein, ein Brite, ein Compton.

Die Erinnerung an die Worte ihres Vaters kam ungebeten und klar. Ruby schloss für einen Moment die Augen, so heftig schämte sie sich für ihre Familie. Oh doch, ihr Vater hatte geahnt, wie es auf der Plantage zuging.

Eine weitere Erinnerung stieg in ihr auf. Was hatte Basil letztens beim Lunch gesagt? »Wir Weißen sind wie Löwen, und die Neger sind wie Schnecken, und besser als hirnlose Schnecken sollten wir sie auch nicht behandeln, lieber Bruder.« Daraufhin war Edward aufgesprungen und hatte so erbittert mit Basil gestritten, dass Lady Compton sich genötigt gesehen hatte, das Mahl noch vor dem Dessert abzubrechen.

»Aber Edward ist anders«, sagte Ruby leise. »Er ist anders, nicht wahr? Ganz anders. Sonst hättest du ihn doch niemals geheiratet, oder? Virginia? Bitte!«

Sie klang bedürftig und fühlte sich auch so. *Einen* Compton, einen einzigen, musste es doch geben, der sie nicht wünschen ließ, einen anderen Namen zu tragen! Einen, der auf sein Gewissen hörte. Einen, der nicht alle Grausamkeit damit begründete, dass er von Geburt an das Recht dazu hatte.

»Dein Bruder ist mein Ehemann«, sagte Virginia mit fester Stimme, »und ich liebe ihn. Edward hat mich vor Mr Miller gerettet und alles auf der Plantage zum Besseren gewendet. Du kannst stolz auf ihn sein, Ruby.«

»Danke«, flüsterte Ruby erstickt.

Für den Rest ihres Spaziergangs schwiegen sie. Erst als sie durchgefroren und mit feuchtem Haar wieder nach Hause kamen, ergriff Ruby erneut das Wort.

»Möchtest du Florence und mich morgen nach Tamary Court begleiten? Miss Bentfield hat uns zum Tee eingeladen. Ich glaube, nein, ich bin mir sicher, dass sie nichts gegen einen weiteren Gast einzuwenden hätte.«

Virginia zog einen Mundwinkel nach oben. »Auch nicht, wenn dieser Gast schwarz ist?«

»Ich müsste mich sehr in Miss Bentfield täuschen, wenn das

ein Grund für sie wäre, dir die Tür zu weisen. Sie ist sehr unkonventionell in ihren Ansichten. Und Florence weiß sowieso schon über Edward und dich Bescheid. Also, was meinst du?«

»Wer wird denn noch dort sein?«, fragte Virginia zögernd.

»Nur wir. Es wird ein Frauennachmittag, hat Miss Bentfield gesagt. Möglicherweise wird ihre Mutter zu uns stoßen, Mr Bentfield jedoch nicht.« *Sonst hätte ich die Einladung auch ganz bestimmt nicht angenommen.*

Da hob sich auch Virginias anderer Mundwinkel. »Edward wird sich wundern, wie beschäftigt ich plötzlich bin. Und Lord und Lady Compton werden sich fragen, warum du mit einem Mal so viele Bedienstete benötigst, wenn du einen Besuch machst.«

»Schrecklich, diese Heimlichtuerei, nicht wahr?«

»Für Jacob, Edward und mich wird sie bald ein Ende haben.« Virginias Lächeln wurde breiter. »Edward sagt, wir werden schon Ende des Monats nach Gambia zurückkehren.«

»So bald? Ach, Virginia, wir hätten uns viel früher aussprechen sollen! Nun bleibt uns kaum noch Zeit miteinander, und wer weiß schon, wann wir uns wiedersehen?«

Virginia knickste, sagte steif: »Auf Wiedersehen, Madam« und hastete davon.

Perplex starrte Ruby ihr nach. Ein Knicks? Madam? Was war das denn gewesen?

Intuitiv drehte Ruby sich um. Und richtig: Keine drei Schritte von ihr entfernt stand die Hausdame und beobachtete sie. Ihr Ausdruck verriet tiefe Missbilligung.

»Ah, Ponder«, sagte Ruby kühl. »Sagen Sie, finden Sie es nicht auch seltsam, dass das Personal mitunter standesbewusster ist als die Herrschaft?«

Zum ersten Mal, seit sie Ponder kannte – und Ruby konnte sich kaum an ein Leben ohne sie erinnern –, war die Hausdame um eine Antwort verlegen. Das Gesicht unter der strengen Frisur lief dunkelrot an.

»Sie meinen, Madam ...«

»Dass es kein Verbrechen ist, wenn ich mich mit Master Comptons Dienerin unterhalte«, sagte Ruby würdevoll. »Guten Tag, Ponder.«

In ihrem Zimmer ließ sie sich aufatmend auf einen Stuhl fallen. Für eine Weile tat sie gar nichts, sondern dachte über all das nach, was sie heute erfahren hatte. Plötzlich fiel ihr etwas ein. Wenige Worte, ein Halbsatz bloß, der Virginia herausgerutscht war.

Edward hat mich vor Mr Miller gerettet.

Scharf sog Ruby die Luft ein, und mit einem Schlag fügten sich ihre Ahnungen, Virginias Worte und das Schuldbewusstsein in Edwards Augen zu einem erschreckenden Mosaik zusammen.

Ruby wurde kalt. Mit zitternden Händen griff sie nach ihrem Füllfederhalter und schrieb Edward eine Nachricht.

Es war Zeit für die Wahrheit.

Doch Edward suchte sie nicht auf.

Er kam nicht in Rubys Zimmer, er kam nicht zum Dinner, und Ruby erfuhr bald, dass er auch beim Frühstück am nächsten Tag nicht auftauchen würde. Seine Geschäfte in Exeter hatten ihn länger aufgehalten als geplant, und so hatte er in Rosefield Hall angerufen und den Butler somit gezwungen, den verhassten Telefonapparat zu benutzen, um ihnen allen ausrichten zu lassen, dass sie frühestens zur Teezeit des Folgetages mit ihm rechnen durften.

Irgendwie gelang es Ruby, sich zusammenzureißen. Doch mit jeder Stunde, die verging, wurde ihre Unruhe größer, und als sie am nächsten Tag mit Florence und Virginia im Automobil saß und Richtung Tamary Court fuhr, war sie so angespannt, dass sie viel zu viel lachte und zu hektisch redete. Dabei flog ihr Blick immer wieder auf Virginias Handgelenk, das die Schwarze wie üblich sorgfältig unter dem Ärmel verborgen hielt.

Doch Ruby hätte sich lieber die Zunge abgebissen, als Virginia ein zweites Mal auf die Narbe anzusprechen, ganz gleich, wie offen ihre gestrige Unterhaltung gewesen sein mochte. Nein, dies war keine Sache zwischen ihr und Virginia.

Hier ging es um etwas, das sie unter allen Umständen von Edward selbst hören musste.

Florence

Sie hatte sich nie etwas aus schönen Kleidern gemacht.

Dafür gab es mehrere Gründe: Erstens hatte Florence sowieso noch kein Kleid besessen, das mehr als bloß praktisch gewesen wäre. Zweitens war sie in so jungen Jahren nach Rosefield Hall gekommen, dass sie für eine Untugend wie Eitelkeit schlichtweg keine Zeit gehabt hatte. Und drittens? Nun, drittens hatte es noch keinen einzigen Menschen in ihrem Leben gegeben, für den sie sich hätte schön machen wollen.

Bis jetzt.

Denn heute hätte sie alles darum gegeben, neben der eleganten Ruby und der stolzen, exotischen Virginia nicht wie ein farbloses Mäuschen auszusehen.

Streng sagte sie sich, dass sie sich gefälligst fassen musste, doch vergebens. Die Aufregung schnürte ihr die Brust zu und hinderte sie noch wirkungsvoller am Atmen als ihr Korsett. Sie brauchte nur an rotblondes Haar zu denken, an diese sanfte Stimme, den zarten Körper … und ihre Gefühle überfluteten sie wie ein Schauer zu heißen Wassers.

Florence wusste, was dieser Schauer zu bedeuten hatte.

Denn sie hatte geträumt, wieder und wieder.

Von *ihr*.

Das Automobil holperte über eine unebene Stelle auf der Straße, und sie wurden auf ihren Sitzen gründlich durchgerüttelt. Virginia und Ruby lachten, und Florence bemühte sich mitzulachen. Doch die Selbstvorwürfe, die sie quälten, seit sie zum ersten Mal auf diese verbotene Weise geträumt hatte, ließen sich weder von Gelächter noch von unebenen Straßen vertreiben.

Inbrünstig wünschte sie sich, all das einfach vergessen zu können, aber es war unmöglich. Alice Bentfield hatte eine Tür in ihrem Inneren geöffnet, und hinter dieser Tür lauerte ein Wissen, das immer schon da gewesen war. Es hatte nur geschlafen, wenn auch tief und fest.

Hätte es nur auf ewig weitergeschlafen. Jetzt war Florence der Erkenntnis ausgeliefert – und diesem schändlichen Begehren, das sie Nacht für Nacht heimsuchte, sie erhitzt und mit pochendem Schoß aus dem Schlaf riss.

Die Erinnerung an das, was sie im Traum gespürt, zugelassen, getan hatte, führte zu einer neuen Kaskade von Selbstvorwürfen, und Florence kniff die Augen zusammen. Im vergeblichen Bemühen, die erregenden Bilder auszusperren und ihren tobenden Verstand zu beruhigen, presste sie die Fingerspitzen an die Schläfen. Lieber Gott, wie sollte sie Alice bloß gegenübertreten, wie konnte sie sie ansehen mit solchen Fantasien im Kopf? Würde Alice ihr nicht binnen Sekunden anmerken, dass Florence den unwiderstehlichen Drang verspürte, sie fest und sicher mit ihren Armen zu umfangen?

Sie hat mich beim Abschied am Sonntag angeblickt, als fühle sie ebenso wie ich.

Aber nein, schalt sie sich sogleich, das war unmöglich. Eine Frau wie Alice hatte gewiss einen Verlobten in London. Niemals würde ein solch engelhaftes Wesen sich widernatürlichen Gefühlen hingeben.

»Wir sind da, Schlafmütze«, hörte sie Rubys neckende Stimme. »Wach auf, sonst fällst du noch aus dem Wagen, wenn Lyam die Tür öffnet!«

Florence riss die Augen auf. Tatsächlich, sie standen bereits vor Tamary Court.

Betreten log sie: »Ich muss wohl eingenickt sein. Bitte verzeih mir, ich war keine sehr gute Gesellschafterin.«

»Nicht der Rede wert«, entgegnete ihre Herrin heiter, »ich hatte ja Virginia.«

Rubys gute Laune erschien Florence aufgesetzt, so aufgesetzt wie ihre eigene Ausrede, eingeschlafen zu sein. Vielleicht fürchtete Ruby ja, auf Tamary Court Mr Bentfield in die Arme zu laufen. Nachdem dieser sie einfach im Wald hatte stehen lassen – sie, die Tochter eines Lords! –, verspürte Ruby nun gewiss kein Bedürfnis danach, ihn allzu schnell wiederzusehen.

Mr Lyam öffnete die Wagentür, und Florence' Gedanken verwehten. Alice wartete auf sie. Nur das war wichtig.

Alice

»Mutter, ich möchte nicht, dass du versuchst, sie alle zu bekehren. Sie sind meine Gäste, und sie haben mit unserer Sache nicht das Geringste zu tun.« Alice sah Gwendolen eindringlich an. »Versprich mir, dass du den Mund hältst. Zumindest das bist du mir schuldig, wenn du schon unbedingt dabei sein möchtest.«

Gwendolen zog die schmalen Augenbrauen hoch und schwieg.

Frustriert schüttelte Alice den Kopf. Zum tausendsten Mal an diesem Tag fragte sie sich, wie sie so dumm hatte sein können, Florence und Ruby zu sich nach Hause einzuladen, wo doch auch Gwendolen hier war. Hätte sie nicht abwarten können, bis die Mutter wieder abgereist war? Hätte sie Florence nicht etwas anderes vorschlagen können? Aber nein, sie hatte sich ja unbedingt von ihrer Verliebtheit leiten lassen müssen, von diesem überwältigenden Bedürfnis, Florence so bald wie möglich wiederzusehen, hier, in ihrem ganz persönlichen Umfeld. Liebe machte wahrhaftig blind – und dumm.

Sie beobachtete ihre Mutter, die sich bereits wieder in die Tageszeitung vertieft hatte, natürlich in den Politikteil. Alice hatte die leise Hoffnung gehegt, dass Gwendolen fern von London anders sein würde, dass sie Cyril nach seinen neuen Nachbarn ausfragen oder sich mit Alice freuen würde, weil es ihr besser ging.

Doch ihre Hoffnung war umsonst gewesen.

Sie tröstete sich damit, es im Grunde gewusst zu haben. Ihre Mutter würde sich niemals ändern, nicht, solange das Ziel nicht erreicht war. Und das Ziel lag nach wie vor in weiter Ferne, trotz der Brandsätze und der vielen zersplitterten Fensterscheiben.

Trotz Emilys Tod.

Alice hatte schon lange nicht mehr an das Pferderennen im Juni gedacht, hatte es ebenso verdrängt wie Emilys Beerdigung zehn Tage später. Doch jetzt, während sie ihre Mutter betrachtete, zogen die Geschehnisse erneut an ihr vorbei, ein alptraumhaftes Bild nach dem anderen.

☆

Sommer 1913.

Jubelnde Menschen, dünne Jockeys mit O-Beinen, herausgeputzte Damen. Vorrennen, Hauptrennen, schweißnasse Pferdekörper auf der Rennbahn. Emily, mit der Schärpe und Flagge der Sache, zwängt sich unter der Absperrung hindurch und wirft sich mit Todesverachtung vor das Pferd des Königs. Schreie aus Abertausenden Kehlen, als das Pferd über Emily stürzt und sie unter sich begräbt, panisch versucht, wieder auf die Beine zu kommen, mit seinen Hufen in Emilys Körper stößt. Und während das Tier sich unversehrt aufrappelt und auch der abgeworfene Jockey nichts als ein paar blaue Flecken davonträgt, liegt Emily zertrampelt auf der Rennbahn.

Der Tumult, der dem Schock der Zuschauer folgt – sogar der König ist aufgebracht, er sorgt sich um sein Pferd und den Jockey –, wird zum Volkszorn, und die anwesenden Kämpferinnen müssen Hals über Kopf flüchten, auch Alice und Gwendolen. Emily wird ins Krankenhaus von Epsom gebracht. Vier Tage später stirbt sie.

Alice ist vor Entsetzen wie betäubt.

Dann die Beerdigung. Ein Großereignis. Alle wollen Em die letzte Ehre erweisen. Anders als Alice hat Em ihr Leben entschlossen und willig für die Sache gegeben, ist eine Märtyrerin geworden, und die Frauen lieben sie dafür. Zu Tausenden säumen sie die

Londoner Straßen, durch die der Sarg zum Bahnhof King's Cross gezogen wird – das Familiengrab liegt in Northumberland –, und das Weiß, Grün und Violett ihrer Kleidung weht, verschmolzen zu einem gigantischen Symbol, im Juniwind. Heldinnenmut liegt in der Luft, vermischt mit heiligem Zorn. Es muss weitergehen, immer weiter; Emilys Tod darf nicht umsonst gewesen sein.

Nur Alice fühlt sich nicht heldinnenhaft. Sie steht schwankend am Straßenrand, sieht immer wieder Emilys Körper unter den Hufen des königlichen Pferdes, sieht die blutige Schärpe, das zerrissene Kleid, und als das Gefühl des Erstickens hinzukommt, die Erinnerung an den Schlauch, die mitleidlosen Augen und die groben Hände, da kann Alice das Leben nicht mehr ertragen.

Noch auf der Straße bricht sie zusammen und verliert das Bewusstsein.

Barmherzige Dunkelheit.

Nie wieder erwachen.

Doch Alice erwacht, gänzlich gegen ihren Willen.

In jenen Tagen beschließt Cyril, sie aufs Land zu bringen.

Ihre Mutter tobt, bezichtigt sie beide des Verrats. Sie verlangt, dass Alice sich zusammenreißt, dass sie isst, trinkt und spricht, wenn sie schon keine Pläne mehr schmieden will, nicht mehr demonstriert und das Eigentum ihrer Feinde unangetastet lässt. Doch Cyril zeigt sich zum ersten Mal in seinem Leben barsch und autoritär und fährt Gwendolen an, dass er nicht vorhabe, seiner Schwester beim Sterben zuzusehen. Niemals lasse er zu, dass Gwendolen aus Alice eine zweite Emily Wilding Davison mache, denn nichts auf der Welt, nicht einmal die Sache, nicht einmal sein Schwur, sei dieses Opfer wert.

Gwendolen ist selbstverständlich anderer Meinung.

Alice ist es gleichgültig. Sie würde gerne sterben, nicht als Märtyrerin, sondern friedlich und ruhig.

Aber dank Cyril überlebt sie, und obgleich sie ihm erst böse ist deshalb, denkt sie später anders darüber.

Denn seit sie in Devon wohnt, geht es ihr so viel besser. Seit sie Abstand gewonnen hat von den Frauen, von ihrer Mutter, von Kampf und Leid. Seit ihr Leben wieder aus mehr besteht als aus einer politischen Forderung, der sich alles andere unterzuordnen hat, jede Freundschaft, jede Empfindung. Seit sie Florence kennt.

Seit sie sich verliebt hat.

☆

Alice beobachtete noch immer ihre Mutter, den über die Zeitung gebeugten Kopf, den langsam ergrauenden Scheitel, die streng gerunzelte Stirn. Unwillkürlich durchzuckte sie die Angst, dass Gwendolen nicht nur ihre Nerven strapazieren und sie zurück in die Schwermut treiben würde, sondern dass ihre Mutter die unbedarfte Florence so gründlich verschrecken würde, dass diese Alice den Rücken kehrte.

Bei allem, was ihr lieb und teuer war – das durfte nicht geschehen! Nicht jetzt, wo Alice wieder zu fühlen begann. Wo in Florence' Augen dieselbe Verzauberung stand, die sie selbst in ihrem Herzen spürte.

»Mutter. Hör mir zu.«

Sie wünschte sich verzweifelt, ihre Stimme würde fester klingen, drohender, doch sie piepste wie eine jener verwöhnten, kindhaften Frauen, die Gwendolen fast so sehr verachtete wie die Männer.

»Ich verlange ja nicht, dass du dich verleugnest. Aber du könntest ein einziges Mal leichte Konversation betreiben, über die Landschaft plaudern, über irgendetwas, nur nicht über Politik. Mir zuliebe, Mutter. Ich … ich bitte dich darum.«

An ihrem letzten Satz erstickte sie fast, so viel Überwindung kostete er sie.

Für Florence. Ich tue das für mich und Florence.

»Mein liebes Kind«, sagte Gwendolen und ließ die Zeitung sinken. Ihre Stimme piepste nicht. »Nur weil du es aufgegeben hast, dich gegen Unterdrückung und Ungerechtigkeit zu wehren, werde ich nicht dasselbe tun.«

Sie starrten einander an.

Um Gwendolens Rüschenkragen war ein Samtband geknotet, zu einer schwarzen schmalen Schleife, und plötzlich stellte Alice sich vor, wie sie das Samtband mit beiden Händen packte und zuzog, Gwendolen erwürgte, sie spüren ließ, was Alice gespürt hatte. Bei Gott, sie hasste ihre Mutter! Für ihre Kälte, ihre Mitleidlosigkeit und dafür, dass sie in jeder Sekunde ihres Lebens die Sache über das Wohl ihrer Tochter stellte.

Und doch wusste Alice, dass Gwendolen nicht vollständig im Unrecht war. Es gab Unterdrückung und es gab Ungerechtigkeit, himmelschreiende Ungerechtigkeit. Familien wie die Bentfields mit dem nötigen Geld und in einer hohen gesellschaftlichen Position waren bitter nötig im Kampf für eine Welt, in der Frauen mehr waren als rechtlose Dienerinnen oder, im günstigeren Falle, hübsche Schmuckstücke. Deshalb hatte Alice sich dem Kreis um ihre Mutter ja angeschlossen, war einen entscheidenden Schritt weiter gegangen als ihr Bruder, der zu den Gesetzestreuen gegangen war. Cyril hatte Alice' und Gwendolens Mitstreiterinnen seine Hilfe nie versagt, wenn sie ein Versteck, einen Fürsprecher oder einige Pfund gebraucht hatten. Doch gleichzeitig hatte er auch nie ein Geheimnis daraus gemacht, dass er ihre Militanz verurteilte.

Draußen fuhr ein Automobil vor und riss Alice aus ihren Gedanken. Das mussten ihre Gäste sein.

Ohne ein weiteres Wort stand sie auf und verließ den Salon. Sie musste sich zwingen, langsam zu gehen, am liebsten wäre sie aus dem Zimmer gerannt. Fort von Gwendolen, so weit fort wie nur möglich.

Noch gestern hatte Alice geglaubt, dass sie den Kampf zusammen mit der Großstadt hinter sich gelassen hatte. Nun aber begriff sie, dass er sich in Gestalt von Gwendolen erneut in ihr Leben geschlichen hatte und dass er drohte, ihr Glück im Keim zu ersticken.

Denn mehr als ein Keim war es noch nicht, das Glück. Es war nur eine ferne Ahnung. Eine Verheißung. Ein Versprechen.

Das jetzt, wo Gwendolen hier war, vielleicht niemals eingelöst würde.

Gwendolen

*E*s gab Madeira-Kuchen, obwohl Alice genau wusste, dass Gwendolen dieses Gebäck nicht ausstehen konnte.

Oder *weil* sie es wusste?

Gwendolen betrachtete ihre Tochter nachdenklich. Dass sie beide sich nicht mehr nahe waren, schmerzte sie. Doch diesen Stachel im Herzen musste sie ertragen; andere Frauen ertrugen Schlimmeres.

Sie selbst hatte Schlimmeres ertragen.

Alice spürte ihren Blick. Sie erwiderte ihn, kurz und warnend. Ihre Tochter hatte sich gewünscht, dass Gwendolen nicht über Politik sprach, und bisher hatte Gwendolen ihrem Wunsch sogar entsprochen. Doch das Mädchen sollte sich nicht in falscher Sicherheit wiegen, denn lange würde Gwendolen sich den Mund nicht verbieten lassen. Diese Zeiten waren vorbei.

Sie tat das Richtige, davon war sie überzeugt. Ganz gleich, wie sehr ihre Tochter unter den Erinnerungen an Holloway litt. Alice durfte nicht geschont werden, durfte sich nicht in eine verlogen heile Welt aus Tee, Madeira-Kuchen, grünen Weiden und naiven neuen Freundinnen zurückziehen. Denn es war nicht die Wirklichkeit, in die Alice sich da flüchtete, sondern Schein – ein gefährlicher, trügerischer Schein. Wenn Alice vergaß, dass der Kampf noch lange nicht gewonnen war, wenn sie sich womöglich blind und gedankenlos in eine Ehe warf, dann würde es ihr ergehen wie Gwendolen.

Nicht unbedingt, aber vielleicht.

Und schon »vielleicht« war viel zu gefährlich.

Doch das konnte Alice nicht wissen. Ihr war nicht klar, dass es Dinge gab, die schlimmer waren als der Tod. Deshalb, dessen war sich Gwendolen bewusst, hasste Alice sie – hasste sie dafür, dass sie immer noch versuchte, sie zurück in ihren Kreis zu ziehen, obgleich Alice beinah gestorben und zur Märtyrerin geworden wäre.

Auch jetzt, in diesem Augenblick, hasste Alice sie, das sah Gwendolen ihr an.

Trauer drohte sie zu überwältigen, über den Verlust ihrer Tochter und darüber, wie das Leben hätte sein können, aber nicht gewesen war, doch sie biss die Zähne zusammen. Den Kiefer zu verhärten war der einzige Ausdruck von Gefühl, den sie sich in Anwesenheit ihrer Tochter gestattete, denn Gwendolen musste ein Vorbild sein, diszipliniert, kühl und beherrscht. Alice war viel zu empfindsam, das hatte die Vergangenheit bewiesen. Das Kind musste härter werden, koste es, was es wolle.

Bei Cyril war es ähnlich, auch vor ihm erlaubte Gwendolen sich niemals eine Schwäche. Sie liebte ihn, weil er ihr Sohn war, aber das würde sie ihm nicht auf die Nase binden. Es war besser, wenn er glaubte, sie hasse ihn, wenn auch nur stellvertretend. Denn solange Cyril als Einziger ihr Geheimnis teilte, sich als schuldig empfand und büßte, fühlte er sich verpflichtet, seine Mutter und ihren Kreis zu unterstützen.

Und Gwendolen brauchte Cyrils Unterstützung, so demütigend das auch war. Nicht sie, sondern Cyril hatte alles geerbt, als George vor fünf Jahren gestorben war, und ohne ihren Sohn stünde sie nun auf der Straße, praktisch mittellos, ohne ein Dach über dem Kopf.

Nach so vielen Jahren Ehe.

Nach allem, was sie den Kindern zuliebe mitgemacht hatte.

Wenn man vom Teufel oder den Männern spricht ...

Gwendolen lächelte sarkastisch, als die Tür sich öffnete und Cyril den Raum betrat.

Gut gelaunt wirkte er nicht gerade. Ob er den Tee, allein mit fünf Damen, nur auf sich nahm, weil er Alice vor ihr schützen wollte? Denn natürlich hatte Gwendolen gemerkt, dass Cyril seine Schwester kaum je aus den Augen ließ, wenn sie in der Nähe war. Beinahe hätte sie geseufzt.

Junge, die Gefahr bin doch nicht ich!

»Darf ich mich zu den Damen setzen?«, fragte Cyril mit einem gezwungenen Lächeln. »Der Kuchen riecht einfach zu verlockend, als dass ich widerstehen könnte.«

Alice sah überrascht aus, wies jedoch einladend auf einen freien Stuhl. Was dann geschah, fand Gwendolen höchst merkwürdig. Ihre Tochter entspannte sich, sobald Cyril mit am Tisch saß. Hatte das Mädchen also tatsächlich einen Beschützer nötig? Du liebe Güte! Doch Miss Compton wirkte schlagartig so verkrampft wie zuvor überdreht.

Gwendolen lehnte sich zurück und beobachtete die Dynamik der kleinen Gruppe. Darin war sie gut, nicht umsonst leitete sie seit Georges Tod den Kreis, lenkte die Zusammenkünfte und koordinierte die Aktionen. Wer keinen scharfen Blick für Menschen hatte, für versteckte Ängste, für die Beziehungen, die zwischen ihnen existierten, der konnte nicht führen. Gwendolen konnte es.

Und so erkannte sie auf der Stelle, dass zwischen Miss Compton und Cyril etwas vorgefallen sein musste. Ihr Sohn blickte immer wieder zu dem jungen Mädchen hinüber, und dass er es so verstohlen tat, verriet Gwendolen mehr als tausend Worte.

Sie runzelte die Stirn. In London war Cyril kein Kostverächter gewesen. Wie oft hatte Gwendolen ihm Vorwürfe gemacht, weil er hübschen Frauen mit seinem Charme den Kopf verdrehte, statt sie einzig und allein für die Sache zu begeistern. Immerhin hatte Cyril nie einen Hehl daraus gemacht, dass er sich nicht binden wollte, und soweit Gwendolen wusste, hatte er stets früh genug die Reißleine gezogen, um keine Frau ins Unglück zu stürzen. Alles war spielerisch und oberflächlich geblieben.

Was also sollten jetzt diese liebeskranken Blicke in Richtung der jungen Lady?

Sie nahm Miss Compton genauer in Augenschein. Dass dem Mädchen etwas auf dem Herzen lag, hatte Gwendolen sofort erkannt. Vielleicht fühlte der Vogel sich ja gefangen in seinem goldenen Käfig? Gewundert hätte Gwendolen das nicht, die jungen Damen wurden hier auf dem Lande ja immer noch so rückständig und behütet erzogen wie zu Großvaters Zeiten. Ob sie Miss Compton vielleicht für die Sache begeistern konnte? Offenheit und einen gewissen Willen zur Rebellion schien das Mädchen zu besitzen, sonst wäre sie kaum mit zwei Bediensteten hier aufgetaucht, von denen eine noch dazu schwarz war. Außerdem duzten sich alle in dieser komischen kleinen Runde, und auch das ließ hoffen. Der schwesterliche Geist lag bereits in der Luft, er musste nur noch kanalisiert werden.

Gwendolen fühlte, wie der vertraute Drang in ihr, neue Frauen anzuwerben, stärker wurde. Kurz zwickte sie das schlechte Gewissen, als ihr Blick zu Alice wanderte, die mit einem von Miss Comptons Hausmädchen, dem weißen, lachte und scherzte. Aber es half ja nichts. Das Ziel war wichtiger, und sie waren nur stark, wenn sie viele waren.

Mit den harmlos klingenden Worten »Ein hübsches Kleid tragen Sie, meine Liebe« wandte sie sich an Miss Compton.

»Danke«, sagte die junge Dame höflich. »Allerdings ist es nicht halb so ausgefallen wie Ihres, Mrs Bentfield. Man sieht meiner Kleidung wohl leider an, dass Lintingham nicht London ist. Meine Schneiderin näht das, was sie seit eh und je näht.« Sie lachte.

»Ach, es kommt doch nicht auf die Schneiderin an.« Gwendolen zeigte das, was ihre Freundinnen das Haifischlächeln nannten, obgleich keine von ihnen jemals einen Haifisch aus der Nähe gesehen hatte. »Wenn Sie Ihre Farben selbst wählen, ist schon viel gewonnen, Miss Compton. Weiß, Grün und Violett stehen jeder Frau ganz ausgezeichnet.«

Cyril und Alice horchten auf.

Miss Compton fragte erstaunt: »Meinen Sie? Ich dachte eigentlich immer, Weiß mache mich blass.«

»Weiß ist ein Symbol für die Ehrenhaftigkeit der Frauen, meine Liebe«, sagte Gwendolen. »Somit steht Weiß jeder Frau.«

»Mutter!«, zischte Alice.

»Grün hingegen symbolisiert die Hoffnung«, fuhr Gwendolen unverdrossen fort. »Die haben wir auch bitter nötig, so traurig, wie die Verhältnisse für das weibliche Geschlecht hierzulande sind. Ja, und Violett schließlich ...«

»Lass es sein, Mutter«, unterbrach Cyril sie schneidend.

»... steht für das königliche Blut, das in ...«

Cyril schlug mit der flachen Hand auf die Tischplatte. Das Teegeschirr klirrte, und alle wandten sich zu ihm um.

Gwendolens Augen verengten sich. »Passt dir etwas nicht, mein Sohn?«

»Ich bin kein Freund ungebetener Missionierung«, sagte Cyril gepresst. »In London meinetwegen, aber nicht auf Tamary Court!«

Gwendolen registrierte, dass Miss Compton und ihre beiden Hausmädchen die Luft anhielten. Sie verkniff sich ein zufriedenes Lächeln. Der Same war gelegt.

»Wir können gerne das Thema wechseln, mein Lieber«, sagte sie gelassen. »Wenn Miss Compton sich dafür interessiert, was es mit der Farbe Violett auf sich hat, kann sie mich ja auch außerhalb von Tamary Court danach fragen.«

»Das wird sie nicht tun!«, knurrte Cyril.

»Ach nein?«, fragte Miss Compton herausfordernd. »Ich wäre mir da an Ihrer Stelle nicht so sicher. Alles, was man mir verschweigen möchte, interessiert mich nämlich umso mehr!«

Cyril funkelte sie an. »Ich hätte Sie für einsichtiger gehalten. Ich habe es Ihnen doch neulich im Wald erklärt.«

»Ja, dass Sie es mir nicht zutrauen, mir eine eigene Meinung zu bilden!«

»Weil Sie die Gefahr nicht kennen!«

»Sie machen sich ja auch Hals über Kopf davon, sobald ich anfange, danach zu fragen!«

»Es ist zu Ihrem Besten, glauben Sie mir das doch endlich!«

»Herrgott, ich kann selbst entscheiden, was gut für mich ist und was nicht!«

Süffisant fragte Gwendolen: »Ihr wart zusammen im Wald?«

Unverzüglich rissen Cyril und Miss Compton ihre zornigen Blicke voneinander los. Erst jetzt schien ihnen wieder einzufallen, dass sie nicht allein am Tisch saßen.

Das schwarze Hausmädchen starrte mit offenem Mund von einem zum anderen.

Das weiße Hausmädchen räusperte sich.

»Vielleicht«, sagte es unbehaglich, »sollten wir lieber aufbrechen.«

Alice schob ihren Stuhl zurück und stand auf.

»Vielen Dank, Mutter.« Die Stimme ihrer Tochter war eisig. »Du verstehst es wirklich vorzüglich, alles zu ruinieren.«

Alice wandte sich an ihre Gäste. »Zukünftig treffen wir uns wohl lieber auf Rosefield Hall. Ich habe mich zwar noch nie irgendwo selbst eingeladen, aber wie es aussieht, habe ich für die nächsten Wochen keine andere Wahl. Es sei denn, meine Mutter beschließt, uns früher zu verlassen als geplant.«

Angespanntes Schweigen folgte ihren Worten. Miss Compton starrte mit roten Wangen auf den Tisch. Offensichtlich fühlte sie sich mitverantwortlich dafür, dass die Situation derart eskaliert war. Und Cyril erdolchte mit schmalen Blicken den Madeira-Kuchen.

Gwendolen unterdrückte ein Lachen. Es war so absurd: Da draußen litten Hunderttausende Frauen unter Verhältnissen, die sie unterdrückten und quälten und die sich nur mit einer Teilhabe an der politischen Macht endlich würden ändern lassen, und hier drinnen stritten sie sich doch tatsächlich über einen verdorbenen Nachmittag! Die Welt war schon verrückt. Manchmal hatte sie es ebenso satt wie ihre Tochter. Einfach alles hinschmeißen ... Plötzlich erschien dieser Gedanke ihr verführerisch.

Augenblicklich riss Gwendolen sich am Riemen. Es spielte keine Rolle, ob sie es satthatte. Sie war nur ein kleines Rädchen, und dieses Rädchen musste sich zum Wohle des Ganzen drehen, so lange, bis das Ziel erreicht war. Das, dachte sie grimmig, war sie George schuldig.

Sie verdrängte die Erinnerung an ihren toten Mann und stand auf.

»Plaudert ruhig noch eine Weile ohne mich. Ich ziehe mich zurück.«

Damit überließ sie die erstarrte Teegesellschaft sich selbst.

Für heute war ihre Aufgabe erledigt.

Ruby

Die Fahrt zurück nach Rosefield Hall verlief schweigsam.

Florence und Virginia schienen nicht zu wissen, was sie von dem eigenartigen Nachmittag und von der noch eigenartigeren Mrs Bentfield halten sollten. Ruby hingegen überlegte ernsthaft, Mrs Bentfield noch einmal aufzusuchen, diesmal jedoch allein. Vielleicht würde sie dann endlich Antworten bekommen. Denn anders als Cyril mit seiner verfluchten Geheimnistuerei und Alice, die sich hinter ihrer Neurasthenie versteckte, schien Mrs Bentfield aus ihrem Herzen keine Mördergrube zu machen.

Wofür die Farbe Violett wohl stand? Es musste etwas Bedeutsames sein, sonst hätte Cyril seine Mutter nicht so rüde unterbrochen.

Rubys Sinnen fand ein Ende, als sie ihr Zimmer betrat. Edward war wieder da. Die Hände hinter dem Rücken verschränkt, stand er vor ihrem Fenster.

Ruby stellte sich neben ihn. »Du hast meine Nachricht also bekommen.«

»Hurst hat sie mir gegeben, als ich vorhin aus Exeter zurückgekehrt bin.«

Er wandte den Kopf und sah sie abwartend an.

Ruby leckte sich nervös über die Lippen. Jetzt, wo die Wahrheit zum Greifen nah war, war sie sich gar nicht mehr so sicher, ob sie sie überhaupt hören wollte. Doch Feigheit war noch nie ein guter Ratgeber gewesen.

Also fiel sie einfach mit der Tür ins Haus. »Woher hat Virginia ihre Narbe? Erzähl es mir. Ich will die ganze Geschichte hören, nicht nur den gefälligen Teil. Denn wenn du abreist und mich hier mit nichts als vagen Vermutungen oder gar Verdächtigungen zurücklässt ... Edward, so möchte ich nicht an dich denken müssen.«

Ihr Bruder wirkte weder überrascht, noch wurde er zornig.

»Du magst Virginia wirklich, nicht wahr?«, fragte er nur. »Sonst hättest du sie heute nicht mitgenommen.«

Ruby nickte.

»Dann hole ich sie«, sagte Edward ernst. »Sie soll dabei sein, wenn ich es dir erzähle.«

Doch dann war es Virginia, die mit ruhiger, gefasster Stimme zu sprechen begann. Edward hielt dabei ihre Hand, und Ruby fragte sich unwillkürlich, wer hier wem den größeren Halt bieten musste.

☆

Virginia war vierzehn, als sie und Jacob Vollwaisen wurden, und obgleich sie sich fühlte wie ein verwundetes Kind, sah sie doch schon aus wie eine Frau. Außerdem war sie schön, und das fiel auch Mr Miller auf, als er sie nach der Beerdigung allein am Grab ihrer Eltern stehen sah.

»Na, na, wer wird denn da weinen?«, fragte der Verwalter jovial und legte Virginia den Arm um die Schultern.

Sie zuckte zusammen. Noch nie hatte Mr Miller das Wort an sie gerichtet, geschweige denn sie berührt. Wie alle Arbeiter auf der Plantage hatte Virginia Angst vor dem grobschlächtigen Mann, der über sie herrschte, ohne dass sein Verhalten von irgendwem kontrolliert oder seine Anordnungen je hinterfragt worden wären. Er war der Mann mit der Peitsche, das Schreckgespenst ihrer Kindheit, das Hassobjekt ihrer Eltern. Er zwang die Schwarzen, schmut-

ziges Wasser zu trinken, und ersetzte sie umstandslos, wenn einer von ihnen starb.

Dass nun sein Arm um ihre Schultern lag, erfüllte Virginia mit ebenso viel Furcht wie Ekel.

Sie machte sich von ihm los und lief davon, den Krokodilfluss entlang bis zu ihrer Hütte, und gottlob folgte Mr Miller ihr nicht. Aber es kribbelte in ihrem Rücken, daher wusste sie, dass er ihr nachblickte.

Für ein paar Wochen ließ er sie in Ruhe. Trotz ihrer Trauer arbeitete Virginia hart, um Mr Miller keinen Grund zu bieten, sie zu entlassen. Sie und ihr Bruder bemühten sich, auch ohne ihre Eltern weiterzumachen wie zuvor, und meistens gelang es ihnen sogar. Virginia hob sich ihre Tränen für die Nächte auf, und Jacob versteckte sie hinter einem lächelnden Gesicht.

Doch die Schonzeit war allzu schnell vorbei. An ihrem fünfzehnten Geburtstag, den sie selbst vollkommen vergessen hatte, kam Mr Miller abends in ihre Hütte, um ihr eine Flasche Wein als Geschenk zu überreichen.

»Wir könnten den Wein zusammen trinken«, sagte er. »Du bist schon fast erwachsen, du darfst das.«

Aber Virginia war nicht erwachsen, und Wein mochte sie nicht. Das sagte sie Mr Miller auch, doch der ließ sich erst dazu bewegen zu gehen, als Jacob auftauchte, sich neben Virginia stellte und den Verwalter anstarrte, stumm, unverwandt, mit vor der Brust verschränkten Armen.

Fortan bemühte Virginia sich noch mehr, Mr Miller aus dem Weg zu gehen.

Es nützte nichts.

Sie wusste zwar nicht, was er eigentlich von ihr wollte. Doch sogar aus der Ferne ließen seine Blicke kalte Schauer über ihren Körper laufen, und wenn er sie doch einmal erwischte und kurz mit ihr sprach, träumte sie nachts von wilden Tieren.

»Wenn du heiratest«, sagte er einmal zu ihr, »wenn du heiratest, dann schlägt meine Stunde. Ich habe nämlich beschlossen zu warten, weil es doch allzu köstlich ist, das Jus primae Noctis.«

Virginia verstand nicht, was er mit den fremden Worten meinte, doch ihre Angst vor dem Weißen wuchs, wucherte, durchdrang ihre Tage und ihre Nächte.

Als sie achtzehn war und ein neuer Herr auf der Plantage eintraf, dehnte ihre Angst sich augenblicklich auf ihn aus.

☆

Virginia unterbrach sich und sah Edward an.

Der lächelte ihr traurig zu, dann strich er sich mit der Hand über die Augen.

»Ach, Ruby«, sagte er leise. »Anfangs war es so traumhaft. Aber dann ... Ich kam auf der Plantage an und musste sehen, dass dort Zustände herrschten wie zu Zeiten der Sklaverei.«

Er ließ seine Hand sinken und schaute Ruby an. »Unser Besitz war ein Stück Hölle mitten im Himmel.«

☆

Als Edward in Bathurst seinen Fuß aufs Festland setzte, war er entsetzt. Die größte Siedlung der Kolonie war laut, heiß und sumpfig, Tausende ehemaliger Sklaven wohnten mehr schlecht als recht in ärmlichen Hütten. Das einzig Schöne, so kam es ihm vor, waren die Kleider der Menschen, die fein bestickten Überwürfe der Männer, die kunstvoll geschlungenen Turbane der Frauen, die allesamt so bunt leuchteten, als könnten sie dem Elend allein mit Mustern und Farben trotzen. Doch als Edward auf dem Gambia River, der Lebensader des Landes, von der Küste ins Landesinnere weiterreiste, änderte sich das Bild.

Afrika eroberte Edwards Herz im Sturm.

Von seinem Boot aus sah er nichts als Wasser und Himmel, alles war blau, goldbraun und staubig grün. Dichte Mangrovensumpfwälder säumten sowohl den Fluss als auch sämtliche Zuflüsse, die von den Menschen hier Bolongs genannt wurden. Von seinen Mitreisenden erfuhr Edward, dass sich Tintenfische und Hummer im Gambia River tummelten. Eine Gruppe spielender Delfine sah er mit eigenen Augen, ebenso Flusspferde, Grünmeerkatzen und eine unendliche Vielfalt bunter Vögel. Bald wich das Mangrovendickicht palmendurchsetzten Galeriewäldern, hinter denen sich kilometerweit die Savanne erstreckte, ein grün und gelb wogendes Grasmeer, trocken und weit, dazwischen einzelne Palmen und fremd anmutende Bäume mit flacher Krone.

Später veränderte sich das Bild erneut, und Edward sah zum ersten Mal in seinem Leben Bambushaine, Feigen- und Mangobäume. Sein Boot glitt an Rinderherden und dürren Ziegen vorbei, an ausgedehnten Reisfeldern und, wie eine Mahnung, dass er nicht zur seelischen Erbauung hierhergereist war, an Erdnussplantagen.

Nach kurzer Zeit war Edwards Haut verbrannt, seine Kleidung nass geschwitzt und seine Arme mit Insektenstichen übersät. Auf dem Schiff von England nach Gambia hatte er sich noch wie ein Brite gefühlt, jeder Zoll ein Herr, der, obgleich mit Bauchgrimmen und nicht ganz freiwillig, auf dem Weg zu seinem rechtmäßigen Besitz war.

Nun jedoch, umgeben von Schwarzen, die das Schwanken des Bootes viel besser ertrugen als er selbst und die ihm bereitwillig Auskunft über Pflanzen, Tiere und den nächsten zu erwartenden Regenschauer gaben, war er bloß noch ein unwissender Fremder.

Die Erkenntnis machte ihn demütig.

Und so traf Edward nicht als Herr auf der Plantage seiner Familie ein, sondern als Gast, als einer, der lernen und sich an das Leben in Afrika anpassen wollte. Noch auf dem Boot hatte er sich vorgenommen, seine Verbannung in einen wahren Neuanfang zu verwandeln, in eine Chance für sich und die Schwarzen, für die er von nun ab Verantwortung tragen würde. Doch dann lernte er seinen Verwalter kennen, und Edward begriff, dass das Paradies so leicht nicht zu haben war.

In den ersten Tagen versuchte er noch, Mr Miller zur Einsicht zu bewegen. Brutalität, erklärte Edward ihm geduldig, sei seiner Meinung nach nicht das richtige Mittel, um die Arbeiter an die Plantage zu binden. Wahre Loyalität entstünde nur, wenn die Schwarzen sich bei ihnen wohlfühlten, und außerdem seien sie ja Menschen und keine Tiere, und wie Menschen müsse man sie auch behandeln, nicht wahr?

Darüber musste Mr Miller lachen.

Edward ließ nicht locker. Er begann, den Verwalter auf seinen täglichen Rundgängen zu begleiten, und vertrat seine Position mit zunehmender Vehemenz. Bald lachte Mr Miller nicht mehr. Bisher hatte er das alleinige Sagen gehabt, und es passte ihm ganz und gar nicht, dass Edward sich in Dinge einmischte, von denen er Mr Millers Meinung nach nicht das Geringste verstand. Die kühle Höflichkeit, die anfangs zwischen den beiden Männern geherrscht hatte, wich frostiger Rivalität.

Lord Compton hatte Edward in England stets vorgehalten, er sei zu weich. In Gambia nun erkannte Edward, dass sein Vater bloß bedingt recht gehabt hatte: Wenn Mr Miller nach seiner Peitsche greifen wollte, verschwand jegliche Nachgiebigkeit aus Edwards Stimme, und er fand erst zu seiner gewohnten Freundlichkeit zurück, wenn der Verwalter klein beigegeben hatte.

Je länger Edward auf seinem neuen Besitz weilte, je mehr Arbeitern er in die Augen geschaut hatte, je öfter er auf den Feldern durch die Reihen ihrer gebeugten Rücken geschritten war, desto klarer wurde ihm, dass er etwas ändern wollte. Vieles sogar. Abends, auf seinen langen, einsamen Spaziergängen am Bolong entlang, wenn der Himmel so flammend rot war wie in England höchstens auf Gemälden, malte er es sich in allen Einzelheiten aus: Er wollte nicht nur Mr Millers Peitsche für immer verbannen, sondern auch Brunnen bauen und bessere Hütten. Für die kleinen Kinder, die auf den Feldern mitarbeiteten, sobald sie sicher genug auf den Beinchen waren, plante er ein Arbeitsverbot, für die größeren Kinder eine Schule. Außerdem wollte er eine Krankenstation aufbauen.

Als er den Fehler beging, Mr Miller davon zu erzählen, schalt der Verwalter ihn einen Fantasten und Träumer, der die Plantage in kürzester Zeit heruntergewirtschaftet haben würde.

Edward überlegte, ihm zu kündigen.

Doch dann hätte Mr Miller sich an Lord Compton gewandt, und das wollte Edward unbedingt verhindern. Er ahnte, dass seine Pläne für die Plantage nicht ganz dem entsprachen, was sein Vater unter »Härte lernen« und »ein richtiger Mann werden« verstand.

Also bemühte sich Edward notgedrungen ein weiteres Mal, Mr Miller auf seine Seite zu ziehen, indem er ihn in die Veränderungen einband. Wenn Edward nun abends bei Kerzenschein im Haus saß, sich in Rechnungsbücher vertiefte und die Kosten kalkulierte, die auf ihn zukommen würden, bat er Mr Miller regelmäßig hinzu. Er fragte den Verwalter um Rat, diskutierte mit ihm, wollte es ihm ermöglichen, die Neuerungen mitzutragen und dennoch das Gesicht zu wahren.

Doch es war alles vergebens, und als Edward entsetzt Zeuge davon wurde, wie Mr Miller bei der Ernte einen halbwüchsigen Jungen niederschlug, weil dieser während der Mittagshitze ein paar Minuten im Schatten verschnauft hatte, stellte er sich zum ersten Mal offen gegen seinen Verwalter.

Vor aller Augen und Ohren stauchte er Mr Miller zusammen. Dann brachte er den blutenden Jungen ins Haus und versorgte eigenhändig die Platzwunde an seiner Schläfe.

Etwas musste sich ändern, und zwar schnell.

Er war sich im Klaren darüber, dass er Mr Miller nicht auf Schritt und Tritt überwachen konnte. Edwards Aufgabe war es nicht, Kindermädchen für einen gewalttätigen Verwalter zu spielen, sondern die Plantage zu führen. Er wusste auch, dass die Schwarzen zu viel Angst vor Mr Miller hatten, als dass sie es gewagt hätten, sich an Edward zu wenden, wenn der Verwalter sie misshandelt hatte. Was also sollte er tun?

Unruhig und besorgt suchte er nach einer Lösung.

Und noch während er sich den Kopf zermarterte, wie er Mr Miller loswerden konnte, ohne von seinem Vater aus Gambia abgezogen zu werden, schaufelte der Verwalter sich sein eigenes Grab.

☆

»Hier«, sagte Edward heiser, »kommt nun Virginia ins Spiel.«

☆

Sie war jetzt achtzehn und lebte in ständiger Angst vor dem, was der weiße Verwalter ihr bei ihrer Hochzeit antun würde. Auch Jacob, dem sie als Einzigem von der Drohung erzählt hatte, wusste nicht, was Jus primae Noctis bedeutete, doch ebenso wie Virginia war er sich sicher, dass es nichts Gutes sein konnte.

»Am besten«, sagte Jacob eines Abends finster, »heiratest du einfach gar nicht. Jedenfalls nicht, solange Mr Miller am Leben ist.«

Doch ein Leben ohne Mann und Kinder erschien Virginia traurig.

»Vielleicht«, antwortete sie ihrem Bruder, »schickt der neue Herr Mr Miller ja auch fort.«

Sie sah Jacobs zweifelnden Blick. Von Weißen konnte nur Schlechtes kommen, das bewies Mr Miller ihnen seit Jahren.

Doch wenige Tage später beobachteten sie, wie der neue Herr einen der ihren verteidigte. Offen stellte er sich auf die Seite des Schwarzen, gegen Mr Miller, und der verletzte Junge durfte sogar mit ins Haus. Danach erzählte er, Master Compton habe ihn verbunden, ihm zu essen und zu trinken gegeben. Anders als Mr Miller ekelte er sich offensichtlich nicht vor ihnen.

Nach diesem Vorfall hatte Virginia keine Angst mehr vor Master Compton. Zu sanft und freundlich war sein Blick, wenn er sie zufällig streifte, zu gut sprachen die anderen Arbeiter von ihm. Außerdem trug Master Compton keine Peitsche mit sich herum, und er brüllte auch niemanden an.

Ihre Hoffnung wuchs.

Wochen später wurde gemunkelt, der neue Herr habe seltsame, wunderbare Pläne, unter anderem was sauberes Trinkwasser betreffe. Virginia konnte es kaum glauben. Würde dann niemand mehr an der Cholera sterben müssen wie ihre Eltern?

»Es scheint«, sagte Jacob nachdenklich, »dass er gar kein so schlechter Mensch ist.«

Als der Regen seltener kam, waren die Erdnüsse reif.

Bei der Ernte herrschte eine weniger furchtsame Stimmung als sonst. Letztes Jahr hatte Mr Miller sie alle unbarmherzig angetrieben, hatte ihnen keine Pause gegönnt, während sie die Stauden ausgerissen und die vielen kleinen Nüsse abgezupft hatten, die an den Wurzeln hingen. Doch dieses Jahr war Master Compton da und hielt den Verwalter in Schach. Sie alle durften zur Mittagszeit etwas essen, und den kleinen Kindern wurde es sogar erlaubt zu spielen, anstatt Nüsse zu zupfen.

Mr Miller kochte vor Wut.

Als Virginia eines Abends das Grab ihrer Eltern am Bolong besuchte und er plötzlich neben ihr stand, wusste sie schlagartig, dass all die Verbesserungen, die Master Compton bewirkt hatte, einen Preis haben würden. Einen hohen Preis, den sie, Virginia, würde bezahlen müssen.

»Ich brauche eine kleine Aufmunterung.«

Mr Miller trat dicht an sie heran, griff nach ihrem Kinn und drehte ihren Kopf zu sich. Virginia stand vor ihm wie erstarrt, sah den Verdruss in seinen Augen, roch den Wein in seinem Atem. Niemand war hier, nur die Toten, sie selbst, Mr Miller und die bewegungslosen Schemen der Krokodile im Bolong. Die Abenddämmerung hatte sich bereits über Wasser und Ufer gelegt, und Virginia schoss durch den Kopf, dass kein Mensch sie würde schreien hören. Wie hatte sie nur so dumm sein können, sich allein hierherzuwagen?

Mr Miller sah ihr aus einer Handbreit Entfernung in die Augen, seine Hand immer noch an ihrem Kinn.

»Zieh dich aus«, befahl er rau.

Virginia brach der Schweiß aus allen Poren.

»Aber ... aber das ... Jus prima?«, stammelte sie, und Mr Miller lachte verächtlich.

»Vergiss es. Wir haben nun einen Grünschnabel hier, der sich als Herr aufspielt, und keiner weiß, was die Zukunft bringt. Ich werde ganz bestimmt nicht warten, bis es zu spät ist. Du hast mich lange genug hingehalten, du widerspenstige kleine Wildkatze.«

Ekel stieg in Virginia auf, so überwältigend, dass sie sich aus ihrer Erstarrung löste, Mr Millers Hand von ihrem Kinn riss und hastig vor ihm zurückwich. Ihr Bein stieß an das Holzkreuz auf dem Grab ihrer Eltern.

»Wird's bald?«

Er blieb einfach stehen, wo er war, und verschränkte die Arme vor der Brust. Sie wussten beide, dass sie ihm nicht entkommen konnte, und Virginia begann zu beten. Stumm flehte sie um Hilfe, zu dem Gott, den die Briten ihnen aufgedrängt hatten, dessen Kreuz an ihr Bein drückte und der sie nun so schändlich im Stich ließ.

»Bitte«, flüsterte sie, als keine Antwort kam, »bitte, zumindest nicht hier. Nicht am Grab.«

»Habe ich dir erlaubt, Forderungen zu stellen?« Mr Miller sah in ihre weit aufgerissenen Augen und grinste. *»Wir werden es genau hier machen, wenn auch nur, um dir zu zeigen, dass du zu spuren hast. Das scheint ihr Schwarzen nämlich nicht zu kapieren, egal wie oft man es euch sagt, auf dem Feld oder sonst wo.«*

Nein, dachte Virginia. Das wird er mir nicht antun. Nicht das.

Sie hörte den Fluss rauschen, nur ein paar Schritte von ihr entfernt.

Nachts war die Hauptjagdzeit der Krokodile, hatte ihr Vater ihr erzählt.

»Bevor ich mich dazu zwingen lasse«, sagte sie zu Mr Miller, *»bringe ich mich um.«*

»Na, dann nur zu.« Spöttisch fixierte er sie. *»Aber weißt du, so schlecht sind meine Qualitäten als Liebhaber gar nicht. Versuch es doch erst mal mit mir, bevor du melodramatisch wirst.«*

Virginia starrte ihn an und dachte an Jacob. Sie hoffte, dass ihr Bruder ihr nicht böse sein würde, weil sie ihn allein zurücklassen musste. Es war kurz gewesen, ihr Leben. Sie hätte gerne Kinder gehabt.

Nachts war die Hauptjagdzeit der Krokodile.

Virginia machte einen Schritt aufs Ufer zu.

Zorn blitzte in Mr Millers Augen auf, als er begriff, dass sie es ernst meinte. Mit einer raschen Handbewegung zog er ein Messer aus seinem Gürtel.

»Weißt du was, du kleine Hure«, knurrte er hasserfüllt, *»ich helfe dir einfach. Wirst du halt schönes, zartes Krokodilfutter, aber in mundgerechten Happen! Ich habe genug von euch, von euch allen.«*

Im Bruchteil einer Sekunde war er bei ihr, umklammerte mit seiner Linken ihr Handgelenk und setzte mit der Rechten das Messer an. »Womit beginnen wir? Mit einer Hand, würde ich vorschlagen. So haben's die Belgier im Kongo bis vor ein paar Jahren auch gemacht, wusstest du das? Wer nicht schnell genug gearbeitet hat, hatte abends eine Hand weniger. Genau so muss man euch Neger behandeln, verdammt noch mal, genau so!«

Scharf durchzuckte sie der Schmerz, als sein Messer durch ihre Haut schnitt.

Und Virginia schrie.

Zu schreien war sinnlos, es war ja niemand da, doch der Schmerz an ihrem Handgelenk wütete und brannte und ließ sie weiterschreien, strampeln, im eisernen Griff des Verwalters aufstöhnen, als ihr übel wurde. Der Geruch von Blut, ihrem Blut, mischte sich mit seinem Schweiß, und sie würgte, wünschte sich inmitten des Nebels aus Gestank und Todesangst in den Fluss, zu den Krokodilen, wo es wenigstens schnell gehen würde.

Plötzlich fiel ein Schuss, ohrenbetäubend laut.

Mr Miller stöhnte auf, das Messer fiel ihm aus der Hand. Er stürzte zu Boden, riss Virginia mit sich, und jetzt war es nicht mehr nur ihr Blut, das auf die Erde tropfte, sondern seines.

Vor allem seines.

Eine Stimme, die sie beschwört, bei Bewusstsein zu bleiben.

Das Reißen von Stoff, Finger, die in fliegender Hast etwas um ihr Handgelenk wickeln.

Weiße Arme, die sie aufheben und forttragen, während das Blut den Stoff um ihr Handgelenk durchnässt.

Es rinnt aus ihr heraus, das Leben, zusammen mit dem Licht.

Und als es ganz dunkel ist, schläft Virginia ein.

☆

In Rubys Zimmer herrschte Totenstille.

Virginia wirkte nun nicht mehr gefasst. Edwards Augen glänzten von Tränen.

Ruby fühlte sich fiebrig und schwach. Virginia war durch die

Hölle gegangen, und Edward, ihr sanfter, guter Bruder, hatte den Verwalter erschossen.

»Ruby.« Er war blass. »Glaub mir, ich bereue es, dass ich einen Menschen getötet habe. Aber ich bereue es nicht, Virginia vor Mr Miller gerettet zu haben. Ich bin heilfroh, dass ich an jenem Abend am Bolong spazieren gegangen bin, auch wenn dieser Spaziergang mich zum Mörder gemacht hat.«

Edward legte den Arm um seine Frau und zog sie fest an sich. Virginia legte die Wange an seine Schulter.

»Ich bin nicht mehr dein unschuldiger Bruder«, fuhr er fort, »nicht mehr der verträumte Junge, den du aus den Internatsferien kennst. Ich habe einen Menschen getötet. Tausendmal habe ich mich seitdem gefragt, ob ich Virginia nicht auf eine andere Weise hätte retten können, doch es ist nun einmal, wie es ist. Ich habe Mr Miller umgebracht. Weißt du … Manchmal denke ich, niemand kann auf Dauer schuldlos bleiben in dieser Welt. Irgendwann machen wir uns alle schuldig, so oder so.«

Ruby blickte auf die Narbe, die Virginia nun nicht mehr verdeckte.

»Was meinte er mit dem Kongo?«, fragte sie leise.

Tonlos antwortete Edward: »Es hat die Runde gemacht, dass den Menschen dort bis vor Kurzem die Hände abgehackt wurden. Ich weiß von einem fünfjährigen Mädchen, dem ein Aufseher eine Hand und einen Fuß abgehackt hat, weil die Kleine zu wenig Kautschuk geerntet hatte.«

Ruby wurde übel.

Besorgt löste Virginia sich aus Edwards Arm und trat auf sie zu. Doch Ruby wehrte ihre Hilfe ab, holte einige Male tief Luft und kämpfte die Übelkeit nieder. Nicht sie war es schließlich, die Trost nötig hatte. Angesichts dessen, was Virginia hatte durchmachen müssen, kam ihre eigene Empfindlichkeit Ruby geradezu lächerlich vor.

Sie zwang sich zu fragen: »Was habt ihr mit der Leiche gemacht? Alle glauben, Mr Miller hatte einen Unfall.«

»Ich habe Jacob hingeschickt, er hat den Leichnam in den Fluss geworfen. Die Krokodile ...«

»Ja.« Ruby wandte den Kopf ab.

Ohne ihn anzusehen, spürte sie Edwards Unruhe, wusste, dass er sich fragte, ob sie ihn und seine Frau verraten würde.

Doch da kannte er sie wirklich schlecht.

Sie suchte Virginias Blick und sagte fest: »Ich bin froh, dass du es bist, die noch lebt.«

Florence

»Sie haben sich verliebt, während er sie gesund gepflegt hat«, sagte Ruby. »Herrje, schon wieder schief!«

Missmutig ließ sie Unterrock, Nadel und Faden sinken. »Wie machst du das bloß, Florence? Deine Naht ist absolut gerade.«

»Übung, nehme ich an. Gräme dich nicht, ich kann deine Naht ja nachher wieder auftrennen.«

»Aber ich will dir doch helfen. Wenn du dich schon bereit erklärst, so viel Zeit mit mir zu verbringen, sollst du wenigstens nicht bis tief in die Nacht deine Arbeit aufholen müssen.«

»Ich verbringe meine Zeit sehr gerne mit dir«, sagte Florence bestimmt. »Und nun möchte ich keine Entschuldigungen mehr hören, sondern lieber den Fortgang der Geschichte.«

Ruby grinste. »Du bist ganz schön selbstbewusst geworden, weißt du das?«

Florence zuckte zusammen. »Es tut mir leid, ich wollte nicht respektlos ...«

»Aber nein, es gefällt mir ja! Du scheinst mich wirklich als Freundin akzeptiert zu haben. Das macht mich sehr froh.« Ruby nahm sich erneut den Unterrock vor. »So, jetzt nähe ich dieses verflixte Ding fertig. Und dabei erzähle ich dir, wie es mit meinem Bruder und meiner Schwägerin weiterging.«

☆

Wochenlang lag Virginia verletzt und geschwächt in Edwards Haus. Edward höchstpersönlich wechselte in dem abgedunkelten

Zimmer ihre Verbände, flößte ihr Medizin ein und kühlte ihr mit nassen Lappen die glühende Stirn. Jacob, der als Einziger wusste, was geschehen war, half ihm dabei, und er ging Edward auch zur Hand, als der begann, die Plantage von Grund auf neu zu organisieren. Mr Miller war nicht mehr da, Edward hatte freie Hand.

Und das nutzte er aus.

Noch nie hatte ein Schwarzer auf dem Compton'schen Besitz mehr zu sagen gehabt als »Jawohl« und »Entschuldigung«. Jetzt fragte Edward seine Arbeiter, was sie anders machen wollten, und er lauschte ihren Antworten gespannt, konzentriert und wissbegierig.

Anfangs waren ein paar von ihnen noch misstrauisch. Doch als Jacob wie selbstverständlich zwischen ihnen und dem neuen Herrn zu vermitteln begann, als aus Baumstämmen und Stroh ein kleines Schulhaus entstand und als Mr Millers Peitsche auf Nimmerwiedersehen im Krokodilfluss landete, begriffen schließlich auch die Letzten, dass auf der Plantage eine neue Ära angebrochen war.

Nach Mr Millers Verbleib fragte niemand. Es reichte, dass er nicht mehr da war. Virginias »Unfall« wurde allgemein bedauert, doch da sie sich auf dem Wege der Besserung befand, sogar im Haus des neuen Herrn gepflegt wurde und es schließlich oft vorkam, dass man mit dem Messer abrutschte und sich schnitt, ebbte das Interesse bald ab. Es gab nun so viel anderes zu tun: die Erdnussernte zu Ende bringen, geräumigere Hütten errichten, weitere Brunnen bauen. Edward übertrug Jacob, den er als ehrgeizig und intelligent erkannt hatte, die Aufgaben des Verwalters. In den ersten Wochen lief einiges schief, Rechnungen gingen nicht auf, unbeliebte Arbeiten blieben liegen und nicht alle Kinder waren glücklich über die Aussicht, nun mühsam das Lesen erlernen zu müssen. Aber weil zum ersten Mal alle an einem Strang zogen – niemand wollte zu den Zeiten von Peitsche und Achtzehnstundentagen zurückkehren –, spielte sich das Leben unter den veränderten Bedingungen erstaunlich rasch ein.

Als im Dezember kein einziger Tropfen Regen mehr vom Him-

mel fiel, die Erdnüsse zum Verkauf verladen wurden und Virginia endlich das Haus verlassen durfte, hatte sich alles verwandelt. Man sah immer noch nackte Oberkörper, feucht vom Schweiß der Anstrengung, doch man hörte auch Lachen. Die Kinder spielten Fangen. Virginia, die noch vor wenigen Monaten geglaubt hatte, beim Anblick eines Weißen niemals etwas anderes empfinden zu können als Furcht, sah Edward an, der neben ihr auf der Veranda stand, und lächelte.

Edward nahm vorsichtig ihre Hand.

Sie hatten viel miteinander gesprochen, nachdem es ihr langsam besser gegangen war und sie begonnen hatte, sich auf ihrem Krankenlager zu langweilen. Edward hatte ihr merkwürdige Geschichten aus England erzählt, von unendlichem Grün und von Frauen, die es nicht schafften, sich ohne Hilfe anzukleiden, und Virginia hatte sich mit Erinnerungen an ihre Eltern revanchiert. Irgendwann hatte sie in Edwards Augen ein Leuchten bemerkt, wenn er sie ansah. Es kam ihr vertraut vor, war es doch dasselbe Leuchten, das sie in sich selbst spürte, wenn sie ihn betrachtete, seine inzwischen tiefbraune Haut, das goldene Haar, die Augen, in denen so großer Mut und so viel Güte standen.

Edward hatte sie all die Wochen hindurch nie berührt. Doch jetzt, auf der Veranda, wagte er es, und Virginias Narbe pochte, als er leicht mit dem Finger darüberstrich.

»Lass mich dir helfen, es zu vergessen«, flüsterte er.

Virginia wusste, dass sie es niemals vergessen würde. Doch zugleich war sie fest entschlossen zu leben. Hatte sie nicht letztendlich großes Glück gehabt? Sie hatte sich nicht in den Fluss werfen müssen. Stattdessen stand ihr die Zukunft offen: Sie würde heiraten können, Kinder zur Welt bringen und Edward lieben.

Als er sie an sich zog, hob ihr Gesicht sich seinem wie von selbst entgegen.

✶

»Geheiratet haben sie wenige Monate später«, endete Ruby. »Sie möchten so bald wie möglich Kinder haben. Stell dir vor, Florence, Mama und Papa könnten Großeltern werden, ohne es je zu erfahren!«

Vielleicht sind sie schon Großeltern, du hast ja noch einen Bruder, lag es Florence auf der Zunge, doch sie schluckte die Bemerkung hinunter. Zwar war es mehr als wahrscheinlich, dass Mabel nicht Mister Comptons erste Eroberung war und dass irgendwo in Devon kleine Basils herumliefen. Doch diese Erkenntnis wollte sie Ruby nicht auch noch zumuten. Am Weltbild ihrer Herrin wurde im Moment schon genug gerüttelt.

Ebenso wie an ihrem eigenen, wenn auch nur, weil Florence nicht länger leugnen konnte, dass sie sich in eine Frau verliebt hatte.

Sie senkte den Blick auf ihre Näharbeit. Was Ruby wohl davon halten würde, dass Florence ihre neue Freundin Alice ebenso vor allem Übel beschützen wollte, wie Master Compton seine Virginia beschützt hatte?

Ihre Gedanken wanderten zurück zum vergangenen Sommer. Damals hatte sie dieses zärtliche Gefühl Ruby gegenüber gehegt, aber es war nicht halb so stark gewesen wie das, was sie jetzt für Alice empfand. Eine diffuse Gefahr umgab Alice, das spürte Florence, sobald sie in ihrer Nähe war und in das Dunkel ihrer rauchblauen Augen sah. Worin die Gefahr bestand, ob sie mit ihrer Mutter zusammenhing, die sich beim Tee so seltsam benommen hatte, vermochte Florence noch nicht zu sagen. Aber es war auch nicht wichtig. Wenn Alice Hilfe benötigte, würde Florence ihr ohne Wenn und Aber beistehen, ganz gleich, was es sie kosten würde.

»Was meinst du, Florence, wie weit darf man gehen, um einen unschuldigen Menschen zu verteidigen?«, drang Rubys Stimme in ihre Gedanken.

Ohne zu zögern, antwortete Florence: »So weit, wie es eben nötig ist.«

»Also hältst du meinen Bruder nicht für schuldig?«, hakte Ruby nach.

Ihren Bruder? Einen Moment lang war Florence verwirrt. Natürlich, dachte sie dann beschämt. Es ging ja gar nicht um Alice. Ruby war noch bei den Geschehnissen in Gambia.

Sie stach die Nadel durch den Stoff des Unterrocks und zog den Faden fest an. »Schuldig hätte er sich nur gemacht, wenn er gezögert hätte und Virginia dadurch hätte sterben lassen. Das jedenfalls ist meine Meinung.«

Erleichtert stieß Ruby die Luft aus. »Danke, Florence. Ich dachte schon, ich sei ein vollkommen unmoralisches Geschöpf, weil ich es einfach nicht schaffe, seine Tat zu verurteilen.«

»Das tue ich auch nicht. Das Böse sollte immer bekämpft werden, oder nicht?«

»Prinzipiell schon.« Ruby nahm sich erneut den Unterrock mit der schiefen Naht vor. Über den Stoff gebeugt sagte sie: »Andererseits, zur Lynchjustiz wollen wir ja auch nicht zurückkehren, nicht wahr? Und weißt du, wenn man deinen Gedanken weiterdenkt, dann müsste man auch Kriege rechtfertigen. Denn da denkt doch grundsätzlich jedes Volk, es stehe auf der Seite des Guten und bekämpfe mit vollem Recht das Böse.«

Darauf wusste Florence nichts zu sagen, denn so weit hatte sie noch nie gedacht. Wer machte sich schon Gedanken über den Krieg, wenn er in Devon lebte und nur den Frieden kannte? Florence beschloss, ihre grüblerische Freundin auf den Boden der Tatsachen zurückzuholen. Eine junge Lady brauchte sich nicht mit der Frage der Rechtfertigung von Kriegen zu quälen, wo doch jeder wusste, dass es in Europa niemals wieder einen Krieg geben würde. Florence hatte Mr Yorks und Mr Lyam erst kürzlich darüber sprechen hören, und beide waren der Meinung gewesen, zwischen wirtschaftlich so eng verbundenen Ländern werde wohl auf ewig Frieden herrschen. Fast hatten die Männer das bedauert. Sich einmal im Leben »als wahrer Held beweisen zu dürfen«, wie Mr Yorks sich ausgedrückt hatte, schien sie zu reizen. Doch das waren Männerträume, Männergespräche, Männergedanken.

»Da hat dein Bruder dich mit seiner Geschichte aber schrecklich verwirrt, hm?« Florence lächelte. »Wir sind Frauen, Ruby. Wir sollten auf unser Herz hören, dann können wir uns nicht allzu schuldig machen, davon bin ich überzeugt. Morde und Kriege überlassen wir am besten dem starken Geschlecht.«

»Dem starken Geschlecht?« Ruby zog die Brauen hoch. »Du redest schon wie Matilda Worthery. Tu mir einen Gefallen und versprich mir, dass du niemals wirst wie sie. Wie sie meinen Bruder als Vertreter des sogenannten starken Geschlechts anhimmelt, ist wirklich unerträglich.«

Florence musste lachen. »Ich kenne Miss Worthery zwar nur von ferne, aber ich verspreche es.«

»Es ist nur zu deinem Besten.« Ruby grinste. »Alice und Mrs Bentfield würden dich sonst gewiss nicht mehr empfangen. Denk daran, was Mrs Bentfield gesagt hat. Man solle Grün tragen, um auszudrücken, dass die Verhältnisse für uns arme Frauen sich endlich ändern müssten. Das klang schon sehr engagiert.«

Sie lachten beide. Doch als sie sich ansahen, erkannte Florence, dass Ruby verunsichert war.

Fand ihre Freundin etwa, dass die streitbare Mrs Bentfield recht hatte? Und sie selbst, schoss es ihr gleich darauf durch den Kopf, was glaubte *sie* eigentlich?

Florence dachte an Mabel, die sich, ohne zu klagen, Mister Compton hingab, immer wieder, obwohl sie damit Gefahr lief, ihr Leben zu ruinieren. Bloß weil sie ihrem tristen Dasein entkommen wollte, wenn auch nur für ein paar verbotene halbe Stunden.

Dann dachte Florence an Virginia, die von einem Mann hatte gerettet werden müssen, weil ein weiterer Mann geglaubt hatte, er dürfe mit Gewalt über sie verfügen.

An Ruby, der die Ehe mit einem ältlichen Lord drohte, weil sie ihr Auskommen weder erben noch sich erarbeiten durfte.

Und an sich selbst – an sich und Mr Yorks, der über sie gebieten würde wie ein Herr über seinen Hund, wenn sie sich dazu durchringen würde, ihn zu erhören.

»Vielleicht«, sagte Florence langsam, »solltest du Mrs Bentfield doch einmal fragen, was die Farbe Violett bedeutet.«

Ruby

Ohne Cyril machte es Ruby keine Freude mehr, durch den nebeligen Wald zu reiten. Hinter jeder Hügelkuppe, jeder Wegbiegung, vor allem aber an der verfallenen Mühle vermutete sie ihn – und wurde stets enttäuscht. Ruby ärgerte sich über sich selbst, dass sie ständig Ausschau nach ihm hielt. Sie wollte doch gar nichts mehr mit Cyril zu tun haben!

Und er nichts mit ihr, der Streit bei ihrem letzten Besuch auf Tamary Court hatte es deutlich gezeigt. Wahrscheinlich unternahm Cyril seine Ausritte nun eben zu Zeiten, wenn er sicher sein konnte, ihr nicht zu begegnen.

Dieser Gedanke trieb Ruby die Tränen in die Augen. Sie zwinkerte sie heftig fort.

Hatte sie anfangs noch gehofft, ihr Liebeskummer würde sich bald legen, so wurde sie in diesen trüben Tagen eines Besseren belehrt. Sie brauchte nur an den wundervollen Moment in Cyrils Armen zu denken, an sein Geständnis, dass er sie liebte und daran, wie verzweifelt sie ihm nachgeblickt hatte, als er durch die Bäume davongeprescht war – und ihr Jammer wurde so groß, dass sie fast schon bereit war, sich einen dritten Korb von Cyril zu holen, wenn sie ihn dafür nur hätte wiedersehen dürfen.

Um nicht Tag und Nacht in ihrer Seelenqual zu baden, beschloss sie, sich abzulenken. Edward, Virginia und Jacob würden nicht mehr lange in England weilen, also wollte Ruby nun so viel Zeit mit ihnen verbringen, wie es ihr möglich war.

Ihr Bruder und die Schwarzen freuten sich darüber. Jetzt, wo keiner von ihnen sich mehr verstellen musste, war ihr Zusammensein von Zuneigung und rückhaltloser Offenheit geprägt. Zwar mussten sie weiterhin peinlich darauf achten, von niemandem in vertrauter Geselligkeit gesehen zu werden, so dass ihnen nichts übrig blieb, als ständig Ausflüge in die fernere Umgebung zu unternehmen und Lyam, sobald sie an ihrem Ziel angekommen waren, möglichst weit fort zu schicken. Doch auf diese Weise lernten Virginia und Jacob immerhin das Exmoor kennen, die Küste und unzählige kleine Dörfer. Und Ruby war beschäftigt genug, um nicht ständig den Schmerz in ihrer Brust zu spüren.

Ende November jedoch kam der Tag der Abreise. Ruby vermochte es beim besten Willen nicht, ihrer Miene die Fröhlichkeit zu verleihen, die sie bisher so tapfer aufrechterhalten hatte.

Alle zusammen verabschiedeten sie Edward im Nieselregen.

Lord und Lady Compton bemühten sich, angemessen kummervoll dreinzuschauen, Basil hingegen zeigte sich feindselig wie immer. Das Personal war zu Ehren des Masters vollständig erschienen. In einer langen Reihe standen die Frauen und Männer in ihren Uniformen, schwarzen Kleidern und weißen Häubchen in der gekiesten Auffahrt.

Mit einem schweren Kloß im Hals sah Ruby erst Jacob in die Augen, dann Virginia. Die Hand durfte sie ihnen nicht reichen, nicht vor den Augen der anderen, doch sie hatten sich gestern Abend in Edwards Zimmer herzlich voneinander verabschiedet. Nun musste ihnen ein langer Blick genügen.

Als ihr Bruder sie umarmte, schossen Ruby die Tränen in die Augen.

»Halt die Ohren steif, Schwesterherz«, flüsterte er ihr ins Ohr. »Und nicht den grässlichen Lord heiraten, hörst du?«

»Ganz sicher nicht.« Ruby schniefte.

Er drückte sie noch einmal fest an sich, und sie flüsterte: »Edward? Ich wollte dir noch sagen, dass ich stolz auf dich bin. Du bist der Beste von uns allen.«

»Hoppla. Du legst es wohl darauf an, dass ich in meinen letzten Minuten auf Rosefield Hall noch erröte wie ein junges Mädchen.« Trotz der flapsigen Worte glänzten nun auch seine Augen feucht, was, wie ihr Vater gesagt hätte, eine Schande war für jeden Mann, jeden Briten, jeden Compton.

Ruby liebte ihn dafür.

»Ich danke dir«, sagte Edward leise. »Für dein Vertrauen, für dein Schweigen unseren Eltern gegenüber, für alles. Du hast etwas gut bei mir, Schwesterherz.«

Dann stieg er zu Jacob und Virginia in den Wagen. Dass Lyam die Tür hinter ihm zuschlug und das Automobil sich auf dem knirschenden Kies in Bewegung setzte, nahm Ruby durch einen dichten Tränenschleier wahr.

»Fort ist er«, sagte ihr Vater.

Ja, dachte Ruby gallig, fort war er. Und weder den Eltern noch Basil war es aufgefallen, dass Edward ihnen drei Monate lang etwas vorgespielt hatte.

Das Automobil entfernte sich rasch, auch heute schien Lyam keine Rücksicht auf die Befindlichkeit seiner Insassen nehmen zu wollen. Lord und Lady Compton wandten sich ab, um aus dem unerquicklichen Nieselregen ins Trockene zu flüchten. Die Diener und Mädchen durften sich wieder rühren und wurden von Hurst und Ponder zu ihren Aufgaben gescheucht.

Nur Ruby blieb stehen und sah dem immer kleiner werdenden Wagen nach. Edward war auf dem Weg nach Hause, in sein wahres, erfülltes Leben. Ein Leben, in dem er eine Aufgabe hatte und eine Vision. Ihr Bruder hörte auf sein Herz und sein Gewissen, bei allem, was er tat, bei jeder Entscheidung, die er traf.

Und sie?

Sie blieb zurück, in einem Dasein, das hohl war und leer. Würde sie je ein Leben führen, auf das sie stolz sein konnte? Langsam drehte Ruby sich um und folgte den anderen ins Haus. Sie war deprimiert und fühlte sich furchtbar einsam.

Vielleicht konnte sie mit Florence über ihre trüben Gedanken sprechen. Florence würde sie verstehen.

Diese Aussicht munterte Ruby ein wenig auf. Mochte sie auch an ihrer Familie verzweifeln, an der Nutzlosigkeit ihres Daseins und an der Langeweile ihres Alltags, und mochte sie zudem unter Abschiedsschmerz und Liebeskummer leiden: Sie hatte immerhin eine Freundin, eine, vor der sie sich geben durfte, wie sie wirklich war. Das war doch ein guter Grund, um dankbar zu sein.

»Ich bitte um Entschuldigung, Madam.« Unvermittelt stand der Butler vor ihr und hielt ihr auf einem Silbertablett einen Brief hin. »Der ist vorhin für Sie gekommen.«

»Danke sehr, Hurst.«

Ruby griff nach dem Umschlag und öffnete ihn. Als sie die kurze Nachricht las, stockte ihr Herzschlag.

Madam,
so viele Tage schon habe ich Sie nicht mehr gesehen, weder am Fluss noch im Wald. Keine Sehnsucht nach kleinen französischen Kuchen? Falls doch: Ich warte bei der alten Mühle.
  Immer der Ihre,
  Cyril

Fassungslos starrte sie auf seine Zeilen.

Cyril hatte ihr das Herz gebrochen, nachlässig fast, im Vorübergehen. Er hatte ihr deutlich zu verstehen gegeben, dass er sich nicht an sie binden würde, auch wenn er ihr den Grund dafür nicht hatte verraten wollen.

Und nun schrieb er ihr verspielt-galante Briefe, als sei nichts geschehen?

Zwischen zusammengebissenen Zähnen knurrte sie: »Hurst, lassen Sie Pearl satteln. Ich reite aus, und zwar sofort!«

Er stand am Ufer des schäumenden Flusses. Ruby preschte heran, zügelte Pearl im letzten Augenblick und sprang so schnell ab, wie das verfluchte Korsett und der Damensitz es ihr erlaubten. Es hatte aufgehört zu regnen, trotzdem spritzten unter ihren Stiefeln Matsch und Wasser auf, besudelten ihren Rock und auch Cyrils Hosen. Ruby war es gleichgültig.

Mit flammendem Blick und in die Hüften gestützten Händen baute sie sich vor ihm auf.

»Was glauben Sie eigentlich, wer Sie sind?«

Cyril lächelte schwach. »Auch ich bin sehr erfreut, Sie zu sehen, Ruby.«

»Ach, sparen Sie sich Ihre Scherze! Sie wollen mich mit dummen Törtchen locken? Tun so, als wäre alles in Ordnung zwischen uns beiden, was? Aber da haben Sie sich geschnitten, Cyril, so funktioniert das nicht.«

Schweigend sah er sie an. Dass er keinerlei Anstalten machte, sich zu verteidigen, machte Ruby nur noch zorniger.

»Jetzt sage ich Ihnen mal, was ich von Ihren galanten Briefchen halte«, fauchte sie, »nämlich nichts! Rein gar nichts halte ich davon, jungen Frauen das Herz zu brechen und dann …« Zu spät bemerkte sie, was sie ihm da gestand. Nun kam die Hitze in ihrem Gesicht nicht mehr bloß vom Zorn.

»Habe ich das denn getan?«, fragte Cyril. »Ihr Herz gebrochen?«

Als ob er das nicht wüsste! In hilfloser Wut sah sie ihn an, unfähig, etwas zu sagen, das weder Selbsterniedrigung noch Lüge war. Ihre Unterlippe zitterte, und sie biss heftig darauf. Augenblicklich schmeckte sie Blut, doch es machte ihr nichts aus, im Gegenteil. Edward war fort, Cyril spielte mit ihren Gefühlen, und in ihrem Inneren tobten die verschiedensten Arten der Trauer. Da tat es fast gut, sich die Lippe zu zerbeißen. Von diesem Schmerz wusste Ruby wenigstens, dass er vergehen würde.

Cyril streckte die Hand nach ihr aus. Seine Augen waren traurig, und Rubys Zorn verrauchte so plötzlich, wie er beim Lesen seines Briefes aufgeflammt war. Gänzlich gegen ihren Willen hob sich ihr Arm, und ihre Hand legte sich in seine.

Sie trat an Cyril heran. Näher, noch näher, bis sie wieder die Sommersprossen auf seiner Nase hätte zählen können, wenn in ihrem Kopf für etwas anderes Platz gewesen wäre als für die Frage, was die Trauer in seinen Augen bedeuten mochte. Sie fürchtete sich vor der Antwort, verlangte nach Cyrils Wärme, verachtete sich selbst für ihre Sehnsucht.

»Ruby«, sagte er. Nur das, nur ihren Namen.

Dann zog er sie zu sich heran, und sie barg ihr Gesicht in seiner Halsbeuge.

Federleicht spürte sie Cyrils Hand auf dem schmalen Hautstreifen zwischen ihrem Haaransatz und dem nassen Mantelkragen. Er streichelte sie dort, sachte, und unter seiner Berührung stellten sich ihre Nackenhärchen auf. Wie im Traum hob sie den Kopf. Sie sah die goldenen Sprenkel im Hellbraun seiner Augen, fühlte seine Hand auf ihrem Nacken liegen, fest nun, ruhig und sicher, und vergaß jeden Kummer.

Einen Wimpernschlag später lag sein Mund auf ihrem.

Ihr erster, ihr allererster Kuss.

Noch nie hatte ein Mensch sie geküsst. Ihre Amme vielleicht, als sie ein Kleinkind gewesen war, zu jung, um sich noch daran zu erinnern, aber ansonsten – niemand. Nie.

Ruby öffnete leicht ihre Lippen. Sie begriff nicht, warum, folgte nur einem Instinkt, von dem sie bis vor wenigen Sekunden nicht einmal geahnt hatte, dass sie ihn besaß. Cyrils Zungenspitze stieß leicht an ihre, Rubys Hand griff in sein dichtes Kupferhaar, und ein unvernünftiges Glück durchrieselte sie, schwoll an, ließ sie aus den Tiefen ihrer Seele aufseufzen.

Als ihre Lippen sich wieder voneinander lösten, unwillig und zögernd, wusste Ruby, dass sie eine andere geworden war.

Heiser sagte Cyril, sein Gesicht nur eine Handbreit von ihrem entfernt: »Ich habe dich nicht wegen ein paar französischer Törtchen hergebeten. Sondern weil ich dir die Wahrheit schulde.« Er senkte die Lider. »Du sollst den Grund dafür wissen, dass ich dich nicht heiraten kann. Dann verachtest du mich vielleicht nicht mehr ganz so sehr.«

… warum ich dich nicht heiraten kann.

Eiseskälte mischte sich in die Hitze, die sein Kuss in ihr hinterlassen hatte.

Sie bewegte sich nicht, hielt ihn weiter umschlungen.

Cyril sagte: »Die Farbe Violett, Ruby. Ich werde dir sagen, wofür sie steht: für königliches Blut, das königliche Blut der Kämpferinnen für das Frauenwahlrecht.«

Ruby runzelte die Stirn, doch Cyril sprach schon weiter, hastig, als fürchte er, der Mut könne ihn verlassen.

»Weiß, Grün und Violett sind die Farben der Suffragetten. Die Frauen tragen sie, um ihre Verbundenheit untereinander und mit der Sache zu bekunden, Tag für Tag, ihr Leben lang, oder zumindest so lange, bis das Ziel erreicht ist. Meine Mutter und Alice gehören zu ihnen, Ruby, zu den Suffragetten, sie kämpfen dafür, dass ihr Frauen endlich das Wahlrecht bekommt.«

Ruby schüttelte ungläubig den Kopf. Suffragetten? Waren das nicht diese Mannweiber, von deren Untaten Lord Compton hin und wieder etwas aus der Zeitung vorlas? Die Suffragetten, daran erinnerte Ruby sich, pflegten höchst umstrittene Aktionen durchzuführen. Sie zündeten Briefkästen an, warfen Schaufenster ein, hielten unerlaubte Massenversammlungen ab und gingen für ihre Überzeugung sogar ins Gefängnis. Und zu *denen* sollten die zarte Alice und ihre Mutter gehören?

Verwirrt fragte sie: »Aber was hat das mit dir zu tun? Selbst wenn deine Mutter und deine Schwester Suffragetten sind, du, Cyril, kannst mit der Forderung nach dem Frauenwahlrecht doch nichts zu schaffen haben.«

»Doch. Auch ich.«

»Aber ... aber du bist ein Mann! Warum setzt du dich für die Rechte von Frauen ein?«

»Weil ich eine Schwester, eine Mutter und ein Gewissen habe. Aber zu den Suffragetten gehöre ich nicht. Ich bin Suffragist, Ruby.«

Als er ihren verständnislosen Blick sah, fügte Cyril hinzu: »Die Suffragetten haben nicht gerne Männer in ihren Reihen, die Suffragisten sind da offener. Vor allem aber sind sie weniger militant. Wir Suffragisten wollen unser Ziel auf legalem Wege erreichen, durch Petitionen zum Beispiel, und durch Lobbyarbeit.«

»Und euer Ziel ist ...«

»Das sagte ich doch schon: das Wahlrecht für Frauen.«

»Aber warum, Cyril?«

Er hob die Brauen. »Liegt das denn nicht auf der Hand? Weil ihr eure Unterdrückung nur beenden könnt, wenn ihr teilhabt an der politischen Macht. Es liegt so vieles im Argen für euch Frauen, das musst du doch wissen, du leidest ja selbst darunter.«

»Was meinst du damit?«, fragte sie schwach.

»Das Jagdwochenende, Ruby. Der langweilige Lord, an den deine Eltern und dein Bruder dich verschachern möchten. Du willst ihn nicht, richtig? Aber bessergestellte Frauen wie du dürfen nicht arbeiten. Und so sind sie gezwungen, irgendjemanden zu heiraten, ganz egal, wen. Nur, um versorgt zu sein.«

Mit diesem Umstand hatte sie in der Tat schon oft genug gehadert. »Weiter«, sagte sie rau.

Cyril ließ sie los und wanderte im nassen Gras hin und her. »Frauen von Stand, die nicht arbeiten dürfen, sind das eine. Diejenigen Frauen hingegen, die arbeiten müssen, werden dafür wesentlich schlechter bezahlt als die Männer. Und warum? Weil ihr nicht im Parlament sitzt. Weil ihr nicht die Macht habt, Gesetze mitzugestalten. Und wer politisch nicht repräsentiert ist, dessen Rechte werden mit Füßen getreten, Ruby. Denk nur an das Eherecht. An die Scheidungen, bei denen ihr Frauen grundsätzlich den Kürzeren zieht, ganz gleich, wie schlecht eure Männer euch während der Ehe behandelt haben. Oder denk an die Frage des Frauenstudiums. Das Studieren wird selbst den Intelligentesten unter euch schwer gemacht. Schau dir nur Alice an, sie ist doch das beste Beispiel dafür!«

Cyril hatte sich richtiggehend in Rage geredet, seine braunen Augen glühten. »Alice hat mehr im Kopf als die meisten Männer, die ich kenne, aber ein Abschluss in Oxford oder Cambridge bleibt ihr verwehrt. Nur, weil sie eine Frau ist! Sie musste an die London School of Medicine for Women gehen, immerhin das war ihr erlaubt, und glaub mir, sie war *so* erfolgreich, bis sie ...« Er unterbrach sich kurz. »Bis sie das Studium aufgegeben hat. Wie auch immer, die London School ist zwar eine respektable Institution, aber trotzdem. Sag mir einen Grund, Ruby, nur einen einzigen, weshalb Alice den Arztberuf nicht zu denselben Bedingungen erlernen darf wie die Männer. Weißt du einen? Ich nicht.«

Ruby schwirrte der Kopf. Einen Grund dafür konnte sie Cyril selbstverständlich nicht nennen. Sie hatte bislang noch nie über das Thema Frauenstudium nachgedacht. Es lag vollkommen außerhalb ihrer Lebenswelt, ebenso wie die Suffragetten. Und die Suffragisten. Und die Kenntnis des britischen Ehe- und Scheidungsrechts. Also alles, erkannte sie betroffen, womit die Bentfields sich beschäftigten und wofür sie kämpften.

»Wenn deine Schwester so erfolgreich war«, fragte sie, »weshalb hat sie dann ihr Studium aufgegeben?«

Cyril hielt in seinem ruhelosen Auf-und-ab-Gehen inne.

»Man hat sie gebrochen, Ruby. Man hat sie so sehr gequält, dass sie die Kraft verloren hat zu leben, vom Studieren ganz zu schweigen. Deshalb habe ich sie hierhergebracht. In London wäre sie gestorben, sie wäre früher oder später einfach verloschen.«

Ruby sah ihn an. Sein Blick war finster. Bilder einer gemarterten Alice schossen ihr durch den Kopf. Was hatte man Alice angetan? Wollte Ruby das wirklich wissen?

Ein Schauer durchfuhr sie, und sie murmelte: »Mir ist kalt.«

Und ich bin verstört, und ich fühle mich dumm, weil ich bis vor fünf Minuten nichts von eurem Kampf gewusst habe. Und du hast mich geküsst, und du kannst mich nicht heiraten, und ich begreife immer noch nicht, warum, und ...

»Lass uns nach Tamary Court reiten«, hörte sie ihn da sagen. Mit zwei langen Schritten war er bei ihr, zog sie wieder in seine Arme und gab ihr einen Hauch von Wärme zurück.

»Wir reden am Kamin weiter. Mit Tee, den Törtchen, die ich dir versprochen habe, und trockenen Füßen.« Cyril versuchte sich an einem Lächeln.

Ruby war wie betäubt. Sein Lächeln erwidern konnte sie nicht. Doch sie nickte.

Dass sie zu spät nach Hause kommen würde, wenn sie nun mit Cyril nach Tamary Court reiten würde, dass ihre Mutter sie mit frostiger Nichtachtung strafen und ihr Vater erbost herumpoltern würde – es war alles einerlei. Sie konnte sich nicht von Cyril trennen, jetzt noch nicht. Erst musste sie mehr, viel mehr über all das erfahren. Vor allem musste sie herausfinden, warum Cyril, der Suffragist, der sie in diesem Moment so zärtlich im Arm hielt, ihrer Liebe keine Chance gab.

Florence

Mabel hatte sich schon wieder erbrochen.

Gleich nachdem Master Compton verabschiedet worden war, hatte sie im Hof hinter der Küche ihr Frühstück von sich gegeben, wobei sie immerhin die Geistesgegenwart besessen hatte, sich über einen Zinkeimer zu beugen. Nun stand einer der Hunde schwanzwedelnd davor und gönnte sich den Inhalt des Eimers als zweites Morgenmahl.

Florence beobachtete den schmatzenden Labrador und war gleichermaßen angeekelt wie dankbar. Hätte es nämlich den Hund mit seinen widerlichen Futtervorlieben nicht gegeben, so hätte Mabel den Zinkeimer bis zur nächsten Toilette schleppen müssen.

»Du hast Glück«, sagte Florence, »dass der Köter so verfressen ist.«

Bleich und zitternd lehnte Mabel an der Wand. »Interessant, was du so unter Glück verstehst.«

Trotz der patzigen Antwort ging Florence auf das Mädchen zu und legte ihr die Hand auf den Arm. »Mabel. Wenn es dir ständig schlecht geht, solltest du Mrs Ponder darum bitten, dich ein paar Tage ins Bett legen zu dürfen. Vielleicht bist du ernsthaft erkrankt. Du musst dich auskurieren.«

»Als wäre es damit getan.«

»Nun, Mrs Ponder kann dir auch Pfeilwurzpulver geben, das hilft gegen Übelkeit. Du solltest es zumindest einmal probieren.«

Doch Mabel schüttelte nur stumm den Kopf und presste die Lippen zusammen, bis sie so weiß waren wie ihre Haut.

Florence schaute ihr in die Augen und erkannte die Hoffnungslosigkeit darin.

Und da endlich begriff sie.

Ruby

Wenig später saßen Ruby und Cyril in der Bibliothek von Tamary Court.

Mrs Bentfield war in Lintingham unterwegs und Alice in ihrem Zimmer, so dass sie ungestört waren. Draußen hatte es wieder angefangen zu regnen, doch drinnen brannte ein großes Kaminfeuer. Auf den Tischchen neben ihren Sesseln standen dampfende Teetassen und die französischen Törtchen, und Ruby fuhr durch den Kopf, dass es durchaus behaglich, sogar romantisch hätte sein können, wenn Cyril nicht gerade gesagt hätte: »Nach dem Schwarzen Freitag war meine Mutter dann wieder einmal im Gefängnis. Das war im November 1910.«

Gefängnis. Ruby umklammerte ihre Teetasse, was man als Dame eigentlich nicht tat, doch in Anbetracht von Cyrils Worten fand sie es verzeihlich.

»Ich habe noch nie vom Schwarzen Freitag gehört. Du wirst es mir erklären müssen, Cyril.«

»Aber wer unser Premierminister ist, weißt du?«

»Henry Herbert Asquith, ein Liberaler«, sagte sie spitz. Ganz so unwissend war sie nun auch wieder nicht.

»Ganz recht, ein Liberaler. Damit ein Politiker derjenigen Partei, auf die wir lange Zeit unsere Hoffnungen gesetzt hatten«, sagte Cyril grimmig. »Es gab schon einen Gesetzesentwurf zum Wahlrecht für Frauen, die Conciliation Bill. Im Juni 1910 wurde der Entwurf im Unterhaus eingebracht und verabschiedet, mit großer Mehrheit sogar. Wir waren sicher, endlich am Ziel zu sein. Zugegeben, das Gesetz wäre ein Kompromiss gewesen, denn nur weibliche Haushaltsvorstände und Mieterinnen, die mindestens zehn Pfund Miete pro Jahr bezahlen, hätten das Wahlrecht bekommen. Aber immerhin. Immerhin.«

Ruby war zwar schleierhaft, was das alles mit dem Schwarzen Freitag zu tun haben sollte, dennoch fragte sie: »Und woran ist es gescheitert?«

»An der Regierung. Die Vorlage wurde in zwei Lesungen angenommen, doch Asquith war dagegen, und so hat er zu taktieren begonnen. Für die dritte Lesung, die für die endgültige Zustimmung zum Gesetz notwendig gewesen wäre, hat er einfach keinen Termin mehr anberaumt. Nicht im Sommer, nicht im Herbst. Die Suffragetten haben sich natürlich verraten gefühlt, denn sie hatten einen Waffenstillstand mit der Regierung vereinbart, wenn …«

»Moment. Einen Waffenstillstand? Das klingt, als seien wir im Krieg?«

Zu ihrem Entsetzen nickte er bloß. »Jedenfalls galt der Waffenstillstand für den Fall, dass die Regierung bereit gewesen wäre, in der Frage des Frauenwahlrechts einzulenken. Aber als Asquith die Sitzungsperiode des Parlaments am achtzehnten November mit der Ankündigung begann, die Eröffnung werde vertagt, nur um die Vorlage nicht annehmen zu müssen, Ruby, da hatten die Frauen genug. Sie beschlossen, den Waffenstillstand aufzukündigen, und vierhundertfünfzig von ihnen marschierten auf dem Parliament Square auf, um ins Parlament zu gelangen. Sie wollten endlich einfordern, was ihnen schon so lange versprochen worden war.«

Cyrils Blick verdunkelte sich bei der Erinnerung. »Die Regierung hat den Marsch der Frauen gestoppt, mit mehr als tausend bewaffneten Männern gegen vierhundertfünfzig Frauen. Polizisten zu Pferde haben die Suffragetten über den Haufen geritten, andere haben sie niedergeknüppelt, haben nachgetreten, wenn die Frauen am Boden lagen, oder sie an den Haaren über den Platz geschleift. Es gab sogar ...«

Er atmete scharf aus und wandte den Kopf, um Ruby nicht ansehen zu müssen.

»Es gab sexuelle Übergriffe. Frauen, die für ihre Rechte auf die Straße gehen, sind in den Augen mancher Männer nichts wert. Frauen wie meine Schwester und meine Mutter. Denn auch sie waren dabei.«

Ruby starrte ihn an. Was sexuelle Übergriffe waren, konnte sie sich zwar nur vage vorstellen, doch schon das genügte, um ihr kalte Schauer über den Rücken zu jagen.

Endlich schaffte sie es zu flüstern: »Und du?«

»Ich unterstütze die Bewegung – die Suffragisten, selten auch die Suffragetten – hauptsächlich finanziell. Der Aufmarsch vor dem Parlament war eine Suffragetten-Aktion, bei so etwas bin ich grundsätzlich nicht dabei. Aber Mutter und Alice haben mir alles erzählt.« Er seufzte. »Es gab Tote an diesem Freitag, und unzählige Verletzte. Viele Frauen sind verhaftet worden, allerdings wurden sie gleich wieder freigelassen, weil die Öffentlichkeit ... nun, nicht so vollkommen einverstanden war mit der unglaublichen Brutalität, mit der das starke Geschlecht sich gegen das schwache gewendet hatte.«

»Deine Mutter und Alice, wurden sie verletzt? Ich kann es mir einfach nicht vorstellen, Cyril. Die beiden in einer Straßenschlacht, niedergeknüppelt ...«

»Sie wurden verletzt, ja, und Mutter wurde zusätzlich noch inhaftiert. Aber sie ist zäh. Schon wenige Tage später fühlte sie sich kräftig genug, um einen Liberalen mit einem ihrer Stiefel zu bewerfen.« Cyril verzog seinen Mund zu einem schiefen Lächeln, doch seine Augen blieben ernst.

Ruby musste unfreiwillig kichern, als sie sich vorstellte, wie

Mrs Bentfield grimmig entschlossen mit Schuhwerk um sich warf. Doch gleich darauf schlug sie sich die Hand vor den Mund. Verdammt, an der ganzen Sache war wirklich nichts Lustiges!

Mitfühlend sagte Cyril: »Das ist alles zu viel für dich, nicht wahr? Aber genau deshalb erzähle ich es dir. Damit du begreifst, was dich erwarten würde, wenn du mich ...«

»Es ist mir nicht zu viel.« Ruby suchte seinen Blick. Das alberne Lachen war ihr vergangen.

Cyril sah aus, als würde er sie am liebsten in seine Arme ziehen. Doch er blieb unbeweglich sitzen und fragte: »Verstehst du jetzt, warum ich dich nicht heiraten kann? Man würde glauben, nein, man wäre überzeugt davon, dass du zu uns gehörst. Du wärst nicht mehr sicher, nie, denn in London sind wir Bentfields stets von Suffragetten umgeben. Ich lasse sie in unserem Haus übernachten, wenn sie in ihren eigenen Häusern nicht mehr sicher sind, Mutter plant von daheim aus Anschläge, überall liegen Flugblätter und Streitschriften herum. Der Kampf eskaliert gerade, Ruby, und wenn du mich heiraten würdest, wärst du mittendrin.«

»Aber Alice und du, ihr seid hier«, widersprach Ruby, »und alles um euch herum ist friedlich. Alice kann doch gar nicht kämpfen, nicht in ihrem Zustand, sie leidet doch an Neurasthenie.«

»Alice leidet nicht an Neurasthenie, sondern an den Nachwirkungen des Gefängnisses. Alice wäre letztes Jahr fast gestorben, als man ihr ...« Cyril brach ab und fuhr sich mit beiden Händen durchs Haar. »Verdammt, du musst das alles nicht hören! Das nicht auch noch. Aber du hast recht, wir kämpfen im Moment nicht. Ich lasse weiterhin Geld fließen, und Mutter ist aktiv wie eh und je, zumindest in London. Sie gönnt sich hier lediglich eine kleine Pause. Aber Alice kann nicht mehr. Deshalb ist sie hier.«

»Könntet ihr denn nicht einfach hierbleiben?«

»Wir wissen doch gar nicht, wie es weitergeht. Ach, Ruby. Keiner von uns hat eine Ahnung, wie sich alles entwickeln wird, wohin der Kampf uns führt, was noch alles nötig sein wird, um unser Ziel zu erreichen.« Mit einem Mal sah Cyril unendlich müde aus. »Ich versuche mein Bestes, Alice aus allem rauszuhalten, damit ihre Seele gesund werden kann. Aber es ist sehr gut möglich, dass sie erneut um ihre Rechte kämpfen möchte, sobald sie wiederhergestellt ist. Falls sie irgendwann einmal wiederhergestellt sein wird.«

»Warum erzählst du mir das alles?«, fragte Ruby aufgewühlt. »Du hast die ganze Zeit über ein solches Geheimnis daraus gemacht. Und jetzt schenkst du mir reinen Wein ein, obwohl du gar nicht die Absicht hast, dich an mich zu binden. Warum?«

»Weil ich darüber nachgedacht habe, was du mir vorgeworfen hast.« Er stand auf, trat zum Kamin vor und starrte in die Flammen. »Ich wollte dich beschützen. Vor einer Welt, die du nicht kennst, vor der Verachtung, die den Suffragetten und den ihren entgegenschlägt, vor der Gefahr, die dir in der Nähe meiner Mutter stets drohen würde, überhaupt vor allem. Aber du hattest recht, Ruby, das war falsch. Es war falsch, dich im Dunkeln tappen zu lassen, denn du bist kein Kind mehr. Und wenn ich dich trotzdem so behandle, dann bin ich nicht besser als unsere Gegner!«

Ruby erhob sich nun ebenfalls und stellte sich ganz dicht neben Cyril.

»Wenn du das eingesehen hast«, sagte sie leise, »verstehe ich umso weniger, warum die Tatsache, dass ihr euch für das Frauenwahlrecht einsetzt, ein solch unüberwindliches Hindernis für uns darstellen soll.«

»Das Hindernis«, antwortete Cyril, »besteht darin, dass ich dich nicht in einen Kampf hineinziehen möchte, der dich gar nicht interessiert. Und du würdest in den Kampf hineingezogen im Hause Bentfield, so viel ist sicher. Glaub mir, Mutter kann sehr überzeugend sein, wenn es um die Anwerbung neuer Mitstreiterinnen geht. Und gnadenlos, wenn sie das Wohl der Frauen für das höhere Ziel aufs Spiel setzt.«

»Vielleicht möchte ich das ja. Mit euch kämpfen, meine ich.«

»Tust du das?« Cyril blickte sie eindringlich an. »Ruby, ich respektiere deine Entscheidungen, und wenn du dich für die Rechte deines Geschlechts einsetzen möchtest, dann werde ich der Letzte sein, der dich daran hindert, selbst wenn die Angst um dich mich umbringen sollte. Aber du darfst es nicht meinetwegen tun. Du selbst musst es wollen, aus freien Stücken und von ganzem Herzen.«

Er atmete tief durch. »Glaub mir, es ist schwer genug, Tag für Tag meine gebrochene Schwester vor Augen zu haben. Wenn es dir ebenso erginge, nicht, weil du für deine Überzeugungen kämpfst, sondern einzig und allein, weil du mich liebst ... nein, Ruby, diese Schuld darf und will ich nicht auf mich laden. Nicht noch mehr Schuld.«

Noch mehr Schuld?

Wovon redete er da?

Doch bevor sie nachfragen konnte, ergriff Cyril ihre Hände.

»Ich war ehrlich zu dir, nun sei du ehrlich zu mir. Hat dich das Frauenwahlrecht bis vor einer Stunde auch nur eine Spur interessiert? Kannst du reinen Gewissens sagen, du brennst dafür? So sehr, dass du Misshandlung, Gefängnis und vielleicht sogar den Tod in Kauf nehmen würdest, nur um endlich wählen zu dürfen?«

Ruby senkte den Kopf und starrte auf Cyrils Handrücken. Sie hatte selten, um ehrlich zu sein, noch nie über das Wahlrecht für Frauen nachgedacht, und Cyril jetzt etwas anderes zu antworten wäre eine unverzeihliche Lüge gewesen.

Kaum merklich schüttelte sie den Kopf.

Traurig sagte Cyril: »Na siehst du. Und deshalb, Ruby, können wir nicht heiraten. Denn dich zu heiraten wäre die selbstsüchtigste Tat meines Lebens.«

Stumm standen sie beieinander, immer noch lagen Rubys Hände in Cyrils. Die vergebliche Liebe zu ihm zerriss ihr das Herz.

»Ich möchte jetzt gehen.« Sie brachte die Worte nur mit Mühe heraus.

Cyril ließ sie los. »Selbstverständlich.«

Das Schweigen zwischen ihnen, während er sie zur Tür begleitete, war schwermütig und dicht. Sie küssten sich nicht zum Abschied. Nie wieder, schoss es Ruby durch den Kopf, wir werden uns wohl nie wieder küssen.

Doch sie sagte nur: »Danke, dass du es mir erzählt hast.«

»Danke, dass du mir zugehört hast«, erwiderte Cyril ernst.

Es ist absurd. Wir lieben uns und wir sind wieder Freunde. Aber das hilft uns kein bisschen weiter.

Sie wandte sich ab und trat hinaus in den Regen.

Florence

Florence erschrak. Auf Rubys Klingeln hin war sie zu ihr geeilt und fand ihre Herrin nun vollkommen durchnässt vor, mit triefendem Haar und roten Augen.

»Ruby! Wo warst du denn? Was ist passiert? Oh Gott, ich klinge, als sei ich deine Gouvernante. Verzeih mir.«

Als Antwort kam nur ein klägliches »Ach Florence«.

Spätestens da wusste Florence, dass ihr eigenes Problem – oder das, was sie dafür hielt, fühlte sie sich doch nun auf merkwürdig mütterliche Art für Mabel verantwortlich – warten musste.

Entschlossen sagte sie: »Ich hole Handtücher, wir ziehen dich um und dann setzt du dich ans Feuer, damit dein Haar trocknet.« Sanfter fügte sie hinzu: »Es ist wegen Mr Bentfield, nicht wahr?«

Ruby nickte nur, und Florence dachte mit leisem Seufzen, dass die Bentfield-Geschwister ein außerordentliches Talent dafür besaßen, die weibliche Gefühlswelt aufs Heftigste durcheinanderzubringen.

Keine Stunde später war Rubys Haar wieder trocken. Florence hatte nicht nur ihre nasse Kleidung zum Trocknen aufgehängt, sondern schon wieder etwas erfahren, das sie kaum glauben konnte, obwohl sie wusste, dass es der Wahrheit entsprach.

Müde strich sie sich über die Stirn, während sie die Dienstbotentreppe hinabstieg, um ihre liegen gebliebene Arbeit nachzuholen. Sie hatte gedacht, dass es nichts mehr gab, was sie aus der Fassung bringen würde. Nicht nach der Geschichte um Master Compton und seine schwarze Ehefrau, nicht nach der Erkenntnis, dass die arme Mabel ein Kind unter dem Herzen trug.

Aber Alice Bentfield, *ihre* Alice, eine Steinewerferin? Eine jener Hysterikerinnen, von denen man sich als anständige Frau tunlichst fernzuhalten hatte? Eines jener Mannweiber, über die Mr Yorks, Mr Lyam und auch John und Charles so verächtlich zu lachen pflegten?

Lass die Dummköpfe lachen!, flüsterte eine neue, unbekannte Stimme in ihr. *Sie sorgen sich doch bloß um das kleine bisschen Macht, das sie über uns Frauen erhebt.*

Florence' Herz klopfte vor Schreck schneller. Der Kammerdiener, der Chauffeur, die Diener – alles Dummköpfe? Was dachte sie denn da?

Aber die neue Stimme ließ sich nicht zum Verstummen bringen, sie spann die ungehörigen Gedanken weiter. Standen der leichtfertige John, der arrogante Mister Compton und all die anderen Männer, die Florence kannte, tatsächlich kraft ihres Geschlechts über Menschen wie Alice, Ruby und ihr selbst? Bisher hatte Florence sich diese Frage nie gestellt, sondern hatte es unhinterfragt als gegeben angenommen.

Aber sie hatte ja auch angenommen, dass sie niemals Rubys Freundin werden könnte.

Dass schwarze und weiße Menschen auf gar keinen Fall heiraten durften.

Dass es ausgeschlossen war, sich als Frau in eine Frau zu verlieben.

Florence hatte das Dienstbotenzimmer erreicht, sah John das Tafelsilber putzen und hörte aus der Küche Mrs Blooms Gekeife und ihre Befehle an die Küchenmagd. Alles war wie immer, und doch war ihr plötzlich zumute, als habe sie ihr Leben in einem dumpfen Dämmerzustand verbracht.

Alice war eine Suffragette.

Alice glaubte, dass Frauen die gleichen Rechte zustehen sollten wie Männern.

Alice war davon überzeugt, dass Florence nicht weniger wert war als sie selbst oder Ruby.

Doch Alice war kein hysterisches Mannweib, keine die Gesellschaft zerstörende Sozialistin, sondern eine zarte, wunderschöne, verwundbare und verwundete junge Frau.

Unversehens lösten sich die starren Gewissheiten, die bisher ihr Gerüst gewesen waren, in Wolken aus trockenem Staub auf.

Sie sank erschöpft auf einen Stuhl. Kaum hörte sie, dass John ihr mit einer Bitte, die ein Befehl war, eine zusätzliche Arbeit auftrug, denn sie befand sich im freien Fall, und das ließ sie schwindeln.

Die ganze Zeit über jedoch wusste sie, dass sie mit Alice an ihrer Seite nicht auf dem Boden aufprallen würde.

Stattdessen würde Florence lernen zu fliegen.

Alice

»Du hast es ihr erzählt?«, fragte Alice ihren Bruder ungläubig. »Einfach so?«

Sie gingen im Park von Tamary Court spazieren. Die Dezemberluft roch nach Schnee, und auf dem steinernen Rand des Springbrunnens lag eine dünne Eisschicht.

Er nickte knapp. »Ich war es ihr schuldig.«

»Aber fürchtest du nicht, sie könnte es weiterverbreiten? Mutter würde sich bestimmt darüber freuen, sie würde es als Werbung für unsere Sache ansehen, aber ich ...«

Finster zog Cyril die Brauen zusammen. »Ruby ist kein Klatschweib. Sie wird es ihrer Freundin erzählen, dieser Florence, und damit Schluss.«

Alice schluckte hart.

Dann sagte sie: »Gut. Die darf es wissen. Vielleicht muss sie das sogar.«

»Du magst Florence?«

»Ja. Ich kenne sie noch nicht sehr gut, aber ich mag sie.«

Sie sahen sich für Sekunden an und dann gleich wieder nach vorn. Alice nahm an, dass Cyril begriff. Dennoch war es ihr unangenehm.

Dass sie sich nicht von Männern angezogen fühlte, hatte Cyril schon vor Jahren bemerkt. Schließlich kannte er sie besser als jeder andere. Doch sie sprachen nur äußerst selten über Alice' Gefühle für Frauen, ebenso selten wie über Cyrils Unwillen, eine Bindung einzugehen. Alice war überzeugt davon, dass Cyril in der körperlichen Liebe weit erfahrener war als sie selbst. Mehr als ein paar verstohlene Küsse hatte sie nicht vorzuweisen. Doch gefragt hatte sie ihn nie danach, was zwischen zwei Menschen passieren konnte. Warum auch? Cyril war ein Mann. Er würde ihr nicht erklären können, was sie wissen wollte: wie es sein würde zwischen ihr und einer anderen Frau. Was sie tun müsste, wenn es jemals so weit kommen sollte. Welche Berührungen, Handlungen, Zärtlichkeiten erlaubt sein würden, und welche nicht.

Nein, das konnte sie niemanden fragen. Nicht einmal ein Buch konnte sie zurate ziehen. Obgleich es sehr wohl Werke darüber gab, was eine Frau unter den ehelichen Pflichten zu verstehen hatte, hatte Alice noch in keinem Buchladen Londons Lektüre entdeckt, die *ihr* geholfen hätte.

Unwillkürlich musste sie lächeln. Seit sie nach Emilys Tod zusammengebrochen war, hatte sie nie mehr an all diese Dinge gedacht. Liebe und Fleischeslust gehörten zum Leben. Doch Alice hatte sich dem Sterben verschrieben.

Und jetzt?

Sie legte ihren Kopf in den Nacken und blickte hinauf in den grauen Himmel, aus dem die ersten Schneeflocken fielen. Sie verfingen sich in ihrem Haar und legten sich auf ihre Wimpern.

Jetzt, dachte sie andächtig, hat das Leben mich wieder. Es tut mir leid, Mutter, aber du wirst dir eine andere Märtyrerin suchen müssen.

Als hätte der Gedanke an ihre Mutter einen bösen Zauber bewirkt, tauchte zwischen den Weißdornhecken Gwendolen auf. Alice zuckte zusammen, ihre feierliche Stimmung verflog. Gwendolen musste sich durch das halb verfallene Tor am Ende des Parks eingeschlichen haben, statt Tamary Court wie gewohnt durch den Haupteingang zu betreten.

Cyril fragte irritiert: »Mutter, wie siehst du denn aus?«

Gwendolen lächelte.

»Wie eine gute, pflichtbewusste Suffragette«, sagte sie und hob zum Beweis die rußverschmierten Hände.

☆

Bis zu Georges Tod im Jahre 1908 hatten die Bentfields ein ganz normales, friedliches Familienleben geführt.

Niemand engagierte sich damals für irgendetwas, niemand sprach je über Frauenrechte. George Bentfield verwandte seinen ganzen Ehrgeiz darauf, das elterliche Geschäft zu einem gigantischen Kaufhaus auszubauen, und der Erfolg gab seinem Streben recht. Gwendolen kümmerte sich außerhalb des Hauses um Tombolas und innerhalb des Hauses um den Blumenschmuck.

Cyril ging aufs Internat und wurde danach von Mr Bentfield zu seinem Nachfolger ausgebildet, wobei Cyril zu seiner Freude viel Zeit blieb, um sich netten weiblichen Bekanntschaften zu widmen. Und Alice? Sie erhielt dank ihrer Mutter zwar eine sorgfältige Schulbildung, das Einzige, worauf Gwendolen im Laufe ihrer Ehe je bestanden hatte, doch hauptsächlich tat Alice, was alle jungen Mädchen taten, die sie kannte: Sie musizierte, übte sich in gehobener Konversation und bereitete sich auf ein Leben an der Seite eines wohlhabenden Mannes vor. Ein Leben, das ebenso respektabel und langweilig sein würde wie das ihrer Mutter.

Dann wurde sie achtzehn, und die Ereignisse überschlugen sich.

Ihr Vater starb in einer Sommernacht. Sein Herz hörte einfach auf zu schlagen, aufgrund der Hitze oder wegen des vielen Weins, den er zum Dinner getrunken hatte, wer wusste das schon? Tatsache blieb, dass er von einem Moment auf den anderen tot war, und ab diesem Moment wurde alles anders.

Alice stand tagelang unter Schock, denn obgleich ihr Vater nur selten daheim gewesen war, hatte sie ihn doch sehr gerngehabt.

Auch Cyril war traurig. Zudem sah ihr Bruder sich urplötzlich gezwungen, sein unbeschwertes Leben aufzugeben, um wesentlich früher als geplant die verantwortungsvolle Rolle des Firmenchefs zu übernehmen.

Gwendolen riss sich zusammen. Sie vergoss vor ihren Kindern keine einzige Träne. Stattdessen trat sie noch im gleichen Sommer den Suffragetten bei.

Ihre Kinder waren zuerst verblüfft, dann befremdet, dann neugierig, was ihre Mutter zu diesem unerhörten Schritt veranlasst haben mochte. Doch Gwendolen schwieg sich über den Grund für ihr Engagement aus. Sooft Alice vorsichtig nachfragte oder Cyril eine Erklärung verlangte, so oft schüttelte die Mutter den Kopf.

»Manchmal ist es besser, nicht alles zu wissen«, war die einzige Antwort, die ihre Kinder zu hören bekamen.

Als der Herbstwind kalten Regen durch Londons Straßen trieb, wich die Trauer über Mr Bentfields Tod einer stillen Wehmut. Cyril merkte erleichtert, dass er nicht nur viel von seinem Vater gelernt hatte, sondern dass er sich auch in jeder Hinsicht auf dessen Angestellte, die nun seine waren, verlassen konnte. Alice musste nicht mehr musizieren, und Gwendolen arrangierte auch keine Begegnungen mit potenziellen Ehemännern für sie. Stattdessen drängte die Mutter sie dazu, sich für ein Studienfach zu entscheiden, damit Alice später in der Lage sein würde, sich ihren Lebensunterhalt selbst zu verdienen. Eine Möglichkeit für ihre Zukunft, die zu Mr Bentfields Zeiten nicht einmal angedacht worden war. Vielleicht Medizin?, fragte Gwendolen.

Ihre Mutter legte eine Tatkraft an den Tag, die Cyril und Alice ihr niemals zugetraut hätten. Tombolas und Blumenschmuck waren Vergangenheit. Stattdessen zog Gwendolen unermüdlich von einer politischen Veranstaltung zur nächsten. Die Stadtvilla, die nun von Rechts wegen Cyril gehörte, füllte sich mit in Weiß, Grün und Violett gekleideten Frauen, die bis tief in die Nacht hinein lautstark diskutierten. Und es wurden immer mehr. Gwendolen missionierte mit einem Erfolg, der beinahe unheimlich war. So an-

gepasst sie ihr ganzes Leben lang gewesen war, so aggressiv und energiegeladen zeigte sie sich jetzt.

Ihren Kindern verweigerte sie auch weiterhin jede Erklärung.

1909 begann Alice ein Studium an der London School of Medicine for Women. Es war ein doppeltes Erwachen. Sie entdeckte ihre Leidenschaft für die Heilung von Menschen und sie begriff, dass sie niemals einen Mann lieben würde, nicht auf eine Art, die mit körperlichem Begehren einherging.

Der erste Kuss, den sie von einer Frau bekam, war keusch und sanft, doch er reichte aus, um Alice in tiefste Verwirrung zu stürzen. Danach mied sie die Mitstudentin, die sie geküsst hatte, hielt sich selbst für pervers und glaubte an eine Strafe Gottes.

Bis sie unter den neuen Freundinnen ihrer Mutter Frauen sah, die sich auf die gleiche Weise ansahen, wie sie die Mitstudentin angesehen hatte.

Alice zögerte.

Doch die Erinnerung an den Kuss und das Ziehen in ihrem Bauch, das er ausgelöst hatte, ließen ihr keine Ruhe. Und so fasste sie sich eines Abends ein Herz, mischte sich mit klopfendem Herzen unter die Suffragetten, die sich wie so oft um Gwendolen im Salon versammelt hatten, und wurde nicht nur von ihnen, sondern auch von ihrer Mutter mit offenen Armen willkommen geheißen.

Sie kämpfte jedoch nicht sofort. Zuerst hörte sie zu, grübelte nächtelang, fragte sich, ob es wirklich eine Welt geben konnte, geben durfte, in der Frauen dieselben Chancen geboten würden wie den Männern. Sie schloss erste Freundschaften im Kreise der Suffragetten mit jungen Damen, die glücklich verheiratet waren, mit alten Jungfern und Witwen, die ebenso glücklich allein lebten, mit Mädchen und Matronen, die wilde Ehen – oder wie sonst sollte man es nennen? – mit anderen Frauen führten. Und sie erkannte, dass sie gar nicht heiraten musste. Es war niemand mehr da, der sie dazu zwingen würde.

Diese Feststellung versetzte Alice in fiebrige Euphorie. Fort war das Schreckgespenst einer Zukunft, in der sie nie wieder einen Frauenmund schmecken würde, in der sie zwar studieren und vielleicht sogar arbeiten durfte, aber nur so lange, bis irgendjemand um ihre Hand anhielte. Nun glaubte Alice nicht mehr, dass Gott sie strafen wollte. Im Gegenteil, Gott liebte sie. Deshalb hatte er ihr Frauen geschickt, die sich für eine bessere Welt engagierten. Eine Welt, in der Menschen wie sie selbst sich nicht mehr verleugnen mussten, sondern all das leben durften, was in ihnen angelegt war.

Doch ohne Kampf würden sie diese Welt niemals zu sehen bekommen. Ohne Teilhabe an der politischen Macht würde der Traum auf ewig ein Traum bleiben.

Gwendolen begann ihre Tochter zu drängen, den Suffragetten beizutreten, und fast war Alice so weit, fast. Was sie noch zögern ließ, war die ablehnende Haltung ihres Bruders, auf dessen Meinung sie große Stücke hielt.

Anders als seine Schwester beurteilte Cyril, der die Leitung des Kaufhauses mittlerweile besser im Griff hatte als damals sein Vater, die Suffragetten kritisch. Er verabscheute ihre Militanz, und weder die jungen, leidenschaftlichen Kämpferinnen, mit denen er halbherzig flirtete, noch seine Mutter oder Schwester konnten ihn davon überzeugen, dass Gewalt der einzige Weg war, der in der Frage des Frauenwahlrechts zum Erfolg führen würde.

Auch Alice hätte niemals Gewalt gegen Menschen angewandt, aber, versuchte sie ihrem Bruder zu erklären, die Taten der Suffragetten richteten sich ja bloß gegen Dinge: Barrikaden wurden niedergerissen, Dachziegel auf Straßen geschleudert, Steine gegen Autos von Politikern geworfen. Was blieb den Suffragetten auch anderes übrig, als zu solch drastischen Mitteln zu greifen? Jahrelang hatten sie demonstriert, hatten Tausende, dann Hunderttausende Frauen mobilisiert, ihre Forderung nach dem Frauenwahlrecht zu unterstützen. Gebracht hatte es ihnen und ihrer Sache – nichts.

Cyril konterte, der legale Weg sei eben stets der langwierigere. Dennoch seien Lobbyarbeit und Eingaben ans Parlament, wie die Suffragisten sie betreiben, immer noch sinnvoller als die Aktionen der Suffragetten, die in Cyrils Augen die Bewegung langsam, aber sicher in die Nähe des Terrorismus rückten. Wie sollte die Regierung auf diese Weise je zu der Überzeugung gelangen, Frauen seien verantwortungsbewusste Bürgerinnen mit kühlen Köpfen? Niemand, das sei ja wohl klar, wolle einem Haufen von Terroristinnen das Wahlrecht geben.

Alice war empört, Cyril gab sich stur. Nächtelang diskutierten die Geschwister miteinander, oft kam auch Gwendolen hinzu. Davon, dass Frauen das Wahlrecht grundsätzlich zustehe, brauchten sie Cyril nicht zu überzeugen, zu dieser Einsicht war er längst von selbst gelangt. Doch über den Weg, der zu diesem Ziel führen sollte, redeten sie sich die Köpfe heiß.

Cyril ging immer öfter übernächtigt zur Arbeit, während Alice vor Energie vibrierte. Gwendolen machte indes längst keinen Hehl mehr aus ihrer Verachtung für das männliche Geschlecht, eine Verachtung, die an manchen Tagen sogar ihren eigenen Sohn einschloss. Alice fand das nicht fair, hatte Cyril doch nichts verbrochen, womit er sich diese Verachtung verdient hätte. Doch obgleich Gwendolen bisweilen übers Ziel hinausschoss, war Alice von den Freundinnen ihrer Mutter weiterhin begeistert und von der Sache überzeugt.

Also gab sie sich einen Ruck und trat offiziell den Suffragetten bei.

Und überraschend traf wenig später auch Cyril eine Entscheidung: Aus heiterem Himmel beantragte er die Mitgliedschaft bei den Suffragisten.

Von jenem Tag an änderte sich sein Verhalten. Obgleich er es weiterhin ablehnte, selbst in irgendeiner Form Gewalt auszuüben, unterstützte er den Kreis seiner Mutter nun mit einem nie versie-

genden Geldfluss. Irgendetwas hatte ihn dazu gebracht umzudenken, wenn er auch nie darüber sprach, was das gewesen war. Über Nacht waren ihm die Rechte der Frauen zum eigenen Herzensanliegen geworden, und obgleich Alice sich darüber wunderte, begrüßte sie sein Engagement doch mit der größten Freude.

Als Gwendolen und Alice am »Schwarzen Freitag« im November 1910 zum Parlament zogen, wünschte Cyril ihnen Glück; in den Tagen nach der ungleichen Schlacht linderte er ihr Unglück. Er pflegte die verwundete Alice und stritt gleichzeitig verbissen für Gwendolens Freilassung aus dem Gefängnis. Die Schwester verletzt, die Mutter wieder einmal in einer feuchten Einzelzelle inhaftiert: Schlimmer, sagte er grimmig zu Alice, konnte es wirklich nicht mehr kommen.

Doch da hatte Cyril sich geirrt.

Denn 1912 kam es schlimmer.

☆

»Oh Gott, Mutter, was hast du getan?« Alice war vor Schreck wie erstarrt.

Auch Cyril blickte Gwendolen entsetzt an. »Du hast doch nicht etwa … Mutter! Alice ist hier, weil sie von alldem fortmusste. Wie kannst du es wagen, den Kampf hierherzutragen, bevor sie sich von selbst dazu entschließt?«

»Komm wieder auf den Boden, Junge!«, unterbrach Gwendolen ihn scharf. »Ich habe ein bisschen Sabotage betrieben, das gebe ich zu, und unsere Plakate hier in der Umgebung aufgehängt. Aber ich als Person habe mich nicht öffentlich dazu bekannt. Was mir übrigens mehr als schwergefallen ist, wie du dir denken kannst!«

»Und warum«, schnaubte Cyril, »lässt du es dann nicht einfach sein?«

Gwendolen stemmte ihre Hände in die Hüften. Sie hinterließen schwarzgraue Abdrücke auf ihrem Mantel. »Weil auch Lintingham in England liegt, und weil auch Lintinghams Frauen aufgerüttelt werden müssen. Also habe ich den Sommersitz eines Abgeordneten der Liberalen angezündet. Meine Güte, Cyril, jetzt schau mich nicht so an! Was ist schon ein Haus? Jetzt im Winter steht es doch leer.«

Alice flüsterte: »Hat dich jemand gesehen?«

Gwendolens harter Blick traf ihren verwundbaren. »Vielleicht hat mich jemand gesehen, ja. Was tut's? Sollen sie doch kommen und mich holen. Ich stehe dazu, was ich bin und wofür ich kämpfe, Alice.«

Alice spürte die Kälte des Dezembertages ihren Rücken hinaufkriechen. Plötzlich zitterte sie am ganzen Körper.

Cyril legte seinen Arm um sie. Mit einem vernichtenden Blick in Gwendolens Richtung sagte er: »Lass uns ins Haus gehen, Alice. Hier draußen erfriert man schier.«

Sie wandten sich ab und ließen Gwendolen stehen. Doch obwohl Cyrils Arm tröstlich warm um ihre Schultern lag, wusste Alice, dass er sie nicht schützen konnte.

Nicht, wenn Gwendolen beschlossen hatte, den Kampf nach Lintingham zu tragen.

Ruby

Zwei Tage später ließ Lord Compton, der während des Frühstücks wie üblich in den *Lintingham Express* vertieft war, mit einem Kopfschütteln die Zeitung sinken.

»Du liebe Güte, ich glaube es nicht! Also wirklich, unerhört. Ist das denn die Möglichkeit?«

»Was denn, mein Lieber?«, fragte Lady Compton gelangweilt.

»Suffragetten! In Lintingham! Haben einen leer stehenden Landsitz angezündet!«

Mit einem Ruck stellte Ruby ihre Tasse ab. Plötzlich klopfte ihr Herz so laut, dass sie fürchtete, jeder am Tisch müsse es hören.

»Suffragetten?« Basil lehnte sich zurück und verzog die Lippen zu einem trägen, eleganten Lächeln. »Na, die sollte man ja bald gefasst haben. Diese Weiber bemühen sich wenig darum, sich vor der Polizei zu verstecken. Gehen gerne ins Gefängnis, wie es scheint.«

Lady Compton runzelte die blasse Stirn. »Sie sind alle hysterisch, soviel ich weiß. Allerdings dachte ich immer, es gebe sie nur in London, und vielleicht noch in den Industriestädten im Norden. Aber hier, bei uns?«

»Hat man denn schon eine Ahnung«, fragte Ruby ihren Vater und fixierte dabei angestrengt ihren Sardinentoast, »um wen genau es sich bei den Täterinnen handelt?«

»Noch nicht. An einige der Bäume im Park des Landsitzes wurden Suffragetten-Plakate gehängt, aber persönlich hat sich niemand zu dem Anschlag bekannt. Die Polizei ermittelt.« Lord

Compton kniff grimmig die Augen zusammen. »Und ich will dem guten alten Henson geraten haben, schnell zu ermitteln. In Lintingham ist kein Platz für zündelnde Mannweiber.«

Basil seufzte. »Weibische Männer und Frauen mit Schnurrbart, Gott steh uns bei! Nur gut, dass unser Weichei Edward nicht mehr hier ist.«

»Das war nicht sehr nett, Basil«, rügte Lady Compton leidenschaftslos.

»Stimmt es denn nicht, Mutter? Stell dir nur vor, was für Kinder dabei herauskämen, wenn man derart entartete Erbmassen zusammenkommen ließe!« Basil stand auf, von seinem Lieblingsthema sichtlich belebt, und ging zum Buffet, auf dem sich die Silberschüsseln und Platten türmten. Ruby beobachtete ihn, wie er das Frühstück musterte: Speck und Eier, Räucherfisch, Porridge und kaltes Fleisch, Marmeladen, Weintrauben und Toast.

»Eine solche Rasse«, sagte er, während er ein Stück Zunge auf seinen Teller legte und damit zurück zum Tisch schlenderte, »wäre der Untergang unseres Volkes. Britische Macht, durch Jahrhunderte gestählt, hinweggefegt von irrsinnigen Weibern und Männern ohne Mumm!«

Ruby sagte leise: »Sie wollen doch nur das Wahlrecht.«

»Nur? Nur?« Basil stellte den Teller ab und ließ sich auf seinen Stuhl fallen. »Sie wollen eine Beteiligung an der politischen Macht! Und was dabei herauskäme, kann man sich lebhaft vorstellen. Frauen stehen geistig einfach nicht auf derselben Stufe wie die Männer. Sie sind ganz Gefühl, wie meine liebe Matilda, können aber nicht klar denken und würden jede Entscheidung, die von logisch argumentierenden Männern getroffen …«

»Wie bitte?«, unterbrach Ruby ihren Bruder. Sie blickte von Basil zu Lady Compton. »Hörst du nicht, was er da sagt? Wir können nicht denken? Wie kannst du dazu schweigen, Mutter?«

»Das meint er doch nicht so.« Lady Compton führte eine Gabel Porridge zum Mund, schluckte und fragte dann: »Hast du schlecht geschlafen, Ruby, oder warum bist du so übel gelaunt?«

»Ich bin nicht übel gelaunt, ich …«

»Dann hältst du dich am besten aus unserer Diskussion heraus«, mischte Lord Compton sich ein. »Muss ich dir das eigentlich jedes Mal von Neuem sagen? Ich bin es langsam leid.«

»Ich auch«, stieß Ruby zwischen zusammengebissenen Zähnen hervor. »Bei Gott, ich auch!«

Basil wandte sich von ihr ab und fuhr an seinen Vater gewandt fort: »Was ich sagen wollte, ist, dass jede vernünftige Entscheidung von hysterischen Frauen torpediert würde, wenn man ihnen erlaubte, nach der politischen Macht zu greifen. Alles, was ein Mindestmaß an Härte erforderte, würde an der Weichherzigkeit der Weiber scheitern: Kriege, soziale Maßnahmen, die das Proletariat in Schach halten sollen …«

»Nicht zu vergessen die Kolonien«, fiel Lord Compton ein. »Wie sollen die Neger ihren natürlichen Respekt vor uns behalten, wenn wir *Frauen* zugestehen würden, die Geschicke unseres Landes mitzulenken?«

»Außerdem laufen Frauen viel leichter Gefahr, den Verstand zu verlieren, da man ja weiß, wie sehr sie von ihrer Gebärmutter gelenkt werden statt von ihrem Gehirn. Nun stell dir vor, sie werden ausgerechnet dann geisteskrank, wenn eine Wahl ansteht. Was für eine Katastrophe!«

Lady Compton hüstelte in ihre Serviette.

Lord Compton sagte zerknirscht: »Entschuldige, meine Liebe. Basil und ich führen dieses Gespräch wohl lieber unter vier Augen fort.«

»Das«, sagte Lady Compton, »wäre in der Tat schicklicher.«

Ruby blickte von einem zum anderen und ertappte sich dabei, dass sie sich entsetzlich nach Cyril sehnte, nach Florence, nach

Alice. Sogar Mrs Bentfield wäre ihr in diesem Moment lieber gewesen als ihre eigene Familie. Das Atmen fiel ihr schwer. Ihr war, als könne sie die Menschen, mit denen sie ihr ganzes bisheriges Leben verbracht hatte, keine Sekunde länger ertragen, ohne vor Zorn zu schreien.

Mit mühsam bewahrter Ruhe erhob sie sich. »Ich würde mich gerne zurückziehen.«

»Nun hör sich einer mein beleidigtes Schwesterchen an«, grinste Basil. »Reitest du jetzt vor Wut wieder durch halb Devon und kommst erst zum Dinner nach Hause, durchnässt wie eine Katze, die man in den Brunnen geworfen hat?«

Ruby zuckte zusammen, straffte jedoch sofort die Schultern. Dafür, dass sie von ihrem heimlichen Treffen mit Cyril viel zu spät nach Hause gekommen war, hatte sie bereits mehr als genug Schelte bekommen. Ohne Basil einer Antwort zu würdigen, verließ sie das Zimmer.

Im Hinausgehen hörte sie noch, wie ihr Bruder sagte: »Sie sind ja kaum besser als Prostituierte, diese Suffragetten. Frauen gehören ins Haus, nicht auf die Straße. Wenn sie meinen, ständig demonstrieren zu müssen, und damit ihre weibliche Würde mit Füßen treten, dann brauchen sie sich auch nicht zu wundern, wenn man sie etwas härter anfasst. Ich kann absolut verstehen, dass der eine oder andere Polizist sich dabei möglicherweise vergisst, so dass er an Körperstellen zugreift, die …«

Krachend schlug Ruby die Tür hinter sich zu.

Florence

Sie musste endlich mit Ruby über Mabel sprechen.

Wie lange, fragte Florence sich, konnte man eine Schwangerschaft eigentlich geheim halten? Wann begann der Bauch der Frau sich zu runden, wann war es zu spät dafür, dem Ganzen ein vorzeitiges Ende zu bereiten? Wollte Mabel das überhaupt? Es war Sünde, beinahe Mord. Aber die Alternative war ein Leben in Armut, aus dem es kein Entkommen geben würde, weder für Mabel noch für ihr Kind. Während Mister Compton seine Miss Worthery heiraten und keinen Gedanken mehr an das kleine Hausmädchen verschwenden würde, dessen Leben er ruiniert hatte.

Florence ballte die Fäuste. Noch heute würde sie es Ruby erzählen, und gemeinsam würden sie eine Lösung finden. Ganz sicher.

»Du weichst mir aus, hm?«

Sie zuckte zusammen. Auf leisen Sohlen war Mr Yorks hinter sie getreten. Hastig strich Florence ihr Kleid glatt und bemühte sich um einen gleichmütigen Gesichtsausdruck. Als sie das Gefühl hatte, die Maske saß, drehte sie sich um.

»Mr Yorks.« Florence lächelte unverbindlich. »Wie kommen Sie darauf, ich würde Ihnen ausweichen?«

Er schürzte die Lippen. »Du zeigst jedenfalls wenig Interesse daran, unseren Besuch im Pub zu wiederholen. Er ist ewig her.«

»Wenige Wochen.«

»Viel zu lang.«

Florence wandte den Kopf ab. »Ich habe eine Menge Arbeit, wie wir alle.«

»Sicher.«

Nun musterte er sie so eindringlich, dass Florence am liebsten schützend die Hände vor ihr Gesicht gehalten hätte. Doch sie verschränkte bloß die Finger über ihrem Rock.

»Florence«, hob Mr Yorks wieder an, »ich muss dich warnen. Du bist viel mit Miss Compton zusammen, warst auf Tamary Court mit ihr, wurdest auch mit Miss Bentfield gesehen. Das ist nicht gut für dich, glaub mir.«

»Woher ...«

»... ich das weiß? Ach, Mädchen, hier haben die Wände Augen und Ohren. Das muss dir doch klar sein.«

Florence wurde von plötzlichem Misstrauen gepackt. Was wusste, was ahnte der Kammerdiener? Sein Blick gab nichts preis, lediglich einen Funken Missbilligung meinte sie zu erkennen.

Die neue, die erwachte Florence, die fliegen wollte, forderte ihr Recht ein, und sie hörte sich sagen: »Ich sehe nicht, inwiefern das Zusammensein mit respektablen jungen Damen von Nachteil für mich sein sollte.«

»Aber genau das ist der Punkt. Zumindest Miss Bentfield scheint alles andere als respektabel zu sein, nach dem, was man so hört.«

Unsicherheit und Ärger kämpften in Florence, und die Unsicherheit gewann. Leise fragte sie: »Was hört man denn, Mr Yorks?«

Er stützte sich mit der Hand an der Wand ab, direkt neben ihrem Kopf. Seine Hand roch nach Urin, vielleicht hatte er wieder Lord Comptons Jagdkleidung reinigen müssen. Florence atmete flacher.

»Man hört«, sagte er ebenso leise wie sie, »dass es in Lintingham seit Neuestem Suffragetten geben soll. Man hört außerdem, jedenfalls wenn man einen Cousin bei der Polizei hat, so wie ich, dass die alte Bentfield in dieser Hinsicht kein unbeschriebenes Blatt ist. Und die junge Bentfield auch nicht, so engelsgleich sie auch aussehen mag.«

Florence atmete nun gar nicht mehr. Ihr wurde schwindelig.

»Das sind doch bloß bösartige Gerüchte«, sagte sie gepresst.

Mr Yorks beugte sich zu ihr, und zum Uringeruch kam sein nach Zigaretten stinkender Atem.

»Ich weiß, was ich weiß«, sagte er. »Und ich sage es dir im Guten, Florence. Halte dich von den Bentfields fern. Sie bringen dich nur in Schwierigkeiten. Streck dich nicht nach einem Leben, das nichts für dich ist.«

Florence verengte die Augen. Woher nahm dieser Wichtigtuer sich eigentlich das Recht, bestimmen zu wollen, welches Leben etwas für sie war und welches nicht? Sie biss sich auf die Zunge, um die Worte zurückzuhalten, die mit Macht nach außen drängten, Worte, die ihr schrecklichen Ärger einbringen würden, die verräterisch waren und gefährlich.

»Außerdem«, Mr Yorks sah sich verschwörerisch um, was ihr eine Pause von seinem stinkenden Atem verschaffte, »werden die beiden Weiber sowieso bald verhaftet.«

Das Herz sackte Florence in die Kniekehlen. »Was?«

Der Kammerdiener verschränkte selbstzufrieden die Arme vor der Brust und grinste auf sie herab. »Gar nicht schlecht, so ein Cousin bei der Polizei, was? Alles, was spannend ist in Lintingham, erfährt man als Erster.« Er lachte. »Ist ja wenig genug.«

Lass dir deine Angst nicht anmerken. Lass dir deine Angst nicht anmerken!

Florence stimmte in sein Lachen ein, wenn auch etwas zittrig. »Das stimmt, ist ja wenig genug. So, jetzt sollten wir aber an unsere Arbeit gehen, nicht wahr? Wenn Mr Hurst oder Mrs Ponder uns hier erwischen …«

»Und heute Abend?« Mr Yorks' Mund lächelte, doch seine Augen blickten wachsam. »Es ist Freitag, wir könnten ins Kino gehen. Wo Lintingham doch nun endlich eines hat.«

»Ja. Das wäre schön.«

Nur keinen Verdacht erregen.

Er nickte, und mit den Worten »Zieh dir was Hübsches an« ließ er sie stehen.

Kaum war er verschwunden, hastete Florence los, nahm auf der Dienstbotentreppe zwei Stufen auf einmal. Sie musste zu Ruby, auf der Stelle, egal, wo diese sich aufhielt und was sie gerade tat.

Dieses eine Mal würde Florence nicht warten, bis die Glocke am Klingelbrett sie in Rubys Zimmer rief.

Ruby

»Ich ertrage es nicht mehr. Ich kann nicht hierbleiben. Ich muss nicht hierbleiben!«, murmelte Ruby vor sich hin, während sie in ihrem Zimmer auf und ab tigerte. »Ich kann jederzeit gehen. Irgendwo komme ich schon unter.«

Sie stöhnte.

»Nein, verdammt, komme ich nicht! Ich hätte nicht einmal ein Dach überm Kopf, wenn ich Rosefield Hall verlassen würde, denn wen kenne ich schon, der mich gegen den Willen meiner Eltern aufnehmen würde? Nicht einmal Lord Grinthorpe will mich mehr, nachdem ich ihn zurückgewiesen habe. Aber was rede ich da, ich würde den Kerl ja sowieso nicht nehmen. Und der, den ich mit Freuden nehmen würde, der nimmt mich nicht.«

Mit hängenden Schultern blieb sie stehen und starrte aus dem Fenster. Weiß überzuckert erstreckte sich dort draußen der Park, glitzernd und funkelnd in der Morgensonne. Vergangenen Winter hatte der Anblick des ersten Schnees sie noch glücklich gemacht. Jetzt war sie unglücklich und führte Selbstgespräche. Verdammt noch mal!

In diesem Moment wurde die Tür aufgestoßen.

»Wir ... müssen ... sie ... warnen!«, keuchte Florence.

Jäh aus ihren Gedanken gerissen, fuhr Ruby herum und eilte auf Florence zu.

»Warnen? Wen denn? Um Himmels willen, was ist los?«

»Alice«, japste Florence. »Und Mrs Bentfield. Mr Yorks hat

gesagt, sie werden verhaftet, wegen des brennenden Landsitzes, weil sie doch Suffragetten sind.«

»Woher will Yorks das wissen?«, fragte Ruby scharf.

»Er hat einen Cousin bei der Polizei.«

Richtig, der Kammerdiener war ja verwandt mit diesem Henson. Dann musste es mehr sein als ein haltloses Gerücht. Rubys Gedanken überschlugen sich.

»Hol mir Hut und Mantel, schnell!«, befahl sie aus alter Gewohnheit, korrigierte sich jedoch sogleich: »Ach was, das kann ich auch selbst tun, setz du dich mal besser hin und komm wieder zu Atem. Und ich mache mich auf den Weg nach Tamary Court. Ich werde Pearl nehmen, denn wenn Lyam mich mit dem Automobil hinfährt, könnte man uns auf die Spur kommen.«

»Auf die Spur?«, wiederholte Florence schwach, griff sich an die verschwitzte Stirn und ließ sich in einen Sessel sinken. Ruby schoss durch den Kopf, dass ihre Freundin Cyrils Schwester außerordentlich gernhaben musste, wenn sie derart mitgenommen reagierte.

Energisch sagte sie: »Hör zu, Florence. Wenn Alice und Mrs Bentfield die Verhaftung droht, müssen wir ihnen helfen zu fliehen. Und wenn sie nicht wissen, wohin, dann ... dann verstecken wir sie eben auf Rosefield Hall.«

Florence klammerte sich an die Sessellehnen. »Auf Rosefield Hall? Hier?«

»Nicht hier im Zimmer natürlich. Sondern irgendwo, wo selten jemand hinkommt.«

Ruby hetzte umher, schlüpfte in Mantel und Stiefel und setzte sich ungeschickt den Hut auf. Normalerweise wurden ihre Kopfbedeckungen von Florence mit etlichen Klammern festgesteckt; heute würde es eben so gehen müssen. Hoffentlich konnte sie überhaupt reiten, ohne beim ersten Galoppsprung vom Pferd zu fallen, schließlich trug sie kein Reitkorsett. Aber wenn sie wertvolle Zeit damit verlor, sich erst langwierig umzuziehen, war es für die Bentfield-Frauen vielleicht zu spät.

Schon fast an der Tür griff Ruby nach einem Kleid und warf es Florence zu. »Du musst dich um Fassung bemühen, sonst wird Yorks Verdacht schöpfen. Bleib hier, solange man dir deine Aufregung noch anmerkt. Wenn eine von den anderen Mädchen reinkommt, tust du so, als hätte ich dir aufgetragen, einen Riss in diesem Kleid zu nähen.«

Und damit ließ sie Florence zurück.

Alice

Als Ruby mit schiefem Hut und von der Kälte geröteten Wangen in den Salon stürzte, sprang Alice erschrocken auf.

»Gott sei Dank, es ist noch nicht zu spät!«, stieß Ruby hervor, als sie Alice und Gwendolen erblickte. »Beeilt euch, ihr müsst ein paar Sachen zusammenpacken und dann auf der Stelle verschwinden. Die Polizei kann jeden Moment hier sein, sie verdächtigen euch, den Brandanschlag verübt zu haben. Zu Recht, nehme ich an.«

Alice spürte, wie ihr das Blut aus dem Kopf wich.

Doch bevor sie etwas antworten konnte, erhob sich ihre Mutter und sagte liebenswürdig: »Wie schön, dass wir uns nun auch duzen, liebe Miss Compton, nein, Ruby. Nenn mich doch einfach Gwendolen. Aber ich fürchte, du missverstehst die ganze Sache.«

Ruby starrte Gwendolen einen Moment lang an, völlig entgeistert darüber, wie die sich in einer solchen Situation mit Höflichkeiten aufhalten konnte. Doch dann schüttelte sie heftig den Kopf.

»Der Kammerdiener meines Vaters hat Verbindungen zur Polizei, es ist leider ganz und gar kein Missverständnis. Wenn Sie … wenn ihr nicht flieht, wird man euch verhaften und …«

»Das bezweifle ich nicht«, unterbrach Gwendolen sie lächelnd. »Aber das ist kein Grund zu fliehen. Ich werde mich erhobenen Hauptes verhaften lassen, wie schon so viele Male zuvor. Ich habe keine Angst mehr, das Schlimmste ist mir bereits zugestoßen. Eine gute Voraussetzung für eine Kämpferin, nicht wahr?«

Verwirrt blickte Ruby von Gwendolen zu Alice.

Alice begriff selbst nicht, was ihre Mutter damit meinte. Was war »das Schlimmste«? Doch ihr Verstand weigerte sich, dieser Frage nachzugehen. Stattdessen rotierte ein Wort in ihrem Kopf, immer wieder dieses eine Wort.

Verhaften. Verhaften. Verhaften.

Sie hatte ja gewusst, dass sie ihnen nicht entkommen würde.

Nicht ihren Gegnern, nicht ihren ehemaligen Mitstreiterinnen, nicht ihrer Mutter, nicht ihren Erinnerungen.

Nun war es so weit.

Es würde von vorne anfangen, alles würde sich wiederholen.

Wie von fern hörte sie ein sonderbares Wimmern. Erst als Ruby an ihre Seite trat und besorgt nach ihrer Hand griff, ging Alice auf, dass das Wimmern aus ihrer eigenen Kehle kam.

Denn alles war wieder da.

☆

Im Jahr 1911 wurde George V. zum König gekrönt, Asquith erneut Premierminister und die Gesetzesvorlage zum Frauenstimmrecht ein weiteres Mal verschoben.

In der Nacht vom 17. auf den 18. November 1911 warfen wütende Suffragetten die Fensterscheiben von Ministerien, Banken und Postämtern ein, nachdem die Regierung angekündigt hatte, dass sie 1912 einen Gesetzesentwurf zum allgemeinen, nicht mehr auf Besitz gründenden Wahlrecht für Männer einbringen wolle.

Im Jahr 1912 wurde die Zerstörung von Eigentum offizielle Kampfstrategie der Suffragetten, deren Anführerin Emmeline Pankhurst sagte: »Wir haben es lange genug versucht. Jahrelang hielten wir geduldig Beleidigungen und tätliche Angriffe aus. Frauen erlitten Schaden an ihrer Gesundheit. Frauen verloren ihr Leben. Wir hätten das bei Erfolg hingenommen, aber wir hatten keinen. Also werden wir jetzt ausprobieren, ob Steine allein ausreichen.«

Sie reichten nicht aus. Zwar gingen im März 1912 bei einer Großaktion überall in London die Scheiben von Geschäften zu Bruch – Bentfield's gehörte nicht zu den Opfern –, doch die Regierung lenkte nicht ein. Stattdessen füllte sie die Gefängnisse mit Frauen, überall auf der Insel.

Obwohl sämtliche Suffragetten sich als politische Gefangene verstanden, wurden sie wie gewöhnliche Kriminelle untergebracht und behandelt. Bücher, Zeitungen und ihre eigene Kleidung wurden ihnen verwehrt. Sie wurden in grobe Anstaltskleidung gezwungen und mussten Schläge und Beleidigungen ertragen. So erging es zumindest den weniger Wohlhabenden unter ihnen. Mit Angehörigen der Oberschicht wagte man nicht so rigoros umzuspringen.

Diese Ungleichbehandlung führte dazu, dass manch eine Frau ihre Herkunft verschleierte und sich als Arbeiterin ausgab, um nicht in die beschämende Lage zu geraten, wider Willen über ihre Freundinnen erhoben zu werden. Auch Alice und Gwendolen hatten zu diesem Mittel gegriffen, und so nützten Cyrils Bemühungen, sie freizubekommen, diesmal überhaupt nichts. Denn weder Schwester noch Mutter saßen unter ihrem richtigen Namen ein.

Wochenlang bemühte Cyril sich, sie zu finden.

Und als er sie fand, war es zu spät.

Gwendolen glaubte, die orale Vergewaltigung, wie die Suffragetten es bezeichneten, müsse ebenso ertragen werden wie der Schmutz, die Verachtung, die Schläge ins Gesicht. Sie glaubte es sogar dann noch, als sie hörte, was mit ihrem Kind geschehen war.

Und als Alice begriff, dass ihre eigene Mutter sie mit Freuden auf dem Altar der Stimmrechtsbewegung geopfert hätte, begrub sie zusammen mit der enthusiastischen, unerschrockenen Alice, die sie gewesen war, die Liebe zu ihrer Mutter. Sie war nicht mehr Gwendolens Tochter. Sie war keine junge Frau mehr. Sie war nichts als ein malträtiertes Bündel Mensch.

So fand Cyril seine Schwester im Krankenhaus, als seine unermüdliche Suche nach ihr endlich Erfolg gehabt hatte.

So nahm er Alice mit nach Hause.

So verbrachte sie Wochen und Monate als lebende Leiche, während Gwendolen weiterkämpfte, hinfiel, wieder aufstand und ihre Tochter mit nie endenden Vorwürfen wegen ihrer erbärmlichen Schwäche überschüttete.

Alice hasste sich.

Sie wollte nicht schwach sein.

Sie glaubte weiterhin an das Ziel, und die Brutalität, die sie hatte erleiden müssen, hatte ihr nur allzu deutlich gezeigt, dass der Kampf nötig war. Doch nun hatte sie panische Angst vor ihren Gegnern, vor Politikern, Ärzten, Gefängniswärterinnen, und solange die Angst Alice' Herz umklammert hielt, sah sie sich außerstande, für ihr Ziel zu streiten. Sie schaffte es nicht, mit den anderen zu demonstrieren, und allein bei dem Gedanken daran, sich aktiv an dem Guerilla-Krieg zu beteiligen, zu dem der Kampf sich ausgewachsen hatte, wurde ihr übel.

1912 neigte sich dem Ende zu, 1913 begann mit Gewalt, und Alice ging es noch genauso schlecht wie an dem Tag, als Cyril sie im Krankenhaus gefunden hatte. Ihr Studium hatte sie aufgegeben, »unterbrochen« nannte sie es, und während Gwendolen mit Säure »Votes before Sports« in die makellosen Rasenflächen von Golfplätzen ätzte, krümmte Alice sich zitternd unter ihrer Bettdecke zusammen. Gwendolen zerschnitt Telefonleitungen; Alice schrie im Schlaf unter dem Druck ihrer Alpträume. Gwendolen schlitzte die Sitze von Eisenbahnwaggons auf, zerschlug Straßenlaternen, half dabei, Bootshäuser anzuzünden; Alice übergab sich auf den Teppich des kleinen Salons, als sie wieder einmal von dem Gefühl überrollt wurde, auf der Stelle ersticken zu müssen.

Im Februar 1913 explodierte eine Bombe im Schlafzimmer eines Politikers. Kurz darauf wurde, stellvertretend für alle Suffragetten, ihre Anführerin Emmeline Pankhurst verhaftet. Als sie im April zu drei Jahren Zuchthaus verurteilt wurde, zündeten die Suffragetten die Tribüne einer Pferderennbahn an, ließen in der Oxford Station eine weitere Bombe hochgehen und zerstörten Kunstwerke. Emmeline Pankhurst wurde, fast zu Tode geschwächt, aus dem Gefängnis entlassen, erneut inhaftiert und wieder entlassen. Ein Katz-und-Maus-Spiel.

Im Mai 1913 durchsuchte die Polizei die Bentfield'sche Stadtvilla und nahm Gwendolen mit. Cyril war es zu verdanken, dass Alice, mittlerweile ein geisterhaftes Geschöpf mit riesigen rauchblauen Augen, unbehelligt blieb. Sein mit arroganter Stimme gegebener Hinweis, eine Frau mit derart schwacher Konstitution sei ja wohl kaum imstande, terroristische Akte zu verüben, rettete sie.

Vorerst.

Doch wie oft würden die Polizisten einsichtig sein, wenn die Gewaltspirale im Land sich weiterdrehte?

Cyril hatte genug davon, sich Tag und Nacht um seine Schwester sorgen zu müssen. Er schlug Alice vor, sie fortzubringen, damit sie zur Ruhe käme und vor allem in Sicherheit wäre, doch mit der letzten ihr verbliebenen Kraft lehnte Alice ab. Nur noch ein paar Tage, Wochen, Monate, dann wäre sie wiederhergestellt. Dann hätte sie es überwunden. Sie durfte sich nicht geschlagen geben, denn das hieße, dass alles umsonst gewesen wäre, all die Aktionen und Briefe und Aufmärsche, die Hoffnungen und Glücksversprechen, die sie und die anderen Frauen sich gegenseitig gegeben hatten. Sie konnte nicht mehr kämpfen, doch fliehen wollte sie auch nicht.

Gwendolen kehrte nach Hause zurück, mit einem Hass in den Augen, der Bände sprach über das, was man ihr angetan hatte.

Dann kam der Sommer, und Emily Wilding Davison warf sich vor das Pferd des Königs. Sie starb, um ein unübersehbares Zeichen für die Notwendigkeit des Frauenstimmrechts zu setzen, und da, über ein Jahr nach ihrem eigenen Martyrium, brach Alice endgültig zusammen.

Cyril mietete Tamary Court in Devon, überstürzt und ohne Mutter oder Schwester um ihre Einwilligung zu fragen. Er verbot es Gwendolen mit Nachdruck, Alice und ihn aufs Land zu begleiten, und organisierte seine Abwesenheit bei Bentfield's mit einer Entschlossenheit und Effizienz, die ihm Alice' größte Bewunderung eingebracht hätte, wenn sie zu Gefühlen fähig gewesen wäre. Doch sie fühlte nichts. Sie ließ nur alles geschehen.

Sanft, aber bestimmt verfrachtete Cyril seine Schwester schließlich aus London nach Devon, in diese ganz andere Welt, die so friedlich anmutete, fast unwirklich, und in der es junge Frauen gab, die nie in ihrem Leben um etwas gekämpft zu haben schienen.

Und aus der lebendigen Leiche, zu der Alice geworden war, wurde langsam, ganz langsam wieder ein Mensch.

☆

»Gwendolen«, sagte Ruby eindringlich, während sie den Arm um Alice' Taille schob, um sie daran zu hindern, einfach zu Boden zu sinken. »Das alles ist doch kein Spiel. Ich weiß, ich habe wenig Ahnung von eurem Kampf und ich …«

»Ganz genau!«, unterbrach Gwendolen sie scharf. »Wie wäre es also, wenn du dich da heraushältst? Oder du unterstützt uns, das wäre noch besser. Nicht gut hingegen ist es, meiner Tochter einreden zu wollen, sie solle sich feige davonmachen und fliehen. Wir brauchen die Öffentlichkeit. Das ist doch der Sinn all unserer Aktionen. Wir müssen Aufmerksamkeit erregen, immense Aufmerksamkeit, so lange, bis niemand mehr die Augen vor unseren Forderungen verschließen kann.« Abfällig fügte sie hinzu: »Nicht einmal Familien wie die deine, Ruby.«

Alice schämte sich für die Worte ihrer Mutter, aber nur kurz. Dann verschwamm ihre Scham, ebenso wie Gwendolens Gesicht, während der Boden ein Eigenleben entwickelte und zu schwanken begann.

Der Schlauch.

Bitte nicht noch einmal den Schlauch.

»Gwendolen.« Ruby stemmte die freie Hand in ihre Hüfte. »Wenn du so felsenfest davon überzeugt bist, wir Frauen hätten das Recht, über uns selbst zu bestimmen, wieso gestehst du dieses Recht dann nicht auch deiner Tochter zu? Sie ist halb ohnmächtig vor Angst. Willst du sie wirklich in diesem Zustand der Polizei ausliefern?«

»Eine Ohnmacht hat noch niemanden umgebracht. Alice wird sich schon wieder fangen.«

»Du lieber Himmel!«, stieß Ruby aufgebracht hervor. »Ich kenne Mr Henson, der wird ganz gewiss keine Rücksicht auf Alice' Konstitution nehmen! Lass mich doch zumindest deiner Tochter helfen, wenn du meine Hilfe schon nicht willst.«

»Könnte mir«, erklang da eine dunkle Stimme, die Alice vage als die ihres Bruders erkannte, »bitte jemand erklären, was hier los ist?«

Ruby

Alice wurde immer bleicher, während Ruby in knappen Worten ein weiteres Mal berichtete, was den Bentfield-Frauen drohte. Schließlich verlor Alice das Bewusstsein, und als Cyril sie zum Sofa trug, sah notgedrungen auch Gwendolen ein, dass ein heldenhafter Widerstand gegen die Staatsgewalt auf diese Weise kaum möglich war.

Also diskutierten sie, während Alice langsam wieder zu sich kam, ob Cyril seine Schwester nach London bringen sollte, um sie vor Mr Henson in Sicherheit zu bringen. Doch dort, wusste die stets gut unterrichtete Gwendolen, tobte der Kampf zurzeit schlimmer denn je. Suffragetten verbarrikadierten sich in ihren Häusern vor der Polizei, etliche Frauen sahen sich gezwungen unterzutauchen, andere traten im Gefängnis nicht nur in den Hunger-, sondern auch in den Durststreik. Emmeline Pankhurst, die gefürchtete und bewunderte Heroine der Bewegung, wurde von der Polizei regelrecht gejagt. Immer wieder wurde sie verhaftet und wenig später halb tot aus dem Gefängnis entlassen. Anschlagswellen erschütterten London, Brände und Bomben waren an der Tagesordnung. Tumulte brachen aus, wo immer die Suffragetten für das Frauenwahlrecht stritten. Selbst der König konnte sich nicht mehr heraushalten. Seit er Drohbriefe erhalten hatte, fürchtete er um sein Leben.

Überall, darin waren die Bentfields und Ruby sich bald einig, wäre es für Alice sicherer als in London.

»Also auf nach Rosefield Hall«, sagte Ruby entschieden.

Doch Cyril zögerte. »Du brichst das Gesetz, indem du meine Schwester versteckst. Das sollte dir klar sein.«

Gwendolen schnaubte verächtlich.

Ruby ignorierte Gwendolen. Ihr war schon bewusst, dass die Suffragetten wesentlich größere Risiken auf sich nahmen als sie selbst, doch darum ging es hier nicht. Die Frage, wer den größten Heldenmut bewies, war unwichtig, und das Diskutieren darüber nichts als Eitelkeit. Wichtig war allein, dass Alice vor dem Gefängnis bewahrt wurde.

»Ich weiß, was ich tue«, sagte sie ruhig zu Cyril. »Und nun sollten wir schleunigst ein paar Sachen für deine Schwester zusammenpacken.«

Cyril nickte. In seinen Augen blitzten Respekt und warme Zuneigung auf, und als er lächelte, konnte Ruby nicht anders, als sein Lächeln zu erwidern.

Doch sogleich rief sie sich zur Ordnung. Für einen wehmütigen Flirt hatten Cyril und sie jetzt keine Zeit.

»Alice braucht etwas zu essen, Kleidung, Kerzen und viele warme Decken«, sagte sie bestimmt. »Wir bringen sie im alten Pavillon unter.«

Um alles transportieren zu können, fuhren sie mit Cyrils Automobil. Mehr als einmal fürchtete Ruby, die Achse würde brechen, als das Fahrzeug die halb überwucherten Wege entlangrumpelte, die diesen fernen, einsamen Teil des Parks durchzogen. Doch die Achse hielt – Glück im Unglück, kommentierte Cyril sarkastisch –, und sie erreichten ihr Ziel ohne Zwischenfälle.

Als sie ausstiegen, bildete ihr Atem weiße Wölkchen in der eisigen Luft.

»Da wären wir.« Ruby bemühte sich, die plötzlichen Zweifel, die sie beim Anblick des maroden Gebäudes überfielen, aus ihrer Stimme herauszuhalten. Hier hatte sie vor Jahren heimlich die verbotenen Bücher gelesen, die Edward ihr aus der Bibliothek besorgt hatte. Du liebe Güte, war der Pavillon damals auch schon so baufällig gewesen?

»Dein Heim auf Zeit, Alice«, sagte sie betont munter. »Klein und zugig, aber entschieden besser als eine Gefängniszelle.«

»Ganz sicher«, hauchte Alice. Den Blick unverwandt auf die bröckelnden Mauern gerichtet, ging sie unsicher auf den Pavillon zu. Ruby und Cyril beobachteten sie besorgt.

»Meinst du, es wird gehen?«, fragte Ruby leise.

»Wir haben keine Wahl, oder?«

»Fürs Erste wohl nicht.«

Sie folgten Alice zur Tür, die aus morschem Holz, abblätternder weißer Farbe und knarrenden Scharnieren bestand. *Sehr* viel besser als ein Gefängnis war es nicht.

Als habe Alice ihre Gedanken gelesen, wandte sie sich zu Ruby um und schenkte ihr ein schwaches Lächeln. »Keine Wärterinnen und keine Ärzte. Mehr will ich doch gar nicht.«

Ruby runzelte die Stirn. »Keine Ärzte? Aber warum …«

»Lass sie bitte«, sagte Cyril leise, und Ruby verstummte.

Cyril zog an der Tür, die mit einem widerwilligen Knarzen aufschwang. »Kann man die abschließen?«

»Nein. Schon als ich ein Kind war, konnte sich keiner auf Rosefield Hall daran erinnern, ob es je einen Schlüssel zu dieser Tür gegeben hat. Und heute erinnern sie sich nicht einmal mehr an den Pavillon selbst. Niemand kommt jemals hierher.«

Ruby lachte dünn. »Hoffen wir, dass sich daran in den nächsten Wochen nichts ändert. Dann genießt du zwar keinen Komfort, Alice, aber du bist so sicher wie in Abrahams Schoß.«

»Wer sagt, dass es in Abrahams Schoß sicher war?« Wieder dieses schwache, geisterhafte Lächeln, das die rauchblauen Augen nicht erreichte. »Nirgends ist es sicher. Aber es ist besser … besser … als die Wärterinnen und … die Ärzte.«

Alice schlüpfte in den Pavillon.

Ruby und Cyril sahen sie den Raum durchwandern, ziel- und sinnlos, denn es gab nichts dort drinnen außer Spinnweben und Leere.

Rubys Gedanken wanderten zurück. Damals, als sie sich in Edwards Gesellschaft hierher zurückgezogen hatte, verbotene Lektüre unter dem Arm und ein angenehmes Kribbeln im Bauch, war es ein Abenteuer gewesen, sich zu verstecken. Sie hatten miteinander gekichert und Haferkekse gegessen, und wenn es zu kalt oder das Licht so schwach geworden war, dass sie die Buchstaben nicht mehr erkennen konnten, hatten sie den Pavillon eben wieder verlassen. Dann waren sie ins Haus zurückgekehrt, in saubere, spinnwebenfreie Räume, in denen Kaminfeuer flackerten.

Doch nun hatte der Pavillon seine Unschuld verloren; Alice und ihr geisterhaftes Lächeln hatten sie ihm geraubt. Nein, korrigierte Ruby sich grimmig, nicht Alice. Sondern die Menschen, die Alice zu dem gemacht hatten, was sie hier und heute war, eine verstörte, gebrochene Frau mit panischer Angst vor Wärterinnen und Ärzten.

Und alles nur, weil sie wählen möchte. Alles nur, weil sie sich nicht damit abfinden will, weniger Rechte zu haben als ein Mann.

War es das wert?

Im Inneren des Pavillons begann Alice selbstvergessen zu singen.

»Ich muss bei ihr bleiben«, sagte Cyril. »Sie hat einen Rückfall, sie ist genau wie damals, als sie zusammengebrochen ist. Ich kann sie nicht allein lassen, unmöglich. Was, wenn sie den Verstand verliert und dann niemand bei ihr ist? Ich kann sie nicht allein lassen!«

Obwohl er finster die Augenbrauen zusammengezogen hatte, wirkte er entsetzlich hilflos.

Spontan hob Ruby die Hand und legte sie an Cyrils Wange.

»Ich werde Florence bitten, uns zu helfen«, sagte sie sanft. »Wenn irgendjemand auf der Welt es fertigbringt, aus dieser Bruchbude hier ein einigermaßen gemütliches Zimmer zu zaubern, dann Florence. Wir schaffen das schon, Cyril. Du bist nicht allein damit. Florence und ich helfen euch, und dann ... kriegen wir das hin.«

Für einen wundervollen Moment schmiegte Cyril seine Wange in ihre Hand und schloss die Augen.

Doch schon einen Herzschlag später gestattete er sich keine Schwäche mehr. Er hob den Kopf, strich sich übers Gesicht und räusperte sich.

»Florence zu schicken halte ich für eine sehr gute Idee«, sagte er rau. »Und ich sollte nach Tamary Court zurück. Wenn Mutter verhaftet wird, möchte ich es der Polizei wenigstens so schwer wie möglich machen.«

Ruby verschränkte ihre Finger. Sie fühlten sich kalt an, jetzt, wo sie Cyrils Gesicht nicht mehr berührten. »Meinst du, man wird nach Alice suchen? Brandstiftung ist schließlich kein Kavaliersdelikt.«

»Ich werde der Polizei sagen, meine Schwester sei zurück nach London gefahren.«

»Dann solltest du dich aber von hier fernhalten. Wenn Henson dir nicht glaubt, lässt er dich vielleicht beobachten, um auf diese Weise an Alice heranzukommen.«

Als Antwort seufzte Cyril tief.

Ruby sah durch die offene Tür in den Pavillon. Alice hatte aufgehört zu singen, mit hängendem Kopf stand sie genau in der Mitte des Raumes. Sie sah klein und unendlich verloren aus, und Rubys Herz krampfte sich vor Mitleid zusammen. Plötzlich lastete die Sorge um Alice zentnerschwer auf ihr. Wie lange würde Cyrils Schwester es überhaupt hier draußen aushalten?

Sie würde sich im Pavillon nicht waschen können.

Sie würde ihre Notdurft draußen in der Kälte verrichten müssen.

Und sie wäre mehr oder weniger eine Gefangene.

Schon wieder.

Florence

Nachdem Ruby sie allein gelassen hatte, um Alice und Mrs Bentfield zu warnen, hatte Florence noch eine Weile die Hände gerungen und sie dann zu Fäusten geballt. Was immer Ruby mit den Bentfields ausheckte, um sie vor einer Verhaftung zu bewahren, Florence würde sie dabei unterstützen!

Doch dazu musste sie jeden Verdacht, den Mr Yorks möglicherweise hegte, zerstreuen. Also machte Florence gute Miene zum bösen Spiel und beschloss, am Abend tatsächlich mit dem Kammerdiener ins Kino zu gehen. Die schnellen, bewegten Bilder gefielen ihr zwar nicht, mit Mabel war sie schon einmal im Kino gewesen und sie hatte entsetzliche Kopfschmerzen davon bekommen, doch wenn es für Alice war, dann nahm sie mehr in Kauf als nur Kopfschmerzen.

Mabel. Immer noch hatte Florence mit Ruby nicht über die Schwangerschaft gesprochen, stets war etwas Dringenderes dazwischengekommen. Oder wollte sie nur vermeiden, die gleiche Ratlosigkeit in Rubys Gesicht zu entdecken, die sie selbst empfand?

Florence seufzte. Für einen Moment sank ihr der Mut.

Sie verließ Rubys Zimmer, um sich auf den Weg in den Dienstbotentrakt zu machen. Was konnten sie schon für Mabel tun? Wenn das Mädchen ihr Kind behielt, verlor sie ihre Stellung; wenn sie es loswerden wollte, machte sie sich strafbar und riskierte zudem ihr Leben. Eigentlich konnte man nur hoffen, dass das ungewollte Leben in Mabels Bauch sich von selbst verabschiedete. Vielleicht hatte Mabel ja deshalb in den letzten Wochen stets freiwillig die schweren Möbel verrückt. Denn harte Arbeit, das wusste sogar Florence, barg stets die Gefahr einer Fehlgeburt.

Kurz entschlossen machte Florence kehrt und eilte in den Salon. Um die Mittagszeit war Mabel stets damit beschäftigt, in dem riesigen Raum Staub zu wischen. Florence würde ihr, wenn sie sonst schon nichts tun konnte, zumindest ein offenes Ohr anbieten.

Als Florence den Salon betrat, balancierte Mabel gerade auf der obersten Sprosse einer Leiter. Mit dem Staubwedel reinigte sie den mächtigen Kronleuchter, ohne sich die Mühe zu machen, sich mit der anderen Hand irgendwo festzuhalten.

»Mabel, du fällst gleich herunter!«, rief Florence erschrocken aus.

»Schön wär's.« Mabel warf ihr einen spöttischen Blick zu. »Wenn ich nicht so feige wäre, würde ich mich nicht nur die Leiter hinunterwerfen, sondern gleich die Treppe.«

Zögernd sagte Florence: »Ich wollte wissen, wie es dir geht.«

»Ach, ich bin glücklich und zufrieden. Was sonst?« Mabel schürzte die vollen Lippen. »Wie man sich halt so fühlt, wenn sich ein Balg in einem eingenistet hat und einfach nicht sterben will.«

Florence schluckte. »Hast du …«

»… heiße Senfbäder genommen? Alles gehoben und getragen, was nicht niet- und nagelfest ist? Widerliche Kräutermischungen geschluckt, nach denen ich mir die Seele aus dem Leib gekotzt habe? Ja.«

»Mabel!«

»Stört dich meine Ausdrucksweise? Ich bin ein gefallenes Mädchen, Florence. Ich bin verloren und verdammt, ob ich nun kotzen sage oder nicht.«

Florence war erschüttert.

In ihrer Hilflosigkeit schlug sie Mabel das Erste vor, was ihr in den Sinn kam. »Vielleicht unterstützt er dich, wenn du es ihm erzählst. Es ist schließlich auch sein Kind.«

Mabel lachte. Es war ein so verzweifelter Laut, dass Florence zusammenzuckte.

»Mister Compton hat mir zu den Kräutern geraten, von denen mir so schlecht geworden ist. Die Mischung hätte allen Mädchen vor mir ganz wunderbar geholfen, hat er gesagt. Tja, mein Kind ist wohl ein harter Brocken, denn es ist immer noch da. Woraufhin Mister Compton mir klargemacht hat, dass er sowieso nicht glaube, dass es seines sei. Eine Schlampe wie ich habe ja sicher nicht nur einen Liebhaber.«

Für einen Moment fehlten Florence die Worte. Dann stieß sie leise hervor: »Dieses verantwortungslose Schwein!«

»He, du beleidigst den Erben von Rosefield Hall!« Mabel lachte wieder. »Lass das bloß niemanden hören.«

Es war dieses so verkehrt klingende Lachen, an dem Florence erkannte, wie unglücklich Mabel in Wirklichkeit war. Niemand, der noch Hoffnung hatte, war in der Lage, solche Laute auszustoßen.

»Er muss dir helfen!«, sagte Florence mit Nachdruck. »Und wenn es nur mit Geld ist, so dass du über die Runden kommst, solange das Baby noch klein …«

»Es wird kein Baby geben.« Mabel lachte nicht mehr. Stattdessen lag nun eine unheimliche Ruhe in ihrer Stimme. »So oder so, Florence, es wird kein Baby geben.«

»Wie kannst du so etwas sagen? Mabel, ich … ich frage Miss Compton. Sie ist ein besserer Mensch als ihr Bruder, sie wird dich unterstützen. Gib nicht auf, bitte! Es wird sich ein Weg finden. Ganz sicher.«

»Ja«, sagte Mabel und lächelte. »Das glaube ich auch.«

Florence fing ihren Blick auf und verfluchte sich im Stillen dafür, dass sie so lange gewartet hatte.

»Ich spreche mit Miss Compton«, wiederholte sie langsam und beschwörend, »und gebe dir Bescheid, sobald wir eine Lösung gefunden haben. Es wird allerdings ein paar Tage dauern, fürchte ich.«

Erst müssen wir nämlich Alice vor der Polizei verstecken, doch dann bist sofort du an der Reihe.

»Versprich mir, dass du in der Zwischenzeit nicht von der Leiter fällst.«

»Ich verspreche, dass ich nicht von der Leiter falle«, sagte Mabel gehorsam. Dann wandte sie sich ab, hob den Staubwedel und fuhr fort, den Kronleuchter zu reinigen.

Einen Augenblick lang verharrte Florence noch am Fuße der Leiter.

Mit gerunzelter Stirn starrte sie Mabels Rücken an. Irgendetwas an den Worten des Mädchens hatte ihr nicht gefallen, aber was? Mabel hatte doch bloß wiederholt, was Florence von ihr verlangt hatte.

Mit einem Knoten im Magen verließ sie den Salon. Am liebsten wäre sie so lange bei Mabel geblieben, bis diese die Leiter wieder sicher im Keller verstaut hatte. Doch das durfte Florence nicht, denn ein wahrer Berg an Aufgaben erwartete sie. Die Zeit, die sie in Rubys Zimmer und jetzt bei Mabel verbracht hatte, würde ihr sowieso schon fehlen. Sie würde doppelt so schnell arbeiten müssen wie sonst und wäre wahrscheinlich trotzdem bis Mitternacht beschäftigt. Zumal sie fest entschlossen war, auch Alice zu unterstützen, noch heute, irgendwie.

Der Kinobesuch mit Mr Yorks fiel ihr ein.

Sie würde ihn wohl doch absagen müssen.

Und Mr Yorks würde misstrauisch werden, würde sie fragen, was zum Teufel mit ihr los sei.

Aber ins Kino zu gehen, während ihre Arbeit liegen blieb? Unmöglich. Mrs Ponder hatte in den letzten Wochen so oft Grund gehabt, unzufrieden mit ihr zu sein, dass Florence sich weitere Versäumnisse einfach nicht leisten konnte.

Überfordert strich Florence sich mit einer Hand über die Stirn. Mit einem Mal wünschte sie sich weit, weit fort von Rosefield Hall.

Alice

Die erste Nacht in ihrer eisigen Zuflucht lag hinter ihr, und niemand hatte sie geholt.

Vielleicht, weil Alice gesungen hatte, leise und unaufhörlich, ein Kinderlied, das sie an bessere Tage erinnerte. Ein Lied, das sie schützte wie ein Talisman.

Alice rollte sich auf den Kissen und Decken zusammen, die auf dem nackten Boden lagen, und obwohl sich weitere Decken über ihrem Körper türmten, zitterte sie wie Espenlaub.

Ihr Kopf fühlte sich sonderbar an. Wohnte ihr Geist überhaupt noch darin? Alice hatte eher das Gefühl, dass er ziellos umherschwebte, so dass sie keinen klaren Gedanken fassen konnte, sosehr sie sich auch darum bemühte. Sie kannte diesen Zustand schon, aus der Zeit nach Emilys Beerdigung, und fragte sich, wie sie es damals geschafft hatte, trotzdem weiterzumachen.

Doch sie konnte sich nicht erinnern.

Die Tür des Pavillons knarzte, und Alice fuhr unter ihrem Deckenberg zusammen.

Sie kommen.

Alice presste die Augen so fest zu, dass ihre Augäpfel schmerzten, und hörte ein Wimmern, das ganz aus der Nähe kam. Vielleicht wieder von ihr selbst? Es klang so vertraut.

»Alice, ich bin es«, hörte sie eine Stimme sagen.

Die Stimme klang ebenfalls vertraut.

Nicht bedrohlich.

Florence?

Sie spürte, wie eine Hand vorsichtig die Decken von ihrem Kopf zog. »Du kannst ja gar nicht atmen. Komm, setz dich auf, ich habe dir etwas zu essen mitgebracht.«

Alice öffnete die Augen. Das Winterlicht, obgleich fahl, blendete sie.

»Florence«, flüsterte sie, und plötzlich war ihr Gesicht nass.

»Nicht weinen. Ich bin da. Nicht weinen.«

Weiche Arme umfassten sie, halfen ihr, sich aufzusetzen, und ließen sie auch nicht los, als sie es geschafft hatte.

Sie saß neben Florence auf ihrem Lager und konnte nicht aufhören zu weinen.

Florence' Hände legten sich auf ihr Gesicht. Sie strichen Alice' Tränen fort, glätteten danach ihr wirres Haar. Dazu flüsterte Florence beruhigende Worte, schöne, sanfte Laute, die Alice' irrlichternder Geist nicht verstand, die ihre Seele aber aufsaugte wie ein Schwamm.

Sie schlang ihre Arme um Florence und klammerte sich an ihr fest.

»Nicht weggehen«, hörte sie sich mit erstickter Stimme bitten. »Bleib bei mir, Florence.«

»Das werde ich«, antwortete Florence, und ihre Hand kam auf Alice' Nacken, unter ihrem Haar, zur Ruhe. »Ich werde bei dir bleiben, solange du mich willst.«

Und diesmal verstand Alice' Geist.

Kam zur Ruhe.

Verankerte sich zögernd wieder in Alice' Kopf.

So blieben sie sitzen, fest umschlungen, und leise, fast unmerklich, machte das Bedürfnis zu singen sich davon.

Florence

Sie sah Alice dabei zu, wie diese in einen Toast biss. Der panische Ausdruck in Alice' Augen war fast verschwunden, das Geisterhafte hatte der vertrauten Zerbrechlichkeit Platz gemacht.

Zerbrechlich, fand Florence, war in Ordnung. Wer noch nicht zerbrochen war, der ließ sich noch beschützen. Wer jedoch schon fort war, der Sphäre des Todes näher als dem Leben ...

Florence schluckte hart. Gestern, als sie der Freundin im Schutze der Dunkelheit heimlich eine Kanne heißen Tee gebracht hatte, der nach dem langen Marsch durch den nächtlichen Park allerdings nur noch lauwarm gewesen war, da hatte Florence tatsächlich geglaubt, sie habe Alice verloren. Denn die Freundin hatte sie gar nicht wahrgenommen, hatte nicht gewacht, aber auch nicht geschlafen, und Florence war angst und bange geworden.

Dafür, dass sie mich wieder sieht, wenn unsere Blicke sich treffen, lohnt sich alles.

Ihre Gedanken schweiften zurück zum Vortag.

Florence hatte vor lauter Arbeit nicht mehr gewusst, wo sie anfangen sollte und wo aufhören. Mr Yorks hatte wie erwartet ziemlich verschnupft auf ihre Absage bezüglich des Kinobesuchs reagiert, und eigentlich hätte Rubys verlegen vorgebrachte Frage, ob Florence sich in der nächsten Zeit ein wenig um Alice kümmern könne, das Fass zum Überlaufen bringen müssen. Doch natürlich war das Gegenteil der Fall gewesen, alles war besser, als sich fern von Alice Sorgen um sie machen zu müssen.

Während Ruby sich hastig zum Lunch umgekleidet hatte, hatte sie Florence erklärt, dass sie selbst und Mr Bentfield nicht übermäßig viel Zeit bei Alice verbringen würden, um keinen Verdacht bei Rubys Eltern oder der Polizei zu erregen. Lediglich in den Stunden, in denen sie normalerweise ausritt, würde es Ruby möglich sein, Alice Gesellschaft zu leisten. Mr Bentfield sollte den Pavillon sogar ganz meiden: Zwar hielt Ruby von den detektivischen Fähigkeiten der Lintinghamer Polizei eher wenig – vor allem Mr Henson zeichnete sich nicht durch Intelligenz, sondern eher durch seine Bereitschaft aus, Übeltäter hart anzufassen –, doch weder sie noch Mr Bentfield wollten ein Risiko eingehen, wie gering auch immer.

»Aber du«, sagte Ruby, als Florence ihr die Ohrringe reichte, »könntest du nicht jeden Tag ein, zwei Stunden mit Alice verbringen? Es soll natürlich nicht zu deinem Schaden sein. Ich werde Mrs Ponder sagen, du müsstest ab jetzt regelmäßig nach Lintingham gehen, um mir Konfekt zu besorgen. Damit hätten wir dir die nötige Zeit verschafft.«

»Konfekt?«, fragte Florence zweifelnd.

Ruby legte die Ohrringe an, erhob sich von dem Stuhl vor ihrem Spiegeltisch und strich sich das Kleid glatt. »Warum nicht? Wir Comptons werden doch sowieso für exzentrisch und maßlos gehalten, oder willst du das etwa leugnen?«

»Ich ... Nein.«

»Na also. Dich jeden Tag zwei Stunden damit beschäftigt zu halten, dass du mir Konfekt besorgst, ist nicht ungewöhnlicher als vieles andere, was wir so von euch verlangen.« Sie seufzte. »Du liebe Güte, was führen wir für ein dekadentes Leben! Früher ist mir das gar nicht aufgefallen.«

Taktvoll verzichtete Florence auf eine Antwort.

»Für heute ist Alice mit Essen versorgt«, fuhr Ruby fort, »aber morgen früh bräuchte sie etwas Frisches. Ich werde zeitiger als sonst zum Frühstück hinuntergehen, ein bisschen was vom Buffet stibitzen und es in mein Zimmer schaffen, von dort kannst du es dann holen. Ach, und würdest du wohl versuchen, den Pavillon etwas behaglicher zu gestalten? Es würde gewiss schon helfen, wenn die Spinnweben fort wären. Ich werde dir auch Geld dafür geben.«

Florence starrte Ruby an. »Du willst mich dafür bezahlen?«

»Na ja, du opferst deine Zeit und Kraft dafür, all meine zusätzlichen Wünsche zu erfüllen. Wenn du Alice ihr Essen bringst, den Pavillon fegen und putzen musst und …«

Noch nie hatte Florence es gewagt, Ruby zu unterbrechen, doch in diesem Moment konnte sie nicht anders. Scharf sagte sie: »Alice liegt auch mir am Herzen. Ich möchte doch kein Geld dafür, dass ich ihr helfe!«

Ruby sah sie erschrocken an. »Es tut mir leid, ich … ich wollte dich nicht beleidigen.« Unsicher fügte sie hinzu: »Aber ausnutzen möchte ich dich eben auch nicht. Das habe ich lange genug getan.«

Florence ließ die Schultern fallen. »Ach, Ruby. Nicht alles auf der Welt muss man kaufen. Meine Freundschaft jedenfalls ist umsonst, und meine Liebe auch.«

Bei den letzten Worten hatte Ruby aufgemerkt und Florence mit einem langen, zärtlichen Blick bedacht.

»Alice und ich«, hatte sie weich gesagt, »können uns wirklich glücklich schätzen, dich zu haben, Florence.«

Nun, glücklich sah Alice zwar noch nicht aus, dachte Florence jetzt, aber vielleicht würde das ja noch kommen. Sie musste sich nur gut genug um die Freundin kümmern.

Und bei Gott, das würde sie! Nachts allein durch den Park zu laufen – ohne Rubys Wissen –, um Alice heißen Tee zu bringen, war erst der Anfang gewesen. Alles, alles würde sie dafür tun, ihrer Freundin den erzwungenen Aufenthalt in dieser eisigen Hütte einigermaßen erträglich zu gestalten!

Für heute allerdings war die Zeit, in der Florence angeblich in Lintingham Konfekt besorgte, leider vorüber.

»Alice? Ich muss jetzt gehen.«

Erschrocken blickte Alice auf. »Kommst du wieder?«

»Jeden Tag. Morgen ist Sonntag, da habe ich während des Kirchgangs der anderen viel Zeit. Ich werde vorgeben, mir sei übel und ich müsse das Bett hüten.« Sie lächelte. »Und heute Nachmittag wird Ruby nach dir sehen. Mach dir keine Sorgen. Du bist nicht allein.«

Alice nickte stumm, und Florence wünschte inbrünstig, sie könnte noch bleiben.

Sie umarmte Alice zum Abschied, und als sie die Freundin widerstrebend loslassen wollte, spürte sie zarte Hände auf ihren Wangen.

Weiche Lippen auf ihrem Mund.

Atem, der sich mit ihrem vermischte.

Sie küsst mich, dachte Florence mit sanfter Verwunderung, und dann dachte sie nichts mehr, ließ sich fallen und flog.

»Ich warte auf dich«, sagte Alice danach leise.

Florence versank in ihrem Blick, der nun ganz klar war, wissend und ruhig. Für die Dauer eines Kusses war die Welt ein vollkommener Ort für sie beide gewesen, und der Abglanz dieser zeitlosen Sekunden lag in Alice' Augen. Wie hatte Florence nur je glauben können, diese tröstende, friedliche Liebe sei etwas Abartiges?

»Morgen«, wiederholte sie ihr Versprechen, und als Alice sie anlächelte, wurde das Ziehen in Florence' Bauch so stark wie nie.

Doch es machte ihr keine Angst mehr.

Gwendolen

*G*wendolen trank im Salon ihren Tee, als sie kamen.

Sie hatte gewusst, dass sie sich keine Zeit lassen würden. Damit, Frauen wegzusperren, statt ihnen zuzuhören, waren sie immer schnell.

Ihre dumpfen Stimmen drangen durch die Tür, und obgleich Gwendolen sich nicht darum bemühte, konnte sie einige Fetzen des erregt geführten Wortwechsels verstehen.

»Haltloser Verdacht«, »juristische Mittel einlegen«, »Nein, meine Schwester ist nach London gefahren«: Cyril.

»Dringend geboten«, »Lintingham schützen«, »werden Ihre Schwester schon finden«: unbekannt, also ein Polizist. Wahrscheinlich dieser Henson, vor dem Ruby Compton sie gewarnt hatte.

Gwendolen biss von ihrem Gurkensandwich ab, albern eigentlich, sie würde sowieso noch heute in den Hungerstreik treten, und als sie das Poltern hörte, wusste sie, dass es so weit war. Es würde alles ablaufen wie gewohnt. Cyril würde versuchen, seine Mutter zu verteidigen, irgendwann würde er beiseitegeschubst, und dann wäre es eine Sache von Sekunden.

Sie legte das angebissene Sandwich auf den Teller zurück.

Die Tür wurde aufgerissen, und ein bulliger Polizist stürmte herein, begleitet von zwei jungen Helfern. Kurz flackerte Gwendolens Überlebensinstinkt auf, doch er fiel sofort in sich zusammen, machte dem sarkastischen Gedanken Platz, dass sie, Gwendolen, den behelmten, uniformierten Kerlen schon ziemlich unheimlich sein musste, wenn die es für nötig befanden, gleich zu dritt zu kommen. Gleichzeitig durchfuhr sie eine jähe, unerwartete Erleichterung darüber, dass zumindest ihre Tochter in Sicherheit war. Die Suffragette in ihr wollte Alice kämpfen sehen, verachtete ihre Schwäche und war sogar bereit, die Tochter für die Sache, das Größere, die Zukunft der Frauen zu opfern. Die Mutter in ihr aber fühlte ein absurdes Glück darüber, dass Ruby und Cyril sich über sie hinweggesetzt und Alice versteckt hatten.

Grobe Hände griffen nach ihren Armen. Henson – oder der, den sie für Henson hielt – knurrte ihr ein barsches »Mitkommen« zu, Cyril stand mit geballten Fäusten und Ohnmacht im Blick in der Tür, und Gwendolen verschloss ihre Gefühle dort, wo sie seit jenen grausamen Nächten lagerten: tief in ihrer Seele.

»Auch Ihre Ehefrau wird irgendwann wählen gehen«, spuckte sie Henson ins Gesicht, der sie nun vorwärtsstieß, an Cyril vorbei, flankiert von seinen dumpfen Helfern. Er zerrte sie nach draußen, kalt war es, niemand hatte an ihren Mantel gedacht, und dann sagte er irgendetwas, doch Gwendolen hörte ihm nicht zu. Sie war erfüllt von ihrer Mission, denn nur so ließ sich der Überlebensinstinkt unterdrücken, der einfach nicht aufhören wollte aufzuflackern, immer wieder.

»Sie können uns nicht aufhalten!«, schleuderte sie Henson und seinen beiden Welpen entgegen. »Niemand kann uns aufhalten, die Zeit ist reif, und wir ...«

Henson schlug sie hart ins Gesicht, die Welpen lachten, und Gwendolens Worte erstickten in beißendem Schmerz.

Florence

»Wohin hat man sie gebracht?«, fragte Alice am nächsten Morgen.

»Sie ist noch in Lintingham«, antwortete Florence zögernd. »Offensichtlich plant Mr Henson jedoch, sie nach London zu überführen.«

»Wer sagt das?«

»Mr Yorks. Deine Mutter scheint sich bei ihrer Verhaftung gewehrt zu haben, und jetzt ist sie verletzt. Mr Henson möchte die Verantwortung für sie wohl gerne loswerden.«

Alice schwieg, und Florence streichelte tröstend ihre Schulter. Sie saßen gegen die Wand gelehnt auf dem Lager aus Decken, das Alice sowohl als Bett wie auch als Sofa diente. Obgleich sie eine weitere Decke über sich gelegt und bis zu den Schultern hochgezogen hatten, spürte Florence die Kälte bis in die Knochen. Alice, die eine noch frostigere Nacht hinter sich hatte, trug über ihrem Kleid einen Mantel, einen Schal und zusätzlich einen Wollumhang. Dennoch war es ein Wunder, dachte Florence besorgt, dass die Freundin sich noch keinen Husten eingefangen hatte.

»Holloway«, flüsterte Alice. »Wenn sie verurteilt wird, muss sie bestimmt wieder nach Holloway.«

Florence hatte noch nie von Holloway gehört. »Ist das ein Gefängnis?«

Alice nickte, gleich darauf erschauderte sie. Florence zog die Decke noch ein Stückchen weiter hoch, nun reichte sie Alice bis zum Kinn.

»Holloway ist das Frauengefängnis Londons. Ich ... wir ... waren schon dort. Die meisten von uns.« Sie klang gequält.

»Alice?«

»Ja?«

»Schau mich an.«

Geduldig wartete Florence, bis Alice den Kopf gehoben hatte. Es dauerte lange. Vielleicht ahnte die Freundin, was Florence sie fragen wollte. Doch Florence wusste mit untrüglicher Sicherheit, dass es der einzige Weg war. Dass Alice sich das, was sie so sehr erschüttert hatte, endlich von der Seele reden musste, um darüber hinwegzukommen.

»Es hat mit Holloway zu tun, nicht wahr?«, fragte sie sanft.

Alice nickte. Dann bettete sie ihren Kopf an Florence' Brust, als suche sie Schutz.

Florence streichelte die weichen, rotblonden Wellen, und die Intensität ihrer Gefühle ließ ihr den Hals eng werden. »Erzählst du es mir?«

Wieder erschauderte Alice.

Und dann begann sie zu sprechen.

☆

Die erste Suffragette, die in den Hungerstreik trat, war Marion Wallace-Dunlop.

Im Juni 1909 wurde sie nach Holloway gebracht und bereits nach einer Woche wieder entlassen. Man fürchtete, sie könnte sich im Gefängnis zu Tode hungern, und wollte die Empörung der Öffentlichkeit nicht riskieren.

Marion Wallace-Dunlops makabrer Erfolg war der Startschuss für eine neue Strategie. Unzählige Frauen taten es ihr nach und traten im Gefängnis in den Hungerstreik, ohne sich von den körperlichen Qualen, die das Hungern ihnen bereitete, abschrecken zu lassen. Schwindelanfälle, dröhnende Kopfschmerzen und Bewusst-

seinsstörungen wurden zum Ausdruck politischen Widerstands. Eine Frau nach der anderen musste vorzeitig entlassen werden, weil sie sonst im Gefängnis gestorben wäre. Außerhalb der Gefängnismauern erholten die Frauen sich, kämpften weiter, wurden wiederum verhaftet und traten erneut in den Hungerstreik.

Die Regierung wurde nervös. Bald behalf sie sich mit einer Methode, mit der die Suffragetten nicht nur am Leben gehalten, sondern vor allem gebrochen werden sollten.

»Zwangsernährung« lautete das Zauberwort.

Alice hörte ihre Mitstreiterinnen viele Male von dieser Methode sprechen, doch sie selbst hatte lange Glück, ein Glück, das ihrer Stellung in der Gesellschaft und ihrem Reichtum geschuldet war. Das Leben einer Miss Bentfield durfte man nicht riskieren, ihre Gesundheit nicht zerstören. Lieber entließ man sie, sobald sie vom Hungern auch nur Kopfweh bekam.

Alice empfand dies gegenüber ihren Mitstreiterinnen, die nur Arbeiterinnen waren, als himmelschreiende Ungerechtigkeit.

Gwendolen schlug vor, sich mit den ärmeren Suffragetten zu solidarisieren und sich bei der Großaktion im März 1912 als Arbeiterinnen zu verkleiden. Alice stimmte zu, obgleich sie weder den Mut noch die Todesverachtung ihrer Mutter besaß. Und so wurde sie, nachdem sie wieder einmal ein paar Fensterscheiben eingeworfen hatte, als Arbeiterin mit erfundenem Namen verurteilt und nach Holloway gebracht, wo sie erfuhr, was es hieß, nicht nur eine Frau zu sein, sondern eine arme Frau.

☆

Alice stockte, und Florence hielt sie fest, bis ihr hastiger, flacher Atem sich ein wenig beruhigt hatte.

»Von den Beschimpfungen«, flüsterte Alice, »möchte ich gar nicht sprechen, und dass eine der Wärterinnen mich an den Haaren in meine Zelle geschleift hat – geschenkt. Aber als ich nichts mehr gegessen habe, Florence, da haben sie mich ... Sie haben mich zwangsernährt, und ... und da ist es passiert.«

☆

Alice saß allein in ihrer Zelle.

Durch die schwere Tür hörte sie die Schreie der anderen Frauen durch die Gefängnisflure gellen. Alice ging auf und ab, vier Schritte hin, vier Schritte zurück, wieder und wieder, im vergeblichen Versuch, ihre Angst in Schach zu halten. Doch bei jedem neuen Schmerzensschrei wallte sie in ihr auf, zusammen mit feigen, gemeinen Zweifeln daran, ob das, was sie hier auf sich nahm, wirklich das Richtige war.

Wer hatte denn etwas davon, wenn sie sich martern ließ?

»Nein«, murmelte sie in die Dunkelheit, »nein. Wenn ich mich ihnen beuge, haben sie gewonnen. Ich muss es durchstehen, alle stehen es durch. Ich bin nicht schwächer als die anderen.«

Die Schreie aus der Zelle nebenan verstummten, und Alice blieb stehen.

Sie wusste, dass nun sie an der Reihe war.

Schon rissen sie die Tür auf und kamen polternd herein, zwei Ärzte und zwei Wärterinnen, mit Seilen, einem Trichter und einem Schlauch in den Händen. Er war aus Gummi, fingerdick und etwa zwei Meter lang.

»Wenn du stillhältst, Mädchen«, sagte einer der Ärzte gleichgültig, »tut es weniger weh.«

Ein wilder Schrecken durchfuhr Alice. Sie wich zurück bis an die kalte, feuchte Zellenwand.

Der erste Arzt seufzte, der zweite gab den Wärterinnen ein Zeichen. »Na los, wir haben nicht ewig Zeit.«

Im nächsten Moment waren sie neben ihr.

Sie packten sie an den Armen und zwangen sie flach auf ihre Pritsche, während Alice schrie und strampelte und sich mit Hän-

den und Füßen wehrte, weniger aus edler Suffragetten-Gesinnung denn aus Todesangst.

»In den Mastdarm wie bei der Letzten?«, hörte sie eine Wärterin fragen, und das Entsetzen raubte Alice die Luft, so dass ihr Schrei in einem Röcheln erstarb.

»Ich denke, bei der hier versuchen wir es durch den Mund«, antwortete der erste Arzt in der plötzlichen Stille, und der zweite Arzt hob den Schlauch.

Sie werden mich umbringen, schoss es Alice durch den Kopf, während die Wärterinnen sie mit den Seilen auf der Pritsche festbanden. Ich will leben!

Von den Fesseln und den unbarmherzigen Händen der Wärterinnen zur Bewegungslosigkeit verdammt, beschloss sie, sich geschlagen zu geben, etwas zu essen, ihre Identität als Miss Bentfield zu enthüllen, alles zu tun, was man von ihr verlangte. Doch es war zu spät.

Die Worte, die ihr auf der Zunge lagen, wurden durch den Schlauch erstickt, den der Arzt ihr grob in den Hals stieß.

Alice würgte. Panisch riss sie an ihren Fesseln, doch der Arzt rammte den Schlauch nur noch tiefer in sie hinein. Ein mörderischer Schmerz durchzuckte sie, füllte sie mit Feuer, zerriss sie von innen. Alice wollte husten, sich übergeben, vor Leid und Ohnmacht brüllen wie ein Tier, doch nichts von alledem brachte sie fertig mit dem Schlauch im Rachen, der sich unerbittlich in ihren Körper schob. Und dann war alles, was sie denken konnte, nur noch: Luft.

Sie kann nicht husten, sie braucht Luft. Grausame Augen, die sich über sie beugen. Feuer in ihr, sie braucht Luft, sie braucht ... Luft ... oh Gott, warum tust du mir das an ... kein Atem ... grell explodierender Schmerz und ...

keine ...

Luft ...

KEINE ...
LUFT ...
Schwärze ...
vorbei.
Endlich vorbei.

☆

Florence schwitzte.

Trotz der klirrenden Kälte, die im Pavillon herrschte, hatten ihre Hände Abdrücke auf dem Stoff von Alice' Umhang hinterlassen. Feuchte Streifen vom Streicheln, verwischte Punkte dort, wo Florence' Finger sich in den Stoff gekrampft hatten.

»Sie hatten meine Luftröhre erwischt statt der Speiseröhre«, sagte Alice tonlos. »Die Nahrung war nicht in meinem Magen gelandet, sondern in der Lunge. Und als sie es endlich merkten, war ich schon fast erstickt. An den Rest kann ich mich nicht erinnern, aber Cyril sagt, sie müssen mich losgebunden und mir den Brei aus dem Körper geschlagen haben, und dann haben sie mich ins Krankenhaus gebracht. Als Cyril mich fand, war ich immer noch ohne Bewusstsein, hatte eine Lungenentzündung und hohes Fieber. Cyril hat mich nach Hause geholt, und ich ... nun. Was ist von mir geblieben?«

Alice atmete tief durch, dann hob sie den Kopf und sah Florence an.

»Man könnte sagen, in meinem Falle war die Zwangsernährung ein voller Erfolg. Ich habe zwar überlebt, aber als Kämpferin bin ich keinen Penny mehr wert.«

Erschüttert blickte Florence ihr in die Augen.

Meine arme Alice. Meine arme, süße Alice.

»Verachtest du mich jetzt?«, fragte Alice leise.

Da erwachte Florence aus ihrer Erstarrung.

»Niemals wieder.« Etwas Nasses lief über Florence' Gesicht,

und sie brauchte einen Moment, um zu erkennen, dass es Tränen waren. »Niemals wieder lasse ich es zu, dass sie dir so etwas antun. Niemals wieder, solange ich lebe. Das verspreche ich dir.«

Alice' Augen waren groß, ihr Blick offen und schutzlos.

Florence nahm Alice' Gesicht in beide Hände und neigte den Kopf.

Es wurde ein Kuss voller Unglück und Süße, widersprüchlich und zart, und als sie danach eng umschlungen verharrten, stieg eine Erkenntnis in ihr auf.

Um diese Frau zu schützen, bin ich auf der Welt.

Ruby

Wie zu Anfang, als sie noch Mr Brown und Miss Green gewesen waren, trafen sie sich im Wald. Denn nur hier konnten sie offen sprechen, ohne fürchten zu müssen, dass sie belauscht oder beobachtet wurden.

Die alte Mühle war nun ein bizarr anmutendes Kunstwerk, puderiger Schnee über gebrochenem Stein, aber Ruby war viel zu besorgt, als dass sie Sinn für die Schönheit ihrer Umgebung gehabt hätte. Mit blindem Blick stand sie am Ufer des Flusses, in dem das wilde, dunkle Winterwasser schäumte.

»Florence ist in jeder freien Minute bei deiner Schwester«, sagte sie zu Cyril. »Ich habe das Gefühl, es tut beiden gut, wenn sie zusammen sind.«

Cyril stand neben ihr, die Hände hinter dem Rücken verschränkt. Auch er starrte auf den Fluss. »Wie schafft Florence es bloß, die Zeit für diese Besuche zu erübrigen?«

»Ich gebe vor, ihre Gesellschaft zu benötigen, oder ich schicke sie angeblich mit irgendwelchen Aufträgen nach Lintingham. Ob das Konfekt, das ich so dringend benötige, auch wirklich bei mir ankommt, kriegt ja niemand mit.«

»Ewig wird das nicht gut gehen«, sagte er düster.

Das wusste Ruby selbst, also sagte sie nichts.

»Die Lintinghamer Polizei ist leider sehr hartnäckig«, ergriff Cyril wieder das Wort. »Mr Henson beteuerte, er sei fest entschlossen, so lange nach Alice zu suchen, bis er sie aufgespürt habe. Er hat geeifert wie ein Bluthund, als er mir das mitteilte.«

»Er ist nicht der einzige Bluthund. Stell dir vor, Matilda Worthery, die Verlobte meines Bruders, möchte mit ihrer Mutter einen Anti-Suffragetten-Club gründen. Obwohl es dafür doch eigentlich gar keinen Grund mehr gibt. Deine Mutter ist verhaftet und Alice verschwunden. Aber die Wortherys meinen, man könne nie wissen, ob Alice nicht plötzlich wieder auftauche, mit einer Bombe im Gepäck und dem festen Vorsatz, Lintinghams Frauen gegen die gottgewollte Ordnung aufzuwiegeln.«

»Das ist der Nachteil des Landlebens«, knurrte Cyril. »Keiner weiß etwas Genaues, aber es wird im Handumdrehen eine Hexenjagd angezettelt.«

Wind kam auf, und Ruby schlang die Arme um den Oberkörper. Trotz ihres warmen Mantels und der pelzgefütterten Stiefel fror sie. Die Kälte stach in jeden Zentimeter ihrer Haut, der nicht mit Stoff bedeckt war, und unwillkürlich fragte sie sich, wie lange Alice es bei diesen Temperaturen wohl noch im alten Pavillon aushalten würde, bis sie sich eine Lungenentzündung holte. Zwar hatte Alice dicke Decken und Mäntel, und nachts, wenn weit und breit alles schlief und niemand den verräterischen Rauch über den Baumwipfeln sehen konnte, durfte sie in dem alten Kamin Feuer machen. Doch der Rauchfang war verstopft, da der Kamin seit Jahrzehnten nicht mehr benutzt worden war, und wenn Ruby Alice nach dem Lunch besuchte, um ihr etwas zu essen und zu trinken zu bringen, riss sie stets als Erstes Tür und Fenster auf. Es war ein Wunder, dass Cyrils Schwester noch nicht erstickt war. Oder erfroren.

Zumindest waschen konnte Alice sich mittlerweile: Der Not gehorchend, hatte Cyril es gewagt, aus Tamary Court eine Waschschüssel sowie die nötigsten Utensilien zur Körperpflege in den Pavillon zu bringen. Nun schmolz Alice nachts, wenn der wärmende Kamin brannte, in der Schüssel ein paar Handvoll Schnee, die damit zum Waschwasser wurden.

Dennoch konnte es so auf keinen Fall weitergehen. Alice war eine junge Frau und kein Waldschrat.

Laut sagte sie: »Es hilft nichts, wir müssen eine andere Lösung für Alice finden. Sie kann nicht auf Dauer im Pavillon bleiben.«

Cyril schwieg.

Dann nickte er langsam. »Selbstverständlich. Ich werde sehen, ob ich Alice nicht doch nach London bringen kann. Dann ist die Gefahr für dich gebannt.«

»Für mich?« Ruby starrte ihn verdutzt an. »Aber Cyril, ich rede doch nicht von mir! Ob ich mich in Gefahr begebe, ist mir gleichgültig. Es geht um Alice.«

Und noch während sie es aussprach, wurde ihr bewusst, dass es die Wahrheit war. Sie hatte keine Angst, nicht um sich selbst.

Florence' Fürsorge trug zwar erste Früchte, Alice war wieder bei Verstand, sie sang nicht mehr selbstvergessen vor sich hin und schien sich sogar wieder Gedanken über ihre Zukunft zu machen. Doch sie war immer noch äußerst labil, körperlich und seelisch. Nein, sie konnte nicht monatelang in einer leeren Bruchbude hausen. Selbst wenn diese Bruchbude dank Florence mittlerweile blitzsauber war.

»Wir müssen eine andere Lösung finden«, versuchte Ruby es erneut, »aber wir zusammen, Cyril, nicht du allein. Ich bin nach wie vor für euch da, für deine Schwester und für dich.«

Er blickte sie unter schweren Lidern an. »Habe ich dich also doch hineingezogen. Es tut mir so leid, Ruby.«

Heftig schüttelte sie den Kopf. »Als könntest du etwas dafür, dass die Welt so ist, wie sie ist. Du bist nicht schuld daran, dass uns Frauen unsere Rechte vorenthalten werden.«

Er lächelte schwach. »Du klingst wie Alice in ihren besten Tagen.«

Kurz zögerte Ruby. Dann trat sie dicht an Cyril heran, legte erst die Hände und schließlich sachte den Kopf an seine Brust.

Fest schlang er seine Arme um sie.

Ich könnte eine von ihnen werden, eine Kämpferin.

Wenn sie es freiwillig täte, nicht ihm zuliebe, sondern weil sie davon überzeugt war, dann stünde nichts mehr zwischen Cyril und ihr. Und sie glaubte es doch mittlerweile auch, dass Frauen dieselben Möglichkeiten, dieselben Freiheiten haben sollten wie die Männer.

Und doch ...

»Cyril«, flüsterte sie in seinen Mantelkragen. »Ich liebe dich, aber ich kann das nicht: Ich kann keine Bomben legen, selbst wenn sie keine Menschen treffen sollen. Ich kann mir auch nicht vorstellen, Brände zu stiften oder ... oder Pflastersteine zu werfen. Nicht einmal für eine Sache, von der ich zutiefst überzeugt bin. Mit Gewalt zu kämpfen wie deine Mutter, mit so viel Hass und Erbitterung – das bin nicht ich.«

»Nein«, sagte er, und seine Stimme war dunkel vor Zärtlichkeit. »Das bist nicht du, Ruby.«

Und dann hob er ihr Gesicht an und küsste sie.

Stumm verrieten seine Lippen alles, was er Ruby nicht sagen durfte. Erzählten sanft liebkosend von einer Liebe, gegen deren Macht er nicht ankam, erzählten von Entsagung und Trauer, von Verantwortungsgefühl und vom Zorn darüber, dass er nicht in einer Welt, in einer Zeit lebte, die es ihnen beiden ein bisschen leichter gemacht hätte.

Niemals, niemals heirate ich einen anderen als ihn. Ich kann Cyril nicht haben, doch hier stehen wir und lieben uns.

Es war zum Verrücktwerden. Himmel und Hölle zugleich.

Cyril löste seinen Mund von ihrem, doch er hielt Ruby weiterhin in den Armen. Als habe er ihre Gedanken gelesen, sagte er leise: »Heirate jemanden, der dich glücklich machen kann. Heirate einen Mann, der dir ein Leben ermöglicht, das dich nicht bricht. Du sollst heil bleiben, genau so, wie du bist, heil und fröhlich und schön.«

»Das klingt nach Matilda Worthery.« Ruby atmete heftig, aufgewühlt von seinem Kuss und seinen Worten. »Es muss doch einen Weg für uns geben, Cyril, auch ohne dass ich Bomben werfe. Heil, fröhlich und schön kann ich sowieso nicht mehr sein, jetzt, wo ich endlich ahne, wofür es sich in diesem Leben zu kämpfen lohnt.«

Seine Hände lagen fest auf ihrem Rücken. Sogar durch den Mantelstoff hindurch fühlte Ruby ihre Wärme.

»Wofür«, fragte Cyril heiser, »lohnt es sich denn?«

Sie griff in seine Haare, Kupfer mit Kristallen aus Schnee.

»Dafür«, stieß sie aus, »dass ich meine eigenen Entscheidungen treffen darf. Dafür, dass ich nicht mein Leben lang als großes Kind angesehen werde. Ich möchte am Tisch den Mund aufmachen dürfen, wenn die Männer diskutieren. Ich möchte mir selbst aussuchen, mit wem ich befreundet bin. Ich möchte in aller Offenheit mit meiner schwarzen Schwägerin lachen dürfen, ich möchte über eigenes Geld verfügen, und ich möchte Florence mehr Lohn geben, ohne irgendjemanden dafür anbetteln zu müssen. Ich möchte träumen dürfen und dabei wissen, dass es nicht völlig umsonst ist. Vor allem aber will ich nicht an den meistbietenden Lord verkauft werden wie ein Stück Vieh, sondern heiraten, wen ich will. Ich möchte mit dem Mann, den ich liebe, durch die Welt reisen, möchte Edward und Virginia in Gambia besuchen, möchte Kinder haben, denen ich zeige, wie schön das Leben sein kann, wenn man nur ...«

Sein Atem strich erneut über ihre Lippen. »Wenn man nur was?«

»... frei ist«, hauchte sie. »Wenn man frei ist, Cyril, auch als Frau. Dafür lohnt es sich zu kämpfen.«

Sein Mund verharrte über ihrem.

Dann ließ er sie los und trat einen Schritt zurück. »Meine Mutter ist im Gefängnis und meine Schwester versteckt sich in eurem Park. Du wärst alles andere als frei, wenn du in meine Familie einheiraten würdest.«

Ruby starrte ihn an. Sie suchte nach einem Gegenargument, doch ihr fiel keines ein. Weil Cyril recht hatte?

»Du bist erst achtzehn Jahre alt, Ruby, du hast dein ganzes Leben noch vor dir.« Sein Blick brannte sich in ihren. »Wirf es nicht weg, nur weil du mich liebst.«

Mit einem wütenden Schlag klappte Ruby das Buch zu, in dem sie seit einer Stunde vergeblich zu lesen versuchte, und versteckte es wieder unter ihrer Matratze. Wie sollte sie sich auf »David Copperfield« konzentrieren, wenn ihr ununterbrochen Cyrils ärgerlicher Beschützerinstinkt im Kopf herumging?

Gut, einerseits verstand sie ihn ja. Er wollte nicht, dass sie aus einer verliebten Laune heraus ihre Freiheit oder gar ihr Leben gefährdete, zumal sie deutlich gemacht hatte, dass sie keine Suffragette werden wollte.

Andererseits jedoch trieb sein Beharren darauf, sie von sich fernzuhalten, Ruby langsam, aber sicher in den Wahnsinn.

Frustriert schlug sie gegen den Bettpfosten.

Nicht einmal bei Mabel hatte sie irgendeinen Erfolg vorzuweisen. Florence hatte Ruby erst vor Kurzem anvertraut, dass das Mädchen schwanger sei. Daraufhin hatte Ruby sie unverzüglich rufen lassen und ein offenes Gespräch unter vier Augen mit ihr geführt.

Offen zumindest von ihrer eigenen Seite aus, dachte Ruby düster. Denn Mabel hatte kaum etwas gesagt, sondern nur mit blassem Gesicht auf den Teppich gestarrt. Erst als Ruby ihr angeboten hatte, höchstpersönlich mit der Hausdame zu sprechen und darauf hinzuwirken, dass Mabel trotz des Babys ihren Arbeitsplatz behalten durfte, war Leben in das Mädchen gekommen.

»Nein! Nein, Madam, bitte nicht!«

»Aber Mabel, ich kann doch …«

»Nein, bitte! Denn was soll ich tun, Madam, wenn Sie keinen Erfolg haben?« Wilde Verzweiflung hatte in Mabels Blick gelegen. »Dann weiß Mrs Ponder alles, und ich habe keinerlei Hoffnung mehr, es geheim halten zu können!«

»Das wird dir doch sowieso nicht mehr lange gelingen«, hatte Ruby mit gerunzelter Stirn entgegnet. »Mabel, es hat keinen Sinn, das Problem zu verdrängen, wenn dir in ein paar Wochen jedermann ansehen wird, was los ist!«

»So weit wird es nicht kommen. Ich werde das Kind verlieren.« Mabels Unterlippe hatte gezittert. Sie hatte jünger ausgesehen denn je, ein Kind, das nun selbst ein Kind bekommen sollte. »Mit ein wenig Glück werde ich es verlieren, Madam. Und dann wird keine Menschenseele je erfahren, wie sehr ich gesündigt habe.«

Bei der Erinnerung, wie Mabel nach diesen Worten aus dem Zimmer gestürzt war, schlug Ruby ein weiteres Mal gegen den Bettpfosten, diesmal so hart, dass ihre Hand schmerzte. Mabel erkannte es schon richtig: Ruby war zwar Miss Compton, doch im Grunde war sie ebenso machtlos wie ihre Hausmädchen. Sie konnte Mrs Ponder um Nachsicht bitten. Befehlen konnte sie der Hausdame überhaupt nichts. Schon gar nicht, wenn ihre Wünsche denen des Erben von Rosefield Hall entgegenstanden, und Basil, so viel war klar, würde seine schwangere Geliebte, ohne mit der Wimper zu zucken, auf die Straße jagen.

Florence

*N*un bist du schon seit zwei Wochen in dieser Eishöhle, und die Polizei sucht immer noch nach dir«, sagte Florence bekümmert. »Was kann ich nur tun, um dir das alles ein wenig zu erleichtern?«

»Du erleichterst es mir doch schon«, murmelte Alice an ihrem Haar. »Indem du hier bist.«

Sie hatten beide keine Lust gehabt, sich gegen die frostige Wand zu lehnen, also hatten sie sich kurzerhand nebeneinandergelegt, auf den Deckenberg, und hatten die wärmste Decke über sich gebreitet.

Florence entgegnete: »Aber ich kann nicht immer hier sein. Ich finde viel zu selten Zeit dafür. Was machst du den ganzen Tag über, Alice?«

»Davon träumen, wie mein Leben aussehen wird, wenn der Kampf vorbei ist.«

»Das kann aber noch sehr lange dauern. Ich kenne mich ja nicht sehr gut aus«, überhaupt nicht, wenn sie ehrlich war, »doch dass wir Frauen in absehbarer Zeit das Wahlrecht bekommen, erscheint mir recht unwahrscheinlich.«

»Das dürfte Mama jetzt aber nicht hören.« Alice seufzte. »Du hast nicht zufällig etwas über sie erfahren, vielleicht von deinem Mr Yorks?«

»Er ist nicht mein Mr Yorks«, sagte Florence nachdrücklich, »und wird es auch nie werden.«

»Schon gut.« Alice strich Florence mit den Fingerspitzen über den Hals, und Florence hörte das Lächeln in ihrer Stimme. »Hat er denn nun etwas gesagt?«

Florence zögerte. Wie würde Alice es aufnehmen, dass Mrs Bentfield bereits nach London gebracht worden war?

»Ich fürchte, sie muss Weihnachten in Holloway verbringen.«

Alice erstarrte.

Doch nur wenige Wimpernschläge später kam wieder Leben in sie. Ihre Finger strichen erneut über Florence' Hals, und sie sagte rau: »Wie nicht anders zu erwarten war.«

Florence drehte den Kopf und blickte ihr in die Augen. »Könntest du dich nicht dazu entschließen aufzuhören? Ganz aufzuhören, meine ich. Für immer. Ich finde, du hast genug gekämpft.«

Als Alice nicht antwortete, fügte sie hinzu: »Ich habe nämlich Angst um dich.«

»Das ist schön«, sagte Alice und lächelte.

Florence zog die Brauen zusammen. »Na ja.«

»Doch«, beharrte Alice, »weil es zeigt, dass du mich wirklich … magst.«

Plötzlich spürte Florence das Ziehen wieder, tief in ihrem Bauch. Und wie ich dich mag, wollte sie sagen, oder: Es ist viel mehr als Mögen. Doch alle Worte erschienen ihr zu blass für das, was sie fühlte, und so sah sie nur auf Alice' Lippen. Sie waren weich und weiblich und einladend, und ohne sich zu besinnen, drückte Florence ihre Lippen darauf.

Alice erwiderte den Kuss, legte ihren Arm um Florence und zog sie an sich. Das Ziehen in Florence' Bauch wurde zu einem Pochen, als sie Alice' Körper in ganzer Länge an ihrem spürte, nur getrennt durch Kleider und Unterwäsche und ihr verfluchtes Korsett.

Alice trug keines, das ertasteten Florence' Hände.

Hitzige Bilder stiegen in Florence auf. Bilder von Alice' Körper ohne Korsett, ohne alles, und auf der milchweißen Haut

Florence' Hände, streichelnd, überall. *Überall.* Florence stöhnte leise.

Erschrocken biss sie sich auf die Zunge, ließ das Stöhnen zu einem unverfänglichen Hüsteln werden. Doch Alice lachte nur und schob ihre Hand in Florence' Haar. Zog die erste der Klammern, mit denen die züchtige Hausmädchenfrisur festgesteckt war, heraus, ließ die zweite folgen, die dritte, die vierte. Eine befreite Strähne nach der anderen fiel auf die Decken, während Florence mit aller Macht ihr Stöhnen unterdrückte und sich fragte, wohin es um Himmels willen führen würde, dieses Ziehen und Beben in ihrem Körper, das sie kaum aushielt und das doch immer noch stärker wurde.

Sie spürte Alice' Zungenspitze an ihrer und wurde mutiger, küsste Alice ungestümer, drückte sich an sie.

Alice' Finger machten sich an Florence' Rücken zu schaffen, öffneten Knöpfe, zogen Bänder auf.

Sie entkleidet mich. Alice, meine geliebte Alice, zieht mich aus.

Heiß schoss die Lust in ihren Unterleib, und ohne jedes Zögern tat nun auch Florence, wonach es sie mit einer Gewalt drängte, die tief aus ihrem Innersten kam. Sie schämte sich nicht mehr. Sie unterdrückte das verräterische Stöhnen nicht mehr. Denn alles, was dann geschah, fühlte sich an wie …

Alice

… das Natürlichste auf der Welt, folgerichtig und wunderbar und leicht, so leicht. Es war so leicht, Florence das Kleid von den Schultern zu streifen, sich heftig atmend mit ihr aufzusetzen und sie von Hemd und Korsett zu befreien; so leicht, die weiche Haut zu liebkosen; so leicht, sich ihrerseits von Florence berühren zu lassen, an den Schultern, an der Taille, am Bauch. Feingliedrige Hände legten sich auf Alice' Busen, und sie seufzte auf.

Schloss die Augen.

Entdeckte streichelnd, riechend, schmeckend einen warmen, fremden Körper, der dem ihren ähnlich war und doch so anders, stärker und voller, mit schwereren Brüsten und rosigerer Haut.

Flüchtig ging ihr eine Erinnerung durch den Sinn, an ihre jahrelange Angst, hierbei etwas falsch zu machen. Wäre sie nicht so erregt gewesen, Alice hätte über sich selbst, über ihr unsicheres, jungfräuliches Ich, das sie im Begriff war, hinter sich zu lassen, lachend den Kopf geschüttelt.

Doch Florence' Hand schob sich zwischen ihre Beine, und Lachen und Erinnerungen verwehten, die ganze Welt verwehte, bis nur noch zwei Gefühle übrig blieben, die alles andere überstrahlten.

Und Alice gab sich ihnen hin.

Florence

Was blieb, als die Welt um sie herum verblasste, waren Lust und Glück. Zwei Gefühle, die sich ineinander verwoben, die sich gegenseitig Kraft spendeten, die mächtiger und mächtiger und mächtiger wurden, um sich dann ... bald ... gleich ...
... oh ja, *jetzt* ...
... tosend zu überschlagen.

Keuchend und verschwitzt kamen Florence und Alice wieder zu sich.
Sahen einander mit staunendem Entzücken in den Augen an.
Wurden langsam ruhiger.
Und schliefen schließlich zusammen ein, Mund an Mund, Haut an Haut, in einer Geborgenheit, die Florence nie für möglich gehalten hätte.

Als sie wieder erwachte, wusste Florence nicht, wie viel Zeit vergangen war.
Mit plötzlichem Schrecken wurde ihr klar, dass sie nach Rosefield Hall zurückmusste, auf der Stelle! Sie war bereits viel zu lange weg gewesen, und wenn sie sich nicht schrecklich beeilte, würde sie sich mindestens einen bösen Tadel einhandeln, vielleicht sogar die Kündigung.
Doch etwas in ihr weigerte sich aufzustehen.
Zur Hölle mit Mrs Ponder!, schoss es Florence durch den Kopf. Nein, sie würde jetzt *nicht* gehen und den Boden schrub-

ben, nicht, nachdem sie und Alice sich gerade erst geliebt hatten.

Nicht, nachdem ihre Welt explodiert war, um sich danach völlig neu zusammenzusetzen.

Mit halb geschlossenen Augen blickte Florence zur Decke des Pavillons, die mit mythologischen Figuren in einer arkadischen Landschaft bemalt war. Florence kannte sich mit Mythologie nicht aus, woher auch, aber ihr gefiel, wie heiter die notdürftig bekleideten Frauen und Männer wirkten, trotz der längst verblassten Farben und der Risse, die sich über ihre Körper zogen.

Überhaupt gefiel Florence im Moment eigentlich alles: der ungewohnte Geruch, der ihrem Körper anhaftete. Die Stille, die es ihr erlaubte, Alice atmen zu hören. Selbst die Kälte, die im Pavillon herrschte, erschien ihr nun nicht mehr feindlich, denn sie sorgte immerhin dafür, dass die milchigen Fenster über und über mit filigranen Eisblumen bedeckt waren.

Warum habe ich eigentlich nie bemerkt, wie schön die Welt ist?

»Wir könnten fortgehen«, hörte Florence sich sagen.

Alice hob schlaftrunken den Kopf. »Was?«

Florence stützte sich auf einen Ellenbogen und sah auf Alice hinab. »Wir könnten fortgehen«, wiederholte sie leise.

Nun war Alice wach. »Meinst du das ernst?«

Der Zweifel in ihrer Stimme verletzte Florence, doch sie nahm ihre Worte nicht zurück. Sie hatte mit Alice das Verbotenste getan, was sie sich hätte vorstellen können, und es hatte sich als Weg ins Paradies herausgestellt.

Jetzt war alles möglich.

»Warum nicht?« Sie zog einen Mundwinkel hoch. »Was hält uns denn hier? Arbeit als Haushälterin finde ich auch woanders, und du … Wenn wir nicht mehr hier wären, müsstest du dich nicht mehr verstecken.«

Alice runzelte die Stirn. »Wenn wir nicht mehr in England wären.«

»Ja. Wenn wir nicht mehr in England wären.«

»Du willst auswandern?«

»Ich habe noch nicht richtig darüber nachgedacht. Die Idee ist gerade mal zwei Minuten alt.« Florence lächelte verlegen.

Dann schob sie eine Hand unter Alice' Haar und legte sie auf ihren Nacken. »Es geht mir nicht ums Auswandern an sich. Ich will vor allem, dass du nicht mehr kämpfst. Euer Ziel mag berechtigt sein, aber du, Alice … Du hast genug gelitten für ein ganzes Leben. Ich möchte, dass du glücklich bist, einfach nur noch glücklich, mit mir. Dass du vergessen kannst und dass ich dir dabei helfen darf.«

Alice entzog sich ihr, setzte sich auf und schlang die Arme um die Knie. »Feige kapitulieren soll ich also.«

»Du bist nicht feige. Du hast das Recht, zu tun und auch zu lassen, was immer du willst. Du bist ein freier Mensch, Alice. Hast du nicht genau das zu mir gesagt, als ich zum ersten Mal auf Tamary Court war?«

Stumm und gequält blickte Alice zum Fenster, und Florence kam es vor, als starre sie durch die Eisblumen hindurch in ein anderes Leben, in einen anderen Raum.

In eine feuchte, dunkle Zelle.

»Das Ausgeliefertsein«, brachte sie schließlich heraus, »war das Schlimmste, Florence. Wenn ich daran denke, wie vollkommen machtlos ich war, wie ohnmächtig, wie sie mich malträtiert haben, ohne dass ich mich hätte wehren können, ohne dass ich auch nur ein Zeichen hätte geben können, dass ich bereit war aufzugeben.« Sie brach ab, den Blick weiterhin auf die Eisblumen geheftet.

Florence rührte sich nicht. Wartete.

Alice stieß geräuschvoll die Luft aus.

Dann wandte sie ihren Kopf und schaute Florence in die Augen. »Du hast recht. Egal, was meine Mutter und die anderen Frauen sagen, es ist genug. Jedenfalls für mich.«

Sie beugte sich über Florence und hauchte ihr ins Ohr: »Also lass uns zusammen fortgehen, Liebste.«

Ruby

*N*ie waren ihr die Weihnachtsfestlichkeiten so verlogen vorgekommen wie in diesem Jahr.

Ausnahmslos alles kam ihr falsch vor. Die Karten, die Lady Compton sorgfältig auf dem größten Tisch im Salon aufgestellt und die Matilda bei ihrem letzten Besuch mit kindlich großen Augen bewundert hatte. Der riesige Tannenbaum, der silbrig glitzernd die Halle dominierte. Die Düfte nach Truthahn und Christmas Pudding, Punsch und Mince Pie, die sich auf eine Weise vermischten, die Ruby eigentlich immer geliebt hatte.

Heute bescherten die vertrauten Gerüche ihr Übelkeit.

Sie gehörte, erkannte Ruby, nicht mehr hierher.

Und außerdem machte sie sich Sorgen um Florence.

Wie stets am Morgen des ersten Weihnachtstages stand Ruby neben dem Christbaum in der Halle, neben ihr die Familie, vor ihnen in einem Halbkreis aufgestellt die erwartungsvolle Dienerschaft. Doch Florence und Mabel fehlten. Und während Ruby einem nach dem anderen sein Präsent überreichte, Kleiderstoffe oder auch ein wenig Geld, fragte sie sich bang, was der Grund dafür sein konnte.

Niemandem auf Rosefield Hall war es erlaubt, die Zeremonie der Geschenkübergabe zu verpassen, wenn er nicht mindestens halb tot war. Es galt als die gröbste aller Unhöflichkeiten, und wer an diesem Morgen wegen einer simplen Unpässlichkeit im Bett blieb, der musste am nächsten Morgen seinen Koffer packen.

Ruby dachte an Mabels hoffnungslose, verschlossene Miene während des Gesprächs über die Schwangerschaft, und ihre Furcht verdichtete sich.

»Herzlichen Dank, Madam«, murmelte Kate.

Ruby riss sich zusammen und wünschte dem Mädchen frohe Weihnachten. Dann überreichte sie der Köchin ihr Präsent, danach war eine der Küchenmägde an der Reihe.

Himmel, wenn sie doch nur mit Florence sprechen könnte!

Seit gestern Abend hatte sie die Freundin nicht mehr gesehen. Beim Ankleiden am Morgen hatte ihr, merkwürdig genug, Kate geholfen, und als Ruby hatte wissen wollen, wo denn Florence sei, hatte das Mädchen bloß herumgedruckst. Ruby hatte lieber nicht nachgebohrt, wer wusste schon, ob Florence sich nicht wieder zu Alice gestohlen hatte und dort aus irgendwelchen Gründen aufgehalten worden war?

Nun aber fehlten sowohl Florence als auch Mabel bei der Bescherung.

Es musste etwas passiert sein.

Bis zum Mittag hielt sie es aus. Doch als sie mit ihrer Familie beim Lunch saß und vor Sorge keinen Bissen herunterbekam, wusste sie, dass sie irgendwie zu Florence gelangen musste.

Den Dienstbotenflur zu erreichen und Florence in ihrem Zimmer aufzusuchen, ohne von einem der Angestellten gesehen zu werden, war unter normalen Umständen unmöglich. Aber heute war Weihnachten, und das bedeutete, dass sich, während die Herrschaft oben beim Lunch saß, unten auch die Dienerschaft zum Festessen versammelte.

Ruby hatte den althergebrachten Brauch, dass die Familie sich zweimal im Jahr, am Silvesterabend und eben beim Weihnachtslunch, an einem üppigen Buffet selbst bediente, immer nett gefunden. Heute fand sie ihn großartig. Denn während unten geschmaust und gelacht wurde, während selbst Ponder und Hurst an Knallfröschen zogen und sich Papierkronen aufsetzten, lag der Rest des Hauses vollkommen verwaist da.

Ruby ließ ihren Christmas Pudding stehen und erhob sich, eine Hand auf den Bauch gepresst.

»Mir ist nicht gut«, sagte sie zu ihrer Mutter. »Darf ich mich zurückziehen?«

Ein prüfender Blick in Rubys angespanntes Gesicht reichte Lady Compton aus. Sie nickte knapp. »Soll ich dir ein Mädchen hinaufschicken?«

Ruby schüttelte den Kopf und murmelte etwas von »feiern doch alle«, »brauche nur ein wenig Ruhe« und »bald wieder wohlauf«. Dann verließ sie das Esszimmer so schnell, wie es einer von Übelkeit Geplagten zustand.

Als sie die leere Halle durchquerte, atmete sie auf. Jetzt nichts wie zu Florence! Egal, was geschehen war, gleich würde Ruby es wissen.

Der grau gestrichene Dienstbotenflur war gespenstisch still.

»Florence?«, rief Ruby. »Bist du hier?«

Keine Antwort.

Ruby blieb stehen und kaute auf ihrer Unterlippe. Sollte sie an jede einzelne Tür klopfen? Nun rächte es sich, dass sie keine Ahnung hatte, wo Florence eigentlich schlief.

In diesem Moment kam Florence aus einer der Kammern. Sie hatte ihr Rufen also gehört. Ruby atmete auf.

Doch ihr erleichtertes »Da bist du ja« blieb ihr im Halse stecken.

Florence trug kein Häubchen. Das Haar fiel in unordentlichen Strähnen um ihren Kopf. Schweigend stand sie da, die Fäuste geballt, das Gesicht blass, die Augen dunkel.

»Um Himmels willen, was ist los mit dir?«, rief Ruby erschrocken aus.

»Mit mir ist nichts, abgesehen davon, dass ich im neuen Jahr auf der Straße sitze. Aber mit ihr ist etwas, Ruby. Mit ihr.« Florence hob den Arm und wies in das Zimmer, aus dem sie eben gekommen war.

Rubys Mund wurde trocken. »Mabel?«

»Sie hatte mir versprochen, nicht die Leiter herunterzustürzen«, sagte Florence tonlos. »Und sie hat ihr Versprechen gehalten. Aber es gibt ja auch noch lange, steile Treppen.«

Entsetzt schlug Ruby sich die Hand vor den Mund.

»Sie ist nicht tot«, fuhr Florence unnatürlich ruhig fort, »doch ohne Arzt wird sie es bald sein. Das sieht selbst ein Laie wie ich. Einen Arzt wird sie allerdings nicht bekommen, sagt Mrs Ponder. Mrs Ponder ist fuchsteufelswild, weil Mabel die Frechheit besessen hat, sich ausgerechnet in der heiligen Nacht etwas anzutun.«

»Deshalb seid ihr nicht zur Bescherung gekommen«, flüsterte Ruby.

Florence nickte, eine knappe, kaum wahrnehmbare Bewegung. »Ich wache bei ihr. Ich möchte nicht, dass sie allein ist, wenn sie stirbt.«

»Florence ...«

»Ob ich bei den Feierlichkeiten dabei bin oder nicht«, fuhr Florence fort, als habe sie Ruby gar nicht gehört, »ist sowieso gleichgültig. Im neuen Jahr muss ich fort sein. Mrs Ponder sagt, bis dahin könne ich meine Zeit ruhig dazu nutzen, einem gefallenen Mädchen die Hand zu halten. Großzügig, nicht wahr? Nur dich, Ruby, dich dürfe ich nicht mehr belästigen.«

»Das hat sie gesagt?«

Wieder nickte Florence. »Wer den Abstand zur Herrschaft nicht halte, der müsse gehen, das war ihre Begründung dafür, dass sie mir gekündigt hat. Da ich darüber hinaus wochenlang meine Arbeit vernachlässigt habe, müsse ich froh sein, wenn ich überhaupt ein Zeugnis bekomme.«

Ruby stieß scharf die Luft aus. »Also bin ich an deiner Kündigung schuld. Oh Florence, es tut mir leid!«

»Nicht du«, sagte Florence. »Sondern diese verrückte Welt, die jedem von uns eine Rolle aufzwingt, mir, dir, Alice, Mabel. Wir müssen sie unser ganzes Leben lang spielen, und wenn wir daraus ausbrechen wollen, werden wir bestraft. Jede von uns. Unbarmherzig.«

Sie sahen einander an.

Schlagartig begriff Ruby, dass von dem unterwürfigen Dienstmädchen, das Florence gewesen war, nichts mehr übrig geblieben war. Florence hatte sich verändert, sie hatte angefangen zu denken, zu träumen und anzuklagen, genau wie Ruby selbst. Und da wusste Ruby, dass es so weit war. Dass genau hier, im Zwielicht des grauen Dienstbotenflurs, die Entscheidung getroffen werden musste.

Denn was blieb ihnen, wenn sie in einer Welt, wie Florence sie beschrieben hatte, nicht leben wollten?

Sie konnten aufgeben, sich die Treppe hinunterstürzen wie Mabel, in kalter Gleichgültigkeit erstarren wie Lady Compton, sich unterwerfen und alles mit einem Lächeln akzeptieren wie Matilda.

Oder sie konnten kämpfen. Wie Edward in Gambia, wie Cyril bei den Suffragisten, wie Alice und ihre Mutter bei den Suffragetten. Bomben musste man dafür gar nicht werfen. Die einzig wahre Art, sich gegen Ungerechtigkeit und Unterdrückung zu wehren, gab es nämlich nicht. Doch es gab die Verpflichtung, nicht im weichen Sessel oder auf dem harten Dienstbotenstuhl sitzen zu bleiben.

Sondern aufzustehen.

Ruby hörte Mabel durch die geöffnete Tür wimmern. Sie sah

die Sorge in Florence' Augen. Sie dachte an Cyril, der sich für etwas einsetzte, das ihm gar nicht zugutekam, einfach nur deshalb, weil es *richtig* war.

Und sie entschied sich.

Florence

Während Ruby zurück ins Esszimmer eilte, um ihre Eltern um Hilfe zu bitten, saß Florence an Mabels Bett und streichelte dem Mädchen die Hand.

Noch vor so kurzer Zeit war Florence glücklich gewesen, in Alice' Armen, die Zukunft leuchtend, verheißungsvoll vor ihnen ausgebreitet. Ihre gemeinsame Zukunft, in einem fremden Land.

Und nun hatte Mrs Ponder Florence gekündigt, und die nähere Zukunft war alles andere als verheißungsvoll. Wo sollte sie hin, wenn sie von Rosefield Hall fortmusste? Sie hatte ja keine Familie. Vielleicht bekam sie nicht einmal ein Zeugnis, und wenn, dann gewiss kein gutes, wie sie vermutete, nach dem, was Mrs Ponder ihr vorgeworfen hatte: Pflichtvergessenheit, Faulheit, Distanzlosigkeit, eitles Streben nach Höherem.

Natürlich wollte sie mit Alice auswandern, immer noch, vielleicht mehr denn je. Aber doch nicht so überstürzt. Einen solchen Schritt musste man vernünftig planen. Man musste sich über die Länder informieren, mit denen man liebäugelte, man musste seine Ersparnisse sichten. Ob Alice über ein eigenes Vermögen verfügte? Ob Mr Bentfield sie unterstützen würde? Kurz: Man musste wohlüberlegt vorgehen und einen Schritt nach dem anderen tun. Aber nicht Hals über Kopf auf der Straße landen und dann irgendwohin fliehen wie Diebe in der Nacht.

Florence seufzte tief.

Sie sah Mabels blasses Gesicht, und das lenkte sie für einen Moment von ihren eigenen Sorgen ab. Mabel sah so jung aus, wie ein kleines Mädchen, das einen Fehler gemacht hatte und dafür mit dem Tode bestraft werden sollte. Dieser Gedanke war kaum zu ertragen.

Mabels Augen waren geschlossen, die Lider beinah durchscheinend weiß. Sie atmete, aber wer wusste schon, wie lange noch? Es war ja gar nicht klar, welche Knochen in ihrem Körper gebrochen, welche Organe durch den Sturz die lange Treppe hinunter verletzt worden waren. Wenn Mabel starb, würde man nicht einmal wissen, woran.

An Basil. Und an Mrs Ponder, die Mabel und ihr Baby einfach verrecken lässt.

Das Baby. Florence runzelte die Stirn. Plötzlich fand sie es merkwürdig, dass Mabel gar nicht geblutet hatte. Tat man das nicht, wenn man ein Kind verlor?

Florence hob die Bettdecke an. Zögernd griff sie nach dem Saum von Mabels Nachthemd und schob ihn nach oben.

Kein Blut. Nirgendwo.

Konnte es sein, war es möglich, dass das ungeborene Kind noch lebte?

Verwirrt schob Florence das Nachthemd wieder hinunter und deckte Mabel zu. Vielleicht war das alles nur ein böser Traum, und gleich würde Florence erwachen. Dann wäre Mabel zwar noch schwanger, aber gesund, und sie könnte, sie könnte ... tja. Was könnte Mabel?

Sich wehren, dachte Florence traurig. Auswandern wie sie selbst und Alice. Nach London gehen und vorgeben, der Ehemann und Vater des Kindes sei gestorben. Irgendetwas konnte man doch immer tun!

Alles war besser, als mit sechzehn Jahren in einer Dienstbotenkammer zu sterben.

Mit einem Kind im Bauch, das sich offenbar beharrlich weigerte, dasselbe zu tun.

Ruby

*N*anu, ist dir schon wieder wohler?« Erstaunt blickte Lady Compton auf. »Wir wollten gerade die Tafel aufheben, aber wenn du doch noch etwas vom Dessert möchtest ...«

»Nein, Mama, vielen Dank«, schnitt Ruby ihr das Wort ab. »Ich brauche einen Arzt.«

Ihr Vater schob seinen Stuhl zurück und erhob sich. »So schlimm? Leg dich ins Bett, mein Kind. Ich werde sofort nach Dr. Reese rufen lassen.«

Ungeduldig schüttelte Ruby den Kopf. »Es geht nicht um mich, sondern um Mabel.«

Verständnislos starrten ihre Eltern sie an. »Wer ist Mabel?«

Aus den Augenwinkeln sah Ruby, dass Basil einen großen Schluck Wein nahm.

»Eines der Hausmädchen«, sagte Ruby. »Sie braucht sofort einen Arzt. Und mit sofort meine ich sofort.«

Da nun klar war, dass es nicht seine Tochter war, die eines Arztes bedurfte, ließ Lord Compton sich wieder auf seinen Stuhl fallen. »Warum sollten wir für ein Hausmädchen einen Arzt rufen? Augusta, meine Liebe«, er wandte sich an Lady Compton, »ist für Krankheiten des Personals nicht Ponder zuständig?«

Ruby musste sich zusammenreißen, um nicht zu schreien. Dort oben lag Mabel und starb, und hier unten diskutierte man in Seelenruhe darüber, wer für was zuständig war.

»Habt ihr denn gar kein Herz?«, fuhr sie ihre Eltern an. »Sie stirbt! Ruft endlich Dr. Reese!«

»Aber warum stirbt sie denn, um Himmels willen?«, fragte Lady Compton ungehalten.

Basil brummte genervt.

Wie eine Stichflamme schoss die Enttäuschung in Ruby hoch, über ihre Familie, die so brutal war in ihrer Gleichgültigkeit, und etwas in ihr hakte aus.

»Mabel stirbt, weil mein lieber Bruder Basil«, presste sie zwischen zusammengebissenen Zähnen hervor, »sie geschwängert hat, ohne danach die Verantwortung dafür zu übernehmen, so dass sie sich nicht anders zu helfen wusste, als sich umzubringen. Was ihr jedoch Gott sei Dank nicht ganz gelungen ist.«

Ihre Eltern starrten sie schockiert an.

»Ja, Gott sei Dank«, wiederholte Basil sarkastisch und warf Ruby einen mörderischen Blick zu.

»Einen Arzt«, sagte Lady Compton, die in Windeseile wieder Haltung angenommen hatte, »brauchen wir in diesem Falle wohl nicht. Was hat das Mädchen sich bloß dabei gedacht?«

Sie wandte sich an Basil. »Wobei es angebracht wäre, dass du ein bisschen mehr Vorsicht walten lässt, wenn du deine Finger schon nicht vom Personal lassen kannst.«

»Wer sagt denn, dass das Balg von mir war?«, sagte Basil unwirsch. »Die niederen Klassen treiben's doch wie die Karnickel. Wahrscheinlich war sie von einem der Diener schwanger oder vom Lintinghamer Dorfdeppen oder was weiß ich, von wem.«

»Und wenn sie es ausgetragen und es dir ähnlich gesehen hätte?«, fragte Lady Compton scharf. »Wie hättest du das wegerklärt, bitte schön? Am Ende hätte sie noch Forderungen an dich gestellt!«

»Aber Augusta!« Über Lord Comptons rote Stirn liefen die ersten Schweißtropfen. »Ich glaube nicht, dass das ein Gespräch ist, das eine Mutter mit ihrem Sohn führen sollte.«

»Oh, das stimmt, mein Lieber«, versetzte Lady Compton eisig. »Es wäre deine Aufgabe gewesen, solch ein Gespräch mit unserem Sohn zu führen, allerdings schon vor Jahren! Erwachsen und zeugungsfähig ist Basil schließlich nicht erst seit heute. Hättest du dir auch mal ein paar Gedanken über deinen Erben gemacht statt immer nur über Edward, Edward, Edward, dann wäre es zu einem solch … solch unappetitlichen Vorkommnis gar nicht erst gekommen!«

»Also, unappetitlich war Mabel eigentlich nicht«, murmelte Basil.

»Augusta, du weißt genau, dass Basil mir ebenso am Herzen liegt wie dir. Um Edward habe ich mich eben mehr gesorgt, und das ja wohl zu Recht. Was, wenn er kein«, der Schweiß strömte Lord Compton nun ungehindert über Stirn und Schläfen, »kein richtiger Mann geworden wäre? Wenn du verstehst, was ich meine. Herrgott, das ist wirklich keine Diskussion fürs Esszimmer!«

Ruby stand ganz still da.

Sie betrachtete ihre Familie wie aus weiter Ferne.

Dann wandte sie sich ab und ging zur Tür. Von ihren Eltern war keine Hilfe zu erwarten, und Mabel dort oben blieb keine Zeit. Ruby musste zu Cyril reiten, er würde ihr helfen.

Oh ja, er würde ihr helfen.

Hinter sich hörte sie Schritte. Als Ruby den Raum verlassen wollte, stellte Basil sich ihr in den Weg.

»Du bist einen entscheidenden Schritt zu weit gegangen, Schwester!«, zischte er. »Spätestens wenn das alles einmal mir gehört, ist für dich kein Platz mehr auf Rosefield Hall. Nicht nach diesem Verrat.«

»Das weiß ich«, erwiderte sie vollkommen ruhig. »Im Grunde meines Herzens weiß ich das schon sehr lange, Basil.«

Sie schob ihren Bruder aus dem Weg und ging, ohne sich noch einmal nach ihm oder ihren streitenden Eltern umzusehen.

Mabel

Sie flog durch einen schwarzen Tunnel. Nach oben, immer höher hinauf, auf ein weißes Licht zu. Wie schön es war, das Licht ... Unvergleichlich schön, viel schöner als alles, was Mabel je gesehen oder gespürt hatte.

Das Licht war es, erkannte sie, wonach sie sich gesehnt hatte, seit ihre Eltern sie zum Arbeiten fortgeschickt hatten, wonach sie sich gesehnt hatte in jeder einzelnen Umarmung, bei jedem Kuss, bei allem, was sie ihnen gewährt hatte, Basil, John, um endlich erkannt zu werden. Das Licht war Liebe und Respekt und Glückseligkeit, und es war bereit, Mabel aufgehen zu lassen in heller, strahlender Ewigkeit.

Aber nicht jetzt, hörte sie eine Stimme. *Noch nicht.*

Die Stimme erklang neben ihr, über ihr, in ihr, war körperlos und eindringlich, und Mabel wusste, was die Worte bedeuteten.

Doch sie wehrte sich. Sie bettelte und weinte, wollte nicht zurück in diesen gebrochenen Körper, der da unten auf dem Bett lag, wollte hoch zu dem weißen gütigen Licht.

Später, Mabel. Sie braucht dich. Sie will leben.

Wer war sie?

Niemand braucht mich, mich doch nicht! Bitte schick mich nicht zurück, lass mich hierbleiben, bitte ...

Doch schon wurde sie mit einem Ruck hinabgezogen, raste durch den schwarzen Tunnel nach unten, bis sie vor Schmerzen stöhnte, weil sie wieder in ihren Körper eindrang und das gütige Licht erlosch.

»Sie wacht auf«, hörte sie eine Stimme sagen, und eine andere: »Sie schafft es, Dr. Reese! Nicht wahr, sie schafft es?«

»Gut möglich, Miss Compton. Ich müsste allerdings täglich nach ihr sehen, und die Medikamente ...«, die erste Stimme räusperte sich verlegen, »... sind teuer, Miss Compton. In Anbetracht der Tatsache, dass Sie mich hier hereingeschleust haben wie einen Einbrecher, nehme ich an, Ihre Eltern wissen nichts von meiner Anwesenheit. Also werden sie auch die Kosten nicht übernehmen und ...«

»Aber ich«, unterbrach eine dritte, dunkle Stimme die erste ungeduldig. »Das sagte ich doch bereits.«

»Ja, Mr Bentfield, das sagten Sie. Ich war mir nur nicht sicher, ob ich mich darauf verlassen kann, schließlich handelt es sich bloß um ein Hausmädchen. Und nicht einmal Ihr eigenes.«

»Es handelt sich um eine erst sechzehnjährige, schwangere Frau, die ich ganz gewiss nicht sterben lassen werde, um ein paar Pfund zu sparen«, blaffte die dunkle Stimme. »Sobald sie transportfähig ist, lasse ich Mabel nach Tamary Court bringen.«

»Sie sind ungewöhnlich großzügig, Mr Bentfield«, sagte die erste Stimme misstrauisch.

»Er ist *menschlich*, Dr. Reese«, sagte die weibliche Stimme ruhig.

Menschlich.

So, wie die weibliche Stimme es sagte, klang das Wort schön.

Mit einer Anstrengung, die fast zu groß war, hob Mabel eine Hand von der Matratze und legte sie auf ihren Bauch, dorthin, wo immer noch das Baby lebte.

Sie. Es war eine Sie. Ein kleines Mädchen, das sie brauchte und das überleben würde, weil es jemanden in Mabels Nähe gab, der *menschlich* war.

Probeweise vertiefte Mabel ihre Atmung, und sie registrierte mit einer Erleichterung, die sie selbst überraschte, dass es funktionierte: Sauerstoff durchströmte sie, arbeitete sich durch ihren Körper und ließ den Eingang des schwarzen Tunnels, der immer noch über ihr klaffte, verblassen wie ein Traumgespinst.

Die Hand auf ihrem Bauch, behutsam nun und schützend, schlug Mabel die Augen auf.

Ruby

Nach Tamary Court zu reiten, Cyril um seine Hilfe zu bitten und diese augenblicklich gewährt zu bekommen war eines gewesen. Als wesentlich schwieriger hatte es sich herausgestellt, Dr. Reese von seinem Truthahn loszueisen.

Doch nun, da Mabel mit Medizin und Verbänden versorgt war und Florence bei ihr wachte, atmete Ruby zögerlich auf. Laut Dr. Reese würde Mabel nicht sterben, und so bald wie möglich wollte Cyril sie mit dem Automobil abholen und nach Tamary Court bringen. Auch Mabels Baby schien überlebt zu haben, was der Doktor mit einem Kopfschütteln und den Worten »Unerklärlich bei einem solchen Sturz, es ist wahrlich ein kleines Wunder« kommentiert hatte.

Unterdessen hatte sich Rubys Familie völlig zerstritten zurückgezogen, jeder in sein eigenes Zimmer. Ruby war das recht. Auf diese Weise hatte sie sich ungestört um Mabel kümmern können, und weder Dr. Reese' noch Cyrils Anwesenheit war von den Eltern auch nur bemerkt worden.

Nachdem der Doktor sich von ihnen verabschiedet hatte, um zurück zu seinem Truthahn zu eilen, entschied Ruby spontan, der einsamen Alice einen Weihnachtsbesuch abzustatten. Tee und Dinner würde Ruby heute schwänzen. Was ihre Eltern dazu sagen würden, war ihr egal. Vom Namen her mochte sie noch zu ihrer Familie gehören. Vom Herzen her nicht.

Cyril schloss sich Ruby an. Da jedermann, meinte er, mit den Weihnachtsfeierlichkeiten beschäftigt sei, und in einem kleinen

Dorf wie Lintingham mache die Polizei da gewiss keine Ausnahme, könne er es heute wohl ausnahmsweise wagen, Ruby zu Alice zu begleiten.

In der Abenddämmerung ritten sie nebeneinander durch den verschneiten Park.

»Du und deine Familie, ihr hattet von Anfang an recht«, sagte Ruby, als sie sich im Schritt dem Pavillon näherten. »Es muss sich etwas ändern für uns Frauen, unbedingt. Und ich werde dazu beitragen, ob dir das nun gefällt oder nicht.«

Sein Kopf ruckte zu ihr herum. »Ich dachte, du willst keine Steine werfen?«

»Will ich auch nicht. Aber ich könnte Suffragistin werden und auf legale Weise kämpfen. So wie du. Oder ich unterstütze Frauen wie Mabel, die ein ungewolltes Kind bekommen. Oder ich setze mich für bessere Arbeitsbedingungen für Hausangestellte ein, damit sie nicht Tag und Nacht schuften müssen, um dann doch bei der ersten Gelegenheit auf die Straße gesetzt zu werden. Sie sollen ein menschenwürdiges Leben führen können, genau wie wir, Cyril. Oder … Ach, es gibt so viel, was im Argen liegt. Ich werde einfach herausfinden müssen, wo mein Platz ist.«

Sie hatten den Pavillon erreicht und saßen ab. Ruby schlang Pearls Zügel um einen gefrorenen Ast. Sie spürte, dass Cyril sie beobachtete.

»Aber dass ich einen Platz da draußen habe, daran zweifle ich nicht mehr«, fuhr Ruby fort. »Ich gehöre nicht in ein watteweiches Leben zwischen Schlossmauern, ich gehöre in die Welt. Und wenn ich nicht an deiner Seite kämpfen kann, Cyril, dann werde ich es eben alleine tun. Das ist mir heute klar geworden.«

Sie hob die Hände und fügte herausfordernd hinzu: »So, nun weißt du's. Jetzt musst du dich entscheiden, ob du mich tatsächlich ganz alleine da rausschicken willst.«

Cyril trat auf sie zu. Mit halb gesenkten Lidern erwiderte er ihren Blick. »Und da raus bedeutet …?«

»London, nehme ich an.« Ruby zuckte mit den Schultern. »Immerhin bin ich gebildet. Ich könnte als Gouvernante arbeiten. Dann müsste ich mich allerdings heimlich für meine Ziele engagieren, in meiner freien Zeit, denn ansonsten würde man mir wahrscheinlich ziemlich schnell kündi…«

»Den Teufel wirst du tun!«, knurrte Cyril. »Du glaubst doch nicht im Ernst, dass ich dich Gouvernante spielen lasse, wenn wir auch heiraten könnten?«

Ihr Herz klopfte schneller.

Dennoch zwang sie sich, ruhig zu entgegnen: »Könnten wir das denn?«

Schweigend fixierte er sie.

Die Zeit dehnte sich.

Langsam sagte Cyril: »Wenn du es wirklich willst, Ruby. Wenn du wirklich dazu bereit bist, nach London zu gehen, mit mir oder ohne mich. Wenn du bereit bist, dein sicheres Leben aufzugeben und mit deiner Familie zu brechen, denn darauf wird es hinauslaufen.«

Ihre Blicke hielten sich fest, kein Ausweichen war mehr möglich.

»Der Einzige aus meiner Familie, den ich je vermissen werde, ist Edward. Und der ist bereits fort«, sagte Ruby. »Ich habe mich immer fremd unter ihnen gefühlt, Cyril. So, als gehörte ich gar nicht dazu, als sei alles an mir falsch. Aber bei dir … Wenn wir beide zusammen sind, dann bin ich dort, wo ich sein soll. Und ich bin ich selbst.«

Cyril lächelte.

Dann legte er eine Hand um Rubys Taille und zog sie sanft zu sich heran.

Noch nie hatte er sie so zart geküsst.

»Ich liebe dich«, flüsterte er an ihren Lippen. »Ich liebe dich und möchte dich bitten, meine Frau zu werden. Heirate mich, und ich verspreche dir, dass ich dich vor allem beschützen werde, wovor du dich beschützen lassen willst.«

»Immer noch der edle Ritter, der die Prinzessin retten will?«, neckte Ruby ihn, während ihr die Tränen kamen. Sie versteckte sie hinter einem Grinsen.

»Ruby.« Seine Stimme war dunkel.

»Hm?«

»Bitte sag ja.«

Und nun weinte sie doch. Zum Teufel mit der Compton'schen Zurückhaltung! Als zukünftige Mrs Bentfield würde sie heulen, lachen, streiten oder leidenschaftlich diskutieren, wann immer sie Lust dazu hatte.

»Du hast es zwar nicht verdient, nachdem du mich so lange hingehalten hast«, schluchzte sie und schlang ihm die Arme um den Nacken, »aber ja. Ja, Cyril. Natürlich heirate ich dich.«

Cyril schloss die Augen.

Als er sie wieder öffnete, war das Braun seiner Iris ein einziger Tanz aus goldenen Funken.

Alice

Viel konnte sie durch die milchigen Scheiben zwar nicht erkennen, aber dass ihr Bruder und Ruby zueinandergefunden hatten, war offensichtlich. Alice freute sich von Herzen darüber.

Gleich darauf durchfuhr sie ein Frösteln. Über die ewige, fürchterliche Kälte freute sie sich nicht. Wie hielten Cyril und Ruby das bloß aus? Sie standen da draußen bei arktischen Temperaturen und küssten sich seit einer Ewigkeit.

Nicht, dass es bei ihr im Pavillon nennenswert wärmer gewesen wäre. Alice rieb sich ihre steifen Finger. Sie musste Florence unbedingt sagen, dass es ein warmes, ein heißes Land sein sollte, in das sie auswanderten. Gefroren hatte Alice in den letzten Wochen so viel, dass sie für den Rest ihres Lebens genug davon hatte.

Die Tür wurde aufgestoßen, und Ruby trat ein, gefolgt von Cyril und einem Schwall eisiger Luft.

»Frohe Weihnachten!«, rief Cyril so enthusiastisch, dass Alice lachen musste.

»Und euch herzlichen Glückwunsch«, entgegnete sie. »Denn wegen Weihnachten bist du nicht so wunderbarer Laune, oder?«

»Nun, nein.« Er rieb sich verlegen übers Kinn, konnte aber nicht aufhören zu grinsen. »Wir werden heiraten, Alice. Wir werden heiraten!«

Er griff nach Rubys Hand und zog sie an sich, und Ruby sah verliebt zu ihm hoch.

Alice konnte nicht anders, sie lachte wieder. Rasch trat sie auf die beiden zu und küsste erst Ruby, dann Cyril auf die Wange.

»Ich wünsche euch alles Glück der Welt«, sagte sie aufrichtig, und mit einem Mal war sie bewegt. Hier stand er, ihr Bruder, und schaute einer Zukunft voller Liebe entgegen, endlich. Genau wie sie selbst.

»Wird Florence auch kommen?«, fragte sie unvermittelt.

Rubys Miene verdüsterte sich.

»Es ist einiges geschehen auf Rosefield Hall. Komm, ich erzähle es dir. Aber vielleicht sollten wir uns dafür hinsetzen.«

»Ihr wollt sie beide bei euch aufnehmen?« Sie hockten zu dritt auf dem Deckenlager, und Alice schüttelte heftig den Kopf. »Das geht nicht! Mabel wird dankbar dafür sein, aber Florence? Sie will doch gar keine neue Arbeitsstelle!«

»Nein?« Cyril runzelte die Stirn. »Und was will sie dann?«

»Auswandern«, sagte Alice. »Mit mir. Wir dachten bloß, wir hätten ein bisschen mehr Zeit, das Ganze zu planen.«

Ihrem Bruder und Ruby verschlug es die Sprache.

Cyril fasste sich als Erster.

»Wohin wollt ihr denn auswandern?«

»Irgendwohin, wo es warm ist.«

Spöttisch zog er eine Braue hoch. »Klingt nach einem gut durchdachten Plan. Bis ins Detail ausgefeilt.«

Alice schnaubte. »Ich sagte doch, wir brauchen noch ein bisschen Zeit!«

»Aber Florence ... möchte sie wirklich auswandern? Sie hat mir überhaupt nichts davon erzählt.« Ruby wirkte verletzt.

»Es war bisher ja auch nichts als eine Idee.« Alice legte ihre Hand auf Rubys. »Wahrscheinlich hat sie noch gar nicht so viel darüber nachgedacht. Ich hingegen schon. Wenn man den ganzen Tag hier herumsitzt und friert, träumt man sich eben gerne fort.« Sie lächelte entschuldigend.

Ruby war nicht überzeugt. »Es erstaunt mich trotzdem. Fortgehen, zusammen ... Ich meine, ihr kennt euch doch noch gar nicht so lange.«

»Ihr euch auch nicht«, entgegnete Alice prompt.

»Nein, aber das ist etwas anderes. Cyril und ich ...« Ruby unterbrach sich, und ihre Augen wurden rund. »Du und Florence ... ihr ...?«

Sie sahen einander stumm an, Rubys Augen groß wie Untertassen.

Cyril räusperte sich unbehaglich. »Ruby, Liebste, hast du es denn nicht geahnt?«

Ruby löste sich aus ihrer Erstarrung und stotterte: »Vielleicht, doch, irgendwie. Aber dann dachte ich ... Ich dachte einfach, so etwas kann es doch nicht geben, dass zwei Frauen ... sich auf diese Art zugetan sind ... ach, verdammt!«

Sie schlug mit der flachen Hand auf die Decken. »Dann liebt ihr euch eben. Umso besser, wenn man es recht bedenkt. Denn ihr müsst ja auf Dauer miteinander auskommen, wenn ihr erst im Ausland ...«

Wieder brach Ruby ab. Plötzlich sah sie ganz seltsam aus, ihr Blick entrückt, ihr Mund leicht geöffnet. Das eben Gehörte, dachte Alice mitfühlend, nahm Ruby offensichtlich weit mehr mit, als sie zugeben wollte.

Doch zu Alice' Überraschung breitete sich ein strahlendes Lächeln auf Rubys Gesicht aus.

»... wenn ihr erst in Gambia seid!«

Nun war es an Alice, große Augen zu machen. »In Gambia?«

Ruby nickte eifrig. »Wenn ihr schon auswandern wollt, empfiehlt sich doch ein Land, in dem ihr von Anfang an willkommen seid, oder? Edward ist der großherzigste Mensch der Welt, und ich weiß, dass Florence ihn immer gernhatte. Ich werde ihm gleich telegrafieren, wenn ihr wollt!«

»Edward? Dein Bruder? Aber er kennt mich kaum.« Alice

schluckte. »Ich kann mich ihm doch nicht einfach so aufdrängen.«

»Du hast doch Medizin studiert, oder nicht? Ich bin sicher, Edward und Virginia werden dir mehr als dankbar sein, wenn du bereit bist, sie bei der Behandlung der Kranken auf der Plantage zu unterstützen. Du wirst dort von großem Nutzen sein, Alice!« Ruby war Feuer und Flamme für ihre Idee. »Außerdem habe ich noch was gut bei Edward, das hat er beim Abschied zu mir gesagt. Und ihr seid bereits geschäftlich verbandelt, gewissermaßen. Schließlich kommen die Erdnüsse für *Bentfield's* zukünftig von seiner Plantage.« Ruby grinste fröhlich. »Er kann also gar nicht ablehnen.«

Gambia.

Bunte Bilder stiegen in Alice auf, von flirrend heißem Sand und von wilden, kreischenden Affen.

Von exotischen Vögeln in Palmen, die sich im Wind wiegten.

Von ihr selbst und Florence in einem bunt gestrichenen Boot, das sie zu Edward Comptons Plantage brachte.

Von einer Hütte am Fluss, in der sie sich in der Mittagshitze liebten.

Von Kranken, denen sie Linderung oder Heilung verschaffen konnte, so dass all das, was sie einst mit so viel Eifer gelernt hatte, doch noch einen Sinn bekam. Sie würde wieder eine Aufgabe haben, würde sich für etwas einsetzen, für etwas Gutes; doch niemand, dachte Alice, würde sie dafür erniedrigen und quälen.

Plötzlich war es ganz leicht, Rubys erwartungsvolles Lächeln zu erwidern.

Ruby

Nach ihrem Verrat an Basil wurde Ruby eisern ignoriert, nicht nur von ihrem Bruder, sondern auch von ihren Eltern. Weihnachten war vorüber, das Jahr 1913 ging zur Neige, und Ruby war auf Rosefield Hall mehr denn je eine Fremde.

Doch sie störte sich nicht mehr daran, wusste sie ja nun, wohin sie gehörte, wen sie liebte, was sie tun wollte. Innerlich war sie bereits fort; aufgebrochen in ein Leben, das gefährlich und schön sein würde, anstrengend und voller Zärtlichkeit.

Ein Leben, das endlich zu ihr passen würde.

Florence nahm Rubys Idee, nach Gambia zu gehen, mit begeisterter Dankbarkeit auf. Gleich nach Weihnachten telegrafierte Ruby an Edward. Sie hegte keinerlei Zweifel daran, dass ihr Bruder die beiden Frauen mit dem ihm eigenen Großmut aufnehmen würde.

Und tatsächlich kam schon am Morgen des letzten Tages im Jahr seine telegrafische Zusage.

Was für ein Tag!, dachte Ruby aufgeregt. Erst die Zusage, und dann, heute Abend, in den letzten Stunden des alten Jahres …

… würde Cyril bei ihren Eltern um ihre Hand anhalten.

Nicht daran denken. Noch nicht.

Ruby war schon nervös genug. Denn wenn ihre Eltern Cyril abweisen würden, was dann? Sie hatte die Gunst ihrer Eltern zwar verloren, doch eine vorteilhafte Ehe wünschte man sich immer noch für sie, wenn auch nur, damit der Name Compton nicht beschmutzt würde. Wenn Cyril, der Kaufmann, ihren Eltern also nach wie vor nicht gut genug wäre, würde Ruby bei Nacht und Nebel fliehen müssen, um sich in aller Heimlichkeit und größter Eile von irgendeinem Landpfarrer trauen zu lassen. Natürlich wäre sie dazu bereit; für ein Leben an Cyrils Seite wäre sie zu allem bereit. Aber wesentlich einfacher wäre es schon, wenn ihre Eltern dieser Ehe zustimmen würden.

Ihre Nervosität steigerte sich.

Besser, sie lenkte sich ab, bis es so weit war.

Kurz entschlossen machte Ruby sich auf den Weg zu Mabel, um ihr ein wenig Gesellschaft zu leisten. Schon morgen würde das Mädchen, begleitet von der gekündigten Florence, nach Tamary Court übersiedeln. Dr. Reese hatte die Erlaubnis bereits erteilt, nicht ohne ein weiteres Mal zu betonen, für wie unerklärlich er die gute Verfassung von Mutter und Kind hielt.

Ruby schritt durch den Flur auf Mabels Kammer zu. Mittlerweile war es ihr gleichgültig, ob man sie hier oben sah, denn Lord und Lady Compton ignorierten nicht bloß demonstrativ, was Ruby den ganzen Tag über tat, sondern auch, was mit der pflichtvergessenen Florence, der unverschämten Mabel und dem Bastard in ihrem Bauch geschah. Mit diesem Verhalten wollten die Comptons Ruby wohl strafen; tatsächlich gewährten sie ihr damit Narrenfreiheit.

Als Ruby die kleine Kammer betrat, lächelte das Mädchen ihr entgegen. Mabels Hand lag auf ihrem Bauch. Schlagartig wusste Ruby, wie sie ihre Eheschließung mit Cyril durchsetzen konnte, ohne bei Nacht und Nebel fliehen zu müssen.

Sie musste grinsen. Wie oft hatte ihr Vater ihr in der Vergangenheit den Mund verboten!

Dieses eine Mal würde Ruby *ihn* zum Schweigen bringen.

Florence

*S*ie schläft«, flüsterte Ruby, als Florence gegen Mittag in Mabels Kammer trat. »Wir haben miteinander geplaudert, aber sie ermüdet noch sehr schnell.«

Unschlüssig knetete Florence ihre Hände.

Zu Zeiten, in denen weder Mabel noch Ruby sie brauchten, wusste Florence auf Rosefield Hall nichts mehr mit sich anzufangen. Alice durfte sie nicht allzu oft besuchen, um keinen Verdacht zu erregen. Schließlich versteckte Alice sich immer noch vor der Polizei. Arbeiten durfte Florence auch nicht mehr. Im Aufenthaltsraum der Dienerschaft herumsitzen, während alle anderen geschäftig hin und her eilten, wollte sie aber ebenso wenig.

Es wurde Zeit, dass sie ging.

»Höchstens bis zum Ende des Jahres!«, hatte Mrs Ponder ihr bei der Kündigung erklärt. »Dich faules Ding noch länger auf Kosten Seiner Lordschaft durchzufüttern kann ich wirklich nicht verantworten.«

Dich faules Ding.

Unwillkürlich war Florence bei dieser Bezeichnung zusammengezuckt. Hatte sie wirklich einmal geglaubt, Mrs Ponder sei so etwas wie eine Mutter für sie, und die übrige Dienerschaft ihre Familie? Wie sehr hatte sie sich geirrt. Freundliche Blicke und warme Worte gab es hier nur für den, der sich bis zur Selbstaufgabe abrackerte.

Ob es in anderen Herrenhäusern auch so zuging? Florence

weigerte sich, das zu glauben. Eher vermutete sie, dass Lord und Lady Compton auf ihre Angestellten abfärbten. Wie würde es erst werden, wenn der junge Mister Compton der Herr auf Rosefield Hall war! Florence dankte ihrem Schöpfer inbrünstig, dass sie selbst dann nicht mehr hier sein würde.

Sondern in Gambia, bei einem Herrn, der diese respektvolle Bezeichnung auch verdiente.

Ruby erhob sich von ihrem Platz an Mabels Bett und riss Florence damit aus ihren Gedanken.

»Lass uns in mein Zimmer gehen«, sagte Ruby lächelnd. »Ich habe gute Neuigkeiten für dich.«

»Das nächste Schiff? Schon in einer Woche, sagst du?«

Vor Aufregung wurden Florence' Wangen so heiß und rot, als hätte sie den ganzen Vormittag über Kaminfeuer geschürt, dabei saßen sie und Ruby gemütlich in den roten Sesseln und aßen Kekse.

Wenn Mrs Ponder mich so sähe, bekäme sie einen Herzanfall.
Doch Mrs Ponder war nicht mehr wichtig.

»Ihr müsst nach Plymouth«, sagte Ruby. »Von dort sticht euer Schiff in See. Cyril wird euch mit seinem Automobil zum Hafen fahren, er hat bereits alles organisiert. Wir sind einfach mal davon ausgegangen, dass Edward nicht Nein sagen wird.« Ruby grinste. »Edwards Nachricht kam dann heute Morgen. Er freut sich von Herzen auf euch, leugnet aber nicht, dass er ein wenig überrascht und sehr gespannt auf den Grund eurer Ausreise ist.«

Ruby lachte, und Florence stimmte in ihr Lachen ein. Doch sie fühlte sich unbehaglich dabei.

Ruby schien das zu spüren, denn sie wurde ernst und fragte: »Was ist, Florence? Hast du es dir anders überlegt?«

»Nein!« Florence merkte, wie ein Rest der alten Unsicherheit in ihr aufstieg, vermischt mit Scham.

Sie hatte nie mit Ruby darüber gesprochen, was Alice und sie verband. Dass es mehr war als Freundschaft oder schwesterliche Zuneigung.

»Ruby, ich ...« Sie holte tief Luft und hob den Blick. »Ich möchte dir danken. Und ich möchte in aller Offenheit von dir scheiden, ohne Geheimnisse zwischen uns. Der Grund dafür, dass ich Alice in ein Land begleiten möchte, in dem es sicher für sie ist, nun, er ist nicht rein selbstloser Natur. Die Wahrheit ist, Ruby ...«

»Du liebst Alice.«

Florence starrte sie verdattert an. »Ja. Aber nicht nur, wie ich dich liebe, oder du deinen Bruder, oder ...«

»Sondern so, wie ich Cyril liebe«, sagte Ruby und griff nach dem nächsten Keks.

Florence' Gedanken fuhren Karussell. »Du weißt es?«

»Alice hat es mir gesagt. Ich gebe zu, ich brauchte ein bisschen, um es zu kapieren, ein paar Sekunden jedenfalls.« Ruby zwinkerte ihr zu. »Aber es ist erstaunlich, wie schnell man sich an neue Vorstellungen gewöhnt, wenn man erst einmal angefangen hat, das Weltbild, das einem von der Familie vermittelt wurde, zu hinterfragen.«

»Ach«, sagte Florence lahm. Sie war viel zu durcheinander, um Rubys Satz zu begreifen. Also verlegte sie sich aufs Kauen und aß mehrere Kekse hintereinander auf.

Dann erst wagte sie zu fragen: »Du bist mir nicht böse? Du findest es ... uns ... Alice und mich nicht abstoßend?«

»Dich, meine beste Freundin? Und Alice, die bald meine Schwägerin sein wird? Ach, Florence. Für so engstirnig hältst du mich?« Ruby verzog das Gesicht. »Dafür sollte ich dir böse sein. Und auch dafür übrigens, dass du mich nicht ins Vertrauen gezogen hast.«

»Ich hatte Angst«, gestand Florence.

»Und jetzt? Hast du immer noch Angst?« Der spielerische Tadel war aus Rubys Stimme verschwunden. Ernst blickte sie Florence an. »Vor Gambia, meine ich. Es ist ein großer Schritt, alles hinter sich zu lassen.«

»Für dich auch, Ruby. Selbst wenn London nicht ganz so weit weg ist.«

Sie sahen einander an.

Langsam sagte Florence: »Natürlich habe ich Angst. Ich war ja noch nie von Rosefield Hall fort. Vielleicht sinkt unser Schiff, und wir kommen nie in Gambia an!« Sie schwieg einen Moment und fuhr dann fort: »Aber ich frage mich, ob wir je glücklich werden können, wenn wir das Vielleicht in unserem Leben nicht akzeptieren. Ich meine, vielleicht überschätzt du deine Stärke und wirst unglücklich in einem Leben, wie es dich an Cyrils Seite erwartet. Vielleicht stirbt Mabel bei der Geburt. Vielleicht wird Alice es nicht schaffen, ihre Erinnerungen auf Dauer zu begraben, und wird niemals vollkommen gesund werden. Vielleicht wird Cyril vom Blitz erschlagen, vielleicht habe ich eine tödliche Krankheit, die morgen ausbricht und mich übermorgen dahinrafft, vielleicht gibt es Krieg. Aber darf uns die Möglichkeit, dass morgen schon das Ende kommt, davon abhalten, heute das Leben zu wagen?«

Sekundenlang war es sehr still in Rubys Zimmer. Es war nicht nötig, die Antwort auf Florence' Frage auszusprechen. Sie kannten sie beide.

Ruby schluckte. »Ich werde dich so vermissen.«

Florence stand auf, umrundete mit schnellen Schritten den Tisch und beugte sich zu Ruby hinab.

»Ich dich auch«, flüsterte sie, als sie sich umarmten. »Versprich mir, dass du mich besuchen wirst, ja?«

Als Antwort drückte Ruby sie ganz fest an sich.

Ruby

Am Abend feierten die Comptons Silvester.

Die Stimmung war ebenso feindselig und angespannt wie in all den vergangenen Tagen. Schweigend bedienten sie sich an dem üppigen Buffet, das zur Selbstbedienung für sie hergerichtet worden war und das vor Speisen, von denen sie alle höchstens ein Häppchen kosten würden, geradezu überquoll. Im nächsten Jahr, dachte Ruby, würde sie mit Cyril Silvester feiern, und sie würden sich nur das kochen lassen, worauf sie auch Hunger hatten. Oder sie feierten gleich mit ihrem gesamten Hausstand, dann kämen die Speisen schon weg. Der Gedanke heiterte sie auf. *Das* würde ein Fest!

Sie lächelte immer noch, als Hurst den Raum betrat und mit deutlicher Missbilligung sagte: »Mr Bentfield, Mylord. Er sagt, er würde von Miss Compton erwartet.«

Aller Augen richteten sich erstaunt auf Ruby, und deren Lächeln verschwand. Stattdessen kehrte die Nervosität zurück.

Ruby atmete tief durch. »Ganz recht. Führen Sie Mr Bentfield herein, Hurst.«

»Mylord?«, hakte Hurst unsicher nach.

»Führen. Sie. Mr Bentfield. Herein.« Rubys Ton und Blick duldeten keine Widerrede.

Hurst zuckte zusammen, ein Novum in seiner Geschichte als Butler. Dann gehorchte er.

Niemand im Raum sagte ein Wort.

Cyril trat ein.

Ruby ging ihm entgegen, und als ihre Blicke sich trafen, leuchteten ihre Augen auf. Sie stellte sich neben Cyril, legte ihre Hand auf seinen Arm und wandte sich dann an ihren Vater.

»Mr Bentfield«, sagte sie mit fester Stimme, »hat dir etwas zu sagen, Papa.«

Ihr Vater starrte sie bloß verdattert an.

»Ich überfalle Sie ungern bei Ihrer kleinen Feier, Lord Compton«, ergriff Cyril das Wort. »Aber Ruby und ich wollten das neue Jahr gerne mit geklärten Verhältnissen beginnen.«

»Außerdem«, sagte Ruby ernsthaft, »steht heute auch gleich der Champagner kalt, und das fand ich so praktisch.«

Ihr Vater erhob sich. »Ich verstehe nicht.«

»Lord Compton«, sagte Cyril förmlich. »Ich möchte Sie um ein Gespräch unter vier Augen bitten.«

Basil warf seine Serviette auf den Tisch. »Unerhört! Habe ich Ihnen nicht klar und deutlich gesagt, dass das, was Sie offensichtlich im Schilde führen, auf gar keinen Fall in Frage kommt? Auf dem Jagdwochenende. Mehrmals habe ich es wiederholt.«

»Ich glaube nicht«, entgegnete Cyril kühl, »dass Sie das zu entscheiden haben.«

»Aber ich!« Lord Compton war puterrot geworden. »Ein Gespräch unter vier Augen ist nicht nötig, meine Antwort lautet Nein.«

Ruby fühlte ihre Handflächen feucht werden. Sie krallte ihre Finger in Cyrils Arm.

Doch er blieb vollkommen ruhig. »Vielleicht sollten Sie Rubys Meinung einholen, bevor Sie Nein sagen, Lord Compton.«

»Ha! Und warum sollte ich das tun?«

Ruby konnte nicht länger schweigen. Wütend platzte sie heraus: »Vielleicht, weil es um mein *Leben* geht, Papa?«

»Was für dich gut ist, wissen deine Mutter und ich am besten!«, versetzte ihr Vater. »Du trägst immer noch unseren Namen, und einem Kaufmann gebe ich meine einzige Tochter ganz sicher nicht. Dieser ... dieser Bentfield mit seiner verschwundenen Schwester und der militanten Mutter, die im Gefängnis einsitzt. Pfui Teufel, Ruby! Pfui Teufel!«

Ruby und Cyril sahen sich an. Cyril bewahrte Haltung, doch in seinen Augen konnte sie lesen, dass er sich gedemütigt fühlte.

Höchste Zeit, schoss es Ruby durch den Kopf, die Idee umzusetzen, die ihr heute Vormittag in Mabels Kammer blitzartig gekommen war.

»Vertraust du mir?«, fragte sie Cyril flüsternd.

Er nickte ernst.

Da straffte Ruby die Schultern, wandte sich ihren Eltern zu und sagte laut: »Ich bin nicht mehr unberührt.«

Ihre Mutter keuchte auf. »Was? Mr Bentfield? Er ... hat dir Gewalt angetan?«

»Aber nein«, winkte Ruby ab, so gelassen, wie sie es mit ihrem rasenden Herzen zustande brachte. »Es war selbstverständlich nicht Mr Bentfield. Und übrigens war es auch keine Gewalt, denn ich habe es freiwillig getan. Ich dachte mir, eine Sache, die ihr Basil so großzügig verzeiht, werdet ihr mir, wenn ich sie ebenfalls ausprobiere, doch kaum zum Vorwurf machen, oder?« Sie lächelte liebenswürdig.

Ihren Worten folgte ein schockiertes Schweigen. Lord Compton ließ sich geschlagen auf seinen Stuhl sinken. Lady Compton fächelte sich Luft zu. Basil starrte Ruby wutentbrannt an, die Lippen zu einem bleichen Strich zusammengepresst.

»Jedenfalls«, fuhr Ruby tapfer fort, »hat Mr Bentfield sich in seiner unendlichen Großzügigkeit dazu bereit erklärt, mich trotzdem zu nehmen. Und ich denke, es wäre mehr als töricht, seinen Antrag abzulehnen.«

Ihr Vater röchelte und lockerte mit zwei Fingern seinen Hemdkragen. »Mr Bentfield, ist das wahr?«

Cyril schwieg, und Ruby wurde heiß.

Spiel mit!, beschwor sie ihn stumm.

Plötzlich hatte sie Angst, dass sie zu weit gegangen war, dass er sich von ihrer Lüge abgestoßen fühlte oder dass er, schlimmer noch, ihre Geschichte gar nicht als Lüge durchschaute. Oh nein, was, wenn er dachte, sie habe mit irgendeinem anderen Kerl ...

»Ob es wahr ist, dass Ruby nicht mehr unberührt ist«, hörte sie Cyril in diesem Moment sagen, »weiß ich selbstverständlich nicht aus eigener Anschauung. Aber es ist in jedem Fall wahr, dass ich Ruby heiraten möchte. Ich nehme sie genau so, wie sie ist. Denn Sie haben eine wunderbare, ganz erstaunliche Tochter, Lord Compton.«

Bei den letzten Worten hatte Cyril den Blick von ihrem Vater abgewandt und schaute Ruby in die Augen.

Ihr Vater räusperte sich.

»In der Tat«, setzte er an, »in der Tat ist es äußerst großzügig von Ihnen, mein lieber Mr Bentfield, dass Sie Ruby heiraten möchten, und wir geben Ihnen gerne, sehr gerne unsere Zustimmung. Nicht wahr, Augusta?«

»Gewiss«, hauchte ihre Mutter, einer Ohnmacht nah.

Basil stand auf und verließ mit schweren Schritten den Raum.

»Schlampe!«, zischte er Ruby im Vorübergehen zu, bevor er die Tür hinter sich zuknallte.

»Willkommen im Kreise unserer Familie«, sagte Lord Compton mit kläglicher Jovialität.

Am nächsten Tag verließen Florence und Mabel Rosefield Hall. Es war der erste Januar des Jahres 1914, und sie blickten nicht zurück.

Es weinte ihnen auch niemand nach, nicht Mr Yorks, nicht John, und schon gar nicht Basil.

»Egal«, sagte Ruby, die die beiden Frauen nach Tamary Court

begleitete und zwischen ihnen in Cyrils Automobil saß. Sie drückte Florence' Hand zu ihrer Rechten und Mabels zu ihrer Linken. »Rosefield Hall ist für uns drei Vergangenheit. Von jetzt an geht es nur noch aufwärts.«

In der Tat sah die Zukunft, fand Ruby, für jede von ihnen verheißungsvoll aus. Florence würde in wenigen Tagen mit Alice in See stechen, sie selbst würde noch vor dem Frühling heiraten, und sogar Mabel hatte wieder Hoffnung geschöpft, seit Ruby ihr heute Morgen vorgeschlagen hatte, mit ihr und Cyril nach London zu ziehen.

Sie hatten zusammen in Mabels Kammer gesessen, Ruby auf dem einzigen Stuhl, Mabel mit blassem Gesicht auf der Bettkante, neben sich ihren fertig gepackten Koffer.

»Mr Bentfield und ich werden im Februar heiraten«, hatte Ruby erklärt, »und in Mr Bentfields Stadthaus ziehen. Du könntest bei uns leben und so in aller Ruhe dein Kind bekommen. Was meinst du dazu?«

»Aber ich werde nicht arbeiten können«, hatte Mabel leise geantwortet. »Nicht so, wie ich es müsste.«

»Das ist uns klar.«

»Aber ich werde etwas zu essen brauchen. Und Kleidung für das Baby. Sie werden Kosten haben, Madam.«

»Ich denke, die werden wir verschmerzen.«

»Aber ...«

»Das ist jetzt das dritte Aber, Mabel. Warum sagst du nicht einfach Ja?«

Eine ganze Weile hatte das Mädchen sie in ungläubigem Schweigen angeblickt.

Dann hatte sie heiser gefragt: »Warum tun Sie das für mich, Madam?«

Ruby hatte ihr zugewinkert. »Nun ja, ich bin die Tante des Babys, das du unter dem Herzen trägst. Ist das nicht Grund genug?«

Da hatte Mabel sich erhoben und war Ruby kurzerhand um den Hals gefallen.

Ruby drückte noch einmal Mabels Hand, dann blickte sie an dem Mädchen vorbei durchs Fenster des Automobils. Die winterweiße Landschaft zog rasch an ihnen vorüber, sanfte Hügel, mächtige Bäume, langgezogene Hecken. Wie gut sie das alles kannte, wie vertraut es ihr war! Tausendmal war Ruby über diese Wiesen galoppiert, tausendmal hatte sie Pearl über diese Hecken springen lassen.

Wenn der Schnee geschmolzen wäre und die Natur beginnen würde, sich mit frischem Grün zu schmücken, würde Ruby schon nicht mehr hier sein.

Ob Cyrils Stadthaus wohl einen Garten hatte?

»Ich freue mich auf London«, sagte Mabel neben ihr, und die Zuversicht in der Stimme des Mädchens war genau das, was Ruby in diesem Augenblick brauchte.

Die Hügel ihrer Kindheit flogen an ihr vorbei, und Ruby lächelte.

Gwendolen

Eine Hochzeit im Februar, bei nasskaltem Tauwetter!, dachte Gwendolen, während sie steif auf der harten Bank der Lintinghamer Dorfkirche saß. Wenn das mal kein schlechtes Omen war.

Andererseits: Sie selbst hatte im Juni geheiratet, zur Zeit der Rosenblüte. Und was war aus ihrer Ehe geworden?

Eben.

Gwendolen hob das Kinn. Ihre Ehe war Vergangenheit und sie selbst kein Opfer mehr, höchstens vielleicht ihrer sentimentalen Gefühle, wenn sie an Alice dachte.

Alice, die nun in Gambia war.

Ihre Tochter, die ihr nicht auf Wiedersehen gesagt hatte.

Zugegeben, es war auch schlecht möglich gewesen, Gwendolen hatte ja im Gefängnis gesessen. Trotzdem wurde ihr das Herz schwer, wenn sie an Alice und die vielen Meilen dachte, die nun zwischen ihnen lagen. Ob sie ihre Tochter je wiedersehen würde?

Als man Gwendolen Ende Januar endlich aus Holloway entlassen hatte, hatte Cyril ihr berichtet, wie die Flucht vonstattengegangen war: Er selbst hatte Alice und Florence, dieses naive Hausmädchen, in das Alice sich verliebt hatte, heimlich nach Plymouth gefahren. Zu Anfang hatten die beiden Frauen sich flach auf die Sitze des Automobils legen und unter Decken verstecken müssen, denn Cyril wollte kein Risiko eingehen. Zu groß war seine Furcht, dass sie im letzten Augenblick auf den brutalen Dorfpolizisten treffen würden. Doch alles war glattgegangen, und sie hatten Plymouth ohne Zwischenfälle erreicht. Niemand hatte Alice daran gehindert, mit Florence das Schiff zu betreten, England zu verlassen, ihrer Mutter ohne Lebewohl den Rücken zu kehren.

Jetzt war Alice fort.

Und sie würde nie erfahren, warum ihre Mutter so hart zu ihr gewesen war.

Plötzlich hatte Gwendolen das Gefühl, in ihrem festlichen Gewand nicht mehr atmen zu können. Zum ersten Mal fragte sie sich, ob es richtig gewesen war, über das zweite Gesicht ihres verstorbenen Mannes zu schweigen. Wenn Gwendolen es ihrer Tochter erzählt hätte, hätte diese ihre Mutter dann verstanden? Hätte sie begriffen, warum der Kampf sein musste, warum er wichtiger war als alles andere? Warum es *nicht* das Schlimmste war, im Gefängnis zu leiden, zwangsernährt zu werden oder für die Freiheit und Selbstbestimmung der Frauen zu sterben? Denn all das konnte ein wesentlich besseres Schicksal sein, als den falschen Mann geheiratet zu haben.

Alles um sie herum kicherte und tuschelte, man wartete in frohgemuter Ungeduld auf Cyril und Ruby, das Brautpaar, nur Gwendolen schloss schmerzerfüllt die Augen, zog sich in sich selbst zurück und erinnerte sich.

☆

Zu Anfang ihrer Ehe war George, nun ja, nett gewesen.

Wahre Liebe hatte Gwendolen ihrem Gatten, der wesentlich älter war als sie, zwar nie entgegengebracht. Aber da sie nicht romantisch veranlagt war und ihre kleinbürgerlichen Eltern ihr stets versichert hatten, gut versorgt zu sein sei alles im Leben, hatte ihr die freundschaftliche Zuneigung, die zwischen George und ihr geherrscht hatte, genügt.

Nach der Hochzeit war Gwendolen rasch guter Hoffnung gewesen. Das Kind wurde ein Junge, George war mächtig stolz auf seinen Stammhalter. Danach dauerte es ein wenig, erst vier Jahre später folgte Alice. Auf sie war George nicht ganz so stolz.

Dennoch war er ein freundlicher Vater, wenn er bei seiner Familie weilte. Meistens jedoch war er unterwegs, widmete sich mit ganzer Kraft dem Ausbau des elterlichen Geschäfts in ein riesiges, exklusives Kaufhaus, und während Gwendolen das Heim hütete, nutzte George die Konsumvernarrtheit der Menschen und häufte in atemberaubender Geschwindigkeit ein Vermögen an.

Die Bentfields stiegen in die bessere Gesellschaft auf, und mit einem Mal hatten sie Zutritt zu Kreisen, die sie bisher nur vom Hörensagen kannten. Sie lernten die Londoner Finanzelite kennen, zu der sie mittlerweile selbst gehörten, machten die Bekanntschaft von Adeligen und schlossen zahlreiche neue Freundschaften.

Fremde Welten taten sich für Gwendolen auf, und nicht alles in diesen Welten gefiel ihr. Zum Beispiel tuschelten die Damen ihres neuen Bekanntenkreises freimütig, wenn auch hinter vorgehaltener Hand, über ihre Cinq-à-sept-Verhältnisse, Liebschaften, die sich zwischen dem Tee um fünf und dem Dinner um sieben abspielten. Schlichte Nachmittagskleider, unter denen man kein Korsett tragen musste, so wurde der staunenden Gwendolen kichernd erklärt, konnten die Damen sich schließlich auch ohne die Hilfe einer Kammerzofe an- und ausziehen, da reichten die geschickten Hände eines Mannes.

Gwendolen, die ihrem George stets die Treue gehalten hatte, war schockiert. Ihre neuen Freundinnen warfen ihr lachend vor, sie sei geradeso prüde und verklemmt wie eine Gouvernante.

Doch dann, auf einem rauschenden Fest im Hause eines Bankdirektors, passierte es auch ihr: Gwendolen verliebte sich.

Der junge Mann, mit dem sie tanzte, war mandeläugig, schwarzhaarig und charmant und unterhielt Gwendolen so gut, wie sie noch niemals unterhalten worden war. Schon während des Tanzes ging ihr Gespräch über das, was angemessen und schicklich gewe-

sen wäre, deutlich hinaus. Später küsste er sie hinter einer Säule. Und noch später zeigte er ihr, dass die körperliche Liebe so viel mehr sein konnte als das, was sie mit George war: eine geduldig zu ertragende Pflicht.

Gwendolen war berauscht, entzückt, verwirrt. Sie, die nie an die Liebe geglaubt hatte, war plötzlich eine Prinzessin und der Schwarzhaarige ihr Prinz.

Von einem Tag auf den anderen war sie von der braven Ehefrau zur kopflos liebenden Mätresse geworden. Sie hatte keine Wahl, denn ihr Herz und ihr Prinz ließen ihr keine. Und obgleich sie kaum mehr schlief, nur noch wenig aß und vor Scham weder Mann noch Kindern in die Augen zu schauen vermochte, wünschte sie sich nichts anderes, als ihren Prinzen weiterhin lieben zu dürfen, auf ewig, wenn auch im Verborgenen.

Doch George fand es heraus, er erwischte sie in flagranti.

Drohte in blindem Zorn, den Liebhaber seiner Frau zu töten.

Brachte ihren Prinzen, dem sein Leben lieber war als seine Affäre, innerhalb weniger Minuten dazu, Gwendolens Schlafzimmer, ihr Haus und ihr Leben zu verlassen.

Und so blieb Gwendolen zurück, mit gebrochenem Herzen, zerstörten Illusionen und einem Ehemann, der sie zuerst mit Hass und Hieben bestrafte und dann, als Wut und Demütigung abgeflaut waren, mit kalter Verachtung.

Bis er sich darauf besann, dass seine untreue Gattin trotz allem ihre ehelichen Pflichten zu erfüllen hatte.

An diesem Tag begann ihr Martyrium.

George hatte zu Anfang ihrer Ehe ein mäßiges, aber konstantes Interesse am Beischlaf mit Gwendolen gezeigt. Nach der Geburt der Kinder hatte er sie nur noch selten berührt. Doch nun, da ein anderer sich genommen hatte, was von Rechts wegen ihm gehör-

te, demonstrierte er Gwendolen verbittert, wer der Herr im Hause war.

Mit der gleichen kompromisslosen Ausdauer, mit der er sein Kaufhaus aufgebaut hatte, besuchte er seine Frau nun gegen ihren Willen in ihrem Bett.

Anfangs wehrte Gwendolen sich, doch bald begriff sie, dass ihr Widerstand George nicht bremste, sondern anspornte. Je mehr sie sich widersetzte, desto häufiger besuchte er sie, desto heftiger schlug er sie und desto brutaler stillte er an ihr seine Lust.

Verzweifelt dachte Gwendolen an Scheidung.

Doch die stand ihr nicht offen, denn welchen Grund dafür hätte sie schon nennen können? Vergewaltigung in der Ehe gab es nicht. Zumindest nicht offiziell. Gwendolen hatte George ihr Ja-Wort gegeben, und damit war sie die Verpflichtung eingegangen, ihm körperlich zu Willen zu sein. Es war sein gutes Recht, dies nun auch einzufordern.

Zum ersten Mal fragte sie sich, in was für einer Welt sie da eigentlich lebte.

Der Gedanke an eine Trennung ließ Gwendolen nicht mehr los. Doch sie konnte George nicht verlassen, ohne ihre Stellung, ihr Ansehen und vor allem ihre Kinder zu verlieren. Stellung und Ansehen waren Gwendolen egal, Cyril und Alice nicht. Ihre Kinder waren das Einzige, wofür es sich noch zu leben lohnte. Die beiden bei George lassen, dem Tier, der Bestie? Niemals!

Also fand Gwendolen sich damit ab, ihr Martyrium ertragen zu müssen.

Dennoch lebte sie auch weiterhin in ständiger Furcht. Was, wenn Georges Feindseligkeit sich auf die ausweiten würde, die dem verachtenswerten Leib seiner Frau entsprungen waren?

Was, wenn er sich eines Tages auch an ihren Kindern vergriff?

So inbrünstig, wie Gwendolen sich ein Leben mit ihrem feigen Prinzen gewünscht hatte, betete sie jetzt um Georges Tod. Doch *ihre Gebete blieben unerhört und George bei bester Gesundheit. Also spielte sie, um ihre Kinder vor möglichen Übergriffen zu schützen, ununterbrochen die Rolle, die George von ihr verlangte, war tagsüber die reuevolle, gehorsame Gattin und ließ sich nachts zum Beischlaf zwingen. Sie verlor ihre Seele dabei, aber sie erreichte ihr Ziel. George blieb ein freundlicher, häufig abwesender Vater. Die Gewalt im Hause Bentfield beschränkte sich auf die Nächte.*

Wie George es nun von ihr verlangte, blieb Gwendolen in den folgenden Jahren glamourösen Einladungen fern. Sie engagierte sich stattdessen auf verlogenen Wohltätigkeitsveranstaltungen, auf Tombolas und bei der Wahl der Rose des Jahres. Ihr Hass wuchs, auf sich selbst, auf George, auf die Gesetze, die ihr das Recht zu gehen, vorenthielten und sie so zu alledem zwangen, doch sie wusste, dass sie durchhalten musste. Zumindest bis die Kinder erwachsen waren oder bis George starb.

Danach, das schwor sie sich, würde sie anfangen zu leben. Und sie würde sich rächen für ihr gebrochenes Herz, für all die verlorenen Jahre, für den erzwungenen Beischlaf, der doch nichts anderes war als Vergewaltigung, ganz gleich, was das Gesetz sagte. Sie würde gegen eine Gesellschaft, eine Regierung, ein Parlament aufbegehren, die Frauen der Willkür der Männer auslieferten, und sie würde dafür sorgen, dass es ihrer Tochter niemals, niemals so ergehen würde wie ihr selbst.

Es war dieser Vorsatz für die Zukunft, der ihr half, nicht verrückt zu werden. Eines Tages würde Gwendolen kämpfen, für ihre Tochter, mit ihrer Tochter. Eines Tages würde es so weit sein.

Doch der Tag ließ auf sich warten. George starb nicht. Und die Jahre vergingen.

Cyril und Alice waren nun groß, und die Aussicht darauf, arm zu sein, schreckte Gwendolen schon lange nicht mehr. Also nahm sie ihren ganzen Mut zusammen und konfrontierte ihren Mann mit dem Wunsch, sich scheiden zu lassen.

George lachte. Er wusste genau, wie er seine Frau unter Druck setzen konnte. Wie sie sich das denn vorstelle? Und ob sie etwa glaube, dass sie und ihre Tochter auch nur einen Penny sehen würden, wenn Gwendolen ihn verließe? Aber gut, wenn Gwendolen der Zukunft ihrer Tochter im Wege stehen wolle, sei das ihre Entscheidung.

Von Cyril sagte er nichts, natürlich nicht, denn Cyril war ein Mann und der Erbe des Kaufhauses, und George schätzte ihn nicht nur, sondern brauchte ihn auch als seinen Nachfolger. Alice war nur ein nutzloses Mädchen.

Das würdest du Alice nicht antun!, schrie Gwendolen aufgebracht. Sie ist doch deine Tochter!

Kann ich da so sicher sein?, fragte George mit kaltem Blick. Eine Hure betrügt nicht nur einmal.

In den nächsten Wochen rang Gwendolen mit sich. Sie hatte dieses Leben, diese Nächte nun schon so viele Jahre ertragen. Konnte sie nicht noch ein klein wenig warten, nur noch ein paar Jahre, Alice zuliebe? Nur so lange, bis Alice versorgt war, eine Arbeit hatte, auf eigenen Füßen stehen konnte, weder von ihrem Vater noch von einem brutalen Ehemann abhängig war. George hatte Alice eine leidlich gute Schulbildung angedeihen lassen, das immerhin. Alice könnte studieren, Ärztin werden, würde nie gezwungen sein zu heiraten …

Schweren Herzens beschloss Gwendolen zu bleiben.

Doch dann, wenige Monate nach dem Gespräch über die Scheidung, erinnerte Gott sich offenbar endlich daran, dass es sie gab.

Als Gwendolen ihren Mann in jener Sommernacht sterbend auf dem Fußboden fand, mit rötlich blau verfärbtem Gesicht, und er mit hervorquellenden Augen um Hilfe flehte, da wusste sie, dass die Erlösung, auf die sie so lange gewartet hatte, gekommen war.

Sie rief keinen Arzt.

Stattdessen schaute sie zu, wie George starb, und konnte ihr Glück kaum fassen.

Cyril und Alice erfuhren am nächsten Morgen, dass ihr Vater das Zeitliche gesegnet hatte. Gwendolen sah, wie ihre Kinder um den lieben, freundlichen Papa trauerten, und sie beschloss, sich als gute Mutter zu erweisen, indem sie ihnen das makellose Bild des Vaters ließ. Es war Gwendolens Geschenk an die beiden, ihre Abbitte dafür, was für ein schlechtes Vorbild sie gewesen war: immer geduckt, furchtsam, gequält.

Von jetzt ab würde sie ihren Kindern, vor allem ihrer Tochter, ein gutes Vorbild sein.

Denn Gwendolen würde endlich kämpfen, dafür, dass Frauen wie sie und ihre Tochter die Welt, in der sie leben mussten, mitgestalten durften. Freiwillig würden die Männer niemals Gesetze machen, die das weibliche Geschlecht schützten und gleichzeitig befreiten. Also musste man sie zu solchen Gesetzen zwingen. Dafür aber brauchten die Frauen das Recht zur politischen Mitbestimmung.

Sie brauchten das Wahlrecht.

Als Gwendolen den Suffragetten beitrat, fielen ihre Kinder aus allen Wolken.

Gwendolen hielt ihr Unverständnis tapfer aus. Warum sie es für so bitter nötig hielt, die Stellung der Frau zu verbessern, sagte sie ihren Kindern nicht. Sie würde das Geschenk, das sie ihnen gemacht hatte, nicht zurückfordern, auch wenn Cyril und Alice nicht einmal ahnten, dass sie überhaupt ein Geschenk bekommen hatten. Eines, das Gwendolen sehr viel kostete, sobald die Rede auf George kam und sie sich trotz ihrer Erinnerungen jedes bösen Wortes enthalten musste.

Die Erfahrungen, die Gwendolen in ihrer Ehe gemacht hatte, nährten ihre Radikalität, und ihre Kinder reagierten zunehmend befremdet. Sie konnten sich Gwendolens verändertes Wesen nicht erklären und diskutierten häufig über das, was ihre Mutter nun so umtrieb, Gleichberechtigung, den Weg dorthin, die Mittel dazu. Die stundenlangen, leidenschaftlichen Dispute, die sie führten, fielen zu Gwendolens Freude nicht auf unfruchtbaren Boden. Zumindest Alice war durchaus empfänglich für die Argumente der Suffragetten. Und als ihr Haus sich mit gleichgesinnten Frauen füllte und der Kampf um das Frauenwahlrecht, um die Basis aller Veränderungen, in Gedanken, Worten und Taten ständig präsent war, da begann irgendwann auch Alice, sich in Gwendolens Kreis zu engagieren.

Nur Cyril blieb stur. Er verteidigte die Männer, das verfluchte System, die Ehe, und je mehr Zeit ins Land ging und je radikaler Gwendolen wurde, desto unversöhnlicher standen sie und ihr Sohn sich gegenüber. Gwendolen wurde immer zorniger, dass Cyril so uneinsichtig war, und während eines besonders erbitterten Streits, kurz nachdem Alice offiziell den Suffragetten beigetreten war, entzog Gwendolen ihrem Sohn spontan ihr Geschenk.

Sie erzählte Cyril alles. Absolut alles. Bis ins letzte widerliche Detail.

Wie zur Salzsäule erstarrt hörte er sich die Leidensgeschichte seiner Mutter an, und sie las in seinem Gesicht, wie der Vater vom Thron stürzte und auch in Cyrils Augen zu dem wurde, was er gewesen war, nicht tagsüber, sondern nachts.

»Und du«, sagte Gwendolen zitternd, randvoll vor Hass, der eigentlich George gebührte, »Männer wie du sind es, die verhindern, dass wir uns scheiden lassen können. Du gehörst zu denen, die die Macht haben, du hast Einfluss, du hast Geld. Und du tust nichts, überhaupt nichts dafür, dass die Verhältnisse sich ändern! Ihr Männer macht uns das Leben zur Hölle, indem ihr uns in Unfreiheit haltet wie Sklaven. Ihr seid schuld daran, wenn wir uns am liebsten aus dem Fenster stürzen würden, nachdem ihr uns vergewaltigt habt. Du und deinesgleichen, ihr seid ein Fluch für uns Frauen. Ihr treibt uns ins Unglück. Ihr seid unser Verderben.«

Noch während sie Cyril ihre maßlosen Vorwürfe ins Gesicht spuckte, registrierte sie, was sie ihm antat: dass sie ihn leiden ließ aus dem einzigen Grunde, dass er der Sohn seines Vaters war. Doch sie konnte nicht zurück, zu sehr wütete es in ihr, und die Verbitterung eines ganzen Lebens ergoss sich über ihren gerade erst zum Mann gereiften Sohn.

Am nächsten Tag trat Cyril den Suffragisten bei.

Als er seiner Mutter am Abend davon erzählte, war er bleich und ernst. Gwendolen habe recht, sagte Cyril, er sei mitschuldig an ihrem Leid, denn zuerst habe er sie nicht vor seinem Vater beschützt und dann die Augen verschlossen vor dem, was für die Frauen Englands im Argen liege. Doch nun werde alles anders. Er selbst wolle zwar keine Gewalt anwenden und sei deshalb bloß den Suffragisten beigetreten, aber wenn Gwendolen oder ihre Mitstreiterinnen je Hilfe bräuchten, Geld, einen Unterschlupf, einen Fürsprecher, er würde ihnen seine Unterstützung nicht verweigern, nicht nach dem, was seine Mutter habe erleiden müssen. Niemals, solange er lebe. Das schwöre er ihr.

Wie hätte Gwendolen sein Angebot nicht annehmen können?

Wie hätte sie die Generalschuld, die ihm, das wusste sie, nicht gebührte, von seinen Schultern nehmen können, wenn sie damit den Suffragetten Cyrils Hilfe vorenthalten hätte?

War das Ziel nicht wichtiger als alles andere?

Doch, das war es, sagte sie sich und schlug ihr schlechtes Gewissen nieder. Das war es.

Und so nahm sie die vergifteten Worte nie zurück.

Die Zukunft gab ihr zunächst einmal recht: Alles entwickelte sich prächtig. Gwendolen wusste, dass ihr Sohn nach wie vor nicht mit allen Aktionen der Suffragetten einverstanden war. Sie wusste auch, dass er um seine zarte Schwester bangte und sie am liebsten auf die weniger radikale Seite gezogen hätte, zu ihm, zu den Suf-

fragisten. Doch Cyril büßte nun und schwieg, stellte bereitwillig sein Haus und sein Geld zur Verfügung und bemühte sich in jeder nur erdenklichen Hinsicht darum, das, was sein Vater seiner Mutter angetan hatte, wiedergutzumachen.

Wiedergutmachen konnte er es natürlich nicht. Niemand konnte das. Dennoch war Gwendolens Leben leichter geworden, seit Cyril es wusste und sich schuldig fühlte, und manchmal war sie trotz ihres schlechten Gewissens beinahe glücklich.

Bis zu jenem Tag in Holloway.

Bis Alice an dem Nahrungsbrei in ihrer Lunge um ein Haar gestorben wäre und in den Monaten danach einfach nicht hatte akzeptieren wollen, dass es Schlimmeres gab als den Tod.

Und nun hatte Alice, ihre geliebte Tochter, die Frau, um deren Zukunft es doch letztendlich immer gegangen war, sie verlassen und war unendlich weit fort.

Möglicherweise für immer.

☆

Durch die Erinnerungen drängte eine Erkenntnis an die Oberfläche, und plötzlich sah Gwendolen es ganz klar: Sie hatte Georges Schatten in das Leben ihrer Kinder gebracht. Die Vergangenheit konnte nicht ruhen, weil Gwendolen es nicht zuließ.

Sie öffnete die Augen. Tränen rannen über ihr Gesicht. Mein Gott, wie lange hatte sie schon nicht mehr geweint? Die Frau, die neben ihr saß, sah sie missbilligend an. Geweint wurde *nach* dem Ja-Wort, nicht davor.

»Da kommen sie!«, raunte es im nächsten Moment in der Kirchenbank hinter ihr, und Gwendolen zog ein Taschentuch hervor, wischte sich die Tränen fort und wandte sich um. Tatsächlich, sie kamen, ihr Sohn, ihr Cyril, und seine schöne, schwarzhaarige Braut. Wie jung sie aussah! Und wie ahnungslos sie auf den Altar zuschritt!

»Warum geht sie denn nicht am Arm ihres Vaters?«, zischte es empört hinter Gwendolen.

»Sie will ein Zeichen setzen«, erwiderte eine andere Stimme verschnupft. »Sie gehöre nicht ihrem Vater, hat sie verlautbaren lassen, und auch nicht ihrem Ehemann. Deshalb lasse sie sich auch nicht übergeben wie eine Ware.«

»Was für ein neumodischer Unsinn.«

»Ganz meiner Meinung. Sehr verwunderlich, dass Lord Compton ihr diese Faxen nicht ausgetrieben hat.«

»Und dass der arme Bräutigam sie nach solchen Worten überhaupt noch nimmt. Sie gehöre ihm nicht, tssss. Wie kann ein Mann sich so etwas gefallen lassen?«

Mit einem Mal konnte Gwendolen wieder atmen. Ihre Tränen versiegten, und sie spürte einen ebenso verblüffenden wie unbändigen Stolz auf ihren Sohn. Da war Cyril, und er war nicht wie George. Er brauchte nicht unter Beweis zu stellen, dass er seine Frau beherrsche. Und Ruby war auch nicht wie einst Gwendolen, denn sie, das sah man an ihren strahlenden grünen Augen, heiratete Cyril freiwillig und aus dem einzig akzeptablen Grund: weil sie ihn liebte.

Die Matrone neben Gwendolen zischte: »Also wenn Sie mich fragen, das ist ein Skandal.«

»Nein«, sagte Gwendolen und lachte, weil ihr so leicht zumute war. »Das ist der Weg in eine bessere Zukunft.«

Ihr Blick traf sich mit dem ihres Sohnes, als er an ihr vorbeischritt, und sie nickte ihm zu und gab ihm auf diese Weise ihren Segen. Cyril zog einen Mundwinkel nach oben und schenkte ihr ein überraschtes halbes Lächeln, bevor er den Kopf wieder nach vorn wandte und feierlich weiterging, mit Ruby an seiner Seite.

Noch einmal schloss Gwendolen die Augen, für ein paar Sekunden nur, bis sie sich ihren Vorsatz bewusst gemacht hatte und er in Kopf und Herz angekommen war. Sie würde Cyril um Verzeihung bitten, auf ihre Art; denn nun war sie an der Reihe, eine Schuld wiedergutzumachen.

Gwendolen atmete tief ein und lang, lang wieder aus.

Dann gab sie ihre Kinder frei.

Ruby

Die Augustsonne schien hell und warm in ihr Schlafzimmer. Durch das geöffnete Fenster drangen die Geräusche Londons. Das Brummen der Motoren, das Klappern der Hufe, das Geschrei eines Straßenjungen. In dem hohen Baum vor ihrem Fenster saß ein Vogel und zwitscherte tapfer gegen den Lärm der Großstadt an.

Ruby lag nackt mit Cyril im Bett, was angesichts der Tageszeit ein ungewöhnliches Vergnügen war. Normalerweise verließ ihr Mann nach dem Frühstück das Haus und ging in sein Büro in der obersten Etage von *Bentfield's*, und Ruby engagierte sich für ihr neues Ziel: Zusammen mit einigen Frauen aus Cyrils Bekanntenkreis wollte sie die Ausbildung mitteloser Mädchen vorantreiben, damit diese ihr Leben selbst in die Hand nehmen konnten, statt auf Gedeih und Verderb als Hausmädchen arbeiten zu müssen. Die verschiedenen Schulen, die sie zu gründen gedachten, bestanden bisher zwar nur auf dem Papier. Doch wenn alles gut ging, konnten noch 1914, spätestens 1915 die ersten Mädchen ihre Ausbildung beginnen.

Und das, dachte Ruby mit einem zufriedenen Lächeln, war erst der Anfang.

Gefährlich war das Leben an Cyrils Seite bisher noch nicht geworden, Cyril hatte sich ganz offensichtlich umsonst Sorgen gemacht. Gwendolen hatte noch kein einziges Mal versucht, ihre Schwiegertochter in den Kreis der Suffragetten zu ziehen, im Gegenteil: Seit der Hochzeit ihres Sohnes zog sie sich immer mehr aus seinem Leben zurück. Flugblätter und Plakate waren aus dem Hause Bentfield verschwunden, ihre Versammlungen hielten Gwendolen und ihre Mitstreiterinnen nun in anderen Häusern ab, und als Ruby einmal aus reiner Neugierde gefragt hatte, ob sie zum Treffen der Suffragetten mitkommen dürfe, hatte Gwendolen tatsächlich Nein gesagt. Als Ruby ihrem Mann davon erzählt hatte, war der aus dem Staunen gar nicht mehr herausgekommen.

Noch verblüffter war Cyril gewesen, als Gwendolen angekündigt hatte, sich endlich eine eigene Bleibe suchen zu wollen. Hatte seine Mutter nicht einmal gesagt, sie würde die Stadtvilla nur mit den Füßen voraus verlassen? Nun schien Gwendolen ihre Meinung geändert zu haben. In einer jungen Ehe, hatte sie energisch bemerkt, würde eine Suffragetten-Schwiegermutter bloß stören. Ungewohnt sanft hatte Gwendolen hinzugefügt: »In diesem Haus, mein Sohn, werde ich nicht gebraucht. Denn Männer wie du sind es nicht, die bekämpft werden müssen.« An diesem Abend hatte Cyril geweint. Ruby war es erschienen, als habe er mit einem tiefen Schmerz seinen Frieden gemacht.

Ruby kuschelte sich an ihn und drückte ihm einen Kuss auf die nackte Schulter. Die Welt war in Ordnung. Gwendolen hatte sich zurückgezogen, Ruby hatte eine sinnvolle Aufgabe gefunden, alles hatte sich gefügt. Und heute, am zweiten August, war das Leben sogar noch ein bisschen schöner als sonst. Denn Ruby und Cyril gönnten sich ihren freien Vormittag nicht ohne Grund: Ruby war Tante geworden.

In der Nacht hatte Mabel ihr Baby zur Welt gebracht. Obgleich sowohl Hebamme als auch Arzt zugegen gewesen waren, hatte Ruby es sich nicht nehmen lassen, Mabels Hand zu halten, sooft diese nach ihr verlangt hatte, und im Morgengrauen war es dann da gewesen, ein Mädchen, rosig und zerknautscht. Ihre Nichte. Ein kleines, kräftig schreiendes Wunder.

Ruby war so ergriffen gewesen, dass sie Cyril gebeten hatte, heute später ins Büro zu gehen. Sie wollte erst feiern, dass sie Tante geworden war, und Cyril hatte ihr diesen Wunsch auf besonders angenehme Weise erfüllt. Ruby lächelte breit bei der Erinnerung. Wer hätte gedacht, dass die ehelichen Pflichten etwas so Köstliches waren?

»Ich möchte auch Kinder haben, Cyril.« Sie strich mit ihrem Zeigefinger über die Sommersprossen auf seinem Unterarm. Endlich durfte sie jede einzelne berühren, und sie bekam einfach nicht genug davon.

Cyril blickte sie träge lächelnd an. »Wenn ich so an unsere Nächte denke, und an gerade eben, dann kann es ja nicht mehr lange dauern.«

»Virginia ist ebenfalls schwanger, das habe ich dir noch gar nicht erzählt. Erst gestern ist ein neuer Brief von Edward angekommen.«

Nun kam Leben in Cyril. »Tatsächlich? Was schreibt er denn? Wie geht es meiner Schwester?«

»Keine Sorge, es geht ihnen allen sehr gut«, erwiderte Ruby lächelnd. »Alice scheint ganz in ihrer Rolle als Plantagenärztin aufzugehen, und Florence hat ihr Talent als Lehrerin entdeckt und unterrichtet nun täglich die Kinder der schwarzen Arbeiter im Lesen und Schreiben. Edward hatte doch eine neue Schule auf der Plantage gebaut, du erinnerst dich?«

»Natürlich. Wir müssen sie alle unbedingt einmal besuchen. Allerdings …« Cyril hielt inne.

Fragend blickte Ruby ihn an. »Was ist?«

Cyril zog sie fester zu sich heran. Er küsste ihre Schläfe, strich über ihr Haar, doch er gab ihr keine Antwort.

»Cyril«, sagte Ruby streng. »Was ist los?«

Seufzend ließ Cyril von ihr ab.

Dann gestand er: »Ich fürchte, der Zeitpunkt für eine lange

Reise ist gerade nicht günstig. Es wird möglicherweise Krieg geben, Liebste.«

Die Welt hörte auf, sich zu drehen.

Krieg.

Krieg?!

Natürlich hatte sie davon gehört. Seit Monaten schon berichteten die Zeitungen davon, dass Deutschland und Österreich mehr und mehr Soldaten rekrutierten, und erst vor wenigen Tagen hatte Österreich-Ungarn Ernst gemacht und Serbien den Krieg erklärt. Außerdem hatte Russland mit der Mobilmachung begonnen. Aber England ... und sie selbst und Cyril, die doch gerade so glücklich waren ... im Krieg?

Basil wird sich freuen!

Basils Hochzeit mit Matilda im Mai war ein prunkvolles Großereignis gewesen, zu dem er sogar seine verhasste Schwester eingeladen hatte. Ruby erinnerte sich mit Grausen an diesen Tag. Basil hatte zu viel getrunken und große Reden geschwungen, erst über die anstehende Hochzeitsnacht und dann über den anstehenden Krieg. In beidem, hatte Basil gegrölt, gedenke er sich in bester, kraftvoller Männlichkeit zu bewähren. Ruby hatte die Augen verdreht und war heilfroh gewesen, am Abend wieder abreisen zu können.

Und nun würde Basil tatsächlich mit stolzgeschwellter Brust ins Feld ziehen?

Erschüttert schwieg sie.

»Noch ist nichts entschieden, Liebste.« Cyril streichelte beruhigend über ihre nackten Schultern.

»Bitte, Cyril, mach mir nichts vor«, sagte sie leise. »Wie ernst ist die Lage?«

Er zögerte. Doch dann sagte er: »Sehr ernst, Ruby. Gestern hat Deutschland Russland den Krieg erklärt. Frankreich macht mobil, und man vermutet, dass Deutschland als Nächstes Frankreich den Krieg erklären wird. Belgien ist zwar neutral, aber was, wenn Deutschland Belgien benutzt, um die Verteidigungsstellungen der Franzosen zu umgehen? Dann wären wir Engländer als Schutzmacht Belgiens ebenfalls betroffen.«

Tonlos sagte Ruby: »Ich verstehe.«

Sie rollte sich auf den Rücken und starrte an die Decke. Vor wenigen Stunden erst war Mabels Baby geboren worden, ein neues Leben, und die Welt hatte hell und hoffnungsvoll geleuchtet. So zumindest war es Ruby erschienen, während der Himmel sich in Wirklichkeit bereits mit schwarzen Gewitterwolken bezogen hatte.

»Wenn es zum Krieg kommt«, Ruby schluckte hart, »musst du dann auch an die Front?«

Cyril zog sie wieder an sich, hielt sie ganz fest, und diesmal erschien es Ruby, als habe er nicht die Absicht, sie jemals wieder loszulassen.

»Selbst wenn es Krieg gäbe«, sagte er rau, »und selbst wenn ich an die Front müsste, wäre ich spätestens zu Weihnachten wieder hier. Niemand geht davon aus, dass es lange dauern wird, die deutschen und österreichisch-ungarischen Truppen zu besiegen. Wie gesagt, wenn es überhaupt zum Kriegseintritt Englands kommt.«

Ruby klammerte sich an ihn, kein bisschen beruhigt. Sie spürte Cyrils nackten Körper an ihrem, dachte an die Liebe, die sie füreinander empfanden und die sie sich so bereitwillig und unermüdlich bewiesen, und die Aussicht, dass ein Krieg sie beide auseinanderreißen könnte, bald schon, noch in diesem Jahr, ließ eine Welle der Übelkeit in ihr aufsteigen.

Doch dann fielen ihr Florence' Worte ein.

Aber darf uns die Möglichkeit, dass morgen schon das Ende kommt, davon abhalten, heute das Leben zu wagen?

Ruby und Cyril waren hier, und sie lebten. Jetzt, in dieser Sekunde, an diesem Sommervormittag, konnten sie unendlich dankbar sein für das, was sie hatten. Liebe, Zufriedenheit, Ziele. Es war so viel mehr, als Basil oder ihre Eltern je besessen hatten, so viel mehr, als Ruby noch vor einem Jahr von ihrem Leben erwartet hatte. Damals hatte sie sich ihre Träume verboten, doch es war gekommen wie bei Edward: Ihren Träumen war das egal gewesen. Sie hatten sie einfach eingeholt.

Ruby hob den Kopf und sah Cyril an.

»Es ist komisch, weißt du?«, sagte sie verwundert. »Um uns herum gibt es so viel Gefahr, so viel Unrecht und so unendlich viel zu tun, und doch ... Ich bin so absurd glücklich mit dir.«

»Ich«, erwiderte Cyril ernst, »bin absurd glücklich mit dir. Und das kann uns niemand mehr nehmen, Ruby. Egal, was geschieht, daran werden wir uns immer erinnern.«

Ruby lächelte. In ihrem Blick lagen Entschiedenheit, ein Hauch Verzweiflung und sehr viel Liebe, als sie Cyrils Gesicht zu sich heranzog.

»Dann lass uns der Welt und dem Krieg ein Schnippchen schlagen und trotz allem an die Zukunft glauben«, flüsterte sie und schluckte ihre Tränen hinunter. »Küss mich, Cyril. Kümmern wir uns um unser Baby.«

Nachwort

Am 4. August 1914 trat Großbritannien als Schutzmacht Belgiens in den Krieg ein, und entgegen damaligen Erwartungen war der Krieg keineswegs um Weihnachten herum vorbei, sondern wuchs sich zur europäischen Katastrophe und zum Ersten Weltkrieg aus.

Anfänglich war die Begeisterung für den Krieg groß, auch in Großbritannien. Sie erfasste nicht nur die Männer, die sich in Scharen zu den Waffen meldeten. Viele Frauen wurden, anders als Ruby Compton im Roman, ebenfalls von patriotischer Euphorie erfüllt. Dies wirkte sich sogar auf die Frauenrechtsbewegung aus. Angesichts der Gefahr, die dem Vaterland drohte, brachen die Suffragetten überraschend alle Aktionen ab und stellten sich hinter »ihren« Staat.

Faktisch bedeutete dies das Ende der Suffragetten.

Das Wahlrecht erlangten die britischen Frauen einige Jahre später dennoch, wobei hier sicherlich viele Gründe zusammenkamen: die jahrelange Arbeit der Suffragisten und die aufsehenerregenden Aktionen der Suffragetten; der Einsatz und die Aufopferungsbereitschaft der Frauen während des Krieges; die Unterstützung der Kriegspolitik durch die Frauenrechtlerinnen, die es der Regierung ermöglichte, ohne Gesichtsverlust auf die Frauen zuzugehen. Im Jahr 1918 bekamen die englischen Frauen ein an Alter und Besitz gebundenes, am 2. Juli 1928 dann endlich das uneingeschränkte Wahlrecht.

Zumindest in dieser Hinsicht waren die Frauen nun den Männern gleichgestellt. Die Hoffnung der Suffragetten, die Stellung der Frau in der Gesellschaft würde sich mit Erlangung des Wahlrechts umgehend und radikal verbessern, sollte sich indes nicht erfüllen.

Die meisten der haarsträubenden Aussagen über das weibliche Geschlecht, die ich Basil und Lord Compton in den Mund gelegt habe, sind historisch belegt, ebenso die Compton'schen Argumente gegen das Frauenwahlrecht.

Auch die Entscheidung der Bentfield-Frauen, sich unter falschem Namen verhaften zu lassen, um nicht besser behandelt zu werden als ihre ärmeren Mitstreiterinnen, hat ein historisches Vorbild: das der Lady Constance Lytton, die als Arbeiterin Jane Wharton im Gefängnis misshandelt und zwangsernährt wurde und die der Öffentlichkeit danach ausführlich Bericht über ihr Martyrium erstattete.

Sexuelle Gewalt in der Ehe war in England noch sehr lange nicht gesetzeswidrig. Erst im Jahre 1991 erklärte das House of Lords die Vergewaltigung in der Ehe zur Straftat.

Auch in Deutschland »existierte« Vergewaltigung bis 1997 nur außerehelich. Danach wurde die innereheliche Vergewaltigung zwar verfolgt, aber lediglich auf Antrag; erst 2004 wurde sie endlich zum Offizialdelikt erklärt. Somit wird Vergewaltigung in der Ehe in Deutschland erst seit einem Jahrzehnt als Verbrechen angesehen, das von Amts wegen strafverfolgt wird.

Gambia, die neue Heimat von Edward, Florence und Alice, blieb noch lange vom Erdnussexport abhängig. 1965 erlangte das kleine Land die volle Unabhängigkeit als konstitutionelle Monarchie und wurde ins britische Commonwealth of Nations aufgenommen, aus dem es 2013 nach Kritik an seiner Menschenrechtspolitik wieder austrat. Gambia zählt heute zu den ärmsten Ländern der Welt.

Dass im Kongo unter der belgischen Herrschaft schwarzen Arbeitern die Hände abgehackt wurden, ist leider keine Erfindung: Um den Gewinn aus der Kautschuk-Ernte zu steigern, wurden bis ins erste Jahrzehnt des 20. Jahrhunderts hinein unvorstellbare Grausamkeiten an der kongolesischen Bevölkerung begangen. Erst eine jahrelange Menschenrechtskampagne und als Konsequenz der internationale Druck auf den belgischen König Leopold II. setzten dem höllischen Treiben im Jahr 1908 ein Ende.

Der Aufstieg der Eugenik hingegen, Basil Comptons gruseliges Steckenpferd, setzte sich noch lange fort. »Die eugenischen Debatten in den westlichen Ländern spiegelten gesellschaftliche Unsicherheiten und fragile soziale Identitäten wider«, so Philipp Blom (in: *Der taumelnde Kontinent. Europa 1900–1914*, München 2013).

Die diesbezüglichen Aussagen, die Basil im Roman von sich gibt, habe ich ebenso wenig erfunden wie die frauenfeindlichen. So geht Basils Vergleich von Afrikanern mit Schnecken auf eine Aussage Rudolf Steiners zurück, der in einem seiner Vorträge »die Seele, die Aura (…) bei unvollkommenen Wilden« mit der Aura des »europäischen Kulturmenschen« verglich und zu dem Schluss kam, dass wir diese beiden Auren »in denselben Gegensatz bringen können wie eine unvollkommene Schnecke oder Amöbe zu dem vollkommenen Löwen« (in: *Reinkarnation und Karma*, 20. Oktober 1904, Berlin).

Obwohl Eugenik und Rassismus nach den mörderischen Auswüchsen der nationalsozialistischen Rassenhygiene allgemein in Misskredit gerieten, bedeutete dies nicht ihr Ende. Immer wieder kam und kommt es in Politik, Medizin und Gesellschaft zu entsprechenden Debatten – auch noch heute, zu Beginn des neuen Jahrtausends und ein Jahrhundert nach Beginn des Ersten Weltkrieges.

Ich danke herzlich ...

- Dr. Britta Zubler für medizinische Informationen;
- Silvia fürs unermüdliche Schiffschaukelfahren und »Spätzle mit Soß«-Kochen, wenn mir die Zeit davongerannt ist;
- Dr. Barbara Heinzius vom Goldmann Verlag dafür, dass sie mir wieder einmal vertrauensvoll freie Hand gelassen hat;
- meiner Lektorin Karin Ballauff für gewohnt stilsichere Verbesserungen und die herzliche und angenehme Zusammenarbeit;
- meinem Mann und meinen Kindern: weil ohne euch alles nichts wäre.

Julie Leuze,

geboren 1974, studierte Politikwissenschaften und Neuere Geschichte in Konstanz und Tübingen, bevor sie sich dem Journalismus zuwandte. Mittlerweile widmet sie sich ganz dem Schreiben von Jugendbüchern, Auswanderersagas und Frauenromanen. Julie Leuze lebt mit ihrem Mann und drei Kindern in Stuttgart.

Mehr von Julie Leuze:

Der Duft von Hibiskus. Roman (auch als E-Book erhältlich)
Der Ruf des Kookaburra. Roman (auch als E-Book erhältlich)

Lucinda Riley
Die Mitternachtsrose

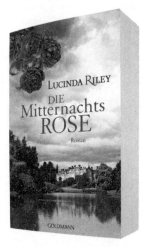

576 Seiten
auch als E-Book und
Hörbuch erhältlich

Innerlich aufgelöst kommt die amerikanische Schauspielerin Rebecca Bradley im englischen Dartmoor an, wo ein altes Herrenhaus als Kulisse für einen Film dient, der in den 1920er Jahren spielt. Vor ihrer Abreise hat die Nachricht von Rebeccas angeblicher Verlobung eine Hetzjagd der Medien auf die junge Frau ausgelöst, doch in der Abgeschiedenheit von Astbury Hall kommt Rebecca allmählich zur Ruhe. Als sie jedoch erkennt, dass sie Lady Violet, der Großmutter des Hausherrn, frappierend ähnlich sieht, ist ihre Neugier geweckt. Dann taucht Ari Malik auf: ein junger Inder, den das Vermächtnis seiner Urgroßmutter Anahita nach Astbury Hall geführt hat. Und gemeinsam kommen sie nicht nur Anahitas Geschichte auf die Spur, sondern auch dem dunklen Geheimnis, das wie ein Fluch über der Dynastie der Astburys zu liegen scheint …

www.goldmann-verlag.de
www.facebook.com/goldmannverlag

Lucinda Riley
Die sieben Schwestern

544 Seiten
auch als E-Book und
Hörbuch erhältlich

„Atlantis" ist der Name des herrschaftlichen Anwesens am Genfer See, in dem Maia d'Aplièse und ihre Schwestern aufgewachsen sind. Sie alle wurden von ihrem geliebten Vater adoptiert, als sie noch sehr klein waren, und kennen ihre wahren Wurzeln nicht. Als er eines Tages überraschend stirbt, hinterlässt er jeder seiner Töchter einen Hinweis auf ihre Vergangenheit – und Maia fasst zum ersten Mal den Mut, das Rätsel zu lösen, an dem sie nie zu rühren wagte. Ihre Reise führt sie zu einer alten Villa in Rio de Janeiro, wo sie auf die Spuren von Izabela Bonifacio stößt, einer schönen jungen Frau aus den besten Kreisen der Stadt, die in den 1920er Jahren dort gelebt hat. Maia taucht ein in Izabelas faszinierende Lebensgeschichte – und fängt an zu begreifen, wer sie wirklich ist und was dies für ihr weiteres Leben bedeutet ...

www.goldmann-verlag.de
www.facebook.com/goldmannverlag

Stephanie Lam
Das Haus der Lügen

450 Seiten
auch als E-Book erhältlich

1924: Der 19-jährige Robert Carver will den Sommer bei seinem reichen Cousin Alec Bray und dessen hübscher Frau Clara verbringen, die im Castaway House, einer Villa auf den Klippen des kleinen Küstenstädtchens Helmstone, wohnen. Robert genießt eine unbekümmerte Zeit, und als er sich in Lizzie, die Tochter der Nachbarn, verliebt, glaubt er sich endgültig im Glück. Doch schon bald ziehen dunkle Wolken am Horizont auf, denn die Brays hüten ein böses Familiengeheimnis ...

1965: Die 18-jährige Rosie Churchill ist von zu Hause ausgezogen und mietet sich für ein Jahr in dem etwas heruntergekommenen Anwesen Castaway House ein. Eines Tages entdeckt sie, dass ins Fensterbrett ihres Zimmers der Satz »Robert Carver ist unschuldig« eingeritzt ist. Doch sie ahnt noch nicht, dass sich hinter diesem Satz ein lang gehütetes Geheimnis verbirgt, das nicht nur die Vergangenheit von Castaway House, sondern auch ihr eigenes Leben betrifft ...

Überall, wo es Bücher gibt, und unter www.pageundturner-verlag.de